Roman Rausch, 1961 in Mainfranken geboren und aufgewachsen, arbeitete nach dem Studium der Betriebswirtschaft im Medienbereich und als Journalist. Für seine Würzburger Kommissar-Kilian-Krimis wurde er 2002 auf der Leipziger Buchmesse und 2011 mit dem Weintourismuspreis ausgezeichnet. 2015 folgte der Bronzene HOMER für «Die letzte Jüdin von Würzburg». Er lebt als Autor und Schreibcoach in Würzburg und Berlin.

Roman Rausch

Die Schwarz-Künstlerin

Ein Faust-Roman

Rowohlt Taschenbuch Verlag

Originalausgabe
Veröffentlicht im Rowohlt Taschenbuch Verlag,
Hamburg bei Reinbek, Mai 2019
Copyright © 2019 by Rowohlt Verlag GmbH,
Hamburg bei Reinbek
Bildnachweis S. 3 © akg-images / British Library, S. 21 Quagga
Media / Alamy Stock Photo, S. 223 bpk / British Library Board
Umschlaggestaltung any.way, Barbara Hanke / Cordula Schmidt
Umschlagabbildung akg-images / British Library; Leemage /
Bridgeman Images (Eine Frau illustriert das «Livre des Prudents
et Imprudents» von Catherine d'Amboise. Miniatur aus der
illuminierten Handschrift des «Livre», 1509. Bibliothèque de
l'Arsenal, Paris); tanatat, Vitaly Korovin / Shutterstock
Satz Adobe Jenson Pro, InDesign,
bei Pinkuin Satz und Datentechnik, Berlin
Druck und Bindung CPI books GmbH, Leck, Germany
ISBN 978 3 499 27573 9

Das alles ist nur
ein Schatten des Zukünftigen.

HÖLLENFAHRT

Staufen um das Jahr 1540

Die Alte schreckte bei meinem Anblick zurück, als hätte sie den Teufel gesehen. Sie lag nur knapp daneben.

«Fürchte dich nicht, Weib. Ich tu dir nichts.»

Schweißperlen standen ihr auf der sonnenverbrannten Stirn. Die Nase schmal und schief, eine ergraute Strähne verdeckte ein Auge. Sie schlug ein Kreuzzeichen. «Was wollt Ihr von mir?»

«Ist da vorne Staufen?» Ich war mir nicht sicher, ich war schon an so vielen Orten gewesen.

«Staufen», grummelte sie und verzog dabei das ausgemergelte Gesicht. «Was wollt Ihr dort?»

«Ich hörte von einem Unglück.»

Sie spuckte zur Seite aus. «Was schert es Euch?»

Mehr als es der Vettel lieb sein konnte. Ich musste Gewissheit haben, ob der Teufel Wort gehalten hatte. «Vielleicht kann ich helfen.»

Dieses Mal spuckte sie mir vor den Karren, sodass meine Hand zur Peitsche ging. *Ruhig* ... Das verrückte Weibsbild wusste nicht, mit wem sie es zu tun hatte.

«Folgt dem Fingerzeig Gottes.» Sie wies in die Richtung, aus der sie gekommen war. In der flimmernden Hitze thronte eine Burg auf einem hohen Berg. «Aber ich rate Euch: Kehrt um, tut Buße.»

Dafür war es längst zu spät. «Das werde ich, gleich, nachdem ich in Staufen angekommen bin.»

Die Alte lachte höhnisch aus einem zahnlosen Mund. «Der Hölle könnt Ihr Eure Sünden beichten. Der Hölle!» Von der Not gekrümmt und der Angst getrieben, humpelte sie grußlos davon und wagte keinen Blick zurück.

«Der Hölle?» Mein Rufen verhallte.

Bevor das Weib hinter der Anhöhe verschwand, hörte ich es noch klagen. «Sodom! Oh Herr, vergib uns unsere Schuld.»

Sodom ... Demnach war ich auf dem richtigen Weg. Ich gab Hekate die Zügel. Sie schnaubte widerspenstig, bockte, wie es ihre Art war, wenn sie mir zu Diensten zu sein hatte. Ich wusste aber auch von ihrer maßlosen Gefräßigkeit.

«Pfaffenherz!» Das Zauberwort.

Der Karren setzte sich in Bewegung. Er holperte über die abgewetzten Steine und die von Hitze und Dürre eingebrannten Löcher der Straße geradewegs auf die ferne Burg zu, deren karges Umland feindlich auf mich wirkte, seelenlos und verflucht.

Staufen. Faust ... der Teufel. Der Wechsel ist fällig.

Nichts sorgte für mehr Schrecken, nichts klang verheißungsvoller als eine Begegnung mit dem Leibhaftigen, dem gefallenen Engel Luzifer, dem Satan ... *Sabellicus!* Gleich welchen Namens oder welcher Gestalt er sich bemächtigte, er würde mich nicht mehr los. Ich hatte noch eine Rechnung mit ihm offen.

Der Himmel über Staufen hieß mich schwermütig willkommen, die hohe Burg lag im Feuer der sengenden Sonne. Die ummauerte Stadt zu ihren Füßen wirkte grabesstill und grau. Auf den verdorrten Feldern ringsum sah ich keine Menschenseele, nicht mal einen streunenden Hund oder darbenden Bettler. Die Vögel waren verstummt, die Luft war frei von Gerüchen des Mittagsmahls und der Kloaken.

Hier stimmte etwas nicht. Ich zog die Zügel fest an mich, sodass Hekate vor Zorn schnaubte und ungeduldig auf der Stelle trat.

«Ruhig ... Warte.» Sie lenkte ein. Kluges Tier.

Auf den Mauern, in den Wachtürmen und hinter den Zinnen niemand, selbst das Stadttor war verwaist, es klaffte wie ein finsterer Orkus offen. Vor mir eine kleine Holzbrücke über den schmalen, ausgedorrten Bach. Nicht ein Tropfen Wasser darin, der meinen und Hekates Durst hätte stillen können.

Wenn ich die Brücke passierte, war eine schnelle Flucht ausgeschlossen. Der alte Karren mit den morschen Rädern würde in tausend Stücke zerspringen, und an Hekates Abneigung gegen den Galopp sollte ich erst gar nicht denken. Es wäre ohnehin nur ein widerwilliges Traben gewesen, zu mehr war sie auf ihre alten Tage nicht mehr fähig. Ich sollte sie endlich erlösen.

So verharrte ich an Ort und Stelle, wartete und hoffte auf ein Lebenszeichen aus der todgleichen Stadt. Hatte mich das alte Weibsbild in eine Falle geschickt? Würden die Wachen hinter den Toren auf mich warten?

Mir wurde bang bei dem Gedanken, obwohl sich niemand mehr an mein Gesicht erinnern würde. Jahre waren seitdem vergangen, und der Zauberer gab es viele. Andererseits keinen wie mich, ich war und bin einzigartig, meine Kunst hat mich unsterblich gemacht. Nicht durch List und Tücke, billige Jahrmarkttricks und Scharlatanerie – das ist Sabellicus' Geschäft –, sondern durch Klugheit und Kenntnis der verborgenen Geheimnisse.

Trithemius, du wärst stolz auf mich ...

Der alte Zorn flammte auf – noch immer konnte ich seiner nicht Herr werden. Zum Teufel mit deinen frommen Sprüchen, den Belehrungen und falschen Zeugnissen. Trithemius, du eitler Pfaffe bist an allem schuld. Hättest du den Brief nicht geschrieben, all das Leid wäre mir erspart geblieben. Du schuldest mir ein Leben.

Ich spuck auf dich, dein Grab, deine Schriften und Geheimnisse … deinen Namen. Möge er auf alle Zeiten mit dem des Gauners Sabellicus verbunden sein. Vater und Sohn, das seid ihr, Meister und Lehrling, Schöpfer und Kreatur. Brennt in alle Ewigkeit. Hand in Hand. Der eine sei des anderen Verderben.

«Los jetzt!» Die Zügel klatschten auf Hekates Rücken. «Bringen wir es zu Ende.»

Wenn etwas das Feuer in mir zum Lodern brachte, dann war es die Erinnerung an jene Nacht, in der ich alles verlor, in der ich zum Spielball des Hochmuts zweier Männer geworden war, ihrer Lügen, ihres Verrats.

Aber ich war nicht länger wehrlos, ich würde ihnen nehmen, was ihnen stets das Teuerste war: Name, Ruhm und Existenz. Als hätte es sie nie gegeben.

Der Wunsch nach einer vollkommenen, unumkehrbaren Tilgung jeder Erinnerung an die zwei größten Lügner aller Zeiten trieb mich durch das verwaiste Stadttor, hinein in die seltsam verlassene Stadt, vorbei an braven Bürgerhäusern und einer aus den Trümmern des Kriegs auferstandenen, überraschend stolzen Kirche. Wer je geglaubt hatte, mit Hacke und Sichel ließe sich das Geschwür der Herrschaft ausrotten, der kannte die verzweifelte Sorge nicht, die die armen Leute umtrieb: für ihre blindwütige Raserei zur Rechenschaft gezogen zu werden – hier wie im Jenseits. Vor allem dort.

Angst baute Tempel, nicht Geld. Angst stellte Glauben über Wissen. Angst gebar Ungeheuer, wo nur der Schatten einer Maus war. Ich musste es wissen, ich hatte mir den Popanz zum Knecht gemacht. Angst war der Samen des Erfolgs.

Mitunter hätte mir eine Portion Angst gutgetan, sie hätte mich vor mancher Torheit bewahrt. So wie in diesem Moment, als mir der Gestank von Verbranntem und Pulver in die Nase stieg. Auch glaubte ich Stimmen zu hören, Rufe, Befehle. Da vorne, hinter der Ecke, da tat sich was. Ich zögerte dennoch nicht, ließ Hekate weitertraben. *Verfluchte Neugier, du warst immer schon mein größter Feind.*

Ein Hund preschte hervor, gejagt von einer kläffenden Meute seiner Artgenossen. Achtlos rannten sie an mir vorüber, das erste Tier trug etwas im Maul ... schwarz verkohlt und blutig. Ich konnte es nicht zweifelsfrei erkennen. War es eine abgerissene Hand, ein Fuß?

Hinter der Ecke würde ich auf das treffen, weswegen ich den weiten Weg auf mich genommen hatte. Meine Suche würde endlich ein glückliches Ende finden.

Hekate schnaubte zur Warnung, als sie auf den Platz trat, und ich ... schnappte nach Luft – vor Überraschung. Die ganze Stadt schien auf den Beinen zu sein, Hunderte waren es. Und alle wandten mir den Rücken zu. Dazwischen erkannte ich die Torwachen, die – statt den Zugang zur Stadt zu schützen – bemüht waren, auf dem Platz für Ruhe und Ordnung zu sorgen. Sie schimpften und drängten die Schaulustigen von einem gewaltigen Loch in der Erde zurück.

Die angrenzenden Häuser zeugten von einer Explosion, die Fenster und Türen eingedrückt hatte und unglückliche Nachbarn das Leben gekostet haben musste. Schwarzer Ruß an den Wänden ... Spuren eines Brands.

Ich befahl Hekate den Halt, zog die schwarze Kapuze tief ins Gesicht und stieg vom Karren. Dabei stützte ich mich auf meinen Gehstock, der mir ein treuer Helfer fürs steife Bein, zugleich aber mit der versteckten Klinge eine verlässliche Waffe war. Niemand sollte sich von meinem Anblick täuschen lassen, meine Verletzungen als Schwäche deuten oder die Kerben auf meinem Gehstock übersehen – ich könnte ihn eines Besseren belehren.

Der Erste, der mich im Gedränge um die beste Sicht bemerkte, war ein Junge, der mit dem Straßendreck verschmolzen schien. Aus seinem rabenschwarzen Gesicht starrten mich zwei Augen an, unfähig zu verstehen, was sie erblickten, unfähig, dem Kopf und schließlich den Beinen die Flucht zu befehlen. Ich überließ den Jungen seiner Ehrfurcht und richtete meinen Groll gegen jene, die mir den gebotenen Respekt verweigerten.

«Zur Seite!»

Niemand hörte mich, niemand gehorchte, sodass ich meinen Gehstock sprechenließ. Ein fester Hieb an die richtige Stelle machte den Starrkopf vor mir gefügig.

Der Kerl fuhr wutentbrannt herum. «Wer wagt ...» Er stockte, stammelte stattdessen nur weiter: «Heilige Mutter Maria, hilf.» Dann bekreuzigte er sich und trat zur Seite.

Andere taten es ihm gleich und erwiesen mir den verdienten Respekt. Eine Gasse tat sich auf, an deren Ende sich die Erde in einem Loch verlor.

Es war so weit, nur noch ein paar Schritte ... Ich atmete schwer, mein Herz raste. Nach all den Jahren und den unzähligen Versuchen, seiner Herr zu werden, hatte ich den *Schwager des Teufels* nun endlich gefunden, wie ihn der Fürst der Ketzer, Martin Luther, einst geschmäht und jeder

Schafskopf seitdem nachgeplappert hatte. Oder war ich wiederum auf ein Gerücht hereingefallen ...

Das ängstliche Geraune um mich herum nahm ich kaum wahr, es war unbedeutend, genauso wie der Schrecken, den ich in ihren Gesichtern hervorrief.

«Wer ist das?»

«Grundgütiger ...»

«Wachen!»

Verkohlte Bretter stachen aus einem dampfenden Schlund heraus, als seien sie knöcherne Reste einer Bestie – gebrochen, verdaut, ausgewürgt. An den Seiten standen noch die Grundmauern eines Hauses, eine Steintreppe verlief ins Nichts. Geborstene Fässer, Blechtöpfe, Kannen, Becher ... und endlich auch das, was ich suchte: eine Retorte, Schüsseln unterschiedlicher Größen und Beschaffenheit, ein Mörser, ein Blasebalg und weitere eindeutige Hinweise darauf, dass hier einst das Laboratorium eines Alchemisten untergebracht war.

Allerdings gab es auch Spuren von menschlichen Überresten, wenn das dort Knochen, Haare oder Innereien waren. Genauso gut hätten sie von einem Tier stammen können, es oblag der Phantasie, was man darin erkennen wollte. Und natürlich, über allem waberte der Geruch von Schwefel und Fäulnis, als gäbe es nur diese zwei Zutaten, um die Illusion von einer Höllenfahrt zu erzeugen.

Kurzum: Die Inszenierung von Tod und Teufel hätte für die hiesigen Einfaltspinsel kaum überzeugender sein können – sofern man sich mit dem Offensichtlichen zufriedengab, und das taten sie allem Anschein nach. Ich aber hielt Ausschau nach Verborgenem, nach den Dingen, die fehlten. Bücher. Schriften. Aufzeichnungen und Protokolle.

In jedem Laboratorium gab es sie körbeweise – nur nicht hier. Waren sie verbrannt, in abertausend Fetzen zerrissen, lagen sie am Grund des Schlunds?

Niemand, nicht einmal der Teufel selbst hätte sie zurückgelassen, um einem unwissenden Finder nicht das größtmögliche Geschenk in den Rachen zu werfen, einfach so, ohne Gegenleistung. Nein, niemals.

Es half nichts, ich musste Gewissheit haben und setzte den Fuß auf den Kraterrand. Eine Torwache trat mir entgegen.

«Wer bist du? Was willst du hier?!»

Er hielt mir die rostige Spitze seines Spießes unter die Nase. Seine Lippen bebten, in den Augen erkannte ich Angst, Hilflosigkeit. Er spürte, dass er einen Kampf gegen mich nicht gewinnen würde. Mehr noch: Ich würde seine Seele mit einem Zauberspruch einfangen und sie erst wieder freigeben, wenn seine Sippschaft den Preis dafür gezahlt hatte.

«Gib dich zu erkennen. Wer bist du?»

Unter der Kapuze zischte ich ihm entgegen: «Das willst du nicht wissen.» Ich kehrte ihm den Rücken zu.

«Gehörst du zu den Zauberern?»

Er ließ nicht locker, der Dummkopf. Hatte er seinen Verstand verloren, oder hatte ihn die Panik im Griff, dass er mein großzügiges Geschenk, ihn nicht weiter zu beachten, ausschlug?

Aus der Menge trat ein Zweiter hervor, ich glaubte, das Gesicht schon einmal gesehen zu haben. *Vor langer, langer Zeit ...* «Ich weiß, wer das ist.»

Mich zu benennen hieß, mit dem Leben abgeschlossen zu haben. Er war noch dümmer als die Torwache.

«Das ist Faust!»

Dummheit war damit auszuschließen, ich musste vorsichtig sein.

Faust: Was der Name auslöste, spiegelte sich in den Gesichtern der Umstehenden wider, ich sah Schrecken, aber auch Widerwillen, gar Protest gegen das Unmögliche.

«Faust hat der Teufel geholt!», rief einer, und weitere schrien durcheinander.

«Dort unten ist sein Grab.»

«Ich habe ihn jämmerlich schreien hören.»

«Hirn und Herz herausgerissen.»

«Blut überall.»

«Der Wechsel war fällig.»

Nur zu, ihr Dummköpfe, redet euch um Kopf und Kragen, mich schert es nicht.

«Es ist Faust!», bekräftigte der Mann mit dem seltsam vertrauten Gesicht. Ich glaubte ihn für einen Augenblick hinterlistig lächeln zu sehen. «Faust ist aus der Hölle zurückgekehrt!» Er zeigte auf mich mit einem Finger, dessen Spitze rabenschwarz war, ein untrügliches Zeichen für ... Jetzt ahnte ich es: Er gehörte zu den lügnerischen Banden der Drucker.

Ich musste mich vorsehen, gegen diesen Gegner halfen weder Gift noch Zauberspruch.

«Ja, ich bin's», gab ich zu, um Zeit zu gewinnen.

Der Schrecken fuhr durch die Reihen, mit ihm der klägliche Versuch, für das Unmögliche eine Erklärung zu finden.

«Ich hab's doch mit eigenen Augen gesehen.»

«Der Teufel hat Faust geholt.»

«Mit Pulver und Schwefel.»

«Mit Haut und Haar.»

«Er hat das Zweite Gesicht.»

«Ein Wunder.»

Das war mein Stichwort. «Tretet zurück, und niemandem wird ein Leid geschehen.» Es musste schnell gehen. Ich setzte den Fuß in den Krater, ein unsicheres und gefährliches Unterfangen, denn dort unten würde ich in der Falle sitzen.

«Weg vom Loch!», befahl der Drucker. «Er wird mit Teufelsapparaten wiederkommen und uns alle töten.»

Ein Lügner und Aufwiegler, wie er im Buche stand.

Die versteckte Klinge meines Gehstocks blitzte an seiner Kehle auf. «Schweig oder büße mit deinem Leben.»

Er erstarrte, und dennoch konnte er mir zu Diensten sein, wenn ich es richtig anstellte. Er konnte mich aus dem Dilemma befreien.

«Steig hinab. Such nach meinem toten Körper.»

Er verstand nicht oder wollte es nicht, und ich war es müde, den Befehl zu wiederholen. So setzte ich einen Schnitt an seiner Kehle – genug, damit ausreichend Blut floss, zu wenig, um die Arbeit eines Quacksalbers zu vereiteln.

«Das Gift auf der Klinge lässt dir Zeit. Ich zähle bis hundert.»

Bei «zwei» war er über dem Kraterrand hinaus, bei «drei» in den qualmenden Trümmern verschwunden. Er hatte nicht einen Augenblick an meiner Ernsthaftigkeit gezweifelt. Demnach kannte er mich. Wer war der Kerl?

Das Gift meiner Lüge wirkte bei den Umstehenden gleichsam. Hätten sie sich zusammengetan, wäre ich ein leichtes Ziel gewesen. Stattdessen überwog die Neugier, ob es der vorlaute Drucker rechtzeitig schaffen würde. Alle gafften in das unbedeutende Loch, während der Zauberer seinen nächsten Trick vorbereitete.

Ich befahl Hekate zu mir, lustlos trabte sie heran. Auf

dem gedeckten Karren befand sich Zaubergerät, das mir einen sicheren Rückzug ermöglichen sollte. Es war nichts Außergewöhnliches vonnöten, die Menge war bereits eingestimmt, und so griff ich in den Topf mit dem silbrig weißen Pulver und nahm eine Handvoll davon.

«Fünfundachtzig!», rief ich in die Runde, und die Anspannung um mich herum wuchs.

Ich ging in Position, stellte mich näher zu meinem Karren als zum Krater mit der fiebernden Menge und suchte einen Flecken, wo noch etwas Löschwasser stand.

«Hundert!», hörte ich jemand rufen, dann stimmten die anderen ein: «Hundert!»

Aufs Wort kam der Dreckskerl aus dem Loch empor, erschöpft, nach Luft schnappend, die Hand an der Wunde am Hals.

«Und?»

Er zeigte mir einen Fetzen Stoff. «Mehr war nicht zu finden.»

«Was soll das sein?»

Er zuckte mit den Schultern.

«Das genügt nicht.»

«Aber, es ist etwas darauf geschrieben … eingestickt.»

«Zeig es mir.»

Er hastete mir entgegen, händigte es mir aus. «Nun gib mir die Medizin, wie du es versprochen hast.»

Mich interessierte nur, was er im Kraterloch gefunden hatte. Und fürwahr, auf den zweiten Blick hatte er tatsächlich verdient weiterzuleben, auch wenn es mir zuwider war.

Das Stück Stoff stellte sich als ein Umhang mit pelzbesetztem Kragenstück heraus, und meine Augen fanden, wonach sie aufgeregt gesucht hatten – eine ehemals feine

Stickerei, die ihrem Träger Ruhm und Namen verlieh: *Doktor Georg Faust.*

Eine Träne trat mir ins Auge. *Verfluchte, unbezwingbare Wehmut.*

«Die Medizin!»

Lange war es her, dass ich mich so sehr um Selbstbeherrschung hatte bemühen müssen. Ich befahl der Erinnerung zu schweigen, schluckte meinen Zorn auf die Drucker hinunter und konzentrierte mich auf meinen Abgang. Es würde nicht einfach werden.

«Vade retro, venenum sacrum», beschwor ich das Gift, aus seinen Adern zu weichen – unnütz zwar, aber der Spruch zeigte Wirkung in der Runde. Auf nichts anderes kam es an. «Du bist geheilt. Nun geh.»

Der Kerl griff sich an den Hals, misstrauisch und zweifelnd. «Mehr ist nicht notwendig?»

«Nein.»

Er seufzte erleichtert. *Aber traue niemandem, dem du das Leben gerettet hast, die Schuld wird ihn auffressen.* Eine bittere Erfahrung, die ich bereits in jungen Jahren gemacht hatte.

«Ergreift ihn!»

Ich war vorbereitetet und gab das Pulver in meiner Hand frei, achtete darauf, dass es auf Wasser fiel, und drohte meinen Angreifern: «Cavete magos!» *Hütet euch vor den Zauberern.*

Das Zauberpulver zündete, zischte, spuckte Rauch und gleißende Flammen, während ich mich auf den Karren mühte und sich die braven Bürger in Sicherheit brachten. Was ein wenig Alchemie alles bewirken konnte, erstaunte mich immer wieder.

«Lauf, meine Hexe, lauf!» Ich gab Hekate die Peitsche.

Was unnötig war, sie wusste aus Erfahrung, dass ein

schneller Abgang mich vor dem Scheiterhaufen und sie vor dem Schlachter bewahrte. So zog sie einen (leider viel zu großen) Bogen, fiel zu meiner Überraschung doch in den Trab, und wir erreichten noch vor Ende des Feuerzaubers das rettende Stadttor.

Den Fetzen Stoff mit dem eingestickten Namen hielt ich fest umklammert, als wäre es ein unersetzbares Erbstück. Ich ließ ihn erst wieder los, nachdem die Nacht hereingebrochen war und als Hekate den Dienst verweigerte. Bis in die tiefen Nachtstunden kauerte ich im Mondlicht und sinnierte über das Erlebte in Staufen.

Sabellicus sollte tatsächlich tot sein?

Viel sprach dafür, wenig dagegen. Und doch wollte ich nicht so recht daran glauben. Ich kannte diesen Scharlatan und wusste um die Lage, in der er sich befand. Nichts weniger als der Tod hätte ihn vor meiner Rache bewahren können, nichts mehr als eine Höllenfahrt hätte ihn in den Annalen verewigt. Sollte er wirklich beides mit nur einem Handstreich errungen haben?

Mich schauderte bei dem Gedanken. Damit hätte er über alle Welt triumphiert, *mich* am Ende besiegt. *Und* Trithemius. Wie Galle stieß es mir auf. Nein, ich musste etwas übersehen haben, auf das Offensichtliche hereingefallen sein.

Welchen unwiderlegbaren Beweis hatte ich für seinen Tod?

Feuer, Pulver, Schwefel, Blut und Gedärm, selbst die Schaulustigen wollten mich nicht überzeugen, deren Täuschung war gängige Praxis eines jeden Zauberers.

Der Umhang mit der Stickerei jedoch war für niemand anderen als für mich vorgesehen, jeder andere hätte ihn als blutverschmierten Fetzen abgetan. Sabellicus wusste, was er mir bedeutete, und er hatte ihn eigens für mich platziert – einen Abschiedsbrief unter einst Liebenden. *Fahr zur Hölle!*

Hatte er sich damit unsterblich gemacht?

Sicher nicht durch das Gerede in Staufen, das würde einige Meilen reichen, danach verebben. Nein, er brauchte etwas, das hinaus in die Lande strahlte, Grenzen und Sprachen überwand, ohne an Kraft und Überzeugung zu verlieren, etwas, mit dem man immer wieder aufs Neue erfuhr, wie Faust mit dem Teufel einen Pakt …

Da fiel es mir wie Schuppen von den Augen. War ich denn mit Blindheit geschlagen? Der Drucker! Die Antwort war zum Greifen nahe gewesen. Ich musste schnellstens zurück nach Staufen, den hinterhältigen Kerl aufspüren, bevor er sich wieder verkroch.

ERSTER TEIL

SABELLICUS

«Homo ille, de quo mihi scripsisti …»
«Jener Mensch, von dem du mir geschrieben hast …»

Trithemius, Abt von St. Jakob zu Würzburg

I
IN FLAMMEN

Speyer, vierzig Jahre zuvor

Eine finstere Nacht. Kein einziger Stern wollte mir Flügel wachsen lassen. Nur ein roter Mond, so blass.

Selbst die Grillen waren verstummt, von diesem schrecklichen Ort geflüchtet, wo alles Leben mit nicht enden wollenden Litaneien erstickt wurde – demütig, gehorsam und still –, ein ewig murmelndes Gleichmaß, während die Welt jenseits der Klostermauern in Aufruhr war. Ich musste diesem Kerker entfliehen, bevor es mich erwürgte – meinen Geist, mein flammendes Herz. *Die Natur!*

Ich wand mich in der ungewohnten Kluft einer Novizin. Schwer war sie wie ein nasser Sack, eng, wo sie luftig sein sollte, und weit, wo sie die Vorzüge meines erblühenden Körpers hätte hervorheben sollen. Wo war all die Seide geblieben, wo waren mein Schmuck, die Kämme und Schuhe aus zartem Leder?

Der Betschemel unter dem Wandkreuz befahl mich zu sich – ein Folterinstrument für den hochtrabenden Geist –, mein Sprachrohr nach draußen. Ich faltete die Hände zum Gebet, vergrub mein Antlitz darin.

«Vater, Mutter, habt Erbarmen mit eurem einzigen Kind, auch wenn es nur ein Mädchen ist. Kein Vergehen kann so groß sein, dass ich diese Strafe noch länger ertragen muss. Eine letzte Chance, mehr verlange ich nicht. Ich verspreche, mich zu bessern, euch stets zu ehren und zu gehorchen. Auf meine unsterbliche Seele, hoch und heilig.»

Das Kaminfeuer knackte, ich kannte seine verborgene Sprache gut, und wie immer verspottete es mich: *Du hattest deine Chance, Hunderte. Nimm die Strafe auf dich, werde ein besserer Mensch. Gehorche endlich!*

Zum Teufel mit dir und dem Gehorsam, meine Knie schmerzten, meine Geduld und die Hoffnung auf Rettung waren geschwunden. Entweder hörten meine Eltern die Gebete nicht, oder sie hatten mich längst aufgegeben. Ich konnte es ihnen auch gar nicht verübeln, ich war mir selbst überdrüssig. Zu viel Drang, zu wenig Disziplin, kein Gehorsam und kein Halten. Wohin der Wind wehte, dorthin folgte mein Herz – ungestüm und unaufhaltsam, bar jeder Rücksicht auf mich oder andere. Widerstand war zwecklos, das Gefühl zu stark, um meinem überschäumenden Gemüt, meinem Herzen! zu befehlen. Einzig von Gottes Werk, dem Sternenhimmel, ließ ich mich leiten. Niemand anderem vertraute ich mein Schicksal an – so wie es die Weisen aus dem Morgenland getan hatten, und wie sie war ich von edler Herkunft. Warum wurde mir also verwehrt, was ihnen zugestanden wurde? Ich berief mich auf göttliche Führung durch den Lauf der Sterne, hin und wieder auch auf meine sorgsam erstellten Horoskope, die Gottes Wege zu ergründen suchten. Wehe dem, der daran etwas auszusetzen hatte. Er hätte Gott gelästert.

«Gnädiger Herr im Himmel, du hast mich zu dem gemacht, was ich bin. Hilf mir aus der Not, hab Erbarmen mit deinem Geschöpf. Jetzt!»

Doch Gott schwieg. *Wie immer.*

Ächzend zwang ich mich auf die Beine, humpelte hinüber zum kargen Stuhl und widmete mich wieder den

Schriften – der einzigen Passion, die mir noch geblieben war, die mir niemand würde nehmen können.

Wie eine Mutter ihre Jungen verteidigte ich die alten, vergilbten Blätter gegen die Nachstellungen der Schwester Oberin, einer nimmermüden Schnüfflerin und Kerkermeisterin. Sie kannte jedes Versteck meiner kleinen Behausung, hatte sie schon zigmal inspiziert – bislang erfolglos, gottlob. Sie hatte keine Vorstellung von der Kraft einer Ertrinkenden, sie war die Schwäche und Phantasielosigkeit meiner Mitgefangenen gewohnt.

Und wenn sie mich dennoch eines Tages überraschte, würde ich ihr ein paar Seiten des Briefwechsels zwischen Abaelard und Heloise zum Fraß vorwerfen, die auf dem Katheder bereitlagen, während die anderen, wissenschaftlichen unter meinem Habit verschwanden. Ihr Verlust wäre nicht sonderlich schmerzhaft. An Abschriften, oder neuerdings an Drucken, der leidenschaftlichen, letztlich tragischen Liebesgeschichte eines Mönchs und einer Nonne bestand kein Mangel in diesem züchtigen Kloster für ungehörige Adelstöchter. Kein Gebet und keine Strafe konnten der Sehnsucht einer jungen Seele Einhalt gebieten. Auch das war ein unumstößliches Naturgesetz!

Wo immer eine Kirche stand, trieb der Teufel sein Unwesen.

Ich war fasziniert von derlei Weisheiten, berauschte mich regelrecht daran und würde nicht eher davon lassen, bis ich das letzte Geheimnis aufgedeckt hatte.

Wie ich allerdings dieses Monstrum von einer Weltchronik vor der Oberin verbergen wollte, blieb mir schleierhaft. Es war ein Kunststück, nicht minder eine teure Investition gewesen, den geplünderten, nur noch halb erhaltenen Folianten ins Kloster zu schmuggeln. An diesem Abend hoffte ich, von der Neugier der Oberin verschont zu bleiben, es drohte also keine Gefahr. Am nächsten Tag wollte ich ein geeignetes Versteck erkunden.

Bis dahin kostete ich vom Abenteuer und schwelgte beim Anblick der Karten und Bilder im Fernweh, selbst wenn ein Teil bereits durch Dummheit oder Not herausgerissen worden war. Wer konnte bei allem gesunden Menschenverstand überhaupt so einen Frevel begehen?

Jeder einzelne dieser fein gezeichneten Buchstaben führte geradewegs zu einer neuen, bislang unbekannten Erkenntnis. Ich las von der Erschaffung der Welt bis hin zum Sturz des Antichristen, der die Menschen mit seinen falschen Predigten verführte, und staunte über den gruseligen Frohgemut des Totentanzes. Jedes Bild offenbarte Menschen und Städte so fern und fremd, wie ich sie mir in meinen kühnsten Träumen nicht vorstellen konnte. Die Welt war größer und bunter als alles, was mir bisher erzählt worden war, und jede Karte zeigte den Weg dorthin auf. Hinaus in die weite Welt gehen, erkunden und erforschen, dem tristen Dasein entfliehen. Man ... *Ich!* ... musste nur den Mut aufbringen ...

Warum nur war ich nicht als Mann geboren worden? Dann hätten sich diese Fragen nicht gestellt, es wäre gar von mir erwartet worden, nach Padua oder Bologna zu gehen, um Medizin zu studieren, nach Rom, Florenz, Paris und die vielen anderen Städte, in denen die Wissenschaften gefeiert wurden wie ein neues Glaubensbekenntnis. Ich blätterte weiter und stieß auf einen beigelegten Zettel. Ich öffnete ihn und staunte nicht schlecht.

Eine *Sternenkarte!* Darauf bekannte Gestirne und noch einige mehr, von deren Existenz ich bis dahin nichts wusste oder gar zu ahnen wagte. Und das sollte etwas heißen, schließlich war die Astrologie seit Kindertagen meine Leidenschaft, mein Elixier gegen Langeweile und Bevormundung – meine *wahre* Religion. Ich kannte den Sternenhimmel zu allen Jahreszeiten und dank der vielen Reisen mit meinen Eltern von unterschiedlichen Orten aus. Keine Nacht verging ohne Bettflucht und Blick in die glitzernde, unermessliche Tiefe des Weltenalls, meinen selbstgebauten Jakobsstab stets zur Hand, mit dem ich die Sterne und ihre Wege maß, daraus Erkenntnisse über den irdischen Lauf der Dinge gewann und zu verstehen suchte, wie der Wille und Plan Gottes lautete, was die Welt im Innersten zusammenhielt.

Doch welch wunderbares Rätsel hielt ich nun in der Hand? War es Zufall oder Fügung, sprach Gott endlich zu mir, nachdem er so lange geschwiegen, meine Gebete nicht erhört hatte?

Ich erkannte Kassiopeia und Perseus, Andromeda, Adler, Kepheus und noch einige weitere, wohlvertraute Gestirne auf dem verblassten Fetzen. Darauf folgten andere Gebilde, die sich gen Süden erstreckten, unfassbar und unendlich weit über die mir bekannten Grenzen hinaus. Fast so, als müsste man dazu auf die Unterseite der Welt wechseln, um sie zu sehen. Das war völliger Unsinn, denn dann … würde man kopfüber und haltlos ins Weltenall stürzen.

Zu meinen Fragen und Zweifeln gesellte sich schließlich Erheiterung. Natürlich, es handelte sich um den Scherz eines hinterlistigen Schlitzohrs, das sich über die Leichtgläubigkeit des Finders lustig machte. Ich gönnte ihm den Sieg ein paar quälende Augenblicke lang, doch dann gewannen erneut die Zweifel Oberhand. Die Positionen der Sterne waren viel zu präzise, um als beliebig oder unwissend zu gelten. Der vermeintliche Fälscher hatte sich große Mühe gegeben ...

Schritte hallten auf dem hohlen Gang vor meiner Tür. Ich steckte die Karte zurück und schlug den Folianten zu, horchte und machte mich überstürzt dran, meinen mysteriösen Schatz zu retten.

Galten die Schritte überhaupt mir? Ungewöhnlich laut waren sie, fast schon verräterisch; die Oberin hätte es mir niemals so leichtgemacht, mich vorzubereiten. Und je näher die Schritte kamen, desto fiebriger suchte ich nach einem Versteck. Unter den Betschemel, in die Truhe meiner wenigen Habseligkeiten oder gar zwischen die Holzscheite? Wohin mit dem sperrigen Ding?

Unmittelbar vor meiner Tür verklangen die Schritte, Worte wurden gewechselt. Ich hatte keine Zeit zu verlieren und steckte das Buch kurzerhand unter die Bettdecke, eilte an den Katheder zurück und stürzte mich in die Leidenschaft von Abaelard und Heloise.

Eine Träne noch, wenigstens eine, vielleicht half es.

Die Tür ging auf.

«Margarete, du hast Besuch.»

Trithemius ... *Endlich!*

Der Ton in der Stimme der Oberin ließ keinen Zweifel, dass ihr der *Besuch* nicht recht war. Doch gegen den hohen Gast aus dem Kloster Sponheim war kein Ankommen.

Ich tat überrascht, schniefte und ließ das Papier zu Boden sinken.

Noch bevor der ehrwürdige Abt die Zelle betrat, eilte die Oberin ihm voraus, klaubte es auf und ließ auch die beiden anderen auf dem Katheder hinter ihrem Rücken verschwinden, bevor sie sich einen Tadel einhandelte.

«Margarete ...» Trithemius breitete die Arme aus und

lächelte fürsorglich – so wie ein Hirte, wenn er eins seiner verlorenen Schäfchen wiederfindet.

Mit einem tiefen, dankbaren Seufzen nahm ich die Einladung an und flüchtete mich hinein. *Trithemius, dich hat der Himmel geschickt.* Wenn mich jemand aus den Irrungen meiner Eltern befreien konnte, dann war es mein treuer Beichtvater, der stets ein verständiges Ohr für mich hatte. Ich konnte mir keinen besseren wünschen.

«Oh, ehrwürdiger Abt», schniefte ich hörbar erlöst, warf aber auch einen Blick über die Schulter, wo die Oberin ihren Blick durch den Raum wandern ließ, «wie habe ich mich nach Euch gesehnt.»

«Nicht so stürmisch, Kind, die Schwester Oberin könnte auf falsche Gedanken kommen.»

«Sorgt Euch nicht deswegen, werter Abt», raunte die Oberin, und es klang nach einer Drohung, «ich weiß um die Sehnsüchte meiner Novizinnen. Sie währen nicht lange.» Ihr Blick fiel aufs ungemachte Bett.

Ich musste handeln und kam ihr zuvor. «Verzeiht, Schwester Oberin, meine Nachlässigkeit. Ich wollte gerade zu Bett gehen.» Ungeschickt warf ich die Zudecke auf, sodass die Umrisse des Folianten darunter verschwanden. «Ich hatte nicht mit Besuch gerechnet.»

«Zu dieser späten Stunde», bekräftigte sie murrend.

«Es wird nicht lange dauern», erwiderte Trithemius, «nun lasst uns allein.»

Ein widerstrebendes Seufzen der Oberin, ein stummer, erfolgloser Protest, dann folgte sie der Aufforderung. Am nächsten Morgen würde es wegen Abaelard und Heloise ein mahnendes Gespräch und eine Strafe geben, ich verlachte sie dafür. *Dummes, eingebildetes Ding, du wirst meiner niemals Herr.*

«Margarete», setzte Trithemius an, und ich schenkte ihm all meine Dankbarkeit mit einem strahlenden Lächeln, «deine Mutter bat mich, nach dir zu sehen.»

Eine Last fiel mir von den Schultern, meine Gebete waren also doch erhört worden. Bei Tagesanbruch würde mein Vater mich abholen, meine Mutter mich mit offenen Armen empfangen, die Stimme tränenerstickt und flehentlich ihren Irrtum bereuend. Meine Eltern hätten niemals aufgegeben, mich zu lieben, und ich würde ihnen die Absolution erteilen. Familienbande waren unzertrennbar, für die Ewigkeit geschmiedet.

«Ihr nehmt mich mit?» Ich warf mich ihm an die Brust. «Ich wollte schon nicht mehr daran glauben.»

Er aber schob mich zurück. «Beherrsche dich, Kind. Ich bin nur auf Bitten deiner Mutter gekommen ...»

Mein Enthusiasmus schwand. «Nicht meines Vaters?»

«Er weiß nichts von meinem Besuch, und besser, er wird es nie erfahren. Ich will mir seinen Zorn nicht zuziehen.»

Kein Wunder, mein Vater war einer der einflussreichen Fürsten aus der Umgebung von Sponheim, wo der ehrwürdige Abt dem gleichnamigen Kloster vorstand. Mehr aber fürchtete Trithemius wohl, nicht mehr bei der lukrativen Deutung der Gestirne berücksichtigt zu werden, die mein Vater vor jeder wichtigen Entscheidung einholte.

Der Sternen Bahn weist den Weg zu Weisheit und Erfolg, nur ein unwissender Narr würde sich dem verschließen.

Dem konnte ich widerspruchslos zustimmen, nur, wo war mein Stern in dieser Nacht? Ich trat einen Schritt zurück, schluckte schwer, denn ich wusste, was das bedeutete. «Ihr seid also nicht meinetwegen gekommen?»

«Doch, ja, aber nicht nur. Ich habe morgen einen Disput

in Heidelberg und nutze die Gelegenheit, deiner Mutter den Gefallen zu tun.»

Meiner Mutter. Nicht mir. Die Worte hallten in mir gleich dem höhnischen Gelächter der Oberin, wenn sie den Folianten entdecken würde. Ich fände keine Gelegenheit, ihn rechtzeitig zu retten.

Der drohende Verlust und die offenkundige Missachtung meiner flehenden Bitten stachen mir ins Herz, Tränen traten mir in die Augen, und unbändiger Zorn pochte auf der losen Zunge.

«Was wollt Ihr dann hier?!»

In Trithemius' Reaktion spiegelte sich mein Furor, vermutlich hatte auch er längst die Hoffnung begraben, dass aus mir etwas Anständiges werden könnte. Die vornehme Blässe wich der Zornesröte. Er fuhr mich an, wie ich es zeit unserer Bekanntschaft nie bei ihm erlebt hatte, und das war sehr lange – er kannte mich seit meiner frühsten Kindheit.

«Mäßige dich, Weib!»

Trithemius hatte mich getauft, gefirmt und war der Hüter meiner Sünden und Geheimnisse im Beichtstuhl gewesen. Wenn mich jemand bis ins Innerste kannte, und das, lange bevor es meine Eltern taten, dann war es der für seine Klugheit und sein Wissen berühmte, weithin verehrte Abt vom Kloster Sponheim. Es gab keinen besseren weit und breit. In diesem Moment jedoch, in meiner größten Not und Verzweiflung, fühlte ich mich von ihm zurückgewiesen, seiner Obhut und Fürsorge beraubt, der Herde verstoßen.

«Ich will und ich werde es nicht! Niemals!» Ein Tritt gegen den Betschemel, das alte Ding knackte, und mein Fuß zahlte es mir mit Schmerzen zurück.

«Bist du des Teufels?», fuhr Trithemius mich an. «Schweig und bereue.» Er wies mich in die Ecke. Schwer atmend kam ich dem Befehl nach, auch mein Verstand beruhigte sich.

Grundgütiger, was hatte ich getan?

Ich musste mich beruhigen, mein überschäumendes Gemüt bezwingen, Trithemius war meine letzte Chance, hier rauszukommen. Ich warf mich ihm zu Füßen, küsste seine Hand.

«Verzeiht, ehrwürdiger Abt, verzeiht. Der Teufel muss in mich gefahren sein. Der Teufel ... so helft mir doch.»

Er antwortete nicht, er ließ es geschehen, bis meine Tränen auf seine Hand fielen. Er zog sie zurück, ging ans Fenster und schaute durch die Gitterstäbe in die Dunkelheit – als würde er damit auf mein Schicksal blicken.

Der Sternen Bahn ... allein, kein Stern wollte für mich einstehen.

«Du wirst dich fügen, so hat es mir deine Mutter aufgetragen. Es gibt kein Zurück, es ist deine letzte Chance.»

«Aber ...»

«Schweig! Es ist ihr gemeinsamer Wille, dass du das Gelübde ablegst, demütig und fromm unserem Herrn Jesus Christus dienst ...»

«Niemals!», und wieder gab es kein Halten mehr, ich rannte geradewegs ins Verderben.

«Andernfalls wollen sie dich nicht länger als ihre Tochter anerkennen ...»

«Sollen sie, es schert mich nicht.»

«Du verlierst all deine Ansprüche, den Titel, das Auskommen ...»

«Eine Last, ein Fluch ist es.» Ich spuckte es ihm entgegen.

«Vogelfrei ... rechtlos, der Willkür schutzlos ausgeliefert.»

«Frei! Endlich frei!»

Er seufzte, ein langes Schweigen. «Dann kann ich nichts mehr für dich tun.»

Ich schäumte vor Wut auf diesen selbstgefälligen Pfaffen, das Sprachrohr meiner Peiniger, auf die Feigheit der Sterne. «Geht! Sagt meinen Eltern, dass ich ihnen nicht länger zur Last fallen werde, dass ich ihren wohlfeilen Namen nicht länger führen noch gebrauchen werde. Ich sage mich von ihnen los, will alles aufgeben und vergessen … es wird mein Schaden nicht sein.»

«Kind, du versündigst dich.»

«Eher gehe ich durch die Hölle, als mich ihrer Zucht noch länger zu unterwerfen.»

«Du bist im Fieber.»

«Nie war ich so klar wie jetzt. Niemand kann der Natur befehlen. Auch meine Eltern nicht.»

«Sie muss gezähmt werden, wenn sie überschäumt.»

«Wollt Ihr etwa Wind und Feuer befehlen? Dem Sternenlauf?»

«Du bist von Sinnen! Du lästerst Gott und seine Schöpfung.»

«Ihr tut es, nicht ich.»

«Du … du …»

«Ich bin nach seinem Ebenbild geschaffen, ich bin von seiner Art. Ich bin!»

Nie hatte ich Trithemius fassungslos, einer Antwort verlegen, ja, derart verloren gesehen wie in diesem Moment. Er rang um Worte. Ich gewährte sie ihm nicht.

«Und nun geht, lasst mich allein!»

Mein Befehl war unerschütterlich und der harsche Ton unzweifelhaft. Für einen langen Moment erwiderte er nichts, dachte nach, doch dann verließ er den Raum, als trüge er Schuld für meine Worte, meine Abkehr vom rechten Weg, mein Verderben ... sein Versagen.

An der Tür machte er kurz halt, schien mit sich zu hadern, ob er mir einen letzten Rat geben sollte, ließ es dann aber sein – ich war nicht länger das gehorsame Kind, dem er mit Bibelsprüchen befehlen konnte. Ich war erwachsen geworden und er überflüssig.

Die Tür fiel ins Schloss, ich blieb mit dem Feuer in meiner Brust allein zurück. Niemals wieder würden sie mich auf die Knie zwingen, meinen Willen brechen. Das war ein für alle Mal vorbei.

Der Rausch der Erkenntnis trug mich in die anbrechende Nacht, ich zog die Weltchronik unter der Bettdecke hervor und blätterte selbstverloren darin, als sei nichts gewesen. Mit ihr reiste ich von Würzburg über Nürnberg nach München, überquerte die Alpen nach Genua, Bologna und Rom, traf auf meiner Traumreise andere Wissenschaftler, Künstler und Philosophen, diskutierte in allen Sprachen mit ihnen, feierte, tanzte und lachte. In Gedanken war ich frei und glücklich, höchste Zeit, es auch im *wahren* Leben zu sein.

Zum Morgengebet würde ich der Oberin meinen Entschluss mitteilen, den Habit abstreifen und auf große Reise gehen. Mit Gegenwehr rechnete ich nicht, die Kerkermeisterin dürfte froh sein, den rebellischen Floh endlich aus dem Fell geschüttelt zu haben.

So verstaute ich den Folianten unter meinem Bett und löschte die Kerzen, auf den Lippen mein neues Nachtgebet.

Mein Weg ist der des Gelehrten, nicht der Nonne.

Der Morgen warf bereits Licht durchs vergitterte Fenster herein, als ich jäh aus meinen Träumen gerissen wurde.

Im schwarz-weißen Habit der Inquisition standen die Oberin und zwei ihrer Kerkerknechte in der Tür.

«In den Keller mit ihr!»

Ihre knochige, weiße Hand mit der Rute zitterte vor Erregung.

II
GEBURTSWEHEN

Auf den ersten Glockenschlag, immer mittwochmorgens um sechs Uhr, öffnete Schwester Frederica das Tor, um den Karren des Schlachters einzulassen. War er durch, verschloss sie es wieder und führte den Karren bis zur Küche an, wo sie das Abladen überwachte und sich den Inhalt der Töpfe zeigen ließ, sobald ihr etwas verdächtig vorkam.

Worte wurden währenddessen nicht gewechselt, es war ein eingespielter Vorgang, der nicht länger als zehn Perlen eines Rosenkranzes dauerte. Danach holperte der Karren mit leeren Töpfen zum Tor zurück. Frederica schloss auf, der Karren fuhr hindurch, und der Schlüssel drehte sich im Schloss.

Woche für Woche das gleiche Spiel. Tor auf, Karren rein, Abladen, Karren raus, Tor zu. Kein Floh hätte ungesehen durchschlüpfen oder sich in einem der Töpfe verstecken können.

Da war kein Durchkommen, nur ein Anfänger hätte sich daran versucht. Ich hatte die Idee längst aufgegeben, es musste einen anderen Weg geben. Bis ich ihn gefunden hatte, pries ich den Herrn und seine Schöpfung mit meiner Hände Arbeit. *Halleluja!* – unser aller, auch *mein* neues Credo.

Ich war seit vier Uhr auf den Beinen, hatte gebetet, die Gänge gefegt, Latrinen gereinigt, Brennholz herangeschafft, die Zuber mit heißem Wasser gefüllt, die schmutzige Wäsche eingeweicht und das Frühstück vorbereitet. Während wir auf den Glockenschlag und den Schlachter warteten, durfte ich beten, anstatt das schmutzige Geschirr in die Küche zu tragen und zu spülen, was ich mir durch meinen offensichtlichen Eifer verdient hatte. Die anderen waren damit beschäftigt, den Teig zu kneten und den Backofen anzuheizen, die Kleidung zu flicken, das Kleinvieh zu füttern, Scheren und Messer zu schleifen, eine gebrochene Winde instand zu setzen, oder sie kümmerten sich um die Gartenarbeit. Es wurde gesägt, gehämmert und geschwitzt. Wortlos, ohne Seufzer der Erschöpfung, ohne Protest gegen die Schinderei, demütig, aufopfernd und selbstvergessen. *Alles im Dienste des Herrn ...*

Das wollte uns die Oberin glauben machen, die Herrin dieses Straflagers für ungehorsame oder abgeschobene Töchter aus hohem Hause. Nicht weniger war sie eine unerbittliche Zucht- und Kerkermeisterin, ihre flirrende Rute die Geißel eines wahrhaften Teufels, der weder Erbarmen noch Gnade mit den Verfehlungen einer Schwester kannte. *Buße tun* lautete das erste Gebot, es bedeutete nichts anderes als Schläge und Demütigung. Das zweite, *Besinnung im stillen Gebet*. Das dritte, *bedingungslose Unterwerfung*.

Es dauerte ein paar Wochen, bis sie glaubte, mir ihren Kanon eingeprügelt zu haben. Ich tat alles, um den Anschein zu wahren.

«Beeilt euch!», ermahnte uns Schwester Frederica, das nicht mehr frische Fleisch zu verarbeiten, es roch bereits und hatte die gesunde Farbe verloren, sodass ich mich zwingen musste, es überhaupt anzusehen. «Die Sonne kommt durch.»

Es würde ein heißer Tag werden, das Säubern, Pökeln und Abkochen durfte nicht länger warten. In den Töpfen brodelte derweil das Wasser, der Dampf stand zwischen uns und der Aufseherin. Ich ließ die scharfe Klinge über die Knochen rattern, schabte, schnitt und löste aus. Ekelhaft, ich würde mich nie daran gewöhnen.

Neben mir schwitzte Konrada, die verschmähte Tochter eines Grafen aus dem Rheingau, sie wollte mich unbedingt zur Freundin haben. Ich wusste nicht, warum, ließ sie aber in dem Glauben, dass sie mir vertrauen könne.

«Heute Nacht, wenn alle schlafen», flüsterte sie mir zu, «ist es so weit.»

«Was hast du vor?» Eine rhetorische Frage, um meine Ahnungslosigkeit zu unterstreichen und ihr das Gefühl zu geben, sie sei mir überlegen.

«An der Ecke zum Kreuzgang.»

«Du allein?»

Sie schüttelte den Kopf, schaute verstohlen zu Frederica, die am anderen Tischende stand und die Arbeiten beobachtete, Schwestern maßregelte und sie zu mehr Gewissenhaftigkeit aufforderte.

«Wer noch?», hakte ich nach.

«Philippa und Isidora.»

Ich nickte kurz.

«Bring ein Laken aus der Wäscherei mit.»

«Die Mauer?»

«Dieses Mal wird es gelingen.»

Würde es nicht, genauso wenig wie die anderen Male zuvor. Die Mauer war unüberwindlich und wurde vor allem ständig von der Oberin und ihren Adjutantinnen beobachtet. Genauso gut hätte man Kerzen aufstellen und mit Töpfen schlagen können, um die Flucht anzukündigen. Und schaffte man es dennoch auf den Mauergrat, so griff man dort in spitze, scharfkantige Steine, die die Oberin hatte anbringen lassen. Manch eine hatte es Finger oder gar die Hand gekostet, andere schlitzten sich die Bäuche auf.

Die Mauer war eine Falle, sie endete immer im Keller, wo die Oberin mit der Rute bereits auf die Bedauernswerten wartete.

«Traust du ihnen?», fragte ich.

«Philippa würde ich meine Unschuld anvertrauen.»

«Und Isidora?»

«Hat die Pferde organisiert.»

Damit war es entschieden: Konrada hatte ihre Unschuld schon längst an einen verführerischen Wandermusiker verloren, das war der Grund, warum sie hier war. Von Philippa wusste jede von uns, dass sie log und betrog, wie wir Gebete sprachen. Sie war ein selbstverliebtes, hinterhältiges Miststück, von der man sich erzählte, sie hätte ihren Beichtvater schon mit zwölf Jahren verführt. Und Isidora würde noch nicht einmal eine Hasenkeule auf dem Karren des Schlachters hereinschmuggeln können, so einfältig war sie.

Die ganze Sache war eine Falle, ich ließ mich nicht täuschen. Konrada stand im Dienst der Oberin oder Fredericas oder von wem auch immer und würde für eine Vergünstigung eine allzu vertrauensselige Schwester ans Messer liefern. *Nicht mit mir, du Schlange.*

«Ich werde da sein.»

Konrada nickte zufrieden, und ich wusste, wo ich in dieser Nacht sicherlich nicht sein würde.

Die Falle konnte mir jedoch zum Vorteil gereichen. Die Oberin und ihre Helferinnen würden sich in dieser Nacht auf den Kreuzgang und die Mauer konzentrieren, eine andere Fluchtmöglichkeit käme für sie nicht in Betracht.

Ich hatte lange darauf hingearbeitet, und wenn die Oberin geahnt hätte, wie sehr sie mir gerade half, hätte sie die Rute gegen sich selbst gerichtet.

Schmalz ... was für ein wunderbarer, allseits unterschätzter Stoff, das Ergebnis eines einfachen, alchemistischen Prozesses, den jede Küchenmagd kannte. Allein, der Anwendungszweck würde sich vom Bekannten unterscheiden. Ich würde ein Töpfchen damit füllen und es unter dem Habit verschwinden lassen. Bis dahin sollte kein Stück Fett an diesem Knochen hängen bleiben, Frederica würde mit mir zufrieden sein.

Und dieses Mal zitterte *ich* vor Erregung.

Gemüse, Hirse und ein winziges Stück sehniges Fleisch, so zäh, dass selbst das stundenlange Kochen nichts daran geändert hatte – das war unser Mahl. Wir aber sollten der Schwester Oberin dankbar sein, für ihre Güte, Großzügigkeit und Liebe. *Einen Dreck war ich.*

Obwohl mein Magen knurrte, schob ich den Holzteller weg. Seit drei Tagen hatte ich nichts mehr gegessen, mich nur von Brühe und Gebeten ernährt, so wie jetzt: die Hände gefaltet, die Lippen stumm und demütig die Herrlichkeit unseres Schöpfers preisend.

Ich fastete, damit mein Geist rein wurde und der Körper

nicht irdischen Zwängen unterworfen war, *physikalischen*. Vor allem achtete ich darauf, dass mich die Oberin im Blick hatte. Sie sollte sehen, staunen und zufrieden seufzen, welche Früchte ihre Zucht hervorgebracht hatte. Ich war dünn wie ein Schilfrohr geworden, ein Fähnchen im Wind ihres Regiments – aber auch geschmeidig und unzerstörbar. *Zwei Seiten einer Münze.*

Wer nur die Heilige Schrift las, wusste davon nichts. Er würde ein einfaches Naturgesetz als Wunder oder Teufelswerk betrachten – je nachdem, wie man es ansah. Die Oberin sollte beides erfahren, es war mein großzügiges Abschiedsgeschenk an sie und ihr Teufelsregiment.

«Warum isst du nichts?» Isidora, ein blasses, zerbrechliches Wesen, das erst seit ein paar Wochen den heiligen Geist des Klosters atmete, schaute mir nicht in die Augen, sondern auf meinen Teller. So leicht verriet man nicht seine Absichten, sie musste noch viel lernen.

Ich schob ihr das *reiche* Abendmahl mit einem seligen Lächeln zu, und natürlich entging es der Oberin nicht.

«Für mich?», fragte Isidora, von meiner Selbstlosigkeit überrascht.

«Selig sind die Hungernden und Dürstenden», säuselte ich schwesterlich.

«Aber …»

«Mach dir keine Gedanken und iss. Der Herr im Himmel speist mich zur Genüge.»

Kurz zögerte sie, dann seufzte sie und nahm den Köder an. «Vergelt's Gott.»

Ich musste nicht aufschauen, ich spürte den Blick der Oberin. Als es genug war, lehnte ich mich zurück und flüsterte Isidora zu, die sich an dem zähen Stück abarbeitete. «Dafür bist du mir einen Gefallen schuldig.»

«Sicher ... was immer du willst.»

«Wenn sich die Schwester Oberin nach dem Essen in ihre Kammer zurückzieht, folgst du ihr.»

«Was ...?»

Ich nahm ihre Hand und drückte zu, dass sie hätte schreien wollen, wenn ihr das zähe Stück Fleisch nicht den Mund verschlossen hätte. «Nicht so laut.»

«Du ... tust ... mir weh!»

Den Griff lockerte ich nur ein bisschen, sie sollte an meiner Ernsthaftigkeit nicht zweifeln. «Du wirst der Oberin eure Flucht verraten.»

«Hast du den Verstand verloren?» Das war eindeutig zu laut und zu auffällig.

«Still, sie beobachtet uns.» Dabei machte ich ein entrücktes Gesicht, als ob alle Sanftmut der Welt in mich gefahren wäre. «Glaub mir, außer mir gibt es niemand in diesen Mauern, dem du vertrauen kannst.» Ich ließ los, sie seufzte erleichtert, verärgert.

«Das stimmt nicht. Konrada ...»

«... wird euch in eine Falle locken.»

«Du lügst.»

«Sie hat es mir gestanden.»

«Was?»

«Sie will den Platz von Frederica einnehmen, dafür buhlt sie um die Gunst der Oberin.»

«Das glaube ich nicht.»

«Sie sagte mir im Vertrauen, du hättest Pferde für eure Flucht besorgt.»

«Ich?» Die dünnen Lippen formten ein überrasches Lächeln, sicherlich nicht ganz frei von Stolz, dass man ihr so etwas Waghalsiges überhaupt zutraute.

Die Schmeichelei war noch immer die vollendete Form

aller Lügen, ein Gift mit garantierter Wirkung. So hatte es mich meine Mutter gelehrt, die charmante und gewiefte Burgherrin, die meinen Vater in allen Dingen vertrat, wenn er auf Reisen war. Ich hatte in ihre Fußstapfen treten sollen, als sie noch die Hoffnung hegte, mich standesgemäß zu verheiraten.

«Du musst mir nicht glauben», fuhr ich fort, «das Gerücht reicht aus, um dich in den Keller zu bringen.»

Der Keller zog immer, bei jeder, gleich welchen Rang er im Gefüge einnahm.

Isidora wurde noch ein Stück blasser. «Ist das alles?»

Ich nickte. «Die Wahrheit wird dich vor Strafe schützen.»

Das sollte für Isidora genügen – die ermutigende Vorstellung von *Wahrheit*, Aufrichtigkeit und Treue, selbst dann, wenn man schon am Abgrund stand.

Eine Sache noch, ich drückte ihr einen Kieselstein in die Hand. «Wenn du ihre Kammer verlässt, leg das unauffällig in den Türspalt.»

Sie stellte keine Fragen und nahm ihn.

Damit blieb mir nur noch abzuwarten, demütig im Gebet versunken, und zu verfolgen, wie alles seinen vorausbestimmten Gang nahm. Jeder um mich herum hatte seine Aufgabe, und niemand ahnte, dass er mir damit in die Karten spielte.

Die Oberin hatte endlich fertig gegessen und erhob sich, die anderen taten es ihr gleich; das Abendessen war mit ihrem Rückzug aufs Zimmer beendet. Die einen räumten das Geschirr ab und spülten, die anderen gingen in ihre Kammern, um zu ruhen, bevor man sich gemeinsam zum Nachtgebet in der Klosterkirche traf.

Schwester Maria und ich waren für die anstehende

Armenspeisung eingeteilt, eine ungeliebte Tätigkeit, musste man sich mit dem gottlosen, verlausten und nicht weniger gierigen Bettlervolk herumschlagen, das einem die Abfälle aus den Händen riss.

Konrada sollte sich um die Fütterung der Hühner kümmern und das Einsammeln der Eier. Durch meine Fehlinformation ging sie in die entlegene Wäschekammer, wo sie schwer zu finden war, sollte jemand nach ihr suchen.

In der Küche füllte ich Körbe mit altem Brot und Töpfe mit Brühe, danach trug ich sie in den Hof. Hoch über mir sah ich Isidora am Fenster stehen, wie sie sich gegen die bohrenden Fragen der Oberin zur Wehr setzte. Es würde ihr nicht gelingen, Misstrauen und Neugier waren Urgewalten, und die Oberin verlor darüber Verstand und Geduld. Gleich käme sie nach unten, ich würde sie an der Treppe zufällig treffen und ging los.

«Wo ist Schwester Konrada?», fuhr die Oberin mich hastig an.

«Im Zeughaus», antwortete ich beflissen.

«Was will sie dort? Um diese Uhrzeit?»

«Ich glaube, sie sucht nach einer Leiter.»

«Eine ... Wofür?»

Die Antwort konnte ich mir ersparen, die Oberin ließ mich mit Isidora an der Hand und wehendem Habit stehen.

Jetzt galt es. Ich eilte die Stufen hinauf, die abgelegene Kammer am Ende des Gangs war mein Ziel. Sie war stets verschlossen und der Schlüssel in der Tasche der Oberin. Allein, die Furcht vor der Flucht eines ihrer Schafe ließ sie für das eine Mal überstürzt handeln.

Die karge, hölzerne Kammer war überschaubar: Bett, Schrank, Tisch, Stuhl und eine Truhe. Der Schrank enthielt nur Kleidung und Schuhe, blieb also die Truhe – und ein Vorhängeschloss. Der schwere Kerzenleuchter löste das Problem, offenbarte aber auch eine Überraschung – nun ja, nicht ganz. Es gab Gerüchte und Erklärungsversuche, wo Geld und Spenden geblieben waren, die zum Unterhalt des Klosters flossen. Jetzt hatte ich eine überzeugende Antwort gefunden.

Doch wegen der vielen Münzen und des feinen Geschmeides war ich nicht gekommen, ich wollte nur zurück, was mir gestohlen worden war. Auf den alten, zerfledderten Folianten konnte ich nicht mehr hoffen, auch nicht auf den Schmuck, den ich mit ins Kloster gebracht hatte und der mir abgenommen worden war. Und schon gar nicht auf meine vornehme Kleidung, die Bücher und Schriften … Nein, der einzige Grund für das irrwitzige Unterfangen, hier einzubrechen, war die alte, vergilbte Sternkarte, die ich im Folianten gefunden hatte. Sie würde die Investition in meine Zukunft als bedeutende Astronomin der neuen Zeit sein. Ich konnte nicht auf sie verzichten.

Die Oberin mochte ein elendes Miststück sein, eine Lügnerin und Betrügerin, ein sadistischer Folterknecht obendrein, ein Dummkopf war sie sicherlich nicht. Sie wusste von den Horoskopen, die sich Bischöfe, Päpste und Fürsten teuer erstellen ließen. Eine so detaillierte Sternkarte war bares Geld wert, manch einer hätte für sie gemordet. *Ich jedenfalls, ohne mit der Wimper zu zucken.*

Nur, wo war sie zwischen all dem nutzlosen Krempel zu finden?

Ich durchwühlte den Inhalt der Truhe, während die Rufe nach Konrada über den Hof gellten. Ich durfte keine Zeit verlieren, hätte schon längst an der Durchreiche für die Armenspeisung sein müssen. Aber ohne die Sternkarte würde ich nicht gehen, würde Züchtigung und Versklavung eher und länger ertragen, als diesen Schatz zurückzulassen.

Das konnte nur jemand verstehen, der die Macht eines Geheimnisses kannte, Wissen über Gold stellte ... Oder jemand, der auf dem direkten Weg in die Hölle war. Auf mich traf das alles zu, auch wenn ich an eine Höllenfahrt noch nicht dachte.

Sie begann just in dem Moment, als ich die Sternkarte endlich zwischen Schuldverschreibungen, Schenkungen und einem seltsamen Flugblatt fand – darauf die Zeichnung von einem Mann mit lockigem Haar und gezwirbeltem Schnurrbart, finster dreinblickend und mysteriös.

Der berühmte Astrologe und Alchemist Doktor Georg Helmstetter ...

Interessant. Ich würde später weiterlesen, steckte das Blatt zusammen mit der Sternkarte und meinem gestohlenen Geld nebst Zinsen in ein kleines Säckchen, *meinen Wanderbeutel*, und rannte die Stufen hinab auf den Hof. Mittlerweile war Konrada gefunden worden und musste sich an Ort und Stelle der Oberin gegenüber rechtfertigen, während mich die Klappe zur Armenspeisung – offen und verwaist – aufforderte, meinen Dienst zu tun. Hungrige, flehende Augen blickten herein. Sie würden gleich ein Kunststück erleben, wie sie es noch nicht gesehen hatten.

Ich streifte den Habit einer Gottesdienerin bis auf die nackte Haut ab – mein Gott, was war ich nur für ein dürres, unterernährtes Gerippe geworden. Meine Mutter hätte bei dem Anblick der Schlag getroffen, vielleicht hätte sie es sich ja noch einmal mit mir überlegt. Dafür war es nun zu spät, ich hatte meine Entscheidung getroffen. Es gab kein Zurück mehr, ich wäre nie wieder aus irgendeinem Keller freigekommen.

So nahm ich das Schmalztöpfchen aus dem Wanderbeutel, schmierte mich an Becken und Schultern ein, sodass Reibung und Widerstand mich nicht bremsen konnten.

Dennoch machte ich mir nichts vor: Es würde nicht so leicht vonstattengehen, wie ich es mir ausgerechnet hatte, es würde weh tun, und ich würde vor Schmerzen schreien.

So wie es eine werdende Mutter bei der Geburt tut.

Mir gefiel der Gedanke. Es war tatsächlich eine Geburt.

In ein neues Leben.

III
DER BUNDSCHUH

Die Arme ausgestreckt wie ein Adler die Flügel, die Nase im Wind und die Hölle hinter mir. Die Sonne wärmte mein Gesicht, ich hieß sie willkommen, öffnete ihr mein Herz.

Vor mir lag das weite Tal des Rheins. Aus voller Brust rief ich ihm entgegen.

«Wohin?!»

Worte konnten nicht beschreiben, was ich empfand. Ich drohte vor Glück zu zerspringen.

«Wohin?!»

Immer und immer wieder ... bis mir die Stimme brach und ich vor Erschöpfung ins Gras plumpste. Am Himmel zogen dicke Wolkenberge auf, ein erfrischendes Bad im Regen käme gerade recht. Der Schmalz hatte sich mit Blut, Schweiß und meinem dünnen Hemd zu einer festen, stinkenden Einheit verbunden. Die Mücken waren darüber begeistert, ich ließ sie gewähren. Es gab ohnehin nicht viel an mir zu zehren, sie würden es bald einsehen und weiterziehen.

«Frei!» *Was für ein unbeschreiblich großartiges Gefühl!* «Endlich frei!»

Ich hatte es geschafft, war die Nacht hindurch gegangen, ohne zu rasten. Je weiter ich das Kloster hinter mir gelassen hatte, desto schwieriger war es geworden, dass sie mich finden würden. Und bei allen Teufeln, die Oberin würde nicht eher ruhen, bis sie es geschafft hatte. Nicht wegen des bisschen Gelds oder der Sternkarte, das würde sie verschmerzen. Ich hatte sie herausgefordert, überlistet und besiegt. Das würde an ihr nagen wie Ratten an ihrer verdorbenen Seele. *Ich gönnte es ihr von Herzen.* Sollte sie leiden und verzweifeln, wie ich unter ihrer Knute gelitten und vergeblich um Barmherzigkeit gefleht hatte.

Nie wieder Knecht sein! Nie wieder eine Gefangene!

Noch am Abend würde die Oberin einen Reiter zu meinen Eltern geschickt und um Verzeihung gebeten, aber auch Unterstützung für die Suche nach mir eingefordert haben. Meine Mutter würde die Sorge umtreiben, meinen Vater der Zorn, dass ich mich abermals seinen Befehlen widersetzt hatte. *Seinem Willen!* Ich spuckte darauf.

«Abgeschoben, eingesperrt und vergessen. Schande über euch … das einzige Kind zu verstoßen. In der Hölle sollt ihr dafür büßen. In der Hölle …»

Ich setzte mich auf, schlang die Arme um die zerkratzten Beine und schaute die Anhöhe hinunter. Im Tal floss der Rhein still und gemächlich dahin, darauf Boote und Schiffe der Händler und Fischer. Kommandos der Pferdeführer wehten zu mir herauf, die Rösser zogen an langen Leinen Schiffe rheinaufwärts. Eine elende Sklavenarbeit für Mensch und Tier, die meiner Tortur im Kloster glich – harte körperliche Arbeit unter der Knute eines Zuchtmeisters und Antreibers. Kloster und Schwestern wollten versorgt sein, für teure Handwerker gab es kein Geld.

Tiefe Erschöpfung hatte mich von Tagesanbruch bis in den Abend begleitet, die Arbeit wurde einzig durch das gleichbleibende Murmeln von Gebeten auf hartem Gestühl oder steinigem Boden unterbrochen – die Schmerzen in Knien, Rücken und Gelenken würden mich noch lange begleiten. Die Nacht hatte der Verzweiflung und dem Schmieden von Fluchtplänen gehört, bis um vier in der Frühe die Glocke zum Morgengebet geläutet und das Martyrium von neuem begonnen hatte.

Nach dieser Erfahrung brauchte ich mich meiner Entscheidung nicht zu versichern, das Richtige getan, mich von meinen herzlosen Eltern, meiner Heimat und einem Schicksal als unterwürfige Ordensschwester losgesagt zu haben. Ich hatte so viel Schmerz, Enttäuschung und Niedertracht erfahren, dass ich alles Recht der Welt besaß, mich aus den Ketten meiner Eltern und Peiniger zu befreien.

«Ich schwöre bei allem, was mir heilig ist: Nie werde ich es bereuen, niemals! Und falls doch, der Himmel sei mein Zeuge, dann will ich auf der Stelle tot umfallen und in der Hölle schmoren. Dann habe ich es nicht anders verdient, dann war ich es nicht wert.» Drei Kreuzzeichen besiegelten meinen Schwur. «Auf die Freiheit! Auf ein neues, glückliches Leben!»

Das war der einzig richtige Weg, ich spürte Gewissheit und Kraft. Sie befahlen mich auf die Beine, ich streckte die Arme aus und holte tief Luft.

«Welt, wohin wirst du mich als Erstes führen?»

Alle Wege standen mir offen, es gab keine Mauern, verschlossenen Türen oder Tore mehr, nichts konnte mich aufhalten. Mein Wanderbeutel war mit Geld und Sternen prall gefüllt, mein Herz quoll vor Abenteuerlust über.

Ein Plan wäre hilfreich, was ich mit meiner Freiheit nun anstellen wollte.

Rheinabwärts gehen gen Worms und Mainz? Aus dieser Richtung würden die Häscher meines Vaters kommen.

Rheinaufwärts gen Karlsruhe und Straßburg, hinauf bis nach Freiburg? Ja, warum nicht?

In meinem Rücken gen Westen, wo ein weiter undurchdringbarer Wald lag? Vielleicht später.

Oder geradewegs der Nase nach, den Rhein überqueren. Heidelberg war nicht weit.

So viele Möglichkeiten, ich konnte mich nicht entscheiden.

Die Sternkarte ... die Sterne würde mir den Weg weisen.

Was für ein verlockender Gedanke, ich war ein wenig stolz auf den Einfall. Ich holte die Karte hervor und betrachtete das Gewimmel aus Punkten, Bahnen und Positionen und wurde noch immer nicht schlau daraus. So viele unbekannte Sterne und Planeten. Wer hatte sie jemals gesehen und aufgezeichnet?

Was konnte ich mit ihnen jetzt und hier anfangen? Welchem Stern folgen, wem den Rücken kehren? Unmöglich, eine Entscheidung zu treffen, sollte das Los mein Schicksal bestimmen. Ich schloss die Augen, drehte mich im Kreise und gab mich meinem Gefühl hin.

Halt!

Kurz bevor ich zu stürzen drohte, öffnete ich die Augen. Vor mir der Rhein. Die Flussüberquerung also. Gut, dann los. Auf nach Heidelberg!

Ich glitt sanft den Berg hinunter, spürte weder Stock noch Stein an den Füßen, alles war leicht und mühelos, ich flog wie auf Wolken dahin. Erst als ich atemlos das Ufer erreichte, spürte ich wieder die Schwere des irdischen Seins. Der Rausch war verflogen, meine Haut an den Beinen blutig, das dünne Hemd noch schmutziger als zuvor und zerrissen.

Ich brauchte dringend neue Kleidung, ein ausgiebiges Bad wäre angebracht, mit Milch, Honig und feinen Kräutern veredelt, so, wie ich es von zu Hause her kannte. Dazu Wildbret, Bier und Wein, ich starb vor Hunger und Durst.

Allerdings befand ich mich in der Einöde des Rheinufers, weit und breit kein Bade- oder Gasthaus, der nächste Ort diesseits des Rheins oder die nächste Brücke konnten Stunden entfernt sein. Jedoch nicht weit hinter dem jenseitigen Ufer befand sich Heidelberg, mein Ziel. Also auf, dorthin.

Der Rhein stand erstaunlich hoch, der viele Regen der letzten Wochen musste zu Hochwasser geführt haben, und eine Fähre war nicht in Sicht.

Ich schoss die Sorgen in den Wind und band den Beutel um, achtete darauf, dass die Sternkarte trocken blieb, und ging mutig voran. Ein abgerissener Ast diente mir als Halt, er trug meinen leichten Körper erstaunlich gut, sodass ich nicht fürchten musste, in den Fluten zu ertrinken.

Welch eine Labsal, das frische Wasser kühlte die schmerzenden Beine, schon bald umspülte es meinen Körper, nahm die Hitze und den Schmutz, die Bedenken und die Furcht gleich mit. Gerade war ich noch wie ein Vogel geflogen, nun schwamm ich wie ein Fisch. *Die Elemente lieben mich …*

«Weg da!»

Ein Schatten fiel auf mich, die Fratze eines Mannes blitzte auf, und schon knallte ein Ruder gegen meinen Kopf. Ich wurde unter Wasser gedrückt und gehalten, taumelte, drehte mich um mich selbst, drohte die Besinnung zu verlieren … bis ich etwas zu fassen bekam, das mich wie von Engelshand geführt aus dem Wasser zog, ein Seil, mit dem die Schiffe flussaufwärts gezogen wurden.

Atemlos fiel ich am Ufer auf die Knie, fluchte und haderte, suchte gar nach einem Stein, den ich diesem Schurken hinterherwerfen konnte.

«Verfluchter Schweinehund.»

Statt eines Steins ergriff ich etwas Weiches, das mich zurückschrecken ließ. Neben mir lag ein entkleideter, aufgequollener Körper im Morast, eine Schar fiepender Ratten richtete sich aufgeregt gegen mich. Für einen Moment war ich erstarrt, dann schlug und trat ich nach allem, was sich bewegte, rettete mich auf allen vieren aufs trockene Land.

Lange lag ich dort, den Blick im grauen Wolkenmeer verloren, dazwischen das wärmende Sonnenlicht, das Summen der Bienen, und fühlte mich erdenschwer, meiner Begeisterung beraubt. Das Leben jenseits des Rheins hieß mich nicht gerade freundlich willkommen. Um ein Haar hätte es mich erwischt.

Gottlob war mir der Wanderbeutel geblieben, er hatte mich beim Kampf unter Wasser fast erwürgt. Seufzend öffnete ich ihn. Das Geld, das Flugblatt, die Sternkarte ... alles noch da. Ich machte mich auf den Weg; vor dem Mittagsläuten sollte ich Heidelberg erreicht haben. Eine kräftige Mahlzeit, einen Krug Wein, ein ausgiebiges Bad, so malte ich es mir aus.

Nachdem ich den Hügel passiert und die weite Flur betreten hatte, schwand mein Optimismus mit jedem Schritt durch diese seltsam fremde Landschaft. Die Felder lagen brach, Gemüse und Getreide waren verkümmert oder verfault. Wasser stand in Abertausenden Pfützen, ich versank bis zu den Knöcheln im Morast.

Niemand war zu sehen, weder Bauer noch Magd, nicht einmal ein Wanderer oder eine Krähe. Sollten die Felder kurz vor der Ernte nicht üppig bestellt sein?

Irgendetwas stimmte nicht. Ich stapfte weiter, die Klumpen an den Füßen machten mir das Fortkommen zur Qual. Auch der Himmel verbündete sich gegen mich, die Wolken verloren jeden Halt, wurden schwer und finster. Ich brauchte dringend einen Unterschlupf, wenigstens einen Unterstand, der mir Schutz vor dem drohenden Gewitter gab.

Erschöpft erblickte ich schließlich ein Dorf in der nächsten Senke: eine Handvoll armseliger Hütten mit einer kleinen Kirche aus Stein und einem Gottesacker, die von einer lächerlich niedrigen Mauer umgeben waren. Wenn an Allerseelen die Toten vom Fegefeuer auferstanden, würde das Mäuerlein sie kaum davon abhalten, die Lebenden aufzusuchen und mit ihnen abzurechnen.

Eine Rast war unumgänglich, zumal sich die Wolken öffneten und die wenigen Menschen, die ich in der Ferne im Dorf erkennen konnte, in die Hütten trieben. Es würde schwer werden, Einlass zu finden, wenn die Türen erst mal verschlossen waren. Ich musste mich sputen.

Als ich das Dorf erreichte, goss es in Strömen, mein Bitten und Klopfen wurde barsch zurückgewiesen. Ich solle mich trollen, Fremde brächten nur Unheil. So stapfte ich durch den Morast weiter – fröstelnd, niedergeschlagen und der Urgewalt des Himmels schutzlos ausgeliefert.

Blieb nur noch die kleine Kirche. Unbehagen überkam mich. Nachdem ich tags zuvor einem Kloster entlaufen war, sollte ich nun ausgerechnet in einem Gotteshaus Zuflucht suchen? Ich wähnte gar die Schwester Oberin darin, rachsüchtig, mit der Rute in der fiebernden Hand. Der Keller, die Demütigungen ... *Nein!* Eher sollten mich die Fluten davonspülen.

Da drang ein schwaches Licht durch die Schlieren des Regens. Ich zögerte keinen Augenblick und ging entschlossen darauf zu.

Die Schänke kam mir im ersten Moment wie das Elysium vor, die Insel der Seligen, hatte ich es doch geschafft, dem Unwetter zu entkommen. Im nächsten Moment jedoch glaubte ich mich in einer düsteren Unterwelt mit finsteren Gestalten.

Schäbig und abgerissen lungerten sie im Zwielicht, die schmutzigen Hände an armseligen Holzbechern, Misstrauen und Niedertracht im Blick. Ich war bereits im Begriff kehrtzumachen, da fiel mir ein Mann auf, der sich wohltuend von den anderen abhob. Er war sauber gekleidet, saß alleine an einem Tisch, und wenn mich die Angst nicht völlig täuschte, las er.

In einem Buch!

Er führte gar eine Feder in der Hand und machte Notizen. Das konnte kein schlechter Mensch sein, ich ging auf ihn zu. Gierige Augen verfolgten mich, meine Stimme zitterte vor Kälte und Erwartung.

«Verzeiht, Herr. Darf ich mich zu Euch setzen?»

Er blickte auf, zuerst erstaunt, dann zweifelnd, sein Gesicht, eingerahmt von einem mächtigen Bart, wirkte ernst. Schließlich wies er mich zurecht. «Das ist kein Ort für dich. Geh nach Hause, Kind, zu deinen Eltern.»

Furcht und Not waren *ein* Grund, den Rat auszuschlagen, Trotz der ausschlaggebende.

«Herr, ich bitte Euch. Ich bin allein und friere. Gestattet mir, Platz zu nehmen.»

Er seufzte, schaute hinüber zu den dunklen Gesellen, zuerst widerwillig, dann gnädig, und besann sich. «Na gut. Setz dich.»

Ein Stein fiel mir vom Herzen. «Habt Dank, ich will Euch auch nicht beim Studium der Schrift stören. Ein wenig verweilen, bis sich das Unwetter gelegt hat. Das ist alles, worum ich bitte.»

«Du irrst», brummte er mich an, bevor er sich wieder in seinem Buch verlor, «es hat gerade erst begonnen.»

«Ein Regenschauer ist selten von langer Dauer», erwiderte ich naseweis. Ich hoffte, ihn in ein Gespräch zu verwickeln, und sei's nur drum gewesen, die Angst vor diesem Ort und seinen Gestalten zu bezwingen. Ein einziger Sonnenstrahl hätte mir genügt.

«Woher kommst du?», raunte er mürrisch.

Die ehrliche Antwort lag mir auf den Lippen, aber war es auch klug, sie zu geben? Die Häscher meines Vaters würden auch in diesem Ort nach mir suchen.

«Aus Nürnberg.»

«Was machst du dann hier?»

Er glaubte mir nicht, ich sah die Zweifel in seinen Augen, die über mich und mein Aussehen rätselten.

Eine Unterbrechung durch den Wirt kam mir mehr als gelegen. «Was willst du?», schnauzte der mich an, und auch in seinem Blick lag Misstrauen. Er musterte mich von Kopf bis Fuß. «Hast du Geld?»

Als ich ins Kloster gesteckt wurde, hatte man mir die gepflegten blonden Haare bis auf zwei Fingerbreit ungelenk gestutzt, nun klebten sie mir wirr am Kopf, das Gesicht und die geschundenen Hände waren schmutzig wie auch das schlichte, inzwischen zerrissene Leinengewand, die schwarzen, morastigen Füße ähnelten Klumpen. Wahrlich, ich hätte mir selbst nicht über den Weg getraut.

Verstohlen suchte ich nach einer passenden Münze im Wanderbeutel, den ich zwischen den Beinen versteckt hielt, und legte sie auf den Tisch. «Reicht das für ein anständiges Essen? Einen Krug Wein?»

Die Überraschung hätte kaum größer sein können, doch die Zweifel dominierten. Der Wirt prüfte die Münze eingehend, versuchte gar sie zu verbiegen.

«Nun bring ihr schon was», schnauzte mein Gegenüber ihn an.

«Kohl und Hirse, mehr gibt die Küche nicht her.»

«Lüg nicht, Wirt. Ich weiß, womit du den fetten Pfaffen im Badehaus fütterst.»

Badehaus? Ich glaubte meinen Ohren nicht zu trauen und seufzte sehnsüchtig. Missmutig ließ der Wirt uns allein.

«Für einen Hühnerschlegel verkauft der Kerl seine Ehr und sein Seelenheil», er spuckte zur Seite aus, «diese Welt hat es verdient unterzugehen.» Ein Kreuzzeichen folgte zur Bekräftigung, und ich staunte nicht schlecht.

«Warum lügst du?», fragte er mich unverhohlen.

Überrumpelt stotterte ich: «Ihr irrt Euch, Herr ...»

«Ich bin einiges herumgekommen in meinem Leben, habe guten wie schlechten Herren gedient, manches Unheil angerichtet, habe sogar Lesen und Schreiben gelernt, vor allem aber erkenne ich Lügner und Scharlatane auf den ersten Blick.» Er räusperte sich, lehnte sich nach vorne und flüsterte: «Also, was verbirgst du vor mir?»

«Ich ...»

«Überleg es dir wohl. Wenn ich jetzt aufstehe und diese gottverdammte Schänke verlasse, bist du auf dich gestellt.»

Das wollte ich mir nicht vorstellen. «Ihr habt recht ...»

«Von zu Hause geflohen?»

Nicht ganz zutreffend, aber ich nickte.

«Züchtigt dich dein Vater über Gebühr und Anstand?»

Er nicht, ich stimmte trotzdem zu.

«Und jetzt weißt du nicht, wohin?»

Ich zögerte mit der Antwort.

Mein aufmerksamer, verständnisvoller Ritter kam mir zuvor, seufzte. «Ich kann dich gut verstehen ... auch ich war einmal jung.»

«Ich bin erwachsen!», hielt ich überstürzt und etwas zu laut dagegen, vor allem wagte ich es nicht, mich umzudrehen und mich der Aufmerksamkeit der anderen zu vergewissern. «Verzeiht, ich bin müde ...» Ich gähnte zur Untermauerung meiner Lüge.

Er lächelte durch seinen Rauschebart, und erst da fielen mir die gegerbte Haut und die Narben auf, die er zu verstecken suchte. «Wie alt bist du?»

«Sechzehn», log ich, zumindest war ich nicht weit davon entfernt.

«Und wie heißt du?»

«Johanna», antwortete ich spontan. Keine Ahnung, woher der Name plötzlich kam, ich wollte mich nur nicht offenbaren.

«Warum bist du noch nicht verheiratet?»

«Wer sagt, dass ich es nicht bin?»

«Wo ist dann dein Mann?»

Ich wusste keine Antwort darauf, hatte mir auch nie die Frage gestellt, ob und wann ich heiraten wollte. Im Moment verabscheute ich die Vorstellung, mich erneut unter die Knute von irgendjemand zu begeben.

«Ich habe noch nicht den Richtigen gefunden.»

«Du hast noch nicht ...?» Er lachte. «Meinst du etwa, dass *du* dir einen Mann aussuchst und nicht umgekehrt?»

Ich nickte bekräftigend. «So und nicht anders.»

«Himmel, was für ein Teufelsbraten.» Er griff zum Becher und leerte ihn.

Der Wirt kam zurück und versorgte mich mit Brot, Kohl und Hirse. Beim Weinkrug zögerte er einen Augenblick, stellte ihn aber dennoch ab und ging wieder. Unser heiteres Gespräch schien ihm unheimlich zu sein.

«Was ist?», schnauzte ihm mein Tischnachbar hinterher. «Hast du neben deinem Verstand auch deine Manieren eingebüßt? Einen guten Appetit wünscht man seinen Gästen hierzulande.»

«Übertreib es nicht, Joß», giftete der Wirt zurück, «deine Leutseligkeit wird dich eines Tages den Kopf kosten.»

«Halt 's Maul, du Heuchler. Kümmer dich lieber um den schäbigen Pfaffen und seine verlausten Huren. Soll sie der Teufel holen ... Ach was, der hockt ja schon längst mit seinen Hexen im Zuber und feiert eine Messe.»

«Noch ein Wort, und du kannst ...»

«Was?»

Der Wirt winkte ab.

Was auch immer, ihr Streit ging mich nichts an. Hunger und Durst duldeten keinen Aufschub. Ich langte mit der einen Hand zu, mit der anderen schenkte ich ein.

«Wollt Ihr?»

Er nickte. «Wenn du mich einlädst.»

«Sicher, sicher.» Ich schlang und trank viel zu schnell. «Ziert Euch nicht, es ist genug da.» Ich stieß mit ihm an. «Ist Joß Euer Name?» Eine dumme Frage, aus der Verlegenheit geboren.

Er nickte und wischte sich den Bart. «Joß Fritz, wie er leibt und lebt.» Sein Blick gehörte dem Weinkrug.

Die Backen voll, konnte ich nur murmeln: «Schenkt Euch nach. Ihr seid mein Gast.»

Was er dann tat und es nicht versäumte, auch meinen Becher zu füllen. «Woher hast du das Geld?»

«Es ist meins. Ich bin keine Diebin.»

«Dann bist du von hohem Stand?»

Es verschlug mir den Appetit, ich hatte mich verplappert, auch wenn es der Wahrheit entsprach. Was sollte ich antworten, konnte ich ihm vertrauen?

«Ein Geschenk meines Vaters ...»

«Ein reicher Herr.»

«Ein umtriebiger Händler von niedrigem Stand aus Nürnberg», der Stadt, die für erfolgreiche Geschäfte weithin berühmt war. «Er hat ein goldenes Händchen.»

«Dann ist er ein wahrer Glückspilz.»

«Richtig, aber leider ist er auch streng und unnachgiebig.»

«Deswegen also.» Er schien meine Flucht zu verstehen, wenngleich unter der falschen Annahme.

Ich nickte und setzte das Essen fort. «Nur will *ich* nicht, wie *er* will.»

«Ein Starrkopf, ihr beide.»

«Ich wünschte, er hätte mit der Wahl meines zukünftigen Gatten ein ähnlich glückliches Händchen wie mit seinen Geschäften.»

«Glück und Unglück liegen nah beieinander, Tod und Leben auch. Eine falsche Entscheidung, und alles ist dahin. Unweigerlich.»

Nach meinem Bad im Rhein wollte ich ihm nicht widersprechen.

«Ich kenne Nürnberg gut. Wie heißt dein Vater? Vielleicht kenne ich ihn.»

Verdammte Redseligkeit. Ich schluckte schwer, täuschte Verschlucken vor. Es verschaffte mir Zeit, während Joß mir sanft den Rücken klopfte.

«Ruhig atmen. Gleich geht's wieder.»

Meinen wahren Familiennamen wollte ich ihm noch immer nicht nennen. Andererseits machte er den Anschein, dass er auf Adelige nicht gut zu sprechen war. Ich brauchte eine unverfängliche Antwort, etwas, das plausibel klang.

«Mein Vater hat sein Glück im Handel gemacht. Er nennt sich nun Faustus, der Glückliche.»

Es war gar nicht so selten, eher die Regel, dass man sich des Lateinischen bediente und sich einen passenden Namen zulegte, wenn man Erfolg hatte, nach Weisheit strebte und als kluger Mann angesehen werden wollte.

Die Erklärung fiel auf fruchtbaren Boden. Joß dachte zwar kurz nach, schüttelte dann aber den Kopf. «Faustus, nein, nie gehört.»

«Kommt», schob ich eilends nach, «lasst uns trinken», und prostete ihm zu.

«Zum Wohle, Johanna Faustus. Schätz dich glücklich», er schmunzelte dabei, «dass du so ein gutes Schicksal getroffen hast. Vielen anderen geht es schlimmer, als vor einem ungeliebten Gatten zu flüchten.»

Wenn er wüsste ... Die Oberin war rachsüchtiger als jeder verschmähte Ehemann.

Jetzt, da ich gegessen und getrunken hatte, sollte ich meinen Weg fortsetzen, allein, der Regen prasselte noch immer aufs Dach, und den Kerlen in der Ecke traute ich jede Schandtat zu. Sie hatten gesehen, wie reichhaltig ich gegessen und getrunken hatte ...

Die Tür ging auf. Völlig durchnässt stapfte ein Kerl herein, haderte mit dem Wetter und der langen Reise. Er schaute sich fragend um, und niemand begrüßte ihn – außer einem.

«Gott grüß dich, Gesell!», rief Joß ihm entgegen. «Was ist dir für ein Wesen?»

Die Antwort kam prompt, und sie klang erleichtert. «Wir mögen von den Pfaffen und den Adeligen nit genesen!»

Erschrocken fuhr ich zusammen. *Von den Pfaffen und den Adeligen ...* Höchste Zeit zu gehen, ich nahm meinen Wanderbeutel. Das Risiko, ausgeraubt zu werden, musste ich eingehen. «Habt Dank, Joß Fritz, für Eure Gastfreundschaft. Ich muss nun weiter.»

«Bei dem Wetter? Keinen Hund würde ich vor die Schwelle schicken.» Er wechselte einen fragenden Blick mit dem neuen Gast, als würde er in einer Zwickmühle stecken. «Du solltest dich erst mal waschen, Johanna. Was hältst du von einem Bad?»

Ich zögerte. Joß war mir sympathisch, er hatte mich vor den finsteren Kerlen in der Ecke beschützt. Mit dem neuen Gast musste ich mich nicht einlassen, also stimmte ich zu.

Er nahm mich bei der Hand, befahl seinem Bekannten, Platz zu nehmen, er sei gleich zurück.

«Lass uns der Schande von einem Pfaffen die Leviten lesen.»

«Aber ...»

«Vertrau mir, er hat es verdient.»

Durch die Hintertür ging es in einen kurzen Gang, wo Kleider und Schuhe verstreut am Boden lagen. Er hieß mich warten und öffnete die nächste Tür. Dampf wehte heraus, gefolgt von Protest und Flüchen, wie ich sie bis dahin noch nicht gehört hatte – nicht von einem Mann mit Tonsur, einem Diener Gottes, umgeben von zwei nackten Weibsbildern.

Ein Weinkrug ging zu Bruch, Becher kullerten auf dem Boden. Es wurde gezetert, geschimpft und protestiert, umsonst, Joß kannte kein Erbarmen mit der schändlichen Badegesellschaft und scheuchte sie aus dem Bad.

Die zwei Huren torkelten feixend an mir vorbei und klaubten ihre Kleider auf, während Joß den feisten Kerl bei den Ohren packte, hinter sich herzog und ihm einen Tritt in den Hintern gab.

«Schäm dich, du Lump ... und beichte dein verdorbenes Leben. Der Tag ist nah. Er kommt schneller, als du denkst.»

«Versündige dich nicht ...»

«Schon bald wirst du die Strafe für dein liederliches Dasein bekommen ... So wahr ich Joß Fritz heiße, der Bundschuh unseres gnädigen Herrn und Erlösers im Himmel. Eines einfachen Zimmermanns!»

«Jesus Christus, hilf.»

Der Pfaffe rettete sich von Tür zu Tür in den Schankraum, das Johlen der Gäste fiel herein, und ich kam nicht umhin, Gefallen daran zu finden.

Joß verbeugte sich. «Euer Bad ist nun angerichtet, Johanna Faustus. Genießt es.»

«Das werde ich. Erlaubt mir zuvor noch eine Frage. Warum nennt Ihr Euch *Bundschuh*?»

IV
HELMSTETTER

In was für eine Welt war ich da geraten?
Mit geschlossenen Augen hielt ich Joß umklammert, der sich nicht davon hatte abbringen lassen, mich auf dem Rücken seines Pferdes nach Heidelberg zu bringen. In diesen wirren, aufgebrachten Zeiten sei es zu gefährlich, alleine zu reisen. «Du gehörst in ein Kloster. Dort bist du aufgehoben.»

Ich ließ es unwidersprochen, er kannte meine Geschichte nicht, meine Träume, meine Sehnsüchte. Vielleicht lag es auch an meinen Zweifeln, die mich inzwischen piesackten, ja, zutiefst verunsicherten. Hatte ich die richtige Entscheidung getroffen, das sichere Nest gegen ein Leben voller Abenteuer und Herausforderungen einzutauschen? Oder war ich einer kindlichen Illusion von der Welt aufgesessen?

Denn seit wir das Pferd bestiegen hatten, sah ich nichts anderes als Elend, Verzweiflung und Tod entlang des Weges. Hungernde und notleidende, bis zur Erschöpfung schuftende Bauern und Tagelöhner auf den überschwemmten Feldern, wo nichts mehr wuchs, sondern alles darbte und verfaulte. In den Gräben Leichen und Kadaver, an denen sich die Verzweifelten und Ärmsten gütlich hielten; selbst die Gehängten waren nicht vor ihnen gefeit so wie die abgemagerten Kühe, denen das Blut abgezapft wurde, und wer gar nicht mehr anders konnte, kochte Baumrinden, Wurzeln und Kräuter auf.

In dieser einen Stunde zu Pferd lernte ich mehr über das Leben als in den fünfzehn Jahren zuvor. Die Abgeschiedenheit der heimischen Burg und der Klosterschulen, der Reichtum meiner Familie und, ja, auch mein Desinteresse am Schicksal anderer oder an der Welt jenseits meines adeligen Daseins hatten mich geblendet. Die verzweifelten Blicke der Hungernden bei der Armenspeisung kamen mir in den Sinn, meine Verachtung und Überheblichkeit für ihre Not und das Leid. Jetzt schämte ich mich dafür.

All mein Wissen über die Welt hatte ich nur aus Büchern und Hirngespinsten bezogen, das *wahre, wirkliche* Leben war mir fern und fremd. Eine Träumerin war ich, als Schülerin der Natur und der Wissenschaften eine Schande. *Eine Närrin!*

Die Erkenntnis trieb mir die Tränen in die Augen, und ich konnte sie nicht eher öffnen, bis wir in Heidelberg angekommen waren.

«Du kannst jetzt absteigen.» In Joß' Stimme schwangen Misstrauen und Ärger. Zumindest das hatten wir gemein, allerdings aus unterschiedlichen Gründen. Ich glitt ungelenk vom Pferd auf den harten Stadtboden, meine Beine zitterten.

«Bist du sicher?», fragte er mich. «Ich kann dich wieder zurückbringen, wenn du es dir anders überlegt hast.»

Was? Wohin?

Nein, ich hatte mich nicht anders entschieden. Nichts lag mir ferner, und dennoch war ich verwirrt. In meinem Wanderbeutel kramte ich nach dem versprochenen Lohn.

«Lass gut sein», sagte Joß, «du hast mir einen Gefallen getan.»

«Ich?», erwiderte ich nichts ahnend.

Er schaute sich um, schien sich zu vergewissern, ob *er* die richtige Entscheidung getroffen hatte hierherzukommen.

Bundschuh ... Erst später sollte ich die Hintergründe erfahren, auch, mit wem ich da geritten war: mit Joß Fritz, dem Anführer der armen Leute, der zornigen Hand des Bundschuhträgers Jesus Christus, eines einfachen Zimmermannssohns.

«Pass auf dich auf, Johanna Faustus. Es kommen unruhige Zeiten auf uns zu.» Er gab dem Pferd einen Tritt in die Seiten und verschwand im Getümmel aus Stadtbewohnern, Marktschreiern, Mönchen, Händlern und Gauklern ... kurz, in der städtischen Lebendigkeit, von der ich seit Monaten geträumt hatte: Heidelberg, eine der aufregendsten Städte im ganzen Land, dem Zentrum von Wissenschaft und Lehre, des Aufbruchs und des Fortschritts, des Handels und der vielen fremden Gesichter und Sprachen.

Ich hatte es geschafft, und doch konnte ich mich nicht recht darüber freuen. Ich war allein, auf mich gestellt, es gab niemanden, den ich um Rat oder Hilfe hätte bitten können in dieser großen und verwirrenden Stadt. Um mich herum viele Menschen, aufgeregtes Geschnatter und Gezeter, unbekannte Gerüche – nur wenige waren schmeichelhaft und verführerisch, überwiegend stank es hier nach Faulem und der Kloake –, aber am schlimmsten war das Gedränge, die Unachtsamkeit der Leute.

Der Abend war angebrochen, und ich hatte noch keine Unterkunft. Ich lernte umgehend meine nächste Lektion: *Nicht stehen bleiben!*

«Geh weiter, Bursche», schon stieß mir jemand in die Seite, dass ich nach Luft rang. «Aus dem Weg.»

Joß hatte darauf bestanden, mich in Hemd und Hose

zu stecken, einfache, landesübliche Kleidung, damit ich nicht dem erstbesten Schurken zum Opfer fiel. Doch vor ungebührlichem Verhalten bewahrte mich die Verkleidung nicht. Ich wurde angerempelt, geschubst und gestoßen, aber anstatt mich der Flegeleien zu erwehren, wie es sonst meine Art war, ließ ich mich im Strom treiben. Es war keine gute Entscheidung …

Zur Linken die Werkstatt eines Schuhmachers, zur Rechten ein Silberschmied, darauf folgten Tuchener, Hutmacher, Bader, Gürtler, Schneider … ein jeder pries Waren an, sodass ich schon bald nicht mehr wusste, wem ich meine Gunst zuerst schenken sollte. Zeit meines Lebens war ich eine abgelegene Burg und schützende Klostermauern gewohnt, hier kam mir alles wie ein lärmender Ameisenhaufen vor.

Schließlich verfing meine Aufmerksamkeit doch. Je weiter ich in das Herz der Stadt vordrang, desto häufiger tauchten *Fliegende Blätter* auf – Flugschriften, ein- oder mehrseitig bedruckte Papiere, die zum Kauf angeboten oder von Handwerkern und Händlern kostenlos verteilt wurden. Manche wanderten in die Tasche, andere wurden gleich gelesen oder fielen unbeachtet zu Boden.

Auf einem bewarb ein Bader die Vorzüge seines Badehauses und sein Talent bei der Wundbehandlung, auf einem anderen ein Händler seine vorzüglichen Weine zum kleinen Preis, ein drittes Blatt stellte einen flötenspielenden Schafhirten gleich einem Rattenfänger dar, dem Menschen mit Esels- und Schweinegesichtern folgten, ein viertes zeigte Dirnen und Höllenvolk, auf einem fünften waren Hexen beim Tanz und beim Sieden von Kindern zu sehen …

Manche der Schriften waren derart ekelerregend und aufhetzend, dass meine anfängliche Begeisterung über die

Mannigfaltigkeit der *Nachrichten* dem Zorn wich. Wie konnte man nur so etwas Dummes, gar offenkundig Falsches zu Papier bringen? Lesen zu können war nicht notwendig, Zeichnungen offenbarten die geballte Niedertracht auch den Ungebildeten, Alten und Kindern.

«Ablassbriefe! Kauft Ablassbriefe.»

Das interessierte mich keinen Deut, meine Mutter besaß eine ganze Schatulle davon. Die Sünde gehörte zu unserer Ahnenreihe wie Großvater, Onkel und bald auch ich. Trotzdem fragte ich mich, wie viele Gulden meine Mutter zahlen würde, um meinen Aufenthalt im Fegefeuer zu verkürzen. Einen? Zehn? Je nach Händler ließen sich damit hundert oder tausend Jahre Qual und Pein ersparen.

Wieso hatte noch keiner dieses Abkommen zwischen Gott, Papst und Teufel hinterfragt? Wo und wann hatte man sich getroffen, um den Vertrag auszuhandeln? Warum überhaupt, und wer legte fest, wie viele Feuerjahre ein Gulden maß?

Solche irrwitzigen und nicht minder gefährlichen Fragen trieben mich seit meiner Kindheit um, und niemand wusste – am wenigsten ich –, wie sie in meinen Kopf geraten waren. Wieso war ich nicht wie andere Menschen, die sich *nicht* damit auseinandersetzten? Wieso musste ich stets nach dem Wie und dem Warum fragen? Wieso gab ich mich nicht unwidersprochen mit dem zufrieden, was mir vorgesetzt wurde? Hatte mich etwa eine rätselhafte Krankheit befallen? Insofern war es die richtige Entscheidung gewesen, mich hinter Klostermauern vor mir selbst zu schützen. Etwas stimmte nicht, das war jedem klar, der es mit mir zu tun bekam.

«Ihr da, all die Geschundenen und Geflüchteten vor Hunger, Krieg und Seuche ...»

Wer krakeelte da so laut, dass er den Lärm der Straßen übertönte? Ich stellte mich auf die Zehenspitzen und verrenkte mir den Hals nach ihm.

«... ihr umherwandernden Handwerker und Händler, Tändler, Spielleute, Huren, Kesselflicker und Juden! Hört mich an.»

Da vorne, unter dem Baum, auf einem Platz war er. Ich bahnte mir den Weg durch die Menge, die von dem Schreihals kaum Notiz nahm, lediglich die Aufmerksamkeit der Kinder konnte er gewinnen.

In einen dunkelblauen Umhang gehüllt, stand er auf einem Karren vor einem mit Symbolen geschmückten Zelt, auf dessen Spitze ein goldfarbener, fallender Stern thronte. Weder der Stern noch die seltsamen Symbole ergaben einen Sinn, sofern man nicht die Nacht von Jesu Geburt andeuten wollte, das Heilige Land und was man von den Kreuzzügen kannte. Sie konnten arabischer oder hebräischer Herkunft sein ... oder einfach nur dilettantischer Unsinn eines Möchtegernzauberers.

Dafür sprach auch sein übriges Aussehen. Graues Haar drang unter einem breitkrempigen Hut hervor, das sich in einem langen, krausen Bart verlor. Sah so ein Sternenkundiger aus? Methusalem?

Vielleicht für Kinderaugen, Träumer und Verzweifelte, die sich vom Schein und von Versprechungen nur zu bereitwillig trügen ließen.

«Horoskope! Weissagungen! Zwei Pfennig das Stück.»

Ein stolzer Preis fürs Straßenvolk, wenn ein ungelernter Arbeiter gerade mal zehn Pfennig am Tag verdiente.

«Liebeszauber! Verwünschungen! Vier Pfennig.»

Unverschämt und dreist obendrein. Der Kerl handelte mit Verzweiflung und Zorn.

«Schäm dich, du Narr», rief ich ihm im Kreis der Kinder entgegen. «Weißt du nicht, dass alles Böse auf einen zurückfällt?!»

Sein Blick streifte mich kurz, dann fuhr er unbeeindruckt fort. «Glück und Verderben lauern hinter jeder Ecke. Der Tod, das Paradies. Zwei Pfennig, liebe Leut, für nur zwei Pfennig weise ich euch den richtigen Weg.»

«Wie willst du ihn erkennen?»

Dieses Mal funkelten seine Augen vor Verärgerung. «Die Sterne, Bursche, die Sterne.»

Ich wies gen Himmel. «Es ist Tag.»

Kinderlachen goutierte meinen Einwurf. Kinder waren schon immer gute Beobachter und Kritiker der Erwachsenenwelt. Wer kein Kind für sich gewinnen konnte, sollte es bei den Alten gleich bleibenlassen.

«Das Verborgene zu erkennen ist meine Kunst, du blinder Tölpel. Nun geh weiter, bevor ich dir Beine mache.»

«Aber …» Weiter kam ich nicht, denn der Kerl war offensichtlich auf Widerspruch vorbereitet. Mit ausladender Geste streute er ein Pulver in eine Schale – es zischte, qualmte, und ein blendendes Licht wurde freigesetzt, sodass ich die Augen schließen musste und jetzt tatsächlich Sterne sah, in allen nur erdenklichen Farben. Es schmerzte.

«Fordere mich nicht heraus!», hörte ich ihn grollen, «du wirst es bereuen. Ein jeder von euch, der den Magus, den Magister Sabellicus, bezweifelt.»

Magus? Magister Sabellicus?

Noch immer sah ich nicht klar, die zündende Flamme war gleißend hell gewesen. Ich musste mich in Sicherheit bringen, bevor mich dieser *Zauberer* und *Lehrer*, der in der Magie des sagenumwobenen Volks der *Sabiner* geübt schien, ein weiteres Mal strafte. Die Augen reibend, stolperte ich voran und wurde ob meiner Unachtsamkeit geschimpft und gestoßen, bis ich endlich einen ruhigen, ungestörten Ort fand.

Himmel, was war das gewesen?

Sicherlich eine Lektion für meine unbedarfte Neugier und mein vorlautes Geplapper. Nur, wie hatte er aus einem einfachen Pulver ein derart helles Feuer entfachen können? War er etwa wirklich ein *Magus*?

Ich glaubte mich trotz meiner jungen Jahre vielen Menschen überlegen, war belesen und der wichtigsten Sprachen kundig, kannte so manches Geheimnis der Mathematik und die Schriften der großen Denker Griechenlands ... Dennoch, nichts davon hatte mir in diesem Augenblick genutzt. Ich war ein ahnungsloser Tropf, der sich von einem Marktschreier hatte blenden lassen.

Ich nahm mir vor, kein zweites Mal so schmerzhaft an meine Unkenntnis erinnert zu werden. Auf direktem Weg würde ich zur Universität gehen, vergaß darüber fast, dass ich eine Frau war, der die Universität verschlossen blieb. Die Küche und das Heim waren ihre Orte, in meinem Fall das Kloster für adelige, ungehorsame Töchter. Daran gab es nichts zu rütteln, das war mir vorausbestimmt.

Vielleicht aber auch nicht, denn wie ich mit mir haderte, hatte mich das Schicksal unbemerkt auf die Spur der Fliegenden Blätter gesetzt. Sie kamen aus einer Druckerwerkstatt am Ende einer Gasse, wo nichts darauf schließen ließ, welche Macht sie bereits besaßen und künftig noch dazugewinnen würden.

Die illustre Gruppe aus Kaufleuten, Händlern und Handwerkern, Adeligen und ihren Dienern, Geistlichen und vor allem Magistern hätte mich indes stutzig machen müssen, auch ihr Gezeter über die lange Wartezeit. Der

Tag neige sich dem Ende zu, und noch immer sei die bestellte Ware nicht fertiggestellt. Beim nächsten Mal werde man einen anderen Drucker beauftragen, es gebe zahlreiche Alternativen.

Ich zwängte mich an ihnen vorbei, durch die offen stehende Tür in einen Raum, wo der Meister seine Kunden besänftigte und den Mitarbeitern befahl, schneller zu arbeiten, während seine Frau Geld entgegennahm und darüber Buch führte. Zwei junge Kerle in verschwitzten Hemden und mit schwarzen Händen sprangen zwischen dem vorderen Bereich und der eigentlichen Werkstatt im hinteren Teil hin und her. Sie lieferten Körbe mit frischen Druckerzeugnissen aus, und wie es schien, würden sie damit bis Sonnenuntergang beschäftigt sein.

Auf mich achtete niemand, vermutlich hielt man mich für den Diener eines hohen Herrn. So konnte ich mir ungestört ein Bild davon machen, was hier hergestellt wurde und offensichtlich sehr begehrt war.

Platzte der kleine Raum durch die Kundschaft nicht ohnehin schon aus allen Nähten, wurde die Enge durch gestapelte Kisten gefördert, die ringsum bis zur Decke reichten. Darin erkannte ich bedruckte Blätter aller Größen und Inhalte – kleine handliche bis große bebilderte, in deutscher und lateinischer Sprache, bereits bekannte Werbedrucke für Waren und Dienste, aber auch beißende Karikaturen und Hetzschriften, Berichte über Katastrophen, Schlachten, Mord und Betrug. Vor allem aber, und das fesselte mein Interesse, stieß ich auf wissenschaftliche Drucke, von denen ich bislang zwar gehört hatte, den einen oder anderen hatte ich auch schon mal erspäht, aber in ihrer Gesamtheit und in so bewundernswerter Güte hatte ich die Drucke noch nicht in den Händen gehalten.

Die *Ephemerides* des Johannes Regiomontanus mit Tabellen und Positionen der beweglichen Gestirne, und das seit dem Jahr 1475 bis ins Jahr 1506. Welch ein Schatz! Die Sonnenfinsternis vom 29. Juli 1478 …

«Acht Pfennig, keinen weniger.»

«Sechs. Mehr habe ich nicht.»

«Komm wieder, wenn du acht hast.»

«Aber ich brauche die Karten, jetzt!»

«Geh weiter.»

«Ein Halsabschneider seid Ihr!»

«Hüte deine Zunge, Helmstetter, bevor ich sie dir von meinen Knechten ausreißen lasse.»

Helmstetter?

Der Name kam mir bekannt vor. Ich schaute hinüber und erkannte den dunkelblauen Umhang mit dem mysteriösen Zeichen darauf, wie ich ihn zuvor am Leib des Magus und Magisters Sabellicus gesehen hatte.

Was jedoch fehlte, waren der Hut, das graue Haar und der Bart. Dieser Kerl trug lockiges dunkles Haar, das ihm bis auf die Schultern reichte, und der lange Bart war einem gezwirbelten Schnurrbart gewichen. Aus dem alten Mann war ein überraschend junger geworden.

Helmstetter … Ich kramte in meinem Wanderbeutel nach dem Zettel, den ich aus der Truhe der Oberin mitgenommen hatte.

Der berühmte Astrologe und Alchemist Doktor Georg Helmstetter …

Ein Vergleich zwischen der Zeichnung und dem Mann vor mir zerstreute die Zweifel. Ja, das war er, und ich musste ziemlich aufdringlich geschaut haben, denn er kam schnurstracks auf mich zu. «Verfolgst du mich?», blaffte er mich an.

«Verzeih ... nein», stammelte ich, überrascht von seiner Direktheit.

«Sag deiner Herrschaft, ich werde zahlen. Schon bald, morgen ... nur nicht jetzt.»

Er hatte also Schulden und war auf der Flucht.

«Deswegen verkleidest du dich? Um nicht erkannt zu werden?» Ich verweigerte ihm die höfliche Anrede aus zwei Gründen: Zum einen war er ein Lügner und Betrüger, zum anderen mochte er nur wenige Jahre älter sein als ich, vielleicht zwanzig oder etwas mehr. Und da schimpfte er sich schon einen Doktor und Magister?

«Es ist das Gewand eines Gelehrten, der ich zweifellos bin.»

«Und worin bestand dein Studium? Sicherlich war es nicht das der Astronomie.»

«Bursche, schweig, du weißt nicht, wovon du sprichst.» Sein Blick fiel auf den Zettel in meiner Hand, er erkannte ihn sofort. «Da ist *Doktor* geschrieben, und was geschrieben steht, ist wahr.»

«Hier heißt es Georg Helmstetter, und doch nennst du dich Magister Sabellicus und Magus obendrein.»

«Du kannst lesen?»

Er zeigte ehrliche Überraschung, er musste sich fragen, ob es klug gewesen war, mich anzusprechen. *Der Hochmut, er kennt kein Halten und keine Vorsicht.*

«Ich erkenne auch einen Lügner, wenn ich ihn sehe.» Schon biss ich mir auf die Lippen. Zu viel der Ehrlichkeit, zum Teufel mit meinem losen Mundwerk. Die Einsicht war ein lahmer Esel, schon immer gewesen.

«Du wagst es, mich einen Lügner zu schimpfen?!»

«Nun ...» Ich legte das Buch zurück und bereitete mich auf eine schnelle Flucht vor, zu spät, Helmstetter hatte mich bereits am Ohr gepackt, so wie es ein Schulmeister mit einem widerspenstigen Schüler tat. Ich jaulte vor Schmerz auf.

«Bengel, dafür hast du dir eine Abreibung verdient.» Er zog mich vor die Tür, Widerstand war vergebens und schmerzvoll.

«Du tust mir weh.»

«Eine Lektion soll dich Respekt lehren.»

Er hob die Hand gegen mich ... doch da drang eine Stimme aus der Gruppe der Wartenden. «Ist das nicht der Gauner Helmstetter?»

Und schon war ich frei. Ich hielt mir die Hand ans schmerzende Ohr und sah ihn türmen, verfolgt von einem seiner Gläubiger, begleitet von meinem Zorn und der Rachsucht. «Tausend Hiebe! Du lügnerischer Hund von einem Doktor.»

Der Schmerz und die Gedanken an Helmstetter blieben mir bis in die Nacht treu, als ich endlich eine Kammer in einem Gasthaus gefunden hatte. Die Müdigkeit nahm sich meiner an, und ich dämmerte in allerlei Grübeleien versunken dahin.

Was für ein Tag. Was wird der Morgen bringen?

Da nicht alles so eingetreten war, wie ich es mir vorgestellt hatte – das wahre Leben folgte offenbar anderen Gesetzen als den meinen –, war es klug, mich den neuen Gegebenheiten anzupassen, statt an ihnen zu scheitern. Später war sicherlich noch Gelegenheit, eine kleine Unwahrheit oder eine Notlüge zu berichten. Ich musste andere Mittel und Wege finden, um meine Träume zu verwirklichen.

Gleich morgen früh würde mein erster Weg zur Universität gehen. Dort würde ich mich als *Johann Faustus*, Sohn eines Nürnberger Händlers, für die Aufnahme bewerben.

Das Geld sollte für die nächsten Monate reichen, danach würde mir schon etwas einfallen.

Das Schicksal hatte es mit mir bisher gut gemeint, es würde mir weiterhin geneigt bleiben.

Falsch gedacht.

V
IN NEUEN SPHÄREN

Seit Tagen fieberte ich diesem Abend entgegen, und er hielt, was er versprach. Allerdings lernte ich auch, ihn nicht vor der Nacht zu loben. Die Finsternis verfährt nach ihren eigenen Regeln.

In der Kapelle der seligen Jungfrau Maria, die einst die Synagoge der Juden war und nun dem Kollegium der Juristen und Mediziner als Studien- und Disputationsort diente, hatten sich die ehrwürdigen Lehrer dieser und anderer Universitäten eingefunden. Anlass war ein schwelender Streit über die althergebrachten Denkweisen und die neuen, die mit aller Macht aus Italien in die deutschen Lande drangen.

Dem päpstlichen Credo der vorangegangenen Jahrhunderte, *der Mensch sei Kot, ein schleimiger Auswurf und ein verachtenswertes, in Sündhaftigkeit lebendes Wesen*, stand ein neuer, revolutionärer Gedanke gegenüber, der den vernunftbegabten Menschen als höchstes Geschöpf Gottes sah, gar als sein Ebenbild – wie es in der Heiligen Schrift geschrieben stand.

Daher müsse man die antiken Schriften neu lesen und verstehen. Nur dann würde Gottes eigentlicher Wille offenbar und die Verfremdung durch die alten Kirchenväter getilgt.

«Zurück zu den Quellen, zurück zu den Originalsprachen!», forderte da einer aus der Gruppe, die sich *Humanisten* nannte, er erntete empörte Widerrufe.

«Ketzerei!»

«Eines Magisters unwürdig!»

Ich befand mich hoch über den gelehrten Köpfen auf dem Umlauf des Kirchenschiffs und arbeitete an einem neuen Horoskop, das ich im Auftrag eines Goldschmieds für seinen neugeborenen Sohn erstellen sollte. Einen Gulden hatte er bereits angezahlt, ein zweiter sollte bei Fertigstellung und Gefallen folgen. Ich gab mir alle Mühe, ich konnte jeden Kreuzer gebrauchen. Neben mir befanden sich weitere Schüler, die sich durch gute Leistungen einen Platz gesichert hatten, während die anderen das Studiengeld ihrer Eltern in den Schänken mit Wein und Dirnen durchbrachten. Streng genommen hätte ich gar nicht hier sein dürfen, mein Geld war längst aufgebraucht, und ich hauste in einer zugigen Dachkammer dieser alten Synagoge, wo es außer Fledermäusen niemand lange aushielt.

Dafür hatte ich zwei Mal täglich die Schulräume zu fegen und von Unrat frei zu halten, den Lehrern zur Hand zu gehen und auch die Latrinen zu säubern – Arbeiten, die ich schon im Kloster getan hatte. Mit einem Unterschied: Ich war nicht länger gefangen, es stand mir frei, jederzeit zu gehen. Die Angst, als Frau erkannt zu werden, hatte ich bald schon abgelegt, die Tarnung, die ich Joß Fritz zu verdanken hatte, war gelungen.

Ich wünschte, die Schwester Oberin hätte mich gesehen und verstanden, dass Begeisterung und Hingabe weitaus bessere Lehrmeister waren als strenge Zucht und blinder Gehorsam.

«Sollten wir nicht danach streben, den Willen Gottes,

seinen heiligen Plan zu ergründen?», warf einer in die Runde.

«Im Angesicht Gottes sind wir nichts weiter als ein Staubkorn, unfähig, seine Schöpfung zu verstehen.»

«Aber fordert uns nicht Gott selbst dazu auf, sein Werk wenigstens zu *deuten*?»

«Ihr, die ihr die Heilige Schrift so gut zu kennen glaubt, beantwortet mir eine Frage: Wieso sind Adam und Eva aus dem Paradies verwiesen worden?»

Getuschel unter den Neudenkern und Humanisten, das sich die Bibeltreuen zunutze machten, indem sie ihren Gegnern bei der Beantwortung zuvorkamen.

«Ihr seht es selbst. Die Heilige Schrift ist darin eindeutig. Die Frucht vom Baum der Erkenntnis war ihr Verderben.»

«Genau diese Stelle sollten wir uns im griechischen Original genauer ansehen», hielt man dagegen.

«Aramäisch, ihr Dummköpfe. Altes Testament.»

«Hebräisch!»

«Die Schriften der Juden? Niemals!»

«Ins Feuer damit.»

Und das unter dem Dach einer ehemaligen Synagoge. Mir schauderte.

«Die Dummköpfe seid ihr, ihr könnt sie ja noch nicht einmal lesen. Verbrennt nicht, was ihr nicht kennt.»

So ging es hin und her, unnachgiebig wurden die Positionen verfochten, eine Lösung oder gar eine Erkenntnis rückte in weite Ferne. Nun, es war ja auch nur ein *Disput*.

Ich gähnte und suchte zu erkennen, wer sich alles im ehemaligen Kirchenschiff an den Tischen und Stühlen eingefunden hatte. Neben den Lehrern der Universität war eine Einladung an Magister und Gelehrte von außerhalb gegangen, und man war gespannt, wer ihr folgen würde. Ich sah zahlreiche fremde Gesichter.

Ein Gelehrter rief: «Es ist erschreckend, mit welch armseligem Geist an dieser Universität gedacht, gelehrt und diskutiert wird.»

Oder jenes: «Ihr seid des Teufels mit euren anmaßenden Irrlehren.»

Ein anderer sagte: «Gott ist unergründbar, und wir sind nur Menschen. Wir können nichts wissen.»

Aber da war auch ein Gesicht, das mir gut bekannt war: «Ich bin immer bestrebt zu wissen, was in der Welt zu wissen möglich ist.» Das sagte der berühmte Abt des Klosters Sponheim: Trithemius, mein Beichtvater und der meiner Eltern. Mit einem Mal war ich hellwach. Wie hatte mich die Nachricht von seiner Teilnahme verfehlen können?

Applaus von den Humanisten brauste auf, Zurückhaltung aufseiten der Kritiker. Mit Trithemius musste man vorsichtig sein, er hatte beste Kontakte zu den Fürstenhöfen, gerade dem Heidelberger, sein Wort hatte Gewicht, wie auch seine umfangreiche Bibliothek geschätzt wurde. Dem belesenen und sprachkundigen Benediktinermönch mit Bibelstellen oder Argumenten beizukommen war stets ein aussichtsloses Unterfangen gewesen, und das mochte nicht jedem gefallen. Ein erster Neider meldete sich zu Wort.

«Hochmut ist Euch zu eigen.»

«Ihr verwechselt Hochmut mit Hingabe und Fleiß, die Worte unseres Herrn und Schöpfers in all seiner Herrlichkeit zu studieren.»

«Wie ich hörte, seid Ihr auch ein eifriger Sammler von Schriften, die mit Gottes Werk nichts zu tun haben.»

«Alles auf Erden ist letztlich Gottes Wille und damit Werk.»

«Schriften der Mathematik, Astronomie, Philosophie, aber auch der Dichtung und Rhetorik, gar der Musik.»

«Wenn sie recht geraten sind, ist nicht eine darunter, die den Herrn und seine Schöpfung nicht preisen würde.»

«Was hat es dann mit den geheimen Zeichen auf sich, die Ihr erfunden habt?»

Ein Raunen ging durchs Kirchenschiff.

«Wichtige Botschaften sollen damit nicht jedem zugänglich sein.»

«Ihr verbergt also etwas.»

«Sicher, das ist Sinn und Zweck einer verschlüsselten Nachricht. Kein Fürst, der mich nicht dafür lobt.»

«Auch die Zauberer und Teufel bedienen sich geheimer Botschaften.»

Empörter Protest brandete auf, gleichwohl wusste es jedes Kind: Rätselhafte Zeichen dienten den finsteren Mächten, um sich zum Hexensabbat zu verabreden oder ihre teuflischen Lehren untereinander zu verbreiten. Nur ein Teufelsanhänger konnte sie entziffern.

«Schon die Ägypter und die Griechen haben sie benutzt!», hielt Trithemius dagegen, «daran ist nichts anstößig.» Doch sein Einwand ging im Trubel unter.

Nicht aber die Stimme des Anklägers, die nun durch den Raum schallte. «Nennt Ihr Euch nicht selbst einen Magier?»

Der Lärm verebbte, knisternde Stille folgte.

«Wenn Ihr wüsstet, welche Worte Ihr in den Mund nehmt, würdet Ihr's besser bleibenlassen.»

«Wenn es also unwidersprochen bleibt, stimmt es: Ihr seid ein Magier!»

Ein jeder, wie auch ich, erwartete eine empörte Zurückweisung des Vorwurfs. Stattdessen sagte Trithemius: «Das

Wort *Magie* entstammt dem Persischen und bedeutet im Lateinischen Weisheit, folglich sind Magier Weise, gleich jenen drei aus dem Morgenland, die den gottgegebenen Sohn Jesus Christus in der Heiligen Nacht in Bethlehem anbeteten. In diesem Sinne nenne ich mich einen Freund der Magie, und ich schäme mich dessen nicht, da ich ein Anhänger der göttlichen und damit der natürlichen Wissenschaft bin.»

«Er gibt es zu, ein Zauberer zu sein! Ihr habt es alle gehört.» Donnernde Zustimmung drang zu mir herauf, dass es mir flau im Magen wurde. War es klug gewesen, sich selbst einen Magier zu nennen?

Doch Trithemius beharrte auf seinen Worten. «Narren seid ihr! Unwissend und anmaßend.»

«Trithemius soll nicht länger einer von uns sein.» Es waren nicht wenige, die es forderten.

Sogar die Humanisten wussten nicht, was davon zu halten war. Als geistliches Oberhaupt eines Klosters und respektierter Gelehrter hätte Trithemius sich öffentlich besser zurückgehalten, ungeachtet dessen, dass andere Gelehrte den Begriff selbstverständlich für sich in Anspruch nahmen und damit ihre Stellung untermauerten – insbesondere wenn es um die lukrative Erstellung von Horoskopen und Weissagungen für Fürsten, Bischöfe und Päpste ging. Das Wort «Magie» war und blieb zweideutig, je nach Ziel und Zweck konnte es als höchste Auszeichnung oder als Bannurteil verwendet werde. Trithemius hatte sich unnötig angreifbar gemacht.

«Das wird den Alten den Kopf kosten», höhnte es an meiner Seite.

«Er weiß sich zu wehren», erwiderte ich zuversichtlich, fuhr dann aber erschrocken zusammen, als ich erkannte, wer da zu mir sprach. «Was zum Teufel hast du hier verloren?»

«Lass den Teufel aus dem Spiel.» Dieser unverschämte Kerl, der sich Magister und Magus schimpfte, Georg Helmstetter, lächelte hämisch. «Ich bin aus dem gleichen Grund hier wie du: Ich will hören, was unsere ehrenwerten Lehrer bereden.» Er pulte Speisereste aus seinen Zähnen und versuchte zu erkennen, was ich da zu Papier brachte. Ich gestattete es ihm nicht und rollte die Seiten auf.

«Der Disput ist nur Lehrern der Universität und auserwählten Schülern vorbehalten.»

«Wer sagt, dass ich es nicht bin?»

«Du, ein …?»

«Gewesen, ja.»

«Niemals.»

«Glaub, was du willst.» Er blickte nach unten, wo sich der wissenschaftliche Disput in Anklagen und Zurechtweisungen verlor. «Das wird heute nichts mehr werden. Wollen wir was trinken?»

Es war lange her, dass es mir die Sprache verschlug.

«Ich kenne eine Schänke mit billigem Bier und gefügigen Weibsbildern. Hast du Geld?»

«Bitte?»

«Vier Pfennig, und du wirst die Nacht nicht mehr vergessen.»

«Ich …»

«Letzte Chance, dann gehe ich ohne dich.»

Meine empörte Antwort ging im wissenschaftlichen Geschrei und im Gedränge auf dem Umlauf unter. Die Veranstaltung war beendet, Tische und Stühle wurden gerückt, jeder ging seiner Wege, so auch ich. Im Rücken Helmstetter, der mir keine Ruhe ließ.

«Was machst du überhaupt hier?»

Kein weiteres Wort würde ich mit diesem unverschämten Kerl wechseln.

«Bist du Student?»

Im Gegensatz zu ihm studierte ich durchaus.

«Welches Fach?»

Wenn das so weiterging, würde ich ihn nie loswerden. «Das geht dich nichts an.»

«Theologie?»

Um Himmels willen.

«Medizin?»

Interessant, aber nein.

«Philosophie?»

Nicht nur Philosophie. Von meiner Dachkammer aus studierte ich die Sterne mit so mancher Schrift aus der umfangreichen Bibliothek. Damit befand ich mich in guter Gesellschaft mit einigen Lehrern, die tagsüber die Ideen Platons und die Gesetze der Mathematik priesen, des Nachts aber den Blick zum Firmament richteten. Einer von ihnen war Johann Virdung, der erste Astronom am Heidelberger Hof, außerdem gut befreundet mit Trithemius – wie konnte es auch anders sein. Die Wissenschaften lebten von den Zuwendungen der Fürsten, und nicht immer forderten sie dafür ausschließlich Erkenntnisse aus den *natürlichen Wissenschaften*, so mancher drängte darauf, zu erfahren, was sich jenseits davon befand – jenseits unserer Welt, im Himmel, aber für manche auch im Reich der Toten.

Von den Meistern wollte ich lernen und sie eines Tages übertreffen, das hatte ich mir vorgenommen. An meiner Sternkarte, die ich Virdung gezeigt hatte, um mehr darüber zu erfahren, biss er sich allerdings die Zähne aus. Rätselhafte Sternbilder waren das, die auch er noch nie gesehen hatte. Vor allem: Was bedeuteten die Kritzeleien am Rand?

«Juristerei etwa?»

Genug, der Kerl war lästiger als eine juckende Klette im Hemd. «Hör zu: Ich will nichts mit dir zu schaffen haben. Geh deines Wegs, und ich nehm den meinen.»

«Komm mit in die Schänke», wiederholte er. «Und ich lehre dich mehr Weisheit. Du weißt nicht, was du verpasst.»

«Ich will es gar nicht wissen», unterbrach ich ihn und wandte ihm den Rücken zu.

Wohin nur? Hinauf in meine Dachkammer konnte ich erst, wenn ich meinen Verfolger abgeschüttelt hatte. Also hinunter auf die Straße, im Dunkel würde ich ihm ein Schnippchen schlagen.

«Ein seltsamer Student bist du, läufst vor geheimstem und wunderbarstem Wissen einfach davon.»

«Geheim? Dass ich nicht lache.»

«Bei meiner Seele.»

«Du hast keine.»

«Auch darüber könnte ich dir so manches Geheimnis verraten.»

«Ach, ja?»

Er nickte bedeutungsschwanger. «Urteile nicht voreilig über mich. Da haben sich schon andere getäuscht.»

Ich blieb stehen. «Nun gut. Was für ein *Wissen* soll das sein?» In diesem Moment wusste ich, wie sich ein Fisch fühlen musste, wenn er den Köder vor der Nase hat.

«Komm mit, und ich verrat's dir.» Er ging an mir vorüber in die Nacht.

«Du willst mich nur foppen», rief ich ihm nach.

«Wenn du meinst.»

Ich haderte mit mir. Sollte ich ihm folgen oder es bleibenlassen? Ich war vorgewarnt. Er war ein Lügner und Betrüger, ein ...

«Hast du dich nie gefragt», hörte ich ihn aus der Finsternis rufen, «wie ich das mit der Flamme gemacht habe?»

Die Flamme! Sein Auftritt in den Straßen von Heidelberg am Tag meiner Ankunft. Natürlich hatte ich mich gefragt, tagelang, wie er sie zustande gebracht hatte, und war zu keiner Erklärung gekommen. Selbst Virdung, der der Alchemie kundig war, am Fürstenhof auch als Feuerwerker arbeitete, hatte mir keine Antwort darauf geben können.

Ein Licht, heller als die Sonne? Unmöglich.

«Warte!», rief ich und rannte in mein Unglück.

Es ging schon auf die Sperrstunde zu, der Wirt sammelte die leeren Krüge ein und bedeutete den verbliebenen Gästen, einen letzten Krug zu ordern. In der Ecke schnarchten zwei betrunkene Studenten, während wir in wilden Gedanken durch die Nacht reisten.

Der Abend mit Helmstetter hatte mich bislang sechs Krüge Bier gekostet. Ich wusste nicht, womit ich sie bezahlen sollte, das wenige Geld, das ich verdiente, lag sicher versteckt in meiner Dachkammer. Es kümmerte mich nicht, ich klebte an den Lippen dieses Marktschreiers, der von den wundersamsten Dingen erzählte.

Ausgedehnte, ferne Studienreisen habe er seit seinem Fortgang von der Universität unternommen, die gelehrtesten Köpfe getroffen und sich mit ihnen ausgetauscht, in einem Versteck Experimente durchgeführt und die Geheimnisse der Natur erforscht. Je mehr er jedoch entdeckte, desto offenbarer wurde ihm, dass er ganz am Anfang stand, dass ein unüberschaubarer Kosmos an neuen Erkenntnissen weiterhin auf ihn wartete. Tausend Leben und ebenso viele Jahre würden nicht ausreichen, auch nur einen Bruchteil davon zu entdecken.

Er sprach mir aus dem Herzen, wenngleich meine Zweifel an der Redlichkeit des Großmauls nicht schwanden, er schaffte es aber, mich mit seiner Begeisterung für seine Studien zu gewinnen.

Was hält die Welt im Innersten zusammen?
Was ist der göttliche Plan?

Würden wir je aus der Beschränktheit des menschlichen Daseins heraustreten und auf eine neue Stufe des Bewusstseins gelangen können? Sollten wir es überhaupt tun, oder wäre es Anmaßung und Selbstüberschätzung, gar Blasphemie?

Tausend Fragen lagen mir auf dem Herzen, und wie sich zeigte, waren es nicht seine. Er hatte Antworten.

«Die Alchemie wird uns den Weg weisen», schlug er vor.

Ich hielt dagegen. «Die Sterne sind es, die Sterne. Sie sind Gott am nächsten. Erst wenn wir sie begreifen, können wir Rückschlüsse auf unsere Welt ziehen ... aber auch einen Blick in Gottes Plan werfen.»

Das waren mutige und überhebliche Worte, streng genommen sogar blasphemische, denn damit schwang ich mich in himmlische Sphären auf und konkurrierte mit Gottes alleinigem Anspruch auf Verständnis seiner Schöpfung.

Zur Untermauerung zeigte ich ihm das Horoskop, an dem ich gerade arbeitete und das mit mathematischen Berechnungen, Sternenpositionen und deren Bahnen bereits zur Hälfte fertiggestellt war. Was noch fehlte, waren meine Schlüsse, die ich aus den bestimmenden Sternen zum Zeitpunkt der Geburt des Jungen noch ziehen würde, zu seinem vorgezeichneten Werdegang, den Gefahren, aber auch Chancen, die sich ihm stellten.

Helmstetter sah sich meine Arbeit lange an. Ich war mir nicht sicher, ob er sie überhaupt verstand, denn letztlich blieb er bei seiner Auslegung des einzig richtigen Wegs zur Erkenntnis.

«Gottes Plan ist doch schon längst ersichtlich, er ist im kleinsten wie auch im größten Ding vorhanden. Überall um uns herum – sogar in uns selbst, wir müssen nur genauer hinsehen. Gott steckt in uns und wir sind in ihm. Wir sind eins.»

«So spricht der Theologe.»

«Nein, der vorbehaltlose Wissenschaftler, der sich von alten Irrlehren befreit und das Neue, Unbekannte unvoreingenommen ansieht, studiert und seine Schlüsse daraus zieht. Nur so werden wir in neue Sphären der Erkenntnis und des Wissens aufsteigen ... als echte Forscher und Entdecker.»

«So spricht der Humanist, der Gott vom Thron stürzen will.»

«Nenn mich, wie du willst, es ist mir gleich. Ich pfeife auf das Geschwätz der Welt, ihre Gebote und Verbote. Sie sind ein Gefängnis, ein Kerker der Mächtigen für die Armen im Geiste und im Leben, sie dienen nur dem einen Zweck: der Unterdrückung.»

«Jetzt tu nicht so, als gälten für dich keine Gesetze ...»

Er nahm mein Gesicht in beide Hände und schaute mir in die Augen. Ich wich seinem Blick nicht aus, sah in seinen Augen ein Feuer brennen, wie ich es noch nie zuvor bei jemandem gesehen hatte.

«Auf meine unsterbliche Seele schwöre ich dir», sagte er, «ich werde mich nicht länger dem Befehl eines Menschen unterwerfen. Er ist bedeutungslos, er kann mich nicht länger von meinem Weg abhalten. Ich sage mich von allem los, was mich knechten, klein und dumm halten will. Verstehst du?»

Ich war mir nicht sicher, war mir der *tatsächlichen* Konsequenzen seines Schwurs nicht bewusst. Aus einer Knechtschaft war auch ich geflohen, kannte das herrliche Gefühl von grenzenloser Freiheit. Bis in die Universität hatte es mich geführt, zu Gesprächen mit Wissenschaftlern wie Virdung. Aber dafür hatte ich mich verkleiden müssen. Wohin würde das alles führen? Manch einer hätte eine Antwort parat: auf direktem Weg in die Hölle.

«Du lebst nicht alleine auf der Welt. Du musst dich fügen und anpassen …»

«Einen Dreck muss ich!» Er gab mein Gesicht wieder frei, stürzte das Bier in einem viel zu hastigen Zug hinunter, sodass ihm die Brühe über Kinn und Wams lief. Danach schnaufte er tief vor Erregung. Ich musste erkennen, dass ihm mit Worten nicht beizukommen war. Der Schwur schien tief in seiner Seele verwurzelt zu sein, genauso gut hätte man auf einen Stein einreden können, er möge sich wenden. Aber ging es mir nicht genauso? Auch ich wollte meiner Wissbegier nachgehen, ohne Einschränkungen, Gebote und Verbote. Der Geist war frei, niemand durfte ihn in Fesseln legen.

«Vielleicht habe ich mich in dir getäuscht», sagte er schließlich. «Vielleicht bist du doch nicht der Richtige.»

«Der Richtige wofür?», fragte ich überrascht.

«Als ich dich in der Druckerei die Schriften und Bücher habe studieren sehen, glaubte ich, einen Seelenverwandten getroffen zu haben. Jemand, der nach Wissen und Erkenntnis strebt, jemand …»

«Aber das tue ich. Mein Leben gehört der Wissenschaft. Nur dafür habe ich alles auf mich genommen ...» *Still, kein Wort mehr!* Ich stand kurz davor, einem Unbekannten meine Lebensgeschichte aufzutischen. Wieso ließ ich mich so leicht dazu hinreißen?

«Und», fragte er, «was bist du bereit, noch dafür zu opfern?»

«Alles!», rief ich spontan und ohne jeden Zweifel.

«Wirklich *alles*?»

Ich nickte.

«In Kauf nehmen, dass die Dummköpfe dich einen Teufel rufen?»

Eine *Hexe* zu sein, das hatte mir mein Vater im Zorn schon an den Kopf geworfen.

«Auch dein Seelenheil?»

«Tod und Teufel können mich nicht schrecken, wenn es die Sache wert ist.»

«Bravo! Genau das wollte ich hören.» Durch die schummrige Schänke rief er: «Wirt, noch einen Krug Bier!»

«Wir sollten gehen», widersprach ich, «es ist spät und ...»

«Ach was. Die Nacht hat gerade erst begonnen. Sie heißt uns mit offenen Armen willkommen.»

Ich gähnte. Vielleicht lag es auch an der fortgeschrittenen Zeit und dem Krug Bier, den auch ich inzwischen getrunken hatte. Meine Gegenwehr wich einer seltsamen Müdigkeit. Ich empfand gar leichtes Fieber. Es war ein harter Tag gewesen, ich hatte die Latrinen abermals von einer Verstopfung befreit, mich dabei dem allseits präsenten Ungeziefer erwehren müssen. Was für eine elende Arbeit, meiner Herkunft und meiner Studien unwürdig.

«Nun sag, was hältst du davon?»

«Wovon?»

«Was ich dir angeboten habe.»

Ich zuckte die Schultern. Hatte er mir etwas angeboten? Das war mir entgangen.

«Du brauchst Bedenkzeit? Gut, aber nicht zu lange. Übermorgen will ich los.»

«Wohin?»

Er lachte. «Hast du mir überhaupt zugehört?»

«Sicher», sagte ich und schickte ein Gähnen nach. «Ich muss jetzt schlafen.»

«Nicht so schnell, mein Freund, der Krug ist noch nicht einmal angebrochen, wer weiß, was morgen ist.» Er schenkte uns nach. Dabei zitterte seine rechte Hand, die den Krug hielt, als habe sie alle Kraft verloren. Er wechselte geschwind zur Linken und überspielte die Unpässlichkeit mit flammenden Worten.

«Lass gut sein», erwiderte ich und stand auf, mir schwindelte, ich suchte Halt.

«Vorsicht, Bursche, dass du mir nicht fällst.» Helmstetter stützte mich.

«Schon gut», erwiderte ich und wehrte ihn ab. «Komme allein zurecht.»

Hochmut und Irrtum, ich schwankte.

«Zu viel getrunken?», verspottete er mich, griff erneut nach meinem Arm und stutzte. «Bist du krank? Du glühst wie ein Eisen im Feuer.»

«Nach Hause ...» Taumel erfasste mich, dass ich glaubte, die Besinnung zu verlieren.

«Wo ist das?»

«Heilige Jungfrau Maria ...»

Der Raum drehte sich, und ich verlor mich in Finsternis.

VI
HÖHLENZAUBER

Ein Geräusch weckte mich.
Zuerst wusste ich nicht, was es war oder woher es kam, ich konnte auch sonst nicht viel erkennen, außer einem seltsam geschwungenen Muster an einer gewölbten, glitzernden Decke über mir. Das Geräusch klang hohl und es gluckste, zerplatzte dann wie eine gigantische Blase und verlor sich in einem fernen Echo.

Ich drehte den Kopf zur Seite. Im Feuerschein nahm ich den Schatten einer Gestalt wahr, die nach vorne gebeugt an einem Tisch saß, eine Schreibfeder in der Hand.

«Kassiopeia ...»

Das Sternbild? Allein der Gedanke schmerzte. Das Gefühl weitete sich auf meinen ganzen Körper aus, sobald ich mich unter Stöhnen aufrichtete. Schwindel erfasste mich. Drehte *ich* mich, oder drehte sich der Raum?

«Vorsichtig!» Wort und Stimme hallten. Der Schatten wandte sich mir zu, griff nach einem Kerzenleuchter und näherte sich mir. Das Licht der kleinen Flammen stach mir in die Augen, ich musste den Blick wieder in die Dunkelheit wenden, wo ein blauer ... gelber Fleck funkelte. Was war das?

«Endlich.»

«Was ...?»

«Du bist wach.»

Ich suchte das Gesicht zu erkennen: Lächeln, gezwirbelter Schnauzbart ... *Helm...stetter?*

«Was ist geschehen?»

«Ich hatte die Hoffnung bereits aufgegeben.»

«Worauf?»

«Dass du je wieder aufwachst.» Er setze sich neben mich. «Wie geht es dir?»

Meine Kehle war ausgetrocknet, brannte mit jedem Laut. «Wasser.»

«Sofort.» Er griff einen Becher, der zu meinen Füßen stand, daneben eine Schüssel mit einem Lappen darauf. «Hier, trink.»

Welch eine Wohltat ...

«Was ist passiert? Wo bin ich?»

Helmstetter seufzte, wurde heiter, als gelte es, etwas zu feiern. «Du bist dem Teufel im letzten Moment vom Teller gesprungen ... Willkommen in meinem Reich.»

Teufel? Reich? Wir waren in einer Höhle, breit und hoch, dunkel, aber warm. In der Mitte ein Tisch mit einem Stuhl, dahinter Regale und Körbe voller Bücher, an der einen Seite ein weiterer, aber viel längerer Tisch, darauf seltsame Apparaturen, gläserne Kolben und Instrumente. Von der anderen Seite her hörte ich Gurgeln und Glucksen, konnte aber in dem Dunkel dort drüben nichts weiter erkennen als eine blau-gelblich scheinende Wasserfläche, an der Höhlendecke darüber sah ich das rätselhafte Muster.

«Was ist das?»

«Das Bad des Lazarus.»

Ich war nicht in der Stimmung für Rätsel.

«Eine warme, heilende Quelle», fuhr er fort. «Sie hat dich ins Leben zurückgeholt.»

«War ich denn tot?», scherzte ich bitter.

«Kann man so sagen, zumindest warst du nah dran.»

Mir schwirrte der Kopf. Was war hier los, und was war geschehen?

«Iss erst mal, dann erzähl ich dir alles.»

Er ging zur Feuerstelle, schöpfte aus einem Topf und kam mit einer Schale Brei zurück. Was auch immer es war, ich schlang es in mich hinein, als gäbe es morgen nichts mehr zu essen.

«Um genau zu sein, seit elf Tagen», erklärte er mir.

In jener Nacht hatte er mich in meine Dachkammer gebracht, ich war fiebrig gewesen, schweißgebadet und dem Wahn verfallen, sodass er hinuntergeeilt war, um einen Arzt zu holen. Auf der Straße herrschte bereits blankes Entsetzen. Schreie gellten durch die Nacht, Reiter galoppierten an ihm vorüber, gefolgt von polternden Fuhrwerken. *Öffnet das Stadttor! Schnell, aus dem Weg!*

In einem Badezuber sei ein lebloser Mann aufgefunden worden, der Körper voller eitriger Beulen. Der Schrecken ging von Haus zu Haus. Ein jeder nahm, was er in die Finger bekam, und türmte.

Mich schauderte. «Die Pest?»

«Ich wollte es nicht darauf ankommen lassen.»

Er hatte mich und meine wenigen Habseligkeiten sodann auf seinen Karren gepackt, gab dem Gaul die Peitsche, warf keinen Blick zurück, nur nach vorne, bis wir endlich angekommen waren – hier, im *Teufelsloch*. Seitdem rang ich um mein Leben …

«Das Lazarusbad hat dich gerettet.»

«Du hast mich dort hinein…?»

Er nickte. «Keine Medizin ist so mächtig wie diese. Noch eine Schale?»

Ich nickte, und während er zur Feuerstelle ging, stellte ich mich auf meine wackligen Beine. Noch glaubte ich ihm kein Wort, erinnerte mich seiner hochtrabenden Reden noch zu gut, wollte erst Gewissheit haben. In kleinen Schritten mühte ich mich hinüber zum Wasser, das so seltsam blau und gelb schimmerte. An den nackten Sohlen fühlte ich warmen, trockenen Stein, wie auch die Höhle alles andere als kalt und feucht war, sondern behaglich wie ein Nest im Stroh.

Das Wasser schien klar und unverdächtig, aus der unergründbaren Tiefe stiegen Blasen auf, blubberten und zerplatzten schließlich. Welch ein seltsames Gebräu. Ich zögerte, traute mich nicht, meine Hand einzutauchen.

«Keine Angst», hörte ich Helmstetter rufen, «du hast Tage darin verbracht.»

So wagte ich es.

Das Gefühl, das mich überkam, übertraf alles, was ich mir vorgestellt hatte. Warm wie im Badehaus kitzelte und prickelte das Wasser auf meiner Haut, umspülte, hegte und pflegte sie, dabei fühlte es sich samtweich an. Ein Wunder, es gab kein anderes Wort dafür.

«Schon die Römer haben darin gebadet.»

«Die ... Wo sind wir?»

«Nahe Mainz, jenseits des Rheins ... in Sicherheit.»

Wie konnte er das behaupten, wenn die Pest tatsächlich ausgebrochen war? Niemand war dann irgendwo sicher.

«Das Teufelsloch liegt tief in den Wäldern versteckt. Wenn der Wind durch die Felsspalte fährt, heulen die Hexen aus der Tiefe herauf. Die Übermütigen, Betrunkenen oder schlicht Wahnsinnigen erwarten Schwefelgestank und Höllenfeuer, wenn sie es trotzdem wagen.» Er schielte hinüber zum Tisch mit den Apparaturen, dem Labor eines

Alchemisten, als das ich es nun erkannte. «Das hat bisher jeden abgeschreckt.»

«Woher kommt das Wasser?»

«Aus der Tiefe der Erde, und es bringt die wunderbarsten Substanzen mit sich. Woher aber das Licht kommt, das die Quelle erleuchtet, habe ich noch nicht herausgefunden. Irgendwo in der Felsspalte muss es einfallen ...»

«... und wird vom weißen Stein weitergeleitet?»

«Richtig, und nun komm. Leg dich wieder hin, du musst ruhen.»

Ich konnte den Blick nicht vom Wasserbecken lösen, von den Steinplatten. Auf ihnen hatte ich gelegen, als Helmstetter ...

Mir stockte der Atem, ich sah an mir hinab, auf ein langes, dünnes Nachthemd. Darunter war ich nackt.

«Hab mich schon gefragt, wie lange du brauchst», spottete er. «Das wird eine interessante Geschichte. Ich bin gespannt.»

Am liebsten wäre ich kopfüber in den Höllenschlund gesprungen und erst wieder in weiter Ferne an die Oberfläche gekommen. *Er weiß es!* Natürlich, er hatte alle Zeit und Freiheiten gehabt, es herauszufinden. Nie zuvor kam ich mir derart entblößt vor.

«Ich ...»

«Komm schon, ich berste vor Neugier.»

So erzählte ich ihm die ganze, lange Geschichte, ließ nichts aus, warum auch? Es gab nichts mehr zu verheimlichen, ich war der Scharade, den stillen und fleißigen Studenten Johann Faustus zu spielen, ohnehin längst überdrüssig geworden. Ab jetzt trat wieder Margarete ins Licht.

Niemand kannte mich nun besser als dieser Kerl mit dem lächerlich gezwirbelten Schnurrbart und dem lockigen Haar. Er ließ mich reden, unterbrach mich auch nicht, schmunzelte oder schüttelte nur mitleidig den Kopf an den richtigen Stellen, sodass ich am Ende glaubte, er verstünde und akzeptierte mich, so wie ich nun mal war. Ich empfand eine unerwartet vertraute Verbindung zu diesem *verständnisvollen Engel* aufsteigen, der mir von Gott geschickt worden sein musste. Das war keine rührselige Übertreibung, er hatte viel riskiert, um mich zu retten.

«Warum hast du mich nicht in der Dachkammer liegenlassen? Du hättest dich anstecken und sterben können.»

Er seufzte, wich meinem Blick aus, suchte nach einer Antwort irgendwo im Dunkel der Höhle. «Habe ich aber nicht.»

«Jetzt sag schon: Warum?»

«Weil ... ach, einfach so.» Er ging hinüber zum Tisch, schenkte sich ein. «Wie soll ich dich nun nennen?»

«Ich heiße Margarete.» Den Adelstitel verschwieg ich, mein Vater hatte mich ohnehin verstoßen. Jetzt war ich ein ganz gewöhnlicher und vor allem armer Mensch. Nicht einmal das dünne Leibchen an meinem Körper gehörte mir.

«Wie hast du dich in der Universität genannt?»

«Johann.»

«Ich weiß ... und weiter?»

«Johann Faustus, Sohn eines Nürnberger Händlers.»

«Faustus», sinnierte er, «das bedeutet günstig, gesegnet, Glück bringend. Kein schlechter Name.»

«Aber ein falscher.»

«Wen kümmert's? Entscheidend ist, dass der Name etwas über seinen Träger verrät, ihm Geltung und Respekt verschafft.»

«Wissen, Moral und Charakter kennzeichnen einen Menschen, nicht ...»

«Sicher, sicher, deshalb gibt sich die halbe Welt auch lateinische Namen.»

«Eine alberne Mode, nichts weiter.»

Er lachte verhalten, ich hörte Hohn darin mitschwingen. «Die Welt ist ein eitles Theater, und wir sind hilflose Puppen an Schnüren, glücklose Schauspieler. Die Rollen sind festgeschrieben, niemand kann sie ändern, selbst die Namen unserer Rollen nicht. Dabei sind sie so wichtig, wichtiger als vieles andere.» Seine Worte hallten durch die Höhle. «Stell dir vor, Apollo und Hermes hießen plötzlich Eitelfritz und Glaubrecht. Würdest du sie noch länger als Götter akzeptieren?»

Ich musste lachen. «Eitel...was?»

«Siehst du, wie schnell man aus dem Himmel fällt? Eine kleine Namensänderung reicht, und schon ändern sich die Rollen. Vom Gott zum Tölpel.»

«Aber das ist nicht die Wirklichkeit, das sind Sagen...»

«...die Menschen glauben. Das dumme, unwissende Volk.»

«So wie die Sage von den Nibelungen?»

Siegfried und Krimhild – unser aller Geburtsmythos. Seit Ewigkeit wurde diese Geschichte erzählt. Dagegen kam man nur schwer an. Ich winkte ab.

«Die Heilige Schrift? Jesus am Kreuz? Die Auferstehung an Ostern, die Himmelfahrt? Lüge oder Wahrheit?»

Das ging eindeutig zu weit. «Schweig! Mach dich nicht über den Glauben lustig.»

«Das Gegenteil tue ich. *Glauben* ist stärker als Wissen, und Namen können wie himmlischer Donnerhall klingen oder nach stinkenden, kleinen Hasenfürzen.»

Ich fand, dass er's übertrieb. Außerdem konnte niemand etwas für seinen Namen.

«*Ich* entscheide», widersprach er, «welchen Namen ich trage. Ich entscheide, wie man mich sieht. Als Gott oder als Knecht.»

War das ein Anflug von Größenwahn? Zumal Helmstetter in dieser Sache überraschend leidenschaftlich, ja unbelehrbar wirkte. Genauso wie in jener Nacht in Heidelberg, als er mir von seinen Plänen erzählte.

«Wie heißt du nun wirklich? Dein richtiger Name?»

Er richtete sich auf, mimte den gottgesegneten, von der Welt gefeierten Wissenschaftler. Der Schatten, den er dabei warf, war weitaus größer als er, nahezu furchteinflößend. «Magister Georgius Sabellicus, mein erlauchter Name. Magus …»

«Nein, dein richtiger Name.»

«Das ist er! Solange mir kein besserer unterkommt.»

Aber nannte er sich nicht …? Das Flugblatt, das ich in der Truhe der Oberin gefunden hatte, wo war es? Mein Wanderbeutel? Der Schreck fuhr mir in die Glieder. *Meine Sternkarte!*

«Als du mich aus der Dachkammer gebracht hast, hast du da noch etwas mitgenommen?»

«Da gab's nicht viel zu holen.»

«Ein heller Stoffbeutel mit einer schwarzen Kordel daran? Er steckte zwischen den Dachsparren.»

«Damit ihn keiner findet?»

«Richtig.»

«Lass mich nachdenken», und wieder nahm er die Pose eines Mannes an, der die Erkenntnis aus höheren Sphären empfing. Dann griff er hinter sich. «Sah er vielleicht so aus?»

Ja, das war er! Ein Stein fiel mir vom Herzen. Ich musste den Beutel sofort untersuchen. «Wo …?»

Die Tasche war leer, nichts darin. Mir war, als holte mich der Schwindel erneut ein.

«Suchst du das hier?» Zwischen zwei Fingern hielt er ein vergilbtes, mit Mühe geglättetes Stück Papier.

Vorsichtig nahm ich es ihm aus der Hand, im Kerzenschein würde sich die Frage klären. Ich brauchte nicht lange. «Ja, das ist sie», seufzte ich erleichtert. Gottlob! Mein Schutzengel hatte auch die Karte gerettet. Ich fiel ihm um den Hals. «Danke ...»

Nach dem für uns beide überraschenden Gefühlsausbruch und der körperlichen Nähe besann ich mich. «Verzeih, ich ...»

Das schien ihn nicht zu interessieren. «Was ist so besonders an ihr?», fragte er.

«Es ist ... es stellt ...», wie sollte ich ihm erklären, was selbst dem Hofastrologen Virdung die Sprache verschlagen hatte?

Die auf dem schäbigen Fetzen Papier vermerkten Sternbilder und deren Positionen waren zum Teil völlig unbekannte Himmelskörper, die sich dem Auge am Nachthimmel entzogen. Als befände man sich auf einem fremden Planeten und sähe ein anderes Universum. Das konnte der Scherz eines gelangweilten, bübischen Astronomen sein, mit dem er sich über seine Kollegen lustig machte, wenn die sich darin verloren und schwindlig diskutierten.

Dagegen sprachen jedoch Kritzeleien, die sich nach eingehender Begutachtung Virdungs als exakte mathematische Berechnungen weiterer Sternenkonstellationen herausgestellt hatten, die in die bekannten Sterne eingebunden waren.

Nein, das war kein Scherz.

«Ich warte», drängte Helmstetter, und das hätte mich

stutzig machen sollen, denn an der *Weisheit der Sterne* war er in der Nacht, als wir in der Schänke getrunken und gesprochen hatten, nicht sonderlich interessiert gewesen.

«Später», erwiderte ich, «wenn ich wieder zu Kräften gekommen bin», vor allem, wenn ich selbst eine Erklärung gefunden hatte.

«Verheimlichst du mir etwas?», fragte er, und plötzlich klang seine Stimme nicht mehr nach der eines Schutzengels.

VII
STERNTALER

Vor langer Zeit soll es einen frommen Kirchenmann gegeben haben, Theophilus von Adana, der aus Bescheidenheit die Wahl zum Bischof ausgeschlagen hatte. Der neue Bischof dankte es ihm nicht und entließ ihn als seinen Stellvertreter.

Das machte Theophilus zornig, er bat den Teufel um Hilfe. Der schloss mit ihm einen Pakt: Wenn Theophilus Jesus Christus und der Heiligen Jungfrau Maria abschwöre, würde er das Unrecht ungeschehen machen.

Und so geschah es, Theophilus wurde erneut Stellvertreter des Bischofs. Allerdings fürchtete er später um sein Seelenheil, sodass er die Heilige Jungfrau um Vergebung anrief. Nach Wochen des Fastens und der Fürbitten wurde ihm die Gnade gewährt. Theophilus erhielt seine Seele zurück. Wie zum Beweis stellte ein Bild den Pakt dar: Ein geflügelter, grüner Teufel mit Reißzähnen offeriert dem frommen und demütigen Theophilus den Vertrag.

Ich zerbrach mir über den Sinn der Erzählung den Kopf, seitdem Sabellicus – so nannte ich ihn mittlerweile auf seinen ausdrücklich Wunsch hin – die Höhle verlassen hatte. Er hätte in der Stadt etwas zu erledigen. Solange sollte ich die alchemistischen Experimente ausführen, wie er's mir aufgetragen hatte.

Das war Teil *unseres* Pakts: Er führte mich in die Kunst der Alchemie ein, ich vertiefte sein Wissen in der Astronomie – obwohl wir anfangs unterschiedlicher Auffassungen über den richtigen Weg waren, uns letztlich aber auf die Vorzüge des anderen verständigt hatten. So profitierten wir beide vom schicksalhaften Zusammensein in dieser wundersamen Höhle, während draußen das große Sterben in Stadt und Land umging. Tausende seien bereits elend gestorben, hatte Sabellicus berichtet, ein Ende sei nicht absehbar.

Nach den Überschwemmungen und der darauf folgenden Hungersnot im letzten Jahr nun also die Pest, und so mancher fragte sich, wer all das Unheil verschuldete. Irgendjemand *musste* verantwortlich sein, unser gnädiger Herrgott war es sicherlich nicht. Außer der Mensch hatte sich gegen ihn versündigt, so wie Theophilus, dann hatte das alles einen Sinn.

Neben den üblichen Verdächtigen, den Juden, war mittlerweile eine andere Gruppe in den Vordergrund der Verdächtigungen gerückt: die Frauen.

Wenn es stimmte, was der Dominikaner Heinrich Institoris in seinem *Malleus maleficarum* heraufbeschwor, hätten sich ganze Heere von abtrünnigen Weibsbildern dem Höllenfürsten zugewandt. Wort für Wort stand hier beschrieben, wie man ihnen auf die Schliche kam, sie zu einem Geständnis brachte ...

Voller Abscheu und Unverständnis stellte ich dieses schauerliche Werk ins Regal zurück und erlag dabei der Vorstellung, dass die Schwester Oberin durchaus eine Teufelsbraut sein konnte – nicht im Sinne der Kirche, sondern aus Sicht ihrer Schutzbefohlenen. Ihr Reich war der dunkle Keller, ihre Regentschaft fußte auf Gewalt, Demütigung und Ausbeutung. Sie war der christlichen Nächstenliebe verlustig gegangen so wie einst Theophilus dem Seelenheil, ein Sündenfall. Würde sie eines Tages einsichtig werden, wie es Theophilus gelungen war, aus tiefstem Herzen Vergebung erflehen? Schwer vorstellbar. Das Weib war durch und durch verdorben.

Auf dem langen Tisch mit den vielen Apparaturen gurgelte und blubberte es endlich in einem dieser Kolben aus erstaunlich dünnem Glas, die ein Vermögen gekostet haben mussten. Höchste Zeit nachzusehen, welchen Erfolg der Versuch erbracht hatte. Im Kerzenschein suchte ich die gewünschte Farbe des Gebräus zu erkennen – laut Anweisung von Sabellicus sollte es hellgrün mit einem rötlichen Stich schimmern, an der Oberfläche hätte sich bis dahin eine weiße Schicht gebildet, die abgeschöpft wurde und in einem silbernen Gefäß trocknete. Was mit dem so entstandenen Pulver weiter geschah, wusste Sabellicus allein.

Auch, wozu der Extrakt diente, den ich in einem weiteren Versuch aus Pilzen und Beeren gewann, blieb sein Geheimnis. Nicht eine Nadelspitze voll durfte ich davon auf die Finger bekommen, es sei eine verheerende Substanz, die man als Heilmittel wie auch als Gift zum Einsatz bringen konnte. Die Dosis entscheide über Leben und Tod – aber auch die Absicht des Alchemisten.

Das nächste Rätsel stellte sich mir mit einer Schale, in der sich Blätter und Samen eines Gewächses befanden, das Sabellicus als Götterpflanze bezeichnete. Sie konnte Schmerzen lindern, aber auch in Himmel und Hölle führen, je nachdem, was man damit erreichen wollte.

Zu meinem Leidwesen ging er sparsam mit derlei Informationen um, achtete stets darauf, dass er die Zügel in der Hand behielt und meinen Forscherdrang in einem kontrollierbaren Maß hielt. Das war nicht im Sinn unserer Abmachung, neid- und selbstlos alles zu teilen, und es entbrannte darüber mancher Streit, da ich ihm mein Wissen über die Sterne und deren Deutung offenherzig antrug, er hingegen verheimlichte mir Erkenntnisse und gab sie erst auf meinen Protest hin preis – ein stetes Hin und Her entspann sich, ein Feilschen und Gezerre um den Wissensvorsprung, ein scheinbar niemals endender Kampf um die Vorherrschaft zweier rivalisierender Wissenschaftler. Warum er so handelte, blieb mir lange Zeit verborgen, bis ich ihn eines Nachts über einem Buch eingeschlafen vorfand.

Die vergilbte, teils zerrissene Schrift hielt er stets vor mir versteckt, sie trug den rätselhaften Titel *Das Buch Abrahams des Juden*. Darin wurde die Herstellung einer Substanz beschrieben, nach der die gesamte wissenschaftliche Welt seit Jahrhunderten suchte – *Lapis philosophorum*, besser bekannt als der *Stein der Weisen* oder im Arabischen *El Iksir*. Damit ließe sich aus gewöhnlichen Substanzen, wie etwa Quecksilber, Gold oder Silber herstellen.

Doch nach Reichtum schien Sabellicus in seinen geheimen nächtlichen Studien nicht zu streben, denn immer wenn er mich schlafen glaubte, hörte ich ihn *Großes Elixier*, *Magisterium* oder *Panazee des Lebens* murmeln – eine Art Universalmedizin, die Heilung, Stärkung und Verjüngung versprach.

Das kam mir anfänglich geradezu lächerlich vor, denn Sabellicus war ein junger Mann, Gebrechen und Tod lagen in ferner Zukunft. Meine Meinung änderte sich, als ich ihn am Lazarusbad sitzen und seine rechte, zittrige Hand hineinhalten sah. Dieses Zittern schränkte ihn bei den alchemistischen Experimenten ebenso ein wie beim Schreiben, worüber ihm die Kontrolle entglitt und er die furchtbarsten Schimpfwörter verlor.

Wenn er in dieser Verfassung war, schlug er jeden Versuch auf Trost und Ermutigung aus, dass wir gemeinsam, irgendwann, eine Medizin gegen sein Leiden finden würden. Es brach mir das Herz, ihn so zu sehen, unfähig, die Erkrankung zu heilen und vor allem meine Zuneigung anzunehmen. Ich suchte dann besser Abstand, verließ die Höhle über die Felsspalte und widmete mich tagsüber meinen Erkundungen der Pflanzen- und Tierwelt in der Umgebung, und nachts, mit meiner Sternkarte und einem neu gefertigten Jakobsstab, dem Studium des Himmelsgestirns.

Die schroffe Felsspitze offenbarte einen ungestörten Rundumblick, ich maß und notierte den Lauf der Sterne, verglich, ergänzte und korrigierte meine Aufzeichnungen mit der Sternkarte. Vieles passte zusammen, einiges aber auch nicht, was mich zunehmend verzweifeln ließ. War ich blind, um die unbekannten Sterne zu sehen? Am falschen Ort? Brauchte ich bessere Instrumente? Wer besaß sie, und wie war derjenige an solche Werkzeuge überhaupt gelangt?

Verärgerung und Enttäuschung über meine kümmerlichen Kenntnisse regierten solche Nächte, und ich wurde deren nur Herr, ich mich für den Moment begnügte und mich der zweiten Disziplin der Astronomie zuwandte – der Deutung. In Sabellicus' Bibliothek waren einige brauchbare Schriften dazu zu finden, ich hatte sie bald studiert und das Wichtige zusammengetragen. Kannte ich den Ort und den Zeitpunkt der Geburt eines Menschen, was alles andere als einfach und verlässlich war, machte ich mich an die Erstellung des Horoskops – rechnete, zeichnete und leitete meine Erkenntnisse aus den Planetenständen und den mit ihnen verbundenen Tierkreiszeichen ab. Waren

Geburtsort und -zeitpunkt nicht eindeutig bekannt, wählte ich Daten, die am wahrscheinlichsten waren – zugegeben, ein zutiefst unbefriedigender Umstand. Er machte die Berechnung und damit Deutung beliebig bis hinfällig, genauso gut ließ sich damit das zukünftige Leben eines Bettlers mit dem eines Königs ersetzen, zu befürchtende Erkrankungen mit einem langen Leben und der Kinderwunsch mit Trauer und Verzweiflung. Ich buchte es trotz aller Einschränkungen unter Übung und Erfahrung ab.

Schon bald sollte dieser entrückte Ort auf der Felsspitze mein Lieblingsplatz werden, und mein lang unterdrückter Drang, auf Wanderschaft zu gehen, schwand. Hier gab es alles, wovon ich stets geträumt hatte – Kisten voller Bücher, Ruhe und Abgeschiedenheit, um forschen zu können ...

Schritte hallten. Aus dem Dunkel der Felsspalte trat Sabellicus ins Licht des Feuers.

«Schon zurück?», fragte ich.

Grußlos ging er an mir vorüber, schenkte sich einen Becher Wein ein und stürzte ihn in einen Zug hinunter.

«Ist etwas passiert?»

«Lies», sagte er und warf mir ein Bündel Fliegende Blätter hin.

Auf den ersten Blick war nichts Auffälliges zu erkennen: Ein Doktor Gallus erstellte Vorhersagen für den kommenden Winter und für Neugeborene, in Wittenberg würde Kurfürst Friedrich der Weise eine Universität eröffnen, aufständische Bauern mit der *Bundschuhfahne* umzingelten einen Ritter ...

Joß!, mein Beschützer und rebellischer Geist, da war er wieder.

Ich hatte mich oft gefragt, was er trieb. Nun hatte ich

es schwarz auf weiß: ein Anführer der armen Leute, ein messianischer Bundschuhträger, der die Pharisäer aus dem Tempel warf. *Ein Sturm wird aufziehen!*

«Und?», fragte Sabellicus ungeduldig. «Was sagt dir das?»

Ich zuckte die Schultern, blätterte weiter. Schiffe machten sich auf große Fahrt in die Neue Welt jenseits des großen Meers. Von sagenhaften Reichtümern war die Rede, von unüberschaubar großen Ländereien, die es für die spanische Krone zu sichern galt, und von den vielen *Wilden*, die mit dem Evangelium Christi zum wahren Glauben bekehrt werden sollten.

«Ich warte ...»

Auf dem nächsten Blatt wurde von einer bahnbrechenden Erfindung berichtet: eine Uhr von der Größe eines Apfels. Ich überlegte, was das für die Astronomie bedeutete. Wenn ich bei der Himmelsschau eine Uhr zur Hand hätte, würde ich den Lauf der Sterne genauer messen können ...

«Herrgott!» Sabellicus nahm mir das Bündel Flugblätter aus der Hand und zeigte mir das Werbeblatt des Doktor Gallus. «Das hier. Lies!»

Himmel! Warum war er nur so aufgebracht und ungeduldig?

«Doktor Adrianus Gallus, Astronom und Weissager am Hofe ...»

«Nicht das», unterbrach er mich schroff, «unten. Lies, was ganz unten steht.»

Ich suchte und fand die fett gedruckten Zeilen. «Geburtshoroskope kosten einen Taler. Pfennige und Kreuzer werden nicht genommen. Vorhersagen kosten ...»

«Einen ganzen *Taler*!», brauste Sabellicus auf. «Und *mich* nennst du einen Halsabschneider?!»

Der Taler war eine neue Silbermünze, die der allseits betriebenen Münzfälscherei einen Riegel vorschieben sollte. Insoweit tat der Doktor recht daran, seine Dienste für eine sichere Währung anzubieten.

«Ein stolzer Preis, ja», erwiderte ich, ohne zu ahnen, worauf die Sache hinauslief.

«Ein Wucherer ist er.» Sabellicus schenkte sich nach und leerte den Becher wie zuvor.

«Was interessiert's dich?», fragte ich und gab ihm das Flugblatt zurück, das mit dem Aufstand der Bauern und dem Bild der Schiffe jedoch nicht. Später würde ich mir das in aller Ruhe durchlesen. Joß, ein Aufständischer? Noch immer konnte ich es nicht glauben.

«Natürlich!», fuhr Sabellicus mich an, «die feine Dame hat ja eine Kiste voller Gold- und Silbermünzen zur Verfügung.»

«Wie kommst du darauf?»

Er klatschte ein weiteres Flugblatt auf den Tisch. Ich las es, und für einen Moment stockte mir der Atem.

Unter der Zeichnung einer jungen Frau, die mir durchaus ähnelte und meinen Namen trug, stand in großen Lettern geschrieben: GESUCHT! 50 *Gulden Belohnung*. Das entsprach dem Jahreslohn von zehn Mägden. Der Zorn meines Vaters musste weitaus größer sein, als ich vermutet hatte.

So viel Geld. *Nur für mich?*

«Wo hast du das her?», fragte ich kleinlaut.

«Lag in einer Schänke herum.»

Das Alter des Pamphlets vermochte ich nicht einzuschätzen, es konnte eine Woche oder ein Jahr her sein, dass Vater ein Kopfgeld zu meiner Ergreifung ausgesetzt hatte. Tatsächlich war das nicht entscheidend, vielmehr beunruhigte mich: Er ließ steckbrieflich nach mir suchen, und bei so viel Geld wuchs die Aufmerksamkeit ... oder schwanden die Skrupel.

«Hast du etwa vor ...?»

Sabellicus lachte höhnisch. «Dann wäre ich nicht alleine gekommen.»

Ich atmete erleichtert auf, fast hätte ich es ihm zugetraut. «Nun gut. Was jetzt?»

Er seufzte. «Wir haben kein Geld mehr.»

«Der Wald gibt uns, was wir zum Leben benötigen.»

«Ja, ja, der Wald ...»

«In der Höhle haben wir Schutz vor den Gefahren da draußen.»

«Ein Gefängnis ist sie.»

«Beruhige dich. Eine Laune, nichts weiter.»

«Noch einen Tag länger in diesem Kerker, und ich ersticke.»

«Aber», ich zeigte auf die Bücher, den Tisch mit den Apparaten, unsere wunderbare Arbeit, «wir haben doch alles, was wir brauchen.»

«Woher willst *du* wissen, was *ich* brauche?»

«Wir.»

«Du und ich sind noch lange kein *Wir*.»

Nach all den erklecklichen Mühen um Zusammenarbeit und ein harmonisches Miteinander wurde auch ich zornig. «Sondern?»

«Du verstehst es ... *mich* einfach nicht.» Ein Becher Wein, schnell getrunken, machte ihn nicht ruhiger. Im Gegenteil, es schien ihn noch anzustacheln. Seine rechte Hand zitterte. Was ging nur in ihm vor?

«Dann erklär es mir.» Ich setzte mich ihm gegenüber, wartete und lächelte. Ich hoffte, das würde ihn besänftigen.

Er holte tief Luft, dann legte er los, wie ich es nicht für

möglich gehalten hätte. «Wie weit habe ich es gebracht? Sag es mir.»

«Ich weiß nicht, was du meinst.»

«Eine einfache Frage: Wer bin ich?»

Die Frage war alles andere als einfach, ich kannte noch nicht mal seinen richtigen Namen oder den Ort seiner Geburt, seine Familie und seinen Werdegang. Ich wusste nur, was er mir von sich berichtet und was ich mit eigenen Augen gesehen hatte. Das war anfänglich nicht gerade schmeichelhaft gewesen. Seitdem wir aber in der Höhle lebten und ich herausgefunden hatte, welche Bücher in den Regalen standen, welche alchemistischen Experimente er anstellte …

«Sag's mir endlich, freiheraus: Wer bin ich in deinen Augen?»

Ich suchte nach den richtigen Worten und fand sie nicht. «Du bist ein sehr kluger Mann …»

«Wie kommst du darauf?»

«Deine Bibliothek …»

«Ich muss nicht alle Bücher gelesen haben.»

«Dein Labor.»

«Firlefanz. Jeder Lehrling kann sich so etwas kaufen.»

«Aber, du machst Experimente … Forschungen … Erfindungen. Sie werden die Welt verändern, mich, mein Handeln und Denken.»

«Ist das so?» Sein schneidender, durchdringender Blick ließ mich ahnen, was er davon hielt. «Wie willst du das einschätzen? Du hast so viel Wissen von der Alchemie wie ich vom Himmelsgestirn.»

Das stimmte nur zum Teil, er machte sich klein. Worauf wollte er hinaus?

«Seit Kindertagen lese ich, was mir in die Hände fällt», fuhr er fort.

Ich spürte, dass er zum entscheidenden Punkt kam.

«Und was hat es mir gebracht?»

«Klugheit», erwiderte ich spontan.

«Wissen ist nicht Klugheit. Nur wer die richtigen Schlüsse aus all dem Wissen zieht, das er sich angeeignet und im besten Falle selbst erfahren hat, darf sich einen klugen Mann nennen lassen. Erkennst du den Unterschied?»

Bescheidenheit hatte ich nicht von ihm erwartet. Ich hatte ihn als Marktschreier kennengelernt, der sich allerorten seiner Fähigkeiten und abstrusen Titel rühmte. Niemand war vor seiner Aufdringlichkeit sicher, und nun sollte er sich tatsächlich besonnen haben?

Ich seufzte. «Sag mir, was du von mir hören willst. Ich weiß es nämlich nicht.»

Er holte tief Luft. «Es war alles umsonst! Verstehst du? All mein Wissen und Streben nach Erkenntnis ist nicht einen Taler wert.»

«Unsinn», widersprach ich und nahm das Flugblatt des Doktor Gallus zum Beweis. «Dein Wissen ist bare Münze wert. Sieh selbst.»

«Himmelherrgott!», fuhr er auf, «das ist doch, was ich meine. Dieser Dummkopf wagt es, einen Taler für seinen Dilettantismus zu fordern. Einen ganzen Taler … für nichts!»

«Bist du neidisch auf ihn?»

«Auf den Quacksalber? Dass ich nicht lache. Nein. Auf diese ganze gottverfluchte Brut, die sich *Gelehrte* nennt und doch nichts weiter als ein Haufen unwissender Tölpel ist.»

«Woher willst du das wissen?»

«Weil ich sie kenne oder Zeuge ihrer *Kunst* geworden bin.» Er schickte ein gehässiges Lachen hinterher, und ich spürte Verzweiflung und einen tiefen Zorn darin. «Sie wissen nichts, gar nichts, kratzen an der Oberfläche und machen alle glauben, ihr Tun sei Wissenschaft. Ein Dreck ist es.»

«Und doch hast du selbst gesagt, dass Gottes Plan im kleinsten Ding zu finden ist.»

«Exakt! Nur muss man ihn auch wirklich suchen und finden *wollen*. Stattdessen machen sie einen Popanz aus einer simplen Erkenntnis, von der jedes Kind weiß, oder ...»

«Ja?»

«... streuen dir für einen Taler Sand in die Augen.»

Er hatte in Heidelberg nichts anderes getan. *Sein* Sand war ein blendendes Pulver gewesen, dessen Rezeptur er mir noch immer nicht verraten hatte. War er ein dreister Lügner oder ein doppelgesichtiger Janus? Ich musste mich zurückhalten.

«Was machst du nun mit dieser *Erkenntnis?*», fragte ich stattdessen.

«Ich zahle es ihnen mit gleicher Münze heim. All den Dummköpfen vor und hinter den Kathedern. Ich ziehe ihnen das Geld aus der Tasche, wie ich es nie zuvor gewagt habe. Das soll sie lehren ...»

«Was?», unterbrach ich.

«Dass die Welt ein Schiff voller Narren ist, und sie sind die Kapitäne.»

«Es geht dir also nur um Erniedrigung?»

«Bloßstellung, das ist das treffende Wort. Ich will zeigen, was sie in Wirklichkeit sind.»

«Wozu braucht es dann noch Geld? Würde es nicht reichen ...»

Er warf mir einen abschätzigen Blick zu. «So spricht ein verzogenes Gör von hohem Stand. Nicht einen Tag hast du für dein Auskommen arbeiten müssen.»

«Aber ...»

«Und du wirst es auch nie müssen, denn irgendwann wirst du den Besitz und das Vermögen deiner Eltern erben.»

«Ich will es nicht.»

«Ha! Siehst du? Du musstest nie hungern, konntest dich stets auf deine adelige Herkunft berufen.»

Auch wenn es mir nicht passte, darin musste ich ihm recht geben.

«Du weißt nicht, wie es ist, nichts zu haben, alleine zu sein.»

Natürlich wusste ich das. Ich war weggesperrt und von der Oberin beraubt worden. Meine Eltern hatten mich ausgeliefert, abgeschoben. Alles angeblich zu meinem Wohl. Andererseits wusste ich nicht, was Sabellicus bisher widerfahren war. Wer waren seine Eltern? Wie war es ihm ergangen? Auf wen konnte er zählen? Hatte er überhaupt jemanden?

Ich nahm allen Mut zusammen und umarmte ihn, er ließ es geschehen, seufzte lang und tief. «Ab jetzt bist du nicht mehr alleine. Du hast mich.»

Zu einer Gegenrede setzte Sabellicus gar nicht erst an.

Ich dankte es ihm. «Sag, was wünschst du dir?»

«Wie meinst du das?»

«Wünsch dir etwas.»

Er lachte, und es klang befreiend für uns beide. «Bist du jetzt eine Zauberin geworden?»

«Schon immer gewesen. Tief in mir drin.» Ich hielt mich für eine gute Schmeichlerin.

«Na gut», er dachte nach, «dann wünsche ich mir ...»

«Ja?»

«Ein Schauspiel.»

«Wie, was meinst du?»

«Du und ich, ein lustiges Schauspiel, mit dem wir viel Geld verdienen. Einen Himmel voller goldener Münzen.»

«Sterntaler?»

«Dafür braucht es deine Hilfe, besser, deine Kenntnis von den feisten Geldsäcken, den Freunden und Geschäftspartnern deines Vaters.»

Ich schreckte zurück. «Bist du verrückt geworden?»

«Ein Spiel, nichts weiter, und ich verspreche dir, du kannst deinem Vater alles heimzahlen, was er dir je angetan hat.»

Noch immer wusste ich nicht, worauf er hinauswollte. Doch *er* wusste es offenbar ganz genau … und küsste mich.

VIII
KREUZ UND BLUT

Mir war nicht wohl bei der Sache. Was, wenn er mich trotz der schwarz gefärbten Haare erkannte? Mein Gesicht, die Stimme? Das letzte Mal hatte mir Leiwen vor gut zwei Jahren gegenübergesessen. Anlass war die Unterzeichnung eines Vertrags gewesen, der meinen Vater und ihn zu noch reicheren Mistkerlen machte, als sie es ohnehin schon waren.

Leiwen war Herr über einige Bergwerke im Hunsrück, mein Vater verschiffte das Geschürfte zu den Händlern nach Köln und Amsterdam. Doch die Bodenschätze konnten jederzeit versiegen, Leiwen war ständig auf der Suche nach neuen. Dafür hatte er eigens Wünschelrutengänger beauftragt, auch auf die Gefahr hin, dass er sich die Schwarze Magie zunutze machte.

Das war kein Zufall, denn Leiwen pflegte eine Leidenschaft, für die er viel Geld auszugeben bereit war: das Übersinnliche, das Geheime und Versteckte interessierten ihn. Obwohl die Begierde groß war, empfing Leiwen nicht jeden *Magus* mit offenen Armen, er hatte bereits Lehrgeld bezahlt. Es galt sein Vertrauen zu gewinnen, und kaum einer konnte das besser bewerkstelligen als ich, die aufmerksame Tochter seines Geschäftspartners, die ihn schon lange kannte.

Ich schrieb ihm aber nicht unter meinem Namen, sondern unter *Georgius Sabellicus* einen Brief – Doktor der Freien Künste und der Physik –, und verwies darin auf die Empfehlung eines in Freiburg lebenden Arztes, der mit meiner Familie weitläufig verwandt war. Ich bot ihm die Dienste des geschätzten Doktor Sabellicus an, genauer, ein *wundersames* Verfahren, das man schriftlich nicht darlegen könne, sondern nur im Geheimen zeigen dürfe. Um was genau es sich dabei handelte, blieb ungenannt, schließlich sollte seine Neugier geweckt werden, nicht minder seine Gier nach noch mehr Reichtum und Bedeutung.

Das war der *Plan*. Es sollte anders kommen.

Die Empfehlung und Leiwens Neugier führten zu einem Treffen mit dessen Sekretär in der nahen Stadt Wiesen. Der kundschaftete aus, um wen es sich bei dem unbekannten Doktor Sabellicus eigentlich handelte. Ich hielt mich im Hintergrund, beobachtete, hörte genau hin, denn so einfach würde es nicht sein, Leiwen für unser *Schauspiel* zu gewinnen.

Ich täuschte mich, eine Einladung folgte überraschend schnell, und wir packten unsere Sachen.

Der Weg zu Leiwens fürstlichem Anwesen war nur eine Tagesfahrt mit unserem klapprigen Karren entfernt, der mehr Aufmerksamkeit auf sich zog, als mir lieb war – noch immer zierten Sterne und rätselhafte Symbole das Verdeck. Das mochte einfaches Volk beeindrucken, Leiwen eher nicht.

Wir setzten in Rüdesheim über den Rhein nach Bingen, wo mein Vater seine Geschäfte führte. Ich rutschte vom Kutschbock unter das schützende Verdeck, ab jetzt befand ich mich wieder auf Heimatboden, musste vorsichtig sein, um nicht erkannt zu werden.

Ein halbes Dutzend Schiffe lag vertäut am Ufer, auf der Takelage prangte unser Familienwappen. Mein Vater würde sich vermutlich in den flussnahen Handelshäusern aufhalten, Geschäfte anstoßen, Kontakte pflegen, während ich nur einen Steinwurf entfernt an ihm vorüberzog.

Bei dem Gedanken wurde mir flau im Magen. Ich musste mich vor meinem eigenen Vater verstecken. Wie hatte es nur so weit kommen können?

Das Gefühl wuchs, je näher wir meinem Zuhause kamen, der Burg unserer seit Generationen stolzen und verdienten Familie, nicht weit von Kreuznach entfernt, wo sich ein belebter Handelsweg durch die hügelige Landschaft schlängelte. Mutter würde vom Fenster aus die Knechte und Mägde im Hof befehlen, die Ernte musste eingefahren, der Weinkeller aufgefüllt und alles für den anstehenden Besuch eines Geschäftspartners vorbereitet werden. Die Sehnsucht trieb mir die Tränen in die Augen, ich drückte sie nur mit Mühe weg.

Und es wurde nicht besser, als wir in der Ferne die Abteikirche von Sponheim erblickten. Wenn Trithemius nicht gerade auf Reisen war, würde er über einem seiner unzähligen Bücher oder einer jahrhundertealten Handschrift sitzen, im Beichtstuhl womöglich das sündige Geheimnis einer jungen Frau in meinem Alter erfahren und ihr schließlich zehn Ave-Marias zur Buße aufgeben.

«Wir sind bald da», hörte ich Sabellicus rufen, «mach dich bereit.»

Noch war es ein gutes Stück bis zur Residenz des Gauners, die einem Märchenschloss glich, am Ufer eines idyllischen Waldsees gelegen, auf dem Schwäne Kreise zogen und in dem Zierfische aus fremden Ländern den Ruhm ihres Besitzers priesen. Ich nannte Leiwen nicht *deswegen* einen Gauner – er konnte mit seinem vielen Geld tun und lassen, was er wollte –, in meinen Augen war er ein selbstverliebter Blender, der rücksichtslos seine Interessen verfolgte. In den Bergwerken schufteten sich die Arbeiter für einen Hungerlohn zu Tode, während er in der Sonntagsmesse den demütigen Büßer gab. Eine Spende für das Kloster oder gar ein Almosen für eine in Not geratene Familie verfolgten immer einen Zweck, nichts geschah aus selbstloser Mildtätigkeit. Eines Tages würde er die Schulden eintreiben, das war sein Credo, und es war mir schlicht zuwider.

So empfand ich auch keine Skrupel, ihn als Ziel unseres Schauspiels auszuwählen. Es sollte ihm eine Lehre sein und uns ein Auskommen sichern. Noch immer konnte ich mich nicht mit der ‹Schauspielerei für einen guten Zweck› anfreunden, wie es mir Sabellicus verkauft hatte, aber schließlich hatte ich klein beigegeben – ihm, *uns* zuliebe. Es würde kein großer Schaden entstehen, und eine Umverteilung von reich zu arm hatte schon Jesus Christus gefordert.

Wichtiger jedoch war mir, dass wir zusammen waren und es auch blieben, dass wir nach dieser einmaligen Sache in die Höhle zurückfanden und uns wieder dem Studium der Schriften und des Gestirns als auch den alchemistischen Versuchen widmeten. Unser Lohn für die wunderbare Offenbarung eines *Geheimnisses* sollte der Anschaffung weiterer Instrumente und Gerätschaften fürs Labor dienen, insofern bestand Einvernehmen, weniger allerdings, wie er zu erzielen war.

Mir fiel die Rolle des Adepten zu – eines stillen und hilfreichen Schülers. Würde sich Leiwen von meinem Aussehen täuschen lassen? Er kannte mich mit blonden, langen Haaren und in lustig bunten Kleidern, nun steckte ich in einem schwarzen, krähengleichen Aufzug, der mir die Aura des Okkulten verlieh. Sabellicus hatte darauf bestanden. Das Auge weiß mehr als der Kopf, war sein Argument.

Solange ich Leiwens Blick ausweichen und nicht sprechen würde, könnten wir unentdeckt bleiben. Ich ging das Risiko also ein, schickte zur Sicherheit noch ein Gebet zum Himmel.

Der Karren bog von der Straße ab und folgte dem Uferverlauf bis zum Anwesen Leiwens, wo uns bereits sein Sekretär erwartete.

«Willkommen, Doktor Sabellicus.» Die Verwunderung in seiner Stimme war nicht zu überhören, er hatte ein anderes Gefährt erwartet. Etwas, das dem Wissen und der Stellung eines Gelehrten entsprach und nicht auf jedem zweiten Jahrmarkt zu sehen war.

Ich schnappte mir den Korb und die Kiste mit den Gerätschaften, die Sabellicus für seine Vorstellung benötigte, und folgte ihm. Ich wusste nicht, was sich alles darin befand, umso mehr beschäftigte mich die Frage, was mein *Meister* tatsächlich zur Aufführung bringen wollte. Als Diener hatte ich zu schweigen und keine lästigen Fragen zu stellen.

Obwohl ich noch nicht in Leiwens Haus gewesen war, kannte ich es aus den Beschreibungen meines Vaters. Es gliederte sich in einen öffentlichen, geschäftlichen Teil und in die darauf folgenden privaten Gemächer, die ein Gast niemals zu Gesicht bekam – ausgenommen er war ein treuer, verschwiegener Freund oder brachte ein Geheimnis mit.

Auf den mit Gemälden geschmückten Gang folgte ein Raum mit einfachen, unbequemen Stühlen, in dem uns der Sekretär auftrug zu warten. Ihre Herrschaft würde uns in Kürze empfangen. Zeit, sich in Ruhe umzusehen und zu besprechen, doch Sabellicus war mir einen Schritt voraus.

«Schweig!», zischte er mich an, als ich zu sprechen ansetzte, «die Wände haben Ohren und die Bilder Augen. Verhalte dich unauffällig.»

Den Drang, zu beobachten und Geheimnisse aufzudecken, teilte ich also mit dem Hausherrn. Fraglich war, wo genau sich die Ohren und Augen befanden. Ich stand auf, tat so, als interessierte ich mich für die Gemälde, auf denen ferne Häfen zu sehen waren, Porträts von fremden Herrschern in ihren atemberaubenden Palästen, betörende Kurtisanen in türkischen Badehäusern und natürlich die großen Denker und Mathematiker des alten Griechenland. Dem Gast war somit klar, mit wem er es zu tun bekam – einem Mann von Welt und Reichtum, einem Freund der Wissenschaften und Förderer von Kunst und Kultur.

Allerdings wollte es mir nicht gelingen, das verborgene Auge und Ohr zu finden, auch dehnte sich die Zeit ins Unerträgliche, der Hausherr hatte offenbar keine allzu hohe Meinung von seinem Gast.

«Gedulde dich», disziplinierte mich Sabellicus überraschend laut, «der hochgeschätzte Herr ist mit wichtigen Dingen beschäftigt.»

Das mochte der Schlüsselsatz gewesen sein, die Tür öffnete sich, und herein kam der Sekretär. «Ihre Herrschaft sind nun so weit.»

Er führte uns in einen kahlen Raum mit einem Podest, auf dem ein Sessel stand. Darin thronte der Hausherr, wir hatten zu stehen. Er trug einen langen, purpurfarbenen Abendmantel mit goldfarbenen Stickereien darauf, die Füße steckten in feinen Lederschuhen, und das schüttere Haupt zierte ein Fes – ein türkischer Hut. Alles in allem viel zu warm für die Jahreszeit, außerdem affig und deplatziert.

Im Kamin loderte ein Feuer, da die Sonne nicht durch

die dunklen, schweren Vorhänge drang. Es herrschte eine unwirkliche Atmosphäre – zwielichtig und nicht gerade vertrauensbildend, was auch an Leiwens finsterer Miene lag, sie verhieß nichts Gutes, er war angespannt und misstrauisch.

Ich ließ mich zurückfallen, blieb im Halbschatten, Sabellicus trat vor, nahm den Hut ab und vollführte eine beeindruckende Verneigung. Mit einem Knistern bauschte sich sein schwarzer Umhang kurz auf, als brodelte darunter das Harz eines brennenden Holzscheits.

Zugegeben, ich staunte. Mein *Meister* wusste zu beeindrucken.

«Seid gegrüßt, edler Herr, Doktor Georgius Sabellicus Euch zu Diensten.»

Bevor Leiwen antwortete, suchte er zu erkennen, wer sich da am Ende des Raums aufhielt, was ihm zu seinem Missfallen offensichtlich nicht gelang.

«Mein Schüler, Johann Faust», stellte mich Sabellicus vor. «Verneige dich gefälligst, du undankbarer Bursche.»

Ich tat es umgehend.

Er wandte sich Leiwen wieder zu. «Achtet nicht auf ihn, er ist unbedeutend.»

«Doktor Sabellicus», sagte Leiwen nachdenklich, «wie kommt es, dass ich noch nie von Euch gehört habe?»

«Das hat seinen guten Grund, Herr. Ich reise im Auftrag Minervas, der Göttin der Weisheit. Marktgeschrei ist mir fremd.»

Ich musste mich beherrschen, um nicht lauthals zu lachen.

«Und doch bietet Ihr mir unaufgefordert Eure Dienste an.»

«Meine Mission verlangt es.»

«Welche Mission?»

«Die Geheimnisse der Welt nur den klügsten Köpfen zu offenbaren.»

Leiwen nickte zufrieden, der eitle Narr. «Warum nicht allen?»

«Es gebührt dem dummen Volk nicht, über Wissen zu verfügen. Diese Macht ist ein Vorrecht der Könige.»

Leiwen schmunzelte. «Nun denn, sprecht: Welches Geheimnis bin ich wert zu erfahren?»

«Ihr werdet nun einen Menschen kennenlernen, wie die Welt in allen Wissenschaften keinen vergleichbaren kennt.»

«Ich habe sehr wohl Gelehrte in deutschen Landen wie auch in Italien und noch ferneren Ländern kennengelernt.»

«Dennoch, einen wie mich sicherlich nicht.»

Unverkennbar war Leiwen nicht angetan von der Großspurigkeit, die ihn wie einen unwissenden Dummkopf aussehen ließ. «Beginnt endlich», raunte er, «meine Zeit ist knapp bemessen.»

«Sehr wohl, Herr, doch lasst mich Euch zuvor eine Kostprobe meiner Fähigkeiten geben.» Sabellicus schnippte mit den Fingern, mein Einsatz.

Ich brachte ihm ein Blatt Papier und eine Schreibfeder, achtete darauf, den Kopf demütig gesenkt zu halten.

«Schreibt auf, was Euch wichtig ist, Herr. In jeder Euch beliebigen Sprache oder Geheimschrift. Schont mich nicht, stellt mich auf die Probe. Die schwierigsten und kniffligsten Dinge sind mir gerade recht.»

Leiwen kam der Aufforderung seufzend nach, er hatte augenscheinlich Erquicklicheres erwartet und nahm sich Zeit. Gespannt wartete ich, womit er Sabellicus herausfordern würde, denn was er schrieb, würde zeigen, wofür er sich interessierte und wofür eben nicht.

Das war der eigentliche Trick – völlig unauffällig und unverdächtig. Leiwen offenbarte sich, ohne es zu merken.

«Nun faltet das Papier und gebt es mir zurück.»

Als Sabellicus das Blatt entgegennahm, hielt er es für eine Zeit ungeöffnet zwischen den Händen. Dabei murmelte er unverständlich vor sich hin und schloss die Augen. Ich kannte sein Vorgehen, hatte es mit ihm zigfach geübt, vor allem konnte ich am neugierigen Blick Leiwens ablesen, dass es Wirkung entfaltete.

«Wenn ich das Blatt jetzt öffne», sagte Sabellicus, «sprecht die ersten beiden Zeilen des Ave-Marias. Lasst mich dabei nicht aus den Augen. Bereit?»

Leiwen nickte und begann. «Ave Maria, gratia plena. Dominus tecum ...»

Sabellicus öffnete das Blatt. Die Worte waren noch nicht verhallt, da schloss Sabellicus das Blatt wieder und gab es ihm zurück. Die wunderbare Vorstellung konnte beginnen, und ja, sie beeindruckte auch mich wie in unseren Proben.

«Ihr habt 140 Silben geschrieben, mit bekannten und unbekannten Wendungen und Zeichen. Es beginnt mit *Omne animal se ipsum diligit: Jedes Lebewesen liebt sich selbst*, ein Zitat des berühmten Redners und Konsuls von Rom, Marcus Tullius Cicero. Darauf folgen Fragmente von Avicenna, Hippokrates und sogar von Gikatilla, eines jüdischen Mystikers und Kabbalisten ...»

Mit jedem Wort staunte Leiwen mehr. Er verglich das Gesprochene mit dem Geschriebenen, es machte ihn sprachlos – so wie auch mich.

«Und damit Ihr nicht glaubt», fuhr Sabellicus fort, «dass ich nur abgelesen habe, was geschrieben steht, gebe ich Euch einen Beweis meines umfassenden, grenzenlosen Wissens.»

Er begann aus den Werken der Genannten zu rezitieren, nicht einzelne, zusammenhanglose Sätze und Zitate, sondern ganze Seiten und Kapitel. Ich hatte die Fähigkeit eines schier unendlich großen Gedächtnisses bei Klostermännern und -frauen erlebt, die sich tagein, tagaus dem Studium der Heiligen Schrift widmeten und seitenweise daraus zitieren konnten – auch Trithemius besaß mitunter diese Eigenschaft –, aber in einer solchen Vollendung wie bei Sabellicus war mir das noch nicht untergekommen. Er brauchte etwas nur einmal zu lesen oder einen Blick darauf zu werfen, und schon war es ihm unvergesslich. Wenn ich es nicht besser gewusst hätte, ich hätte ihn einen Magier genannt.

Auf ein Zeichen von ihm machte ich mich bereit, holte die notwendigen Utensilien aus dem Korb und baute sie auf. Der zweite Teil der Aufführung konnte beginnen.

Leiwen war bereits von Sabellicus eingenommen, ich erkannte es an seinem Schweigen und dem erstaunten, aufmerksamen Blick. Er hatte mit billigen Jahrmarkttricks gerechnet, nicht aber mit einer Vorlesung in Medizin, Rhetorik, Kabbala und Philosophie.

«Nennt mir einen Gegenstand», sagte Sabellicus, «irgendeinen in diesem Raum.» Das war nicht leicht, bis auf den Sessel gab es hier nichts. «Er sollte nur aus Metall bestehen.»

«Welcher Art?», fragte Leiwen.

«Je wertloser, desto besser. Ein alter Pfennig vielleicht?»

Während Leiwen sein Geldsäckchen hervorholte, daraus eine alte Münze nahm, wie es sie zuhauf gab, füllte ich einen Topf mit der mitgebrachten Flüssigkeit und stellte ihn auf ein Dreibein aus Metall.

«Mit dem Pfennig hat alles angefangen. Geht vorsichtig damit um. Es würde Euch sonst den Kopf kosten.»

«Ich werde ihn nicht einmal berühren», versprach Sabellicus. «Johann!»

Mein Auftritt. Mit gesenktem Kopf hastete ich zu Leiwen und empfing den Pfennig aus dessen Hand.

Da waren sie wieder, die feuerroten Male zwischen den Fingern, die nicht heilen wollten und einen unausstehlichen Juckreiz verursachen mussten, mittlerweile erstreckten sie sich bis aufs Handgelenk und auf den Unterarm. Für eine Heilung hatte Leiwen schon damals Unsummen ausgegeben, aber kein Kraut und keine Salbe wollten ihn von dem Übel erlösen.

«Ins Feuer damit», befahl Sabellicus.

«Seid Ihr von Sinnen?», herrschte Leiwen ihn an.

«Sorgt Euch nicht, kein Feuer, wie Ihr es kennt.»

Unter aufmerksamer Beobachtung legte ich den Pfennig in den Topf.

«Seht, Herr. Nur Wasser und Euer Pfennig befinden sich darin. Sonst nichts.» Sabellicus hielt ein Holz hinein, maß die Tiefe und verglich sie mit der Außenwand. «Kein doppelter Boden, nur blankes Metall.»

Leiwen bestätigte es, und ich ging zurück in den Halbschatten. Die *Transmutation* konnte beginnen.

Sabellicus murmelte die mir inzwischen wohlvertrauten Formeln – ein widersinniges Kauderwelsch aus Hebräisch und Griechisch –, beschwor mit der Kraft seiner Hände und seines Geistes das unscheinbare Gefäß, bis er schließlich ein Pulver freigab, dessen Wirkung ich nur zu gut kannte. Ich kniff die Augen zusammen.

Mit einem Zischen stieg Rauch auf und gab ein gleißend helles Licht frei.

«Teufel!», jaulte Leiwen auf, «willst du mich umbringen?!»

Ich wagte einen Blick, sah, dass Leiwen aus dem Sessel geflüchtet war und sich die Augen rieb. Die Blindheit würde nicht allzu lange anhalten, Sabellicus verwendete nur wenig Pulver, der Schrecken war die eigentliche Blendung.

«Habt einen Moment Geduld, Herr. Das Heilige Feuer wird Euch die Augen für meine Kunst öffnen.»

«Ich lass dich auspeitschen und vierteilen, du Hund!»

«Ihr werdet mich loben, gleich ist es so weit.»

Sabellicus führte Leiwen zum Sessel zurück und befahl mir, ihm die Schöpfkelle zu bringen.

Die Flamme war inzwischen erloschen, die Flüssigkeit im Topf leuchtete gelblich, als strahlte Sonnenlicht heraus. Oder Gold.

Auch Leiwens Augenlicht kehrte zurück, der Spuk war vorüber. «Was war das?», fragte er erleichtert.

«Verzeiht, Herr, dass ich Euch nicht gewarnt habe. Es war notwendig, dass Ihr die Transmutation mit eigenen Augen seht.»

«Ich war erblindet!»

«Nein, Ihr wart für einen Moment *erleuchtet*.»

Nun ja, so konnte man es auch sehen.

«Nicht, dass Ihr mich einen Betrüger und Scharlatan nennt.»

Was jetzt noch fehlte, war der Beweis für die kühne Behauptung.

«Johann.»

Ich fischte mit der Schöpfkelle nach dem Pfennig, beförderte jedoch etwas zutage, das sich bei näherer Betrachtung als eine gewöhnliche Walnuss herausstellte.

«Was zum Teufel ...?» Vorsichtig warf Leiwen einen

Blick in den Topf. Nichts, keine Spur von seinem Pfennig, nur eine seltsam schimmernde, klare Flüssigkeit war zu sehen.

«Nehmt sie, Herr, öffnet sie.»

Wie geplant wies Leiwen die Aufforderung zurück. «Nehmt Ihr sie.» Er wirkte, als sei ihm das alles nach der letzten Erfahrung nicht mehr geheuer.

Sabellicus zerdrückte die Nuss mit seinen Händen. «Nun schaut, was aus Eurem alten, wertlosen Pfennig geworden ist.» Er hielt Leiwen die geöffnete Hand hin, und ohne zu sehen, was da lag, wusste ich, worauf er starren würde.

«Was ...?»

«Habt keine Furcht. Nehmt es, sofern Ihr festen Glaubens seid.»

Leiwen zögerte, doch dann griff er zu, ging hinüber zu den Fenstern und hielt diesen wunderlich goldglänzenden Stein ins Sonnenlicht. Es war nicht der Bernstein, der ihn faszinierte, davon hatte er vermutlich schon einige gesehen oder gar geborgen, es war das Lebewesen, das er umschloss – eine Spinne mit einem Kreuz auf dem Körper.

«Was ist das?»

«Ihr seht es doch.»

«Aber wie kommt es hinein?»

«Jesu Blut am Kreuz hat es umschlungen.»

«Woher wollt Ihr das wissen?»

«Es war nur ein kurzer Moment der Verwandlung, als der Geist mich durchströmte.»

«Welcher Geist?»

«Ich darf seinen Namen nicht nennen.»

«Ist er ... hier?» Leiwen schaute sich zögernd um.

«Er war es, er ist es und er wird es sein. Zeit ist ohne Bedeutung für ihn, so wie der Ort, an dem er sich befindet. Er kann überall sein und nirgendwo. Er ist ein unsteter Wanderer in den Sphären, die uns umgeben. Ihr wisst, wovon ich spreche?»

«Sicher ... jeder, der sich für das Okkulte interessiert, weiß ... kennt sie. Die *Sphären*.»

Das klang nach Bewunderung, Ehrfurcht und Begeisterung. Ich hatte mich also nicht in Leiwen und seiner Leidenschaft für das *Jenseitige* getäuscht, noch immer faszinierte es ihn, noch immer ließ er dafür alle Bedenken fahren.

«Und Ihr habt Kontakt zu ihm», fragte er, «zum ... Geist ohne Namen?»

«Sehr wohl. Denn ich bin ein Mittler zwischen den Welten.» Hätte Sabellicus das öffentlich gesagt, der Scheiterhaufen wäre ihm gewiss gewesen.

Doch so schnell ließ sich Leiwen nicht einfangen. Er eilte zum Topf, blickte erneut in die noch immer leuchtende Flüssigkeit hinein, suchte ...

«Euer Pfennig befindet sich nicht mehr in dieser Welt», behauptete Sabellicus.

Ich hatte das Geldstück jedoch beim Umrühren in den am Boden liegenden Sand gedrückt – eine dünne Schicht, die das Maßholz spielend leicht durchdrungen hatte.

«Greift hinein», forderte Sabellicus ihn auf, überzeugt, dass Leiwen nach der Erfahrung mit dem blendenden Licht niemals auch nur einen Finger in die Zauberbrühe halten würde. «Es ist ein Tauschgeschäft. Versteht Ihr?»

Natürlich tat er das, Leiwen war Geschäftsmann. «Mein Pfennig ist ...?»

Ein Teil des Pfennigs befand sich nun im Jenseits – für Leiwen. Nicht das Wissen entschied über den tatsächlichen

Ort, sondern der *Glaube*. Die Menschen glaubten eben, was sie glauben wollten.

Ich hätte mir die Lektion besser gemerkt.

«Hätte es eine simple Verwandlung von Blei in Silber oder Gold nicht auch getan?»

«Red keinen Unsinn. Du weißt, dass das nicht geht ... Noch nicht.»

«Alles wäre besser gewesen als das Blut Christi am Kreuz, eingefangen mit dem Harz eines ausgetrockneten Pfahls und mit einer just in diesem Moment vorbeikrabbelnden Spinne ... mit einem Kreuz auf dem Rücken! Herrje, wie einfältig kann man denn noch sein?!»

«*Du* hast Leiwen ausgesucht, nicht ich.»

«Ich habe aber auch gesagt, dass du vorsichtig sein sollst.»

«Das war ich. Er hat mir aus der Hand gefressen. Ich hätte gut noch Haar oder einen Zahn Jesu anbieten können.»

Ich winkte ab, davon gab es schon mehr als genug. Die Reliquiensammlungen barsten vor Blut, Haut, Knochen und anderem ekelhaften Trödel irgendeines Heiligen – ein lohnendes Geschäft, wenn man die frommen Geister von der Hinterlassenschaft der heiligen Götterriege überzeugen konnte. Voraussetzung war, man hatte ihr Vertrauen gewonnen oder kannte ihre Ängste. Erst dann entfalteten Knochensplitter oder Heilige-Taubengeist-Eier ihre lukrative Wirkung. So gesehen, war die Heilige-Blut-Spinne keine dumme Idee, weil das Kunststück nicht so offensichtlich oder tausend Mal gehandelt war.

Das Ergebnis hingegen schon. Wir waren unserer Freiheit beraubt worden und saßen in den Privatgemächern Leiwens fest. Er hatte uns zwei Diener vor die Tür gestellt – kräftige Stallburschen, die beauftragt waren, unsere Flucht zu verhindern, während wir die nächste Transmutation in die Wege leiten sollten.

Zur Auswahl standen eine Haarlocke, ein Stück Fingernagel und was auch immer das war, das Leiwen in der trüben Flüssigkeit aufbewahrte. Ich mochte es gar nicht in Augenschein nehmen, so ekelerregend war es. Außerdem beschlich mich eine Befürchtung.

«Es ist ein ungeborenes Leben», sagte Sabellicus mit dem Glasbehälter vor der Nase. «Fraglich ist ...»

«Schweig! Kein Wort mehr.»

Ich stieg über all die Gerätschaften hinweg, die Leiwen uns zur Verfügung gestellt hatte und von denen er glaubte, damit ließe sich ein alchemistisches Labor zur Herstellung des gelben Zauberwassers betreiben, das laut Sabellicus nur ein Mal verwendet werden konnte. Wenn wir noch etwas bräuchten, sollten wir den Dienern Bescheid geben. Leiwen wollte sich derweil mit der Heilige-Blut-Spinne auf den Weg zum Kloster Sponheim machen, um dort einen befreundeten Abt um eine Expertise zu bitten.

Trithemius ... Grundgütiger, *der* sollte einen okkulten Gegenstand begutachten? Wahrscheinlicher war, dass er dem dummen Kerl die Inquisition auf den Hals schickte – und uns gleich mit.

Durch die vergitterten Fenster erkannte ich Lichter in der angrenzenden Ortschaft. Wenn wir es bis dorthin schafften, wäre es möglich, mit einem gestohlenen Pferd zu entkommen.

Gab es in all dem Gerümpel nicht einen Hammer oder

einen Meißel? Irgendetwas, mit dem sich die Gitterstäbe herausbrechen ließen?

«Herrgott!», fuhr ich Sabellicus an, «hilf suchen.»

«Noch einen Moment.» Er war wie vernarrt in das Ding.

«Nein! Jetzt.»

«Warum die Eile?»

«Weil dir die Peitsche noch heute Nacht das Fleisch vom Rücken reißt, wenn wir hier nicht rauskommen.»

«Warum sollte er das tun? Es ist doch alles wunderbar gelaufen.»

«*Wunderbar* wird Trithemius deine verdammte Heilig-Blut-Spinne bestimmt nicht finden.»

«Wer hört noch auf den alten Narren? Seine besten Tage liegen längst hinter ihm, eine neue Zeit hat begonnen.»

«Die wir nicht mehr erleben werden, wenn ...» Hufgetrappel ließ mich aufhorchen. Leiwen war zurück, schneller, als ich es gedacht hatte. *Wir waren verloren* ...

Ich rutschte auf dem Hosenboden die Wand entlang, warf meinen Kopf in beide Hände. Ich hatte einen furchtbaren Fehler begangen, das wurde mir unweigerlich klar.

Zu Hause bei Tisch war es niemals Thema gewesen, aber ich hatte damals schon gespürt, dass mit Leiwen etwas nicht stimmte. Daher belauschte ich die Gespräche mit meinem Vater, folgte Leiwen, wenn er vorgab, sich die Hände zu waschen ... Ich wusste nicht, was es war, hatte so etwas noch nie gesehen, kannte auch nicht das Wort dafür. Ich begriff nur, dass er auf eine rätselhafte Art und Weise erkrankt war. Er hatte überlebt, seine schwangere Frau nicht. Bis heute gab er sich die Schuld dafür, besonders, in ihrer letzten Stunde nicht bei ihr gewesen zu sein. Seitdem tat er alles für ein letztes Wort ...

Die Tür ging auf, Leiwen trat ein. Er war sichtlich

erschöpft vom schnellen Ritt, und ich befürchtete das Schlimmste.

«Wie weit seid Ihr gekommen, Doktor Sabellicus?»

Doch der kannte weder Furcht noch Vorsicht. «Wart Ihr erfolgreich?», fragte Sabellicus.

«Der ehrwürdige Abt ist auf Reisen», erwiderte Leiwen, und ich hätte fast laut aufgeschrien vor Erleichterung.

Trithemius, der Wanderer zwischen den Fürstenhöfen und seiner Abtei. Von irgendwoher musste der Ruhm ja kommen, und das Geld, natürlich. Wer so vielen Büchern nachjagte, wie er es tat, brauchte eine sprudelnde Geldquelle. Und die zapfte er ideenreich und nicht weniger geschäftstüchtig an als die anderen. Er beriet in allen möglichen Fragen des Glaubens, der alten Schriften und Denker, dem Verhältnis zwischen Himmel und Erde ...

Eine Idee flammte auf. Der Himmel und die Sterne. Was konnten, was durften sie weissagen?

«Mit zwanzig Gulden wäre mir vorerst gedient», sagte Sabellicus, «die Zutaten müssen von hoher Qualität sein ...»

«Sicher», unterbrach Leiwen, «wie lange benötigt Ihr dafür?»

«Wenn ich in meinem eigenen Labor arbeite ...»

«Ich kann Euch die fehlenden Instrumente auch beschaffen», erwiderte Leiwen und wies auf das Gerümpel. «Feinstes Glas aus Venedig, Sonderfertigungen der Röhren aus Paris ...»

«Der Geist ist wählerisch, Herr, nicht ich.»

Der *Geist* überzeugte Leiwen schließlich, der Geist in den Röhren, Kolben und Flaschen ... der Geist einer *kranken Phantasie*! Mit den Toten in Kontakt zu treten war unmöglich, gegen die Natur und Gottes Plan.

«Benötigt Ihr mehr Geld? Einen zusätzlichen Diener?» Der alte Mistkerl war verzweifelt, sonst hätte er so ein Angebot niemals gemacht.

Aber ich wollte schnellstens verschwinden, noch einmal würden wir nicht so viel Glück haben. Und noch etwas trieb mich um. Ich fühlte Mitleid mit dem alten Gauner, und ich wusste nicht, warum.

Sollte ich für seine verstorbene Frau ein Horoskop erstellen, das sein jämmerliches Dasein erträglicher machte? Das Unmögliche wagen, gegen Gesetz und Moral verstoßen?

Mit wirren Haaren im Gesicht ging ich zu Sabellicus und flüsterte ihm ins Ohr: «Schlag ihm ein Horoskop vor.»

Ein zweifelnder fragender Blick. «Warum?»

Der verdammten Ewigkeit wegen!

IX
NARRENSCHIFF

Gemischte Gefühle trieben mich um, als wir Leiwens Haus verließen. Ich hatte seiner Frau und dem Kind eine positive Aufnahme ins Jenseits attestiert, sie in die Nähe von Engeln gerückt, ins Himmelreich. Der alte Mistkerl hatte vor Glück geheult … Mitleid nahm ich für mich in Anspruch, christliche Barmherzigkeit, die gute Tat eines Samariters. Ich hatte Leid gelindert.

Und damit der Lüge den Vorzug gegeben.

Was hatte ich aus dem ehernen Gesetz der Wissenschaft gemacht, nur die Wahrheit gelten zu lassen, gleich wie hart sie für den Einzelnen auch sein mochte? War ich der Wissenschaften überhaupt noch länger würdig?

Derlei Zweifel waren Sabellicus fremd, mit Leiwen hatte er einen treuen und vor allem zahlungskräftigen Kunden gewonnen. Die Taschen voller Geld, saß er gut gelaunt neben mir auf dem Kutschbock und pfiff ein Lied vor sich hin.

Wer war der Nächste?

Ich verabscheute die schändliche Scharade, die er aufgeführt hatte, und hasste mich dafür, ihn dabei unterstützt zu haben.

«Wir haben gut zusammengearbeitet», sagte er.

«Findest du?», knurrte ich.

«Es gab einen Moment, an dem ich glaubte, die Sache würde schiefgehen.»

«Welchen der vielen Augenblicke meinst du?»

«Als er den Bernstein ins Licht hielt. Dergleichen wird er vermutlich schon zu Hunderten gesehen haben.»

«Und dennoch hat er dir die hanebüchene Geschichte vom geronnenen Blut Jesu abgekauft.»

«Richtig ... aber das Entscheidende ist: Er hat *wirklich* geglaubt, dass er mit dem Jenseits in Kontakt treten könne.»

«Darauf war die Scharade doch von Anfang an ausgelegt.»

«Dennoch bleibt immer ein Risiko. *Glaubt* er es oder glaubt er es *nicht*?»

«Was hat den Ausschlag gegeben?»

Sabellicus ließ sich mit der Antwort Zeit. Es schien, als ob er nicht sicher sei, überhaupt eine geben zu wollen. «Die Spinne war nichts im Vergleich zu dem, was du vollbracht hast.»

«Ich?»

«Mit dem Bernstein hätten wir ihm fünf oder zehn Gulden abnehmen können, aber mit dem Horoskop», er schmunzelte, «hatten wir ihn endgültig im Sack. Jede beliebige Summe wäre ihm recht gewesen, er hätte sie gezahlt. Nur für das Horoskop.»

Ich konnte nicht länger an mich halten. «Schämst du dich nicht?!»

Er zuckte zurück, schaute mich mit großen Augen an. «Schämen ... wofür?»

«Für das, was wir getan haben.»

«Ich habe mich prächtig amüsiert ... und dabei gutes Geld gemacht. Was ist daran falsch?»

«Die Niedertracht.»

«*Wie* bitte?»

«Wir haben gelogen, das Leid eines trauernden alten Manns schändlich ausgenutzt und ihn betrogen.»

«Gestern noch war Leiwen ein elender Mistkerl, der nur auf seinen Vorteil bedacht ist, seine Arbeiter rücksichtslos ausbeutet ...»

«Ja, das stimmt, aber dann habe ich ihn anders kennengelernt.»

«Als gütigen Samariter etwa?» Sabellicus lachte laut. «Zwanzig Gulden haben allein seine Schuhe gekostet, mit denen er den Arbeitern Beine macht, wenn sie nicht spuren.»

«Es geht nicht ums Geld.»

«Um was dann?!»

«Um ... um ...», er würde es nicht verstehen, er hatte ein Herz aus Stein. «Ach, lass mich doch in Ruhe.»

Wutentbrannt zog ich mich unter das Verdeck zurück, haderte mit mir, ihm und der Welt.

Was machte ich eigentlich hier auf dem lächerlichen Sternenkarren eines Schwindlers und Betrügers, der nicht davor zurückschreckte, für seinen Vorteil das Leid eines Menschen schamlos auszunutzen? Sollte ich nicht in Heidelberg an der Universität sein und mit Virdung die Sterne erforschen, Vorlesungen in Philosophie, Juristerei, Medizin besuchen?

Sabellicus langte nach hinten, stöberte in einer Kiste und warf mir schließlich ein Buch vor die Füße. «Lies das, danach können wir weiterreden.»

Ich hatte keine Lust, auch nur eine Zeile zu lesen, und rührte es nicht an.

«Es geht darin um die Wahrheit, und nichts als die Wahrheit.»

«Woher willst gerade *du* das wissen?!»

«Werd endlich erwachsen.» Er zog den Vorhang zu, ließ mich alleine mit mir und dem, was er Wahrheit nannte.

Der Titel, den das Buch trug, erweckte meine Neugier. Es hieß *Das Narrenschiff*, und ich schlug es auf. Reich bebildert war es und vermittelte fragwürdige Erkenntnisse.

Wird jede Schrift und Lehre verachtet, dann lebt die ganze Welt in finsterer Nacht und tut in Sünden blind verharren. Alle Straßen, Gassen sind voller Narren.

Der erste Teil fand meine Zustimmung, den zweiten konnte man als gehässige Polemik verstehen, in diesem Fall auf mich.

Der weise Mann achtet nicht auf das, was der Adel spricht, oder auf des Volks Geschrei. Er ist rund, glatt wie ein Ei, sodass alles an ihm abgleitet.

Natürlich, was hätte vom *weisen Mann* Sabellicus schon anderes kommen können.

Das Schnauben des Pferds weckte mich.

«Ruhig, gleich bekommst du Heu und Wasser.»

Wir waren also endlich angekommen. Sabellicus hatte einen anderen Weg genommen, eine *Abkürzung*, die uns ins Niemandsland geführt hatte, und mich am Ende in den Schlaf.

Ich schlug den Vorhang zur Seite und schaute müde auf eine vom Mond beschienene Au. Pappeln reihten sich entlang eines Bachlaufs, eine Scheune lag umzäunt im Dämmerlicht, ein Hund kläffte.

«Wo sind wir?», fragte ich und gähnte, das war nicht unser Wald, die Höhle.

Sabellicus führte das Pferd zur Tränke. «Frankfurt ist nicht mehr weit.»

«Frankfurt?! Was ... warum sind wir nicht zu Hause?» Ich sprang vom Karren, sank bis zu den Knöcheln ein.

«Ich musste eine Entscheidung treffen, du hast ja geschlafen.»

«Warum hast du mich nicht geweckt?» Ich stapfte um den Karren herum, stand plötzlich vor einem Schuppen. «Was ist das?»

«Unsere Übernachtung.»

«Auf keinen Fall, ich will zurück in unsere Höhle.»

«Später.»

«Nein, jetzt!»

«Es ist Nacht.»

«Das sehe ich selbst. Was für eine Entscheidung meinst du? Und warum sind wir in Frankfurt? «

«In der Nähe», er kam aus dem Schatten ins Mondlicht, das Gesicht fahl wie der Tod. «Wir haben eine Verabredung. Komm jetzt, ich bin hungrig», drängte er mich, und erneut tauchte seine Gestalt ins Dunkel.

«Verabredung? ... Herrgott, bleib endlich stehen.» Eine Tür knarrte, ich folgte dem Geräusch. Das durfte doch nicht wahr sein. «Eine Verabredung welcher Art, mit wem?»

Mondlicht fiel durchs löchrige Dach auf ein verfallenes Pferdegatter, darin Sabellicus, der Heu aufschüttelte. «Voilà, Madame, unser Bett ist hergerichtet.»

Ich stemmte die Fäuste in die Hüften. «Ich hab dich was gefragt.»

«Holst du noch eine Decke vom Karren? Der Bauer hat uns Brot, Käse und Wein verkauft.»

«Zum Teufel damit.»

«Genau *darüber* will ich mit dir reden.»

Er lenkte nicht eher ein, bis ich die Decke geholt und mich zu ihm ins Heu gesetzt hatte. Über uns die Sterne, der Mond in voller Pracht, und ich bebend vor Zorn auf sein eigenmächtiges Handeln.

«Ich habe nachgedacht», sagte er, während er Brot und Käse aufschnitt, «komm, iss und trink. Es ist genug da.»

«Sprich endlich!»

«Schon gut. Folgender Plan: Du und ich, Dr. Faust & Faust ...»

Ich verstand nicht.

«Faust & Faust lässt sich viel leichter merken als Sabellicus.»

«Was soll das? Wozu?» Ich war die ständigen Änderungen und Überraschungen leid, wollte nur noch nach Hause.

«In Frankfurt gibt es einen Kerl, der mit Leiwen Geschäfte macht.»

Aha, daher wehte der Wind.

«Keine Sorge, er kennt deinen Vater nicht, es sind ganz *besondere* Geschäfte ...»

«Woher willst du das wissen, und überhaupt: Wann habt ihr darüber gesprochen?»

Ich war gespannt, auch wenn es mich überhaupt nichts anging, denn bei Tagesanbruch würde ich geradewegs in unsere Höhle zurückgehen, notfalls alleine.

«Dieser Kerl kennt Leute, nicht irgendwelche, sondern Leute von Stand, Ansehen und Position. Adelige, Bischöfe und Fürsten sind darunter. Sie alle verbindet ein Interesse, eine Leidenschaft.»

«Und die wäre?»

Mit gespreizten Fingern fuhr er an meinem Gesicht vorüber und legte einen unheimlichen Ton in die Stimme. «Die *Magie*.»

Ich konnte ihm nicht folgen. «Welche ... welche genau?»

«Diejenige, von der dein hochgeschätzter Beichtvater Trithemius nichts wissen will.»

«Die schwarze also.»

«Nenne es, wie du willst. Ich sehe keinen Unterschied. Die Wissenschaft unterscheidet nicht zwischen Gut und Böse. Es ist ihr egal.»

«Aber zwischen Richtig und Falsch. *Das* ist ein großer Unterschied.»

«Gut und Böse, Richtig oder Falsch ... das ist Menschenwerk. Die *reine* Wissenschaft steht über den Dingen, den Menschen, so wie es die Natur tut. Danach streben du, ich, jeder, der sich mit den Wissenschaften und der Natur befasst, ihre Geheimnisse ergründen will.»

Obwohl ich ihm grundsätzlich recht gab, störte mich etwas an seiner Rede. «Ist es auch *klug*, ohne Moral zu handeln, ohne Rücksicht auf andere?»

«Der weise Mann achtet nicht auf das Geschrei der anderen. Er ist rund wie ein Ei ...»

«Ja, ja, nett gesagt.»

«Der *wahre* weise Mann ist nur einer Sache verpflichtet: sich selbst! Wem oder was fühlst du dich verpflichtet?»

Darüber musste ich nicht lange nachdenken. «Meinen Träumen.» Sie waren der Ausdruck meines Willens und meiner Gefühle. Meines Selbst! Wer seinen Träumen nicht folgte, war ein ziel- und willenlos umherirrender Schatten seiner selbst, ein Sklave, wie ich einst einer gewesen war.

«Wie weit bist du bereit, für deine Träume zu gehen?»

«Bis ans Ende der Welt. Ich kann nicht anders.»

«Was bist du bereit dafür zu geben?»

Alles! Das hatte ich bereits getan. Es gab nur noch mich, die Höhle und ihn.

«Wenn also Grenzen für dich nicht zählen und du alles geben willst, um Erkenntnis zu erlangen, was kümmert dich das Geschwätz der anderen? Ihre Gesetze und Verbote, ihre verlogene Moral?»

Ich brauchte es nicht auszusprechen, er konnte es in meinen Augen lesen. *Nichts!* «Worauf willst du hinaus?», fragte ich.

«*Geister* sind für den Anfang eine gute Sache gewesen», antwortete er, «doch viel spannender sind die Toten.»

«Die ... *was*?»

«Sie sind lebendiger, als ich es bisher für möglich gehalten habe.»

Ich glaubte mich verhört zu haben. «Tot ist tot. Ein Naturgesetz!»

Er aber lachte so befreit und aller Erdenschwere enthoben, dass ich nicht mehr wusste, wo mir der Kopf stand. «Manchmal bist du wirklich herzerfrischend lustig.»

X
ENGEL GABRIEL

Fünf Jahre später

Beim ersten Hahnenschrei saß ich auf und gab dem Gaul eins in die Seiten. Mein Ziel war die Stadt Wertheim am Main, drei Tagesritte entfernt. In der Satteltasche verwahrte ich ein in Auftrag gegebenes und von mir erstelltes Horoskop, es trug den Namen *Johanna Faust*. Darauf hatte ich bestanden, den Streit ertragen. Nun würde ich es auch persönlich ausliefern, eine Diskussion war überflüssig.

Sabellicus konnte noch so lautstark lamentieren, ich ließ mich nicht beirren. Was meins war, sollte zukünftig auch meins bleiben. Das war viel zu lange nicht der Fall gewesen, ich hatte genug davon. Auch, dass vom ursprünglichen *Faust & Faust* nur noch *Doktor Faustus* übrig geblieben war – Sabellicus! – und von einer ruhmreichen Zukunft als angesehene Magier in den einflussreichsten Kreisen nur Enttäuschung und Streit.

Es knallten die Türen – wie so oft in letzter Zeit –, und Sabellicus polterte die Treppe hinunter ins nächste Wirtshaus. Dort fand er Trost im Wein und aufmerksame Zuhörer seiner großen Reden. Er hätte besser geschwiegen, denn vom neuen Schulmeister von Kreuznach erwartete man weniger Allherrlichkeit als vor allem Maß und Disziplin. Schließlich hatte er die Anstellung auf Empfehlung des angesehenen Amtmanns Sickingen erhalten, der ein guter Freund des pfälzischen Hofastrologen Johann Virdung war, meines ehemaligen Lehrers an der Universität in Heidelberg.

Man kannte und schätzte sich, zudem teilte man das Interesse an der Sternkunde. Wer wäre also besser für die Stelle geeignet gewesen als der mittlerweile *große Astrologe* und *Alchemist* Doktor Georgius Sabellicus. Wie er es aber in Anbetracht der vielen anderen Titel, deren er sich inzwischen rühmte, geschafft hatte, die Anstellung zu ergattern, blieb mir ein Rätsel.

Chiromant, *Agromant* und *Pyromant* waren noch die harmlosen, entscheidend war der eine: *Nekromant* – ein Beschwörer von Geistern und Toten! Damit hatte er sich von der ernstzunehmenden Wissenschaft endgültig verabschiedet. Für mich zumindest, die anderen hielten einen Toten- und Geisterbeschwörer als Lehrer an einer Knabenschule für unbedenklich.

Es scherte mich nicht länger, ich war der endlosen Wanderschaft ohnehin müde geworden, eine Rast in der alten Heimat schien verlockend. Zumal in mir der Wunsch nach Annäherung an mein Elternhaus und Befriedung des Streits gewachsen war. Irgendwann würde ich den Mut aufbringen, meinen Eltern vor die Augen zu treten. Sobald der rechte Zeitpunkt gekommen war.

Hätte ich allerdings geahnt, in welch schicksalhafte Gemengelage ich mich in Kreuznach begab, ich hätte den rheinischen Rubikon niemals überquert.

Die Straßen von Kreuznach waren zu dieser frühen Stunde menschenleer, der Horizont wechselte in ein verheißungsvolles Blau. Die Luft war kühl und aufgebracht, und dennoch würde es ein sonniger Tag werden. Seit Wochen stürmte es, und niemand konnte es sich erklären. Seltsamerweise auch ich nicht, obwohl ich das Gestirn fest im Blick hatte und mit den Alten in der Stadt in regem Austausch stand. Ihre Kenntnis und Erfahrung von den Eskapaden des Wetters waren ein wichtiger Bestandteil meiner Vorhersagen geworden. Mitunter spotteten sie meiner mühsam erstellten Berechnungen aber auch, wenn sie recht behielten. Ich nahm es zähneknirschend hin.

Noch vor Mittag erreichte ich den Rhein und setzte über. Neben Händlern und Pilgern war ein junger Mann auf der Fähre, der mich seit dem Ablegen beobachtete, hin und wieder lächelte, Stück für Stück näher kam. Sein Interesse schmeichelte mir, wenngleich er jünger war als ich und seine einfache Kleidung nicht viel versprach. Ich hingegen hatte mich herausgeputzt, meine Kunden sollten sehen, dass ich mir die feinen Kleider leisten konnte. Die Taille war schmal, die Brust betont. Im blonden, schulterlangen Haar steckte eine Blume, und so fühlte ich mich dann auch: als Frau erblüht und für jede Aufmerksamkeit dankbar.

«Verzeiht», sagte er schließlich, «darf ich Euch fragen, wer Ihr seid?»

Sein forsches Vorgehen überraschte mich, ich hatte Unverfänglicheres erwartet. «Wenn du mir sagst, wer du bist, verrate ich dir meinen Namen.»

«Gabriel heiße ich.»

Ein schöner, himmlischer Name. «Wohin bist du unterwegs?»

«In eine Stadt am anderen Ufer. Habe etwas abzugeben und mitzunehmen.» Er klopfte auf die Tasche, die er geschultert trug.

«Ein Bote.» Insoweit passte der Name, der Erzengel Gabriel war auch ein Bote gewesen.

«Eigentlich bin ich Drucker», sagte er stolz. «Noch in der Lehre, aber schon bald mein eigener Meister.»

Das kam mir bekannt vor. «So ehrgeizig?»

«Wer nicht kommt zur rechten Zeit ...»

«Was bringst du den weiten Weg?»

«Nachrichten.»

Ich war mir nicht sicher, ihn richtig verstanden zu haben.

«Mein Meister schickt Flugschriften zum Verkauf in die nächste Stadt und der Kollege zurück. So verdient jeder am anderen.»

«Ihr handelt mit *Nachrichten*?»

«Ein gutes Geschäft», bekräftigte er, «die Leute wollen wissen, was in der Welt passiert.»

Das leuchtete mir ein, aber: «Können denn so viele lesen?»

«Sie werden es müssen, und sie tun es. Selbst die Alten und die Bauern bemühen sich. Keiner kommt mehr ohne aus.»

Ich zweifelte, dafür hätte es Zeit und Geld bedurft, und wer hatte das schon außer den Wohlhabenden? Andererseits, die Flugblätter tauchten in immer größerer Zahl auf, und sie wurden günstiger. Das Interesse an Nachrichten wuchs, auch wenn ich nur einen kleinen Teil als solche bezeichnete. Der andere, größere bestand aus nichts weiter als Spott, Hetze und frechsten Lügengeschichten. Wer gab dafür sein teuer verdientes Geld aus?

Mein Interesse war dennoch geweckt. «Und, welche Nachrichten verkaufen sich zurzeit?»

Er lächelte zufrieden und öffnete seine Tasche. Dieser Bursche hatte mich tatsächlich am Haken, ein Verkaufstalent, zweifellos.

Das erste Flugblatt zeigte die Festnahme eines Spions

am Reichstag in Konstanz, das zweite den Ausschnitt einer Weltkarte, auf der die Neuen Länder in Übersee nun als *America* bezeichnet wurden, das dritte, vierte und so fort Karikaturen, Verleumdungen und ... ich stockte. Was war das?

Fälscher und Teufel. Darunter eine Zeichnung von einem Mönch mit Eselsohren am Katheder, neben ihm ein krummnasiger Luzifer als Einflüsterer. Die wenigen Zeilen Text beseitigten jeden Zweifel: Trithemius war nach seiner schmachvollen Vertreibung aus dem Kloster Sponheim öffentlich zum Teufelsknecht erklärt worden. Als neuer Abt von St. Jakob in Würzburg führe er sein schändliches Treiben nun fort ... Was für ein schamloser Unsinn! Und der Bursche lächelte auch noch, als erwartete er ein Lob.

Das nächste Flugblatt nahm mir den Atem. *Magister Magus.* Inmitten astronomischer Zeichen befand sich ein Lehrer mit Stock und aufgeschlagenem Buch in den Händen, davor Kinder mit kleinen Hörnern auf dem Kopf. *Magister Georg Sabellicus* ... Weiter musste ich nicht lesen, die Zeichnung beschrieb die Situation ausreichend.

«Eine gute Wahl», sagte Gabriel. «Die beiden verkaufen sich am besten.»

Im Angesicht dieser ungeheuerlichen Vorwürfe konnte ich mich nicht mehr zurückhalten und vergaß meine Manieren. «Woher hast du diese abscheulichen Lügen?!»

Sein Frohmut schwand mit einem tiefen, empörten Schnaufen. «Es ist die Wahrheit!»

«Niederträchtiger Unsinn! Trithemius hat mit Teufelei nicht das Geringste zu tun. Er ist der frömmste und anständigste Mensch auf Gottes Erdboden, über jeden Verdacht erhaben.»

«Fortgejagt haben sie ihn. Wohl nicht ohne Grund.»

«Und Magister Sabellicus lehrt nicht Astronomie, sondern Latein.»

«Nennt er sich nicht selbst den größten Magier aller Zeiten?»

«Jahrmarktsgeschrei! Jeder tut es, keinen kümmert's.»

«Ich hörte ihn im Wirtshaus zu Kreuznach ganz anders reden.»

«Du?»

«Aus seinem eigenen Mund.»

Heilige Dreifaltigkeit, das durfte doch nicht wahr sein. «Betrunken ... im Wirtshaus ... das kann man doch nicht ernst nehmen.»

«Gesagt ist gesagt.»

«Dummkopf!», schimpfte ich wutentbrannt und zerriss die beiden Pamphlete.

«Das ... werdet Ihr mir bezahlen.»

Keinen Pfennig würde er dafür sehen. Nicht alle, die sich nach Engeln nannten, waren auch welche.

«Hexe!», fuhr er mich an, und ich schenkte ihm ein Bad zur Besinnung.

Ich hatte wirklich keine Zeit für so einen Unfug. Weder Verständnis noch den Eifer eines Missionars, um Ungläubige zu bekehren.

«Eine Frau?»

«Ja, warum nicht?»

«Aber ...»

«Ich war damals nur anders gekleidet, als Mann.»

«Warum?»

«Es gab gute Gründe.»

«Und jetzt?»

«Gibt es andere. Ich versichere Euch, das Horoskop ist genauso so gut wie das eines Mannes.»

Um der Wahrheit willen: Das Horoskop war von mir gewissenhaft berechnet und erstellt worden. Meine daraus resultierenden Voraussagen waren ebenso präzise wie verlässlich. Es gab kein anderes Wort dafür als meisterhaft. Aufrechten Sternkundigen würde es als Vorlage dienen, den Neidern als Beweis für Teufelswerk.

Mein Wort war ihnen nicht einmal die Hälfte des vereinbarten Lohns wert. Ich nahm ihn dennoch und verbuchte es als Erfahrung.

Die Zeiten mochten sich ändern, nicht aber die Vorurteile. Umso mehr hasste ich es, wenn Sabellicus recht behielt.

«Sie werden dich nicht akzeptieren», hatte er gesagt.

«Das werden wir noch sehen.»

«Ich kenne die Menschen.»

«Ja, ja ... alles Narren und du das Ei.»

«Sie glauben nur, was sie kennen.»

«Dann wird es höchste Zeit für eine neue Erfahrung.»

«Denk an meine Worte ...»

Das konnte ich jetzt nicht gebrauchen. Ich war aufgebracht und verwirrt. Was nun?

Auf schnellstem Weg zurück nach Kreuznach und zu Sabellicus? Wir hatten es so verabredet, er erwartete mich.

Um ehrlich zu sein, nein, er erwartete nicht mich, die Partnerin und Astrologin, die sich um ihr eigenes Fortkommen kümmerte, sondern eine Haushälterin und Dienstmagd. Sollte er ein paar Tage ohne sie auskommen.

Der weit wichtigere Grund, mich nicht sofort auf den Weg nach Hause zu machen, war jedoch: Ich musste Trithemius sprechen. Er musste mir helfen. Meine Beziehung zu Sabellicus war nicht mehr das, was sie anfangs versprach. Ich wusste nicht mehr weiter.

Viel zu lange hatte ich das Wiedersehen aufgeschoben, wusste nicht, wie es ihm ging und wie er reagieren würde, meine Eltern ... Nun holte mich das unerwartet ein. Diese verdammten Flugblätter!

Es gab diesen Moment, in dem ich wünschte, Gutenberg wäre unter seiner Apparatur zusammengebrochen, hätte niemals dieses teuflische Ding erfunden, das mehr Verderben in die Welt brachte als Heil. Nichts als Lügen und Gemeinheiten, die über Trithemius verbreitet worden waren.

Andererseits sollte ich nicht vorschnell urteilen und den Stab über alle Drucker brechen. Gabriel war eine unrühmliche Ausnahme gewesen, der eher früher als später am Gift seiner Lügen ersticken würde. Der Buchdruck war eine atemberaubende Erfindung, die das Wissen der Welt von Tag zu Tag vermehrte. Und um nichts anderes handelte es sich doch dabei: Wissen für alle Menschen, gleich ihrer Herkunft und ihrer Stellung zur Verfügung zu stellen. Jedenfalls in der Theorie!

Im Galopp ging es zur Stadt hinaus, noch vor dem Abend wollte ich in Würzburg sein. Bäume, Schilder und Menschen zogen an mir vorüber, ohne dass ich ihnen Beachtung schenkte. Meine Gedanken kreisten um das Gestern und Morgen, was gewesen war und was sein würde, wenn diese verlogenen Flugblätter weiter Schule machten.

Im vergangenen Jahr hatten Sabellicus und ich in Würzburg Station gemacht. Unser Verhältnis war bereits angespannt, von Streit und Überdruss aufeinander geprägt. Ich rief ihn ein Großmaul und einen Aufschneider, des Titels eines Doktors nicht würdig, er mich eine eingebildete Gans, die nichts wusste und nie etwas wissen würde. Er hingegen sei der klügste Mensch der Welt, der zum Beweis alle Schriften, die Platon und Aristoteles je verfasst hatten, fehlerfrei und ohne auch nur einen Punkt zu vergessen, aus der Erinnerung wiedergeben könne.

Wissen ist nicht gleich Klugheit, du Narr!

Außerdem seien die Wunder Christi, die der vollbracht hatte, gar nicht so wunderbar. Wo immer und wann immer könne er dasselbe tun.

Mir stockte der Atem bei so viel Frechheit. Hatte er den Verstand verloren? Wahrscheinlicher war, dass er ihn versoffen hatte. *Du wirst brennen, du dummer Tölpel von einem Doktor. Hörst du? Brennen!*

Und nun hatten sich seine großen Reden auch noch in Flugblättern manifestiert, die jeder für einen Pfennig lesen und weitergeben konnte. Auf Papier festgehaltene Anschuldigungen wurde man nicht mehr so schnell los, sie überdauerten die Zeit und das Vergessen.

Allmählich musste ich mich fragen, ob es noch länger klug war, den Namen Faust zu tragen, und ob es nicht besser sei, mich von Sabellicus zu trennen.

Trithemius würde Rat wissen, so war es immer, so würde es auch dieses Mal sein. Er würde mir die verhängnisvolle Sünde verzeihen, mit einem Magier gemeinsame Sache gemacht zu haben. Und auch noch andere, kleinere Sünden, die ich begangen hatte – Lügen. Betrügen. Unkeusch leben.

Aus der Tiefe meines Herzens bereue und schäme ich mich dafür.

Guter, weiser Trithemius, hilf!
Ich habe dich so vermisst.

XI
DIASPORA

Würzburg. Eine ummauerte Stadt mit einer wehrhaften Burg auf dem hohen Berg, eingefasst von Weinbergen, so weit das Auge reichte. Flüssiges Gold eines mächtigen Fürsten.

Auf dem Main lagen Schiffe und Fischerboote, über die Brücke aus Stein ratterten Fuhrwerke, Pferde trabten mit stolzen Edelleuten auf ihren Rücken vorbei, Pilger und Händler drängten sich. Ein Kauderwelsch aus vielen Sprachen, den Überblick zu behalten fiel schwer.

Jenseits des Flusses ragten die Türme der Kathedrale in den Himmel, eingerahmt von weiteren Kirchen und Klöstern. Davor eine breite Straße mit zahlreichen Geschäften und vornehmen Bürgerhäusern, ein Rathaus, das von selbstbewussten Bürgern zeugte; noch mehr Kaufleute, Handwerker … Kurzum: eine fleißige, reiche Stadt.

Ganz anders das Gebäude, vor dem ich nun stand. Es wirkte vergessen, verstoßen, ungeliebt. Dach und Mauerwerk litten unübersehbar unter der Vernachlässigung, und dennoch sollte es das Kloster St. Jakob sein, in dem Trithemius Zuflucht gefunden hatte. Die Torwache gab mir wenig Hoffnung, jemanden dort anzutreffen, die meisten Mönche seien gegangen, nur eine Handvoll schleppte sich über die schlechten Zeiten.

Schlechte Zeiten? Im Angesicht des Wohlstands um mich herum mochte ich es nicht glauben und ritt durch den Bogen hinein. Hohe Mauern verstellten mir den Blick, vor mir öffnete sich ein weiter Platz, am Ende stand eine Kirche.

Ich stieg ab, klopfte an die erstbeste Tür und wartete.

Trithemius ... Ich seufzte, schluckte schwer. Würde er mich überhaupt empfangen? Würde er mir noch immer gram sein? War ich die bittere Enttäuschung seiner Liebesmühen, dass aus mir kein frommes, gut erzogenes Edelfräulein geworden war?

Ich klopfte erneut, dieses Mal fester.

Er wusste nicht, dass ich seit einiger Zeit nah seinem Heimatkloster und meinem Elternhaus lebte. Niemand wusste es, niemand ahnte, wer ich wirklich war. In Kreuznach galt ich als Dienerin des neuen Lehrers Sabellicus. Es kümmerte mich nicht, ich hatte meine Studien des Nachthimmels und die alchemistischen Experimente in unserem kleinen Labor, sie beschäftigten und entschädigten mich für all die Missachtung um mich herum.

«Herrgott! Öffnet endlich!» Drei heftige Schläge auf die klapprige Tür, sodass sie zitterte.

Die Welt draußen interessierte mich nur, wenn Sabellicus Nachrichten aus dem Wirtshaus mitbrachte oder ich dem Gezeter und seiner Missachtung nicht länger ausweichen konnte. Heidelberg. Die Universität, der Hof, die Fürsten. All die anderen Wissenschaftler, die Horoskope erstellten und dafür teuer bezahlt wurden. Der Ruhm, die Geltung ... Ich widersprach, denn wir hatten nach den Jahren zielloser Wanderschaft dennoch einiges erreicht, was zuvor unvorstellbar gewesen war. Wir standen in Kontakt mit dem pfälzischen Amtmann Sickingen, dem Hofastrologen Virdung und anderen respektierten Wissenschaftlern.

Doch Sabellicus reichte das nicht, er wollte mehr, immer mehr.

Knarrend öffnete sich die Tür. Ein alter, grauer Mönch mit leeren Augen schaute mich an. «Ihr wünscht?»

«Zum ehrwürdigen Abt Trithemius.»

«Weibsvolk muss draußen bleiben.»

Ich schluckte die Missachtung hinunter. «Sagt dem Abt, Margarete wünscht ihn zu sehen.»

«Margarete? Wer soll das sein?»

«Sein Mündel!» Nicht ganz korrekt, aber so gut wie.

Der bleiche Greis nickte, ich folgte ihm.

Vorbei an verdorrten Sträuchern und brachen Beeten führte der Weg in ein dunkles Gemäuer, das einst voller Licht und Seligkeit gewesen sein mochte, jetzt daniederlag, als sei es in Ungnade vor dem Herrn gefallen. Über eine verstaubte, knarzende Treppe kamen wir im Obergeschoss in einen langen, steinernen Gang, von dem aus eine Kammer nach der anderen abging. Einige Türen standen offen, dahinter war nichts zu erkennen außer Trostlosigkeit und geronnener Zeit. Ein kalter Schauer überlief mich bei der Erinnerung an jene Klostermauern, die mich früher festgehalten und mein Schluchzen geschluckt hatten.

Mein erster Impuls befahl mir die Flucht oder zumindest schneller zu gehen, aber den Alten scherte es nicht. Er kroch mehr dahin, als dass er schritt – krumm, atemlos, knurrend.

Weibsvolk!

Ich sah es ihm nach, auch wenn es mir schwerfiel. Die letzten Jahre hatten mich gelehrt, nicht voreilig zu richten. Wer wusste schon, wie das Leben mit dem Greis umgesprungen war. War er glücklich gewesen, hatte er Erfüllung in seinem Tun gefunden? Oder war alles nur ein mühselig langer Kampf gewesen? Jetzt, so nah am Grab, mochten sich die Versprechen von damals nicht erfüllt haben. Er hatte jedes Recht, mürrisch zu sein.

Es schüttelte mich. Weg, fort mit solchen Gedanken, ich war noch viel zu jung dafür, ich würde mir das Leben nicht aus der Hand nehmen lassen. Nicht mehr. Unwillkürlich rieb ich mir die Hände am Kleid, als könnte ich meine Unruhe damit abstreifen. Was machte dieser Ort nur mit mir?

Erinnerungen ... sie waren die zähsten Dämonen.

Der Alte blieb vor einer der geschlossenen Türen stehen, klopfte mit bleicher, knöcherner Hand dagegen. «Ihr habt Besuch.»

Statt eine Antwort abzuwarten, schlurfte er stumm weiter. Ich ließ ihn grußlos ziehen. *Gott hab dich selig, alter Mann.*

Es war so weit. Ich atmete tief ein und aus, nahm allen Mut zusammen und drückte die Tür auf. Es würde schon gutgehen. Trithemius war ein verständnisvoller, milder Richter – stets gewesen.

Der Raum lag im Dunkel, nur der Schein zweier Kerzen erhellte jemand, der nach vorne gebeugt am Tisch saß und mir den Rücken zuwandte.

«Kommt näher, ins Licht.» Eine Hand befahl mich heran, zwischen den tintenverschmutzten Fingern stach eine Schreibfeder hervor.

Die Stimme hatte ich kräftiger in Erinnerung, nun klang sie hohl und flüchtig. Vielleicht lag es auch daran, dass diese Kammer keine war, sondern ein in der Finsternis endender Saal. An den Wänden Regale mit Büchern, die sich im Nichts verloren. Fenster, sollte es hier überhaupt welche geben, waren damit verstellt. Wer brauchte schon die Sonne, wenn das Licht der Erleuchtung ringsum auf einen strahlte.

Seine Bibliothek, fiel es mir ein, oder ein Teil davon: Wenigstens sie hatte er aus Sponheim retten können. Ehre, Ruhm und Stolz waren begraben unter all den Gerüchten, Lügen und der üblen Nachrede. Ich war mir sicher, es scherte ihn nicht. Hauptsache, er hatte seine Bücher.

«Erschreckt nicht», sagte ich vorsichtig und trat vor ihn, «ich bin es, Margarete.»

Zwischen Stapeln von Schriften schaute er auf, das Gesicht farblos, die Haare ergraut, obwohl er das fünfzigste Lebensjahr noch nicht erreicht hatte. Die Augen aber schienen hellwach zu sein.

«Marga...» Er blinzelte ungläubig.

«Ja.»

«Bist du's wirklich?»

Ich seufze erleichtert. «Ja, ehrwürdiger Abt. Margarete.»

Er legte die Schreibfeder zur Seite und mühte sich unter Stöhnen auf. Der Rücken, natürlich, wie damals und jetzt auch. «Margarete», und kaum dass ich mich's versah, nahm er mich in die Arme. «Ich dachte, du seist verloren.»

Das Herz schlug mir bis zum Hals, ich schluckte, konnte die Tränen nicht zurückhalten. «Unkraut...», mehr brachte ich nicht hervor.

«Unverwüstlich, ja. Komm, lass dich ansehen.»

Ich schniefte, wischte mir die Tränen vom Gesicht und versuchte, die Fassung wiederzugewinnen.

«Eine Frau, eine richtige Frau bist du geworden.» Er strahlte vor Glückseligkeit. «Ein Wunder, es gibt kein anderes Wort dafür. Wie ist es dir ergangen?» Und natürlich musste auch diese Frage kommen: «Wissen deine Eltern, dass du lebst?»

Vor Scham und Schuld kam mir kein Wort über die Lippen, ich blickte zur Seite, schüttelte den Kopf.

«Aber, sie müssen es wissen. Sie sind krank vor Sorge.»

«Morgen», versprach ich, «gleich morgen werde ich zu ihnen gehen.»

Das reichte für den Moment, er gab sich damit zufrieden. «Setz dich, erzähl mir alles, lass nichts aus. Was ist geschehen, seitdem du ...» Den Rest ersparte er mir, gottlob.

Nun war es an mir, seine Neugier zu stillen, und ich tat es, ließ nichts aus. Außer ein paar Kleinigkeiten. Darunter meine Bekanntschaft mit Sabellicus, vor allem mein Leben und Arbeiten mit ihm, unsere unzüchtige Vereinigung ... alles, was er ohnehin nicht verstanden oder akzeptiert hätte. Er erfuhr nur das, was er hören sollte, und ich erzählte, was ich bereit war offenzulegen.

«Es ist nicht zu glauben», sagte er schließlich. «Margarete ... ein Wunder.» Er schickte ein Seufzen gen Himmel, mit ihm Dank und die Gewissheit, dass Gott die Seinen nicht im Stich ließ.

«Wie ist es Euch ergangen?» Mein Wissen darüber unterschlug ich, es tat nichts zur Sache.

«Kind, was soll ich sagen?» Seufzend rieb er sich die müden Augen. «Es ist ... ich verstehe es nicht. So viel Niedertracht auf dieser Welt, ja, in der eigenen Herde», und er meinte die Mönche aus Sponheim, die sich gegen ihn verschworen, letztlich erhoben und seine Demission durchgesetzt hatten.

«Sie haben Euch ...», ich brach ab, wollte seine Version der Geschichte hören.

«... der Teufelei bezichtigt!» Fassungslos schüttelte er den Kopf. «Nur weil sie nicht verstanden, was ich tue.»

«Die ...»

«Geheimschrift, die Verschlüsselung. Mathematik, nichts als reine, unschuldige Wissenschaft. Genauso gut könnten sie Pythagoras, Platon und Hermes Trismegistos anklagen.»

Das heilige Dreigestirn der Antike.

«Und niemand ist Euch zu Hilfe geeilt?»

Er winkte ab.

«Ihr habt doch Freunde und Förderer an höchster Stelle. Am Fürstenhof in Heidelberg. Virdung.»

«Nicht einmal der Kaiser ... der Kurfürst von Brandenburg.»

«Der Bischof?»

Nein.

«Der Papst?»

«Das Tuch war zerschnitten, hoffnungslos. Es war besser ...», er seufzte, «dem Herrn sei gedankt, dass ich einen unvoreingenommenen und barmherzigen Abt in Würzburg gefunden habe.»

Nachdem ich gesehen hatte, welche Ruine er für Sponheim erhalten hatte, behielt ich meine Meinung besser für mich.

«Es ist nicht das, was ich mir vorgestellt habe, aber es ist ein sicherer Ort, an dem ich in Ruhe arbeiten kann. Alles Weitere wird sich finden. Ich bin guter Dinge.»

Sein Blick huschte über den Schreibtisch, wo er einen Brief verfasste. Und wie sich zeigen sollte, blieb es nicht bei dem einen. Dutzende würden folgen. Daran war nichts außergewöhnlich, im Gegenteil, Trithemius war der König der Briefeschreiber, er verfasste Briefe, wie andere Gebete schnurrten.

«Was schreibt Ihr da?»

«Nichts, Kind, nichts.» Er schob das Papier beiseite, und ich spürte, dass etwas nicht stimmte. Das Schreiben schien alles andere als unwichtig zu sein.

Es klopfte. «Ein Bote», hörten wir es schwach durch die Tür, vermutlich war es wieder der alte Mönch.

«Sei so lieb», forderte Trithemius mich auf, und ich öffnete.

Der Alte war längst weitergeschlurft, hatte aber einen Brief auf der Schwelle zurückgelassen. Ich brachte ihn Trithemius. Für einen Augenblick erkannte ich das Siegel darauf ... Trithemius erhielt Briefe von Fürsten, Gönnern und Unterstützern. Natürlich auch von *ihm*.

Die Freude wich dem Schreck, als Trithemius die Zeilen las, das Papier glitt zu Boden.

«Was ist?», fragte ich.

Er schüttelte nur den Kopf, und ich hob den Brief auf. Ich hatte noch nicht einmal bis zur Hälfte gelesen, da suchte auch ich Halt.

Was um alles in der Welt? Dieser hinterhältige Kerl! Wann und vor allem wie hatte er das bewerkstelligt? Ich hatte nichts davon mitbekommen.

Virdung ...

XII
DER STERNE FLUCH

Der fünfte Glockenschlag befahl Trithemius zum Morgengebet in die Klosterkirche. Ich stellte mich schlafend, als er müde und krumm die Bibliothek verließ. Zurück blieb ein Stapel Briefe, die er in der Nacht verfasst hatte. In einer Stunde würde er sie versiegeln und auf die Reise schicken. Es blieb mir also nicht viel Zeit.

Die Adressaten lasen sich wie ein Lexikon der größten Denker und Wissenschaftler unserer Zeit. Einige hatte ich an der Universität in Heidelberg selbst erlebt, von anderen war mir ihre Stellung und Bedeutung bekannt.

Ich öffnete den ersten.

Lieber Freund, ich weiß sehr wohl, dass es einige gibt, die mich zu Unrecht verleumden. Sie sagen, ich hätte meinen Geist gleichsam mit üblen Künsten und nekromantischen Nichtigkeiten – um nicht zu sagen mit Zauberei – beschäftigt. So läuft ein ungeheures und weitverbreitetes Gerücht über mich um, ich hätte Wunderdinge vollbracht, Tote zum Leben erweckt, Gestohlenes wieder beigebracht, Künftiges vorhergesagt und wunderbare Erscheinungen hervorgerufen. Dies alles ist erfunden und erlogen. Weder hatte ich je die Macht noch die Absicht, solchen Unsinn zu vollbringen oder zu zeigen.

Gleichwohl erachte ich es für notwendig, mich zu verteidigen, solchen Lügengeschichten entgegenzutreten. Ich bin ein getreuer Christ ... hatte nie Umgang mit üblen Künsten, nie eine Gemeinschaft oder gar einen Pakt mit Dämonen ...

Was folgte, war eine ellenlange Aufzählung all jener Schwarzen Künste, von denen sich Trithemius distanzierte, die ich hingegen nur zu gut kennengelernt hatte. Der Feuerzauber, die Opfer- und Vogelschau, die Wahrsagerei ... und immer wieder der Leichenzauber, die Nekromantie.

Denn all dies geschieht durch teuflische Künste und mit Hilfe böser Geister ... Es sind die Gaukler, Täuscher, Wandermagier!

Ich schluckte. Die Wandermagier! Damit war auch ich gemeint – und Sabellicus, bevor ich von unserem *Schauspiel* die Nase voll gehabt und die Wanderschaft beendet hatte.

Ich legte den Brief zurück, nahm den nächsten.

Die gleichen Worte, die gleiche Anklage. *Schwarze Künste, dämonische Hilfsgeister. Eine unheilige Koalition finsterer Mächte.*

Sosehr ich Trithemius' Versuche verstand, sich der Verleumdungen zu erwehren, seinen Ruf und sein Lebenswerk zu schützen, so sehr keimte Unverständnis in mir. Übertrieb er es nicht mit seiner Schelte?

Die *Schwarzen Künste* waren billige Zaubertricks, Possen und Geldschneiderei. Dummes, abergläubisches Volk ließ sich damit einfangen, Verzweifelte und Angsthasen gewinnen. Niemand, der bei klarem Verstand war, konnte ernsthaft glauben, dass ein Funken Erkenntnis im Gedärm eines Tieres oder in den Linien einer Handfläche zu finden war.

Aber was genau meinte er mit *Wahrsagerei*? Zählte er etwa die Sternkunde auch dazu? Damit sollte er vorsichtig sein.

Päpste, Fürsten und Kaiser holten vor einer wichtigen Entscheidung oder einem Ereignis von Tragweite Rat bei einem kundigen Astronomen oder auch Astrologen ein – bei der korrekten Benennung machte man zu meinem Leidwesen keinen Unterschied.

Ich wurde nicht schlau daraus. Trithemius war ein kluger und überlegter Mann, der das rechte Maß und Mittel stets im Auge behielt, und nun keilte er nach allen Seiten aus.

Die unrühmliche Trennung von Sponheim musste ihn heftiger getroffen haben als vermutet. Ebenso wie die Vorwürfe, er hätte Schriften und Quellen gefälscht, sie gar erfunden, um sich wichtigzumachen. Damit hätte er sich in bester Gesellschaft befunden, in Augsburg hatte man tatsächlich debattiert, ob die Stadt von den Trojanern oder von Amazonen gegründet worden war.

Ein Popanz nach dem anderen schusterte sich antike Abstammungslegenden zusammen und gab sich lateinische Namen. Selbst angesehene Humanisten machten davor nicht halt: Celtis, Reuchlin, Camerarius ... und sogar Trithemius, dessen Taufname Johannes Heidenberg oder Zeller lautete. Ich wusste es nicht mehr so genau, dafür aber, dass Geltung und Ruhm die neue Mode war. Skrupel und Wahrheit wurden der glorreichen Selbsterfindung geopfert.

Jeder tat es, niemand scherte sich um *Wahrhaftigkeit*.

Wieso nun Trithemius so plötzlich und undifferenziert?

Ich suchte nach dem Brief vom letzten Abend, den mir Trithemius aus der Hand genommen hatte, bevor ich ihn zu Ende lesen konnte. Nur so viel: Der pfälzische Hofastrologe Johann Virdung sah dem Treffen mit Magister Georgius Sabellicus, *Faust junior* ... mit *großer Erwartung* entgegen.

Faust junior. Woher kam das auf einmal?

Hatte Sabellicus etwa meinen Namen benutzt, um bei Virdung vorstellig zu werden? Anders als Sickingen hatte Sabellicus ihn noch nicht kennengelernt. Virdung war ein angesehener Lehrer und Astronom am Hofe, es würde dessen *große Erwartung* erklären, mich, seinen Schüler Johann Faust, wiederzutreffen. Oder handelte es sich schlicht um eine Verwechslung?

In der Tischlade lag ein Manuskript obenauf, an dem Trithemius offenbar arbeitete. *Nepiachus* – etwas *knabenhaft Unfertiges*, wie er es nannte und sich selbst einleitend so beschrieb: *Kein Kundiger wird mich als eitel verachten oder als überheblich einschätzen ... Ich habe nicht mein Lob im Sinn, sondern will meine Schicksale in Erinnerung rufen ...*

Weniger Lob, mehr Schicksal also. Das klang nach einer Lebensbeichte, die mit dem *Kampf gegen seine Eltern um eine ordentliche Bildung* begann, wie er schrieb, gefolgt von *unstillbarer Neugier, Eifer und dem Studium der alten Schriften.* Er hatte *nie eine Universität besucht* ... was er bedauerte. Interessant, das wusste ich noch nicht. Der Alte steckte voller Geheimnisse.

Darunter kamen Flugblätter zum Vorschein. Sie stellten die Vorwürfe gegen ihn in drastischen Worten und Bildern dar, aber sie zeigten auch *Nachrichten* – und nun bekam ich große Augen – über den umherwandernden Magier und Alchemisten Georg Sabellicus.

Die Anschuldigungen wiederholten sich, *Magie* und

Teufelei, immer und immer wieder das gleiche marktschreierische Geschwätz.

Meine Verwunderung wuchs mit weiteren Briefen den *Magier Sabellicus* betreffend, wo dieser zu finden sei. Trithemius wolle ihn stellen, wie vor einem Jahr im Ort Gelnhausen – leider erfolglos, der Feigling Sabellicus habe sich durch Flucht einer Konfrontation entzogen.

Gelnhausen? Wir waren an so vielen Orten gewesen, und von einer *Konfrontation* mit Trithemius war mir nichts bekannt. Sabellicus hätte mir das doch nicht verschwiegen?

Oder?

Trithemius kannte Sabellicus besser, als er vorgab. Er hatte Erkundigungen über ihn eingeholt, die aber zu keiner eindeutigen Bestimmung seines Namens und Geburtsortes führten.

Sabellicus, ehemals Helmstetter aus dem Dorf Helmstatt bei Heidelberg, wurde genannt, aber auch die Orte Kundlingen und Simmern, schließlich die Familiennamen *Faust* und *Fust*, die Vornamen *Jörg*, *Georg* und *Johann* für den von mir erfundenen *Faustus* aus Nürnberg. Niemand wusste etwas Genaues. Vermutungen und Spekulationen allenthalben, von Klarheit keine Spur.

Mittlerweile fragte ich mich einmal mehr, wie gut *ich* Sabellicus eigentlich kannte. Wir hatten auf unserer Wanderschaft nie richtig über seine Herkunft und Kindheit gesprochen. Es gab keinen Anlass, wir lebten für den Moment und das nächste *Schauspiel*. Unsere Namen spielten nur in den Empfehlungsschreiben eine Rolle, mit denen wir uns auf den Weg zum nächsten zahlungskräftigen Ziel machten.

Faustus & Faustus, Sabellicus & Faustus oder auch nur *Faust* oder *Sabellicus*. Wie es gerade passte. Sabellicus hatte stets die Würfel geworfen, Abwechslung fördere die Neugier. Oder die Verwirrung, die Tarnung, denn nicht immer waren unsere Auftritte von Erfolg gekrönt gewesen. Dann galt es, schnell weiterzuziehen, nicht zurückzublicken, der neuen Gelegenheit eine Chance zu geben. Ein rastloses, atemloses Dasein.

Ich hätte mehr acht darauf geben sollen, mich von seinen flammenden Worten nicht blenden zu lassen. Denn im Grunde hatten wir viel zu oft verbrannte Erde hinterlassen. Mit der Zeit war mir das klargeworden, und so begrüßte ich die Möglichkeit, in Kreuznach sesshaft und ein gutes Stück ehrbarer zu werden. Auf Empfehlung Sickingens, des einflussreichen pfälzischen Amtmanns, eines guten Freundes Virdungs ...

Trithemius kam zurück, setzte sich grußlos an den Schreibtisch und setzte seine Arbeit fort, während ich mit mir haderte. Sollte ich ihn mit meiner Entdeckung konfrontieren?

Ungeduld und Neugier, ich würde sie niemals bezwingen.

«Sagt, woher kennt Ihr Johann Virdung?»

Er blickte von seinem Brief nicht auf, knurrte verärgert. «Kind, ich habe zu arbeiten.»

Noch immer nannte er mich *Kind*, als lebte er in der Vergangenheit oder hätte keine Augen im Kopf. Frauen in meinem Alter waren längst verheiratet und Mutter dreier Kinder.

Apropos Vergangenheit: Ich hatte in den Bücherregalen umfangreiche Korrespondenz gefunden, die Licht auf die Hintergründe von Trithemius' Weggang aus Sponheim warf. Bekannt war, dass es Gerüchte gegeben hatte, er könne Tote zum Leben erwecken, höllische Dämonen beschwören und die Zukunft weissagen.

Unbekannt hingegen waren die Missgunst unter den Mönchen des Konvents wegen seines gelehrten Umgangs mit den Fürsten – er hatte unter anderem Kaiser Maximilian zu einem Gespräch über religiöse Fragen getroffen – und die Anfeindungen wegen steigender Kosten für seine häufigen Reisen und den Ausbau der Bibliothek.

Schwarze Kunst und *Neid*. Was hatte den Ausschlag gegeben?

«Sagt, warum habt Ihr die Mönche in Sponheim nicht diszipliniert?»

«Stör mich nicht.»

«Doch, es ist wichtig.»

«Kann es nicht warten?»

«Ich verstehe es einfach nicht.»

Seufzend legte er die Schreibfeder zur Seite. «Die Ungeduld ist das Vorrecht der Jugend.»

Ich trat vor ihn hin, in den Händen ein Bündel Flugblätter, die ich in einer Kiste gefunden hatte, und zeigte sie ihm. «Dieser ganze Schmutz, ein Sumpf voller Lügen und Beschimpfungen. Ihr gebt doch sonst nichts auf das Geschwätz der Leute.»

«Gewiss nicht.»

«Aber ...»

«Setz dich», er wies mir einen wackligen Hocker zu, der von vornherein ausschloss, dass ich länger auf ihm verweilen würde. «Du weißt, ich bin ein eifriger Verfechter des von *Hand* Geschriebenen.»

Worauf wollte er hinaus?

«In nur einem Buchstaben, mit nur einem zu groß oder

zu klein geratenen Bogen oder Strich lässt sich so viel mehr über den Verfasser erfahren als mit diesen kalten, leblosen Lettern der Buchdrucker.»

Ich nickte zustimmend.

«Eine *Kunst* nennt man es allerorten, obwohl doch so viel Falsches und Verachtenswertes darin steckt, das wert ist, verdammt zu werden. Es gibt mittlerweile nur noch einen Grund, es nicht zu tun ...»

«Und der wäre?»

«Die Druckkunst hat die Macht, uns alle zu besseren Menschen zu machen.»

Ich verstand nicht.

«Früher, lange vor deiner Zeit, existierte ein Dokument nur ein einziges Mal.»

«Sofern es nicht von den Kopisten vervielfältigt wurde.»

«Dieser Vorgang war quälend langsam und, zugegeben, nicht minder fehleranfällig. Brach ein Feuer aus, ein Krieg, zeigte sich die Dummheit oder Niedertracht auch nur eines Einzelnen, konnten ein Dokument und seine wenigen Kopien unwiederbringlich vernichtet werden.»

«Wie die Zerstörung der berühmten Bibliothek von Alexandria.»

«Ein großer Verlust, der uns bis heute schmerzt. Die Druckkunst gibt uns jetzt die Möglichkeit, derlei Gefahren zu beschränken. Ich scheue mich auch nicht zuzugeben, dass so manch einzigartiges Dokument nicht in meinem Besitz wäre, wenn es nicht gedruckt zur Verfügung stünde. Insoweit ist die neue Kunst wahrlich ein Segen für jeden Gebildeten oder nach Bildung strebenden Menschen: Durch Wissen und Erkenntnis zur Wahrheit, zum Guten und Rechten gelangen.»

«Nur, so einfach ist es nicht.»

«Richtig, denn dasselbe trifft auch auf die Lüge zu. Wird sie durch die Druckkunst lang genug wiederholt und verbreitet, wandelt sie sich zur *Wahrheit*.»

«Die eigentlich eine Lüge ist. Aber Lügen und Fälschungen gab es auch schon zu Zeiten der Kopisten in den Skriptorien.»

«Mit einem Unterschied: In der Zeit, in der ein Kopist eine Lüge zu Papier brachte, hat der Drucker sie heute schon tausendfach vervielfältigt.»

Was er meinte, wusste ich nur zu genau.

«Wer das nicht wahrhaben will, ist ein noch größerer Narr als die Leute, die glauben, etwas Geschriebenes oder Gedrucktes entspreche von Natur aus der Wahrheit.»

«Und warum sammelt Ihr dann noch diesen Schmutz?»

«Jedes Wort, jeder Satz ist ein Stein im Mosaik des allgemeinen Denkens und Fühlens, sie zu widerlegen und mitunter zu berichtigen ist eine lange, mühselige Arbeit, der ich mich täglich stellen muss. Vor allem ist sie nicht frei von Rückschlägen, denn der menschliche Geist ist träge und der Glaube oft unverrückbar wie ein Berg. Und dennoch muss sie getan werden, um die Lüge von der Wahrheit zu trennen.»

Homers Sagengestalt des Sisyphos fiel mir ein, der zur Strafe einen Felsblock auf einen Berg hinaufwälzte, um kurz vor dem Gipfel zu scheitern und von vorn damit zu beginnen, den Fels vom Tal zum Gipfel hinaufzurollen – ein ewiges, sinnloses Unterfangen. Der Mensch konnte die Natur und ihre Gesetze nicht auf Dauer bezwingen. Das war *meine* Lehre aus der Geschichte.

«Ist deine überaus drängende Frage, die keinerlei Aufschub duldete, damit beantwortet?»

Ohne meine Antwort abzuwarten, nahm er die Feder

zur Hand und schrieb weiter an dem, was offenbar keine Unterbrechung duldete.

Mir schwirrten hingegen Hunderte Fragen im Kopf herum, die mir keine Ruhe ließen. «Wart Ihr schon einmal in einem Ort namens Gelnhausen?»

Er blickte nicht auf. «Warum?»

«Wart Ihr oder wart Ihr nicht?»

«Welche Bewandtnis hat deine Frage?»

Ich sammelte allen Mut. «Ich habe einen Brief gefunden, in dem Ihr schreibt, Ihr hättet Magister Sabellicus dort stellen wollen.»

Er kniff die Augen zusammen. «Stöberst du etwa in meinen Papieren?»

«Keine böse Absicht, werter Abt. Ich suchte nach einer Feder.»

«Wofür?»

«Um meinen Eltern zu schreiben», log ich.

«Was hast du noch *gefunden*?»

«Glaubt mir, ich hatte nicht ...»

«Schon gut. Ja, es stimmt, ich wollte diesen Scharlatan im vergangenen Jahr in Gelnhausen zur Verantwortung ziehen.»

«Wozu?»

«*Wo...?* Sprachen wir soeben nicht über die Lügen und Unwahrheiten in der Welt? Dieser schändliche Kerl, der sich Sabellicus, einen Zauberer nennt und womöglich Helmstetter, Faust oder wie auch immer heißt, *ist* die Lüge. Sie aus der Welt zu schaffen ist die Aufgabe jedes anständigen Menschen.»

Das klang nicht sonderlich überzeugend. Solche wie Helmstetter gab es zu Hunderten, überall.

«Wieso ausgerechnet ihn?»

«Wieso?»

«Ja.»

«Weil ...» Ich musste ihn auf dem falschen Fuß erwischt haben, oder er wollte den wahren Grund nicht preisgeben. «Wehret den Anfängen.»

«Aber, werter Abt, Sabellicus ist unbedeutend. Genauso gut könntet Ihr eine Mücke jagen.»

«Und doch kann sie stechen.»

Wenn sie einem zu nah kam.

«Gelnhausen ... war das nicht zu der Zeit, als Ihr nach Würzburg gekommen seid?» Der Ort lag zwei Tagesreisen entfernt und war im Grunde genommen unbedeutend – bis auf seine Lage. Er befand sich auf der Strecke von Frankfurt nach Leipzig. Jeder, der von Ost nach West oder umgekehrt reiste, kam mit großer Wahrscheinlichkeit durch Gelnhausen, so wie wir damals auch.

«Was hat das damit zu tun?»

Oder lag es daran, dass Trithemius alles, was nach Magie und Zauberei roch, aus seiner *Nähe* haben wollte? Dann hätte er viel zu tun gehabt. «Ich wollte es nur wissen.»

Er nickte zufrieden.

«Heißt es nicht über Sabellicus, dass er in Heidelberg studiert und gelehrt hätte?»

Trithemius reagierte alles andere als entspannt. «Ein Scharlatan und Lügenbaron ist er, ein Dummkopf und Aufschneider, nicht wert, dass man sich überhaupt mit ihm beschäftigt.»

Warum dann das Interesse an ihm?

«Einen Alchemisten und Astrologen schimpft er sich, dergleichen unnatürliche Fähigkeiten mehr, die ihn als Zauberer entblößen. Ein wandelnder Dämon, ein Seelenfänger ist er, ein wahrer ... *Teufel!*»

So engagiert und absolut in der Wortwahl hatte ich Trithemius noch nicht erlebt. Das war überhaupt nicht seine Art. Was war nur in ihn gefahren?

«Aber ist es nicht ...»

«Nein, es ist entschieden.»

«Was?»

«Der Kerl darf nicht weiter ungeschoren bleiben und gutgläubige Menschen auf Irrwege führen.»

«Welche *Irrwege*?»

«Die ganze verdammte Wahrsagerei, alles Hexen- und Teufelswerk. Es beginnt schon mit diesem Unfug, aus den Sternen die Zukunft lesen zu wollen.»

Ich schluckte, Widerspruch flammte auf.

«Niemand kann die Zukunft kennen», predigte er, «niemand, außer Gott. Alles andere ist Blasphemie.»

Oder Blindheit. Sturheit. Arroganz.

«Habt Ihr früher nicht selbst Horoskope erstellt?»

Er schreckte zurück. «Bist du von Sinnen? Niemals!»

«Ich erinnere mich, dass Ihr meinen Eltern ...»

«Nein, Kind, du irrst dich.»

«Und Fürsten ...»

«Meinen Rat wollten sie in Fragen der Wissenschaft und des Glaubens. Auch der Schriften, aber niemals sinnlose, unnatürliche Sternenschau.» Sein Ton schlug um, wurde versöhnlich. «Du verwechselst etwas.»

Ich glaubte, meiner Erinnerung sicher zu sein.

«Du magst mich eines lang zurückliegenden Tages gesehen haben, wie ich mathematische Berechnungen angestellt habe. Vielleicht habe ich dabei auch mal zum Himmel gezeigt, zu unserem Herrn und Schöpfer, aber niemals, hörst du, kein einziges Mal zu den Sternen.» Er lachte, streichelte mir dabei die Hand, wie er es schon tausend Mal zuvor getan hatte. Als ich noch ein Kind war. In meinen Ohren klang es wie Hohn. Oder wollte er mich verwirren, täuschen, hinters Licht führen?

«Könnt Ihr Euch noch an den Geschäftspartner meines Vaters erinnern? Wie hieß er gleich noch mal?» Ich schauspielerte gut, tippte mir an die Schläfen, rätselte. «Der mit den Bergwerken und der leidigen Erkrankung an den Händen ...»

Er kam mir zu Hilfe. «Ich weiß, wen du meinst», und er zeigte hinüber zu den Regalen. «Erste Reihe, die dritte Kiste. Komm, hol sie mir.»

Ich tat es, und er zog daraus ein Schriftstück hervor, das mir den Atem nahm.

«Hier ist der Beweis. Das Gemeinste, Hinterhältigste und Schändlichste, was du dir nur vorstellen kannst. Wahres Teufelswerk!»

Das Dokument offenbarte eine Zeichnung von Sternen, ihre Namen und Positionen jeweils zum Zeitpunkt der Geburt und des Todes von Leiwens Frau ... und ihre prognostizierte Aufnahme im Jenseits, im ersehnten Himmelreich.

Was damals ein Akt der Barmherzigkeit war, um Leid zu mildern, fiel nun in aller Boshaftigkeit auf mich zurück.

Der Teufel hatte eigenhändig unterschrieben.

Johann Faust.

XIII
HOMO ILLE ...

Im Schein des hereinfallenden Mondlichts hatte ich kein Auge zugemacht. Obwohl das kleine Fenster vergittert und die Klosterzelle genauso karg und unwirtlich war wie mein Kerker von damals, trieb mich kein freiheitsliebender Geist um. Die Tür stand offen, ich konnte jederzeit gehen.

Auch harrten weder eine Oberin meiner Flucht noch ihre hinterhältigen Gehilfinnen, stattdessen hielt mich ein Dämon aus der Vergangenheit mit unsichtbaren Fesseln auf der harten Pritsche gefangen.

Sein Name lautete Johann Faust – ein aus der Verlegenheit geborenes Hirngespinst, ehemals klein und unbedeutend, jetzt ein *giftspeiendes, seelenverschlingendes Ungeheuer*, das es zu jagen und zu strafen galt. Trithemius' Wortschatz war wie erwartet umfangreich gewesen.

Wenn es je eines Beweises für Zauberei bedurft hatte, hier war er, ich selbst hatte ihn geliefert: Faust, der Unhold, der vorgab, Kontakt zum Jenseits herstellen zu können.

Sünde. Blasphemie. Teufelei.

Meine Mildtätigkeit von damals kam mir nun lächerlich vor, im höchsten Grade verhängnisvoll und gefährlich. Mit Beginn der Nacht war sie der Betroffenheit gewichen, zum Morgengebet empfand ich nur noch niederschmetternde Schuld.

Himmel, was hatte ich da angerichtet? Ich sollte beichten, um Vergebung bitten. Vielleicht hatte der Herr ein Einsehen mit einem dummen, vorlauten Kind, würde alles rückgängig, ungeschehen machen.

Trithemius schied selbstverständlich aus, die verbliebenen Mönche waren entweder taub oder an Nächstenliebe nicht interessiert. Ich musste an anderer Stelle fündig werden und machte mich auf den Weg in die Stadt. Kirchen und Beichtstühle gab es zuhauf, ich hoffte auf eine strenge Zurechtweisung und zehn bußfertige Ave-Marias.

Steil ging es den Hügel hinab zum Brückentor, die Straße war leer, die Stadttore waren noch geschlossen. Die Wache musterte mich argwöhnisch aus müden Augen, ich erkaufte mir den Übergang mit einem freundlichen Lächeln und dem doppelten Brückenzoll.

Sobald ich die Brücke betreten und ein paar Schritte gegangen war, öffnete sich mir das Maintal, mit ihm mein Herz. Ich atmete befreit auf. Klostermauern würden nie meine Heimat sein, ich brauchte die schiere Grenzenlosigkeit, um nicht in Trübsal zu verfallen.

Der breite Main floss unmerklich dahin, gefeiert von den Vögeln in den Bäumen und Hecken entlang des Ufers. Über den Hügeln setzte sich der anbrechende Tag gegen eine überraschend dunkle Nacht durch. Beim Verlassen des Klosters hatte ich nur eine Handvoll Sterne am Firmament erkennen können – mochte es kein schlechtes Omen für mich sein.

Die ersten Tagelöhner hasteten auf der Brücke an mir vorbei, geleitet vom hellen Glockenklang des anderen Ufers. Fischer machten ihre Boote fertig, Pferdegetrippel schwoll an, Händler schoben Karren zu den kleinen Verkaufsständen, die sich entlang der Brüstung reihten. Das alles vollzog sich in einer wunderbar friedlichen Betriebsamkeit. Sicher etwas zu verklärt aus meiner momentanen Sicht, denn da waren auch Bettler und Hungernde unter ihnen, finstere Gestalten, von Not, Krankheit und Krieg Gebeutelte, humpelnde Pilger auf dem Weg zur Erlösung.

Unten, zu meiner Rechten, lag der Hafen. Schiffe wurden beladen, Kommandos gerufen, das erste machte sich bereit zum Ablegen. Wohin würde die Reise gehen? Mainabwärts nach Frankfurt und Mainz oder mainaufwärts nach Schweinfurt, Bamberg oder …

Kam Virdung nicht ursprünglich aus Hassfurt am Main? Er hatte mir von seiner Heimat während unserer Sternennächte erzählt, von seinen anschließenden Studien in Leipzig und Krakau, bevor er an den pfälzischen Hof berufen wurde. Dort hatte er sich in kurzer Zeit einen Namen als Mathematiker und Astronom gemacht. Die von ihm erstellten Horoskope wurden weit über den Heidelberger Hof hinaus geschätzt und teuer bezahlt. In gewisser Weise sah ich in Virdung mein Vorbild – kompetent, anerkannt, weltoffen und erfolgreich.

Zu Virdungs Lehrjahren hatte auch eine Reise nach England gehört, wo er seine Kenntnisse in *Magie* erweiterte. Ich konnte mich nicht erinnern, welche es war – die schwarze oder die weiße –, inzwischen machte es kaum noch einen Unterschied, man bediente sich freizügig des Worts und nannte sich einen Magier.

Als ich ihn kennenlernte, kam mir das unverfänglich vor, wer über Magie reden wollte, musste sie kennen. Erst der Disput der Gelehrten an der Heidelberger Universität, die darauf folgenden Erfahrungen meiner Wanderschaft mit Sabellicus und schließlich Trithemius' eindeutig ablehnende Haltung ihr gegenüber beförderten die widersinnige

Einstellung, dass ein Wissenschaftler nichts mit Magie zu tun haben dürfe.

Warum legte Trithemius diesen Maßstab nicht bei seinem Freund Virdung an? Traute er sich nicht, oder hatte er Angst, ins Hintertreffen bei Hofe zu geraten?

«Ablassbriefe! Kauft Ablassbriefe!»

Nein, danke. Wenn ich mich an die Truhe meiner Mutter erinnerte, an das viele Geld, das sie für meine Rettung vor dem Höllenfeuer bereits investiert hatte, war ich auf Jahrhunderte, wenn nicht Jahrtausende bestens versorgt.

Auf Höhe der Verkaufsstände geriet ich nun von beiden Seiten unter Beschuss, ein wahres Trommelfeuer von Verheißungen.

«Äpfel, frische Äpfel.»

«Schuhe, beste Qualität.»

Wein, Backwaren, Kleidung, Töpfe, Waffen ... alles war verfügbar und alles kostete, aber ich hatte nur ein paar Pfennige in der Tasche.

«Ein Almosen. Habt ein Herz für eine arme Pilgerin.» Eine krakelige, schmutzige Hand verwehrte mir den Weg, daran ein altes Weib mit verschlissenen Kleidern und wirren, ungewaschenen Haaren. Furchteinflößend war sie, und dennoch erbarmungswürdig.

«Woher kommst du?», fragte ich.

«Aus Augsburg.»

Ein weiter Weg. «Wohin pilgerst du?»

«Zur letzten Station unseres seligen Marienjünglings.»

«Wer ist das?»

«Hans Behem, edle Frau, der Messias aus Niklashausen.»

Das sagte mir nichts, schon gar nicht ein neuer Messias.

Ich gab ihr einen meiner wenigen Pfennige. «Und wo soll diese Station sein?»

Sie zeigte hinüber auf die andere Flussseite, zur hohen Kirche auf dem Hügel, woher ich gekommen war.

«Im Kloster von St. Jakob?»

«Dort haben sie ihn verbrannt. Der schändliche Bischof, dafür wird er in der Hölle schmoren.» Sie spuckte aus. «Teufelsknecht.»

«Ruhig, Weib», ich schaute mich um, «derlei freche Worte gegen einen Bischof können dich in den Kerker bringen.»

«Dort wird er schneller landen als ich.»

Die Alte musste den Verstand verloren haben, besser, ich ging weiter und schwieg.

«Denkt an meine Worte, gütige Frau», rief sie mir nach, «Teufel, wohin man blickt. Der heilige Zorn Gottes wird kommen!»

Schon möglich, doch bis es dazu kam, benötigte ich noch Gottes Vergebung.

Am Ende der Brücke betrat ich eine breite Straße, die ich bereits bei meiner Ankunft vom anderen Berg aus gesehen hatte. Sie führte direkt auf die imposante Kathedrale mit den himmelstrebenden Türmen zu, genau dort wollte ich einen verständigen und vor allem milden Beichtvater finden.

Nur war der Weg zur Vergebung gepflastert mit Ablenkung und Verführung. Aus Heidelberg und anderen großen Städten kannte ich zwar schon vornehme Bürgerhäuser und feine Handwerkskunst, doch hier erschien mir alles noch ein Stück vornehmer, reicher zu sein.

Wäre Sabellicus an meiner Seite gewesen, er hätte nicht gezögert, auf dem kleinen Platz, wo Fische gehandelt wurden, unseren alten Karren hinzustellen und für seine Künste zu werben. Gegenüber befanden sich ein Goldschmied, ein Hut- und Tuchmacher, ein Kürschner und dergleichen mehr, so weit ich blicken konnte. Das Angebot war groß und das Verlangen und die Verführung nah. Es gab stets einen Grund, ihr zu erliegen.

Wenn ich eines in den Jahren mit Sabellicus gelernt hatte, dann war es dies: Die Abgründe der menschlichen Seele waren unergründlich, ein lukrativer Sumpf aus Angst und Begierden, ein Himmelreich für einen Messias der Schwarzen Künste.

Das emsige Werben zog sich bis zu den Stufen der Kathedrale hin, es war nicht möglich, sich ihm zu entziehen. Von allen Seiten, aus hundert Kehlen drang es an mein Ohr. Kauft dies, kauft jenes. Und das auf der Stiege eines Gotteshauses. Ich sollte mich nicht wundern, allerorten war das der Fall. Warum fiel es mir gerade jetzt auf?

Der Zorn Gottes ... die Prophezeiung der alten Pilgerin. Ach was. Hätte Gott das Treiben verurteilt, wäre er längst mit Feuer und Schwert dazwischengegangen. Selbst seine ehrwürdigen Diener wandelten im irdischen Paradies freimütig und spendabel umher. Ein Krug Wein nach dem Morgengebet stärkte Geist und Körper, dazu ein Huhn, Käse und Brot. Geld hatten die frommen Brüder offensichtlich genug. Es reichte gar für die Gesellschaft eines schamlosen Weibs.

Jesus' Wüten im Tempel von Jerusalem kam mir in den Sinn, als ich das Portal zur Kathedrale öffnete. Es war sein erster, verhängnisvoller Schritt auf den Berg Golgatha gewesen. *Leg dich nicht mit den Obrigkeiten an!* Hätte er es nur beherzigt, die Welt trüge heute ein anderes Gesicht.

Für erdenschwere Philosophie war es einerseits zu früh,

andererseits zu spät. Ein schwerer Gang stand mir bevor, und erneut spürte ich eine Last auf der Brust, atmete tief und sammelte Mut.

Gott, steh mir bei.

«Wo warst du? Ich habe dich überall suchen lassen.»

Zu meiner Überraschung standen die Fenster offen, Licht und frische Luft strömten herein. Trithemius hantierte mit einem Stapel Schriften und Bücher, ordnete sie ins Regal ein. Er wirkte, als hätte er etwas zu Ende gebracht, nun schaffte er Platz für Neues.

«In der Stadt.»

Ich war konfus, nein, verärgert! Die letzten Schritte den Hügel hinauf ins Kloster hatte ich versucht, meinen Groll über die gescheiterte Beichte im Zaum zu halten. Nun war mir widerfahren, wovon ich bisher nur gehört hatte. Die Schande von einem Beichtvater war betrunken gewesen und schlief während meines Geständnisses ein. Mein Protest verpuffte in seinem Vorschlag, dass es noch einen anderen Weg gebe, mir *Erleichterung* zu verschaffen.

Ich spuckte ihn durchs Gitter ins lüsterne Gesicht, stürmte hinaus und weihte das Drachennest mit kräftigen Flüchen. *Verfluchte Räuberhöhle! Brenne!*

«Tu mir bitte einen Gefallen», bat Trithemius. Er zeigte auf den Schreibtisch. «Bring den Brief nach St. Stephan», das Mutterkloster St. Jakobs auf der anderen Stadtseite, «die Brüder kennen einen verlässlichen Kurier. Er soll den Brief noch heute auf den Weg bringen, es eilt und duldet keine Verzögerung.»

Erneut in die Stadt zu gehen entsprach nicht gerade meiner Stimmung, aber für Trithemius würde ich mich überwinden. So nahm ich den Brief und zwei bereitliegende Münzen.

Doktor Johann Virdung ... Ich zögerte.

«Was ist?», fragte er. «Geh schon.»

War das der Brief, an dem er zwei Tage gearbeitet hatte?

«Verzeiht ... Würdet Ihr mir sagen, was Ihr Virdung geschrieben habt?»

«Kind, das geht dich wirklich nichts an.»

«Sicher, ja ...»

«Nun geh endlich. Bald ist es Mittag, und die Kuriere lassen sich ungern vom Essen aufscheuchen.»

«So eilig ist es also?»

«Ja, Herrgott. Geh!» Sein Ton war unmissverständlich und ebenso besorgniserregend.

«Wie Ihr wünscht.»

Ein dumpfes Gefühl begleitete mich die Treppe hinunter. Virdung ... Was hatte Trithemius ihm geschrieben? Was war so wichtig, dass es eines schnellen Kuriers bedurfte?

Trithemius' Schweigen und Drängen ließen mir keine andere Wahl, ich musste es herausfinden und rannte den Gang entlang, um die Ecke, bis ich die Küche erreichte. Zwei Brüder standen im Dampf der Töpfe, sie beachteten mich nicht, sodass ich ungefragt ein Messer nahm und es in die Glut des Feuers steckte.

Ein Ave-Maria später fand ich eine ruhige Ecke auf dem weiten Klostergelände, wo Blumen ein Kreuz aus notdürftig zusammengebundenen Weidenruten schmückten. Daran Dutzende, von Hand geschriebene Zettel mit Fürbitten und Widmungen.

Hans Behem, der Messias aus dem Taubertal, der die Muttergottes geschaut hatte.

Die Klinge war noch heiß, vorsichtig fuhr ich damit unter das Siegel und öffnete den Brief.

Ad magistrum Ioannem Virdungi de Hasfurdia ...

Damit zeigte sich, was eine gute Bildung wert war. Der Brief war auf Latein verfasst, die Sprache der Gelehrten und ein Rätsel für die Ungebildeten. Ich fragte mich allerdings, wieso Trithemius nicht die von ihm erfundene Geheimschrift verwendete, für genau diesen Zweck war sie doch gedacht.

Nach ein paar einleitenden Dankesworten für Virdungs Bemühen, sich für Trithemius' Sache am pfälzischen Hof eingesetzt zu haben, kam er zum eigentlichen Grund des Schreibens:

Homo ille ... Jener Mensch, von dem du mir geschrieben hast, Georg Sabellicus, der sich Fürst der Nekromanten nennt, ist ein Vagabund, Schwätzer und Herumtreiber, würdig, mit Ruten gezüchtigt zu werden, damit er nicht weiter solch ruchlose und der heiligen Kirche entgegenstehende Dinge öffentlich zu bekennen wagt.

Ich schluckte. Bereits der erste Satz fällte ein klares und vernichtendes Urteil über Sabellicus. Trithemius degradierte ihn zu einem Lügner und Verbündeten mit dem Totenreich, außerdem zu einem Gegner, einem Feind der Kirche. Die dafür geforderte Strafe fiel noch gemäßigt aus: die Züchtigung mit der Rute. Womit begründete Trithemius die Anschuldigung?

Was sind die Titel, die er sich zulegt, anderes als die Merkmale eines närrischen und überspannten Geistes?

Magister Georgius Sabellicus, Faustus junior, Quelle der Nekromanten, Astrologe, zweiter Magus, Chiromant, Agromant, Pyromant und in der Hydromantie zweiter.

Die Aufzählung beeindruckte mich nicht, jeder dahergelaufene Wandermagier trug sie vor sich her. Übliches Marktgeschrei. Allein, der Name Faustus störte mich, er besaß hier keinerlei Bedeutung oder Aussage.

Wie viel Wahnsinn stellt er zur Schau, wenn er sich als die Quelle der Nekromantie vorstellt? Aller guten Bücher unkundig, müsste er sich besser einfältig *nennen als einen* Magister.

Da irrte er, Sabellicus kannte viele Bücher, insbesondere gute und seltene, für die sich Trithemius die Finger geleckt hätte.

Es folgte die Episode mit Gelnhausen, wo Trithemius ihn hatte stellen wollen, doch Sabellicus aus Feigheit geflohen sei. Schließlich habe Sabellicus Virdung eine *Aufzeichnung seiner Torheit* übergeben ...

Also waren sie sich bereits begegnet, kannten sich. Woher? Aus Heidelberg? Und auch Trithemius hätte eine Aufzeichnung von einem *Landsmann* erhalten. Welcher *Landsmann*, fragte ich mich, wer war damit gemeint?

Geistliche berichteten mir, Sabellicus hätte so viel Wissenschaft und Weisheit im Gedächtnis behalten, dass er alle Werke Platons und Aristoteles' mit vortrefflicher Eleganz wiedergeben könne.

Sicher nicht alle, aber sein Gedächtnis war wirklich außergewöhnlich. Er hatte einen Trick gefunden, Gelesenes oder auch nur Gesehenes exakt wiederzugeben. Erstaunlich war das, im eigentlichen Sinne bewundernswert.

Als ich mich später in Speyer aufhielt, kam er nach Würzburg ... Oh Himmel, nein! Nicht das.

... *prahlte öffentlich, dass die Wunder Christi gar nicht wunderbar seien. Er könne alles zustande bringen, was Christus getan habe, so oft und wann er es nur wollte.*

Ein Paukenschlag! Das war Blasphemie, Gotteslästerung, die mit einfachen Rutenstreichen nicht gesühnt werden konnte. Das forderte Kerker, schwerste Folter, nicht selten den Tod.

Trithemius musste die Todesstrafe nicht eigens ansprechen, es war geradezu zwingend, sie zu fordern. Was um alles in der Welt brachte ihn nur dazu, eine derart drakonische Strafe nahezulegen? Zumal er Sabellicus' hochtrabende Worte nicht einmal mit eigenen Ohren gehört, sondern nur zugetragen bekommen hatte. Es konnte sich genauso gut um bösartiges Gerede handeln.

Am Ende der Fastenzeit kam er nach Kreuznach ...

Er wusste es also. Warum hatte er es mir verschwiegen?

... und nahm die freie Schulmeisterstelle ein, die er durch Förderung Franz von Sickingens, des Amtmanns deines Fürsten, erhalten hatte – eines Mannes, der mystischen Dingen zugetan ist.

Ich traute meinen Augen nicht. Damit stempelte er Sickingen als Befürworter der Schwarzen Künste ab und rückte ihn in die Nähe, nein, an die *Seite* von Sabellicus. Darüber hinaus beschuldigte er einen hohen Beamten des Fürsten und einen Freund Virdungs, ach, den Fürsten gleich mit, einen gotteslästernden Schwarzkünstler auf seinem Hoheitsgebiet zu dulden.

Hatte Trithemius den Verstand verloren?! Er attackierte ebenjene, die ihn zu dem gemacht hatten, was er war – ein weithin geschätzter Mann des Glaubens, ein Kenner der Schriften und Berater der höchsten Fürsten.

Er begann bald, offenbar in gottlosester Art, sich der Unzucht mit Knaben zu vergnügen ...

Ich schnappte nach Luft.

«Was fällt dir ein?!» Trithemius zitterte, in der Hand den von mir geöffneten Brief und das Gesicht rot vor Zorn.

«Ich konnte nicht anders.»

«Was geht es dich an?!»

Es war so weit, Schluss mit dem Versteckspiel. Meine zweite Beichte an nur einem Tag. «Ich kenne Sabellicus.»

«Was?!»

«Er ist nicht so, wie Ihr ihn beschreibt.»

«Woher ...»

«Bisweilen macht er sich größer und wichtiger, als er ist. Ein Pfau, ein überschwängliches Kind. Aber *kein* schlechter Mensch.»

«Unfug!»

«Er besitzt außerordentliche Fähigkeiten.»

«Ja, Teufeleien!»

«Und er hat keine Unzucht mit Knaben begangen!» Es war das zweite Mal, dass ich meine Stimme derart laut und entschieden gegen meinen Beichtvater und den treuen Freund meiner Familie erhob. Und das aus gutem Grund. «Das ist eine widerwärtige Lüge! Eurer unwürdig.»

«Schweig, du dummes Ding. Du weißt nicht, wovon du sprichst.»

«Besser als Ihr. Besser ...»

«Wagst du es, mich einen Lügner zu schimpfen?»

«Der Wahrheit wegen.»

«Der Wahrheit.» Er lachte vorwurfsvoll. «Gerade du.»

«Um Euch vor einem großen Fehler zu bewahren.»

«Der da ist?»

«Ihr beschuldigt Sickingen der Schwarzen Künste, einen Freund Virdungs, einen engen Berater des Fürsten.»

«Davon verstehst du nichts.»

«Ihr irrt. Ich kenne Virdung.»

Der Schreck fuhr ihm in die Glieder, damit hatte er nicht gerechnet. «Woher?»

«Aus Heidelberg.»

Notgedrungen erzählte ich ihm jetzt die Wahrheit, die ganze lange Geschichte seit meiner Flucht. Ich ließ nichts aus, selbst das Intimste nicht – meine Verbindung mit Sabellicus als Mann und Frau.

Über seine wertvollen Schriften und Bücher gebeugt, hatte Trithemius sich meine Beichte angehört, mich nicht unterbrochen und mich damit verleitet, kein Blatt vor den Mund zu nehmen.

«Ich ersuche Euch ... ich flehe Euch an: Schickt den Brief nicht fort. Er wird alles zerstören.»

Den Blick in den gottverdammten Schriften verloren, schwieg er.

«Wenn nicht um Euer selbst willen, dann für mich. *Ich bin Faust*, ein Hirngespinst, ein lächerlicher Popanz, nicht der Rede wert. Sabellicus hat nichts damit zu tun. So glaubt mir doch. Ich bin es. Ich!»

Und noch immer wollte er nichts dazu sagen, ich fiel vor ihm auf Knie. «Der Brief wird auch mich treffen und vernichten ... Johanna Faust. Euer Mündel!»

XIV
TRITHEMIUS GLEICH FAUST

Sabellicus hatte sich alles Wort für Wort angehört. Jedes einzelne Detail meines Aufenthalts in Würzburg war wichtig, er musste es ganz genau wissen. Immer wieder fragte er nach.

Besonders Trithemius' Reaktion auf meine Beichte, mein Flehen auf Knien, den Brief zu vernichten. Für mich!

Umsonst. Er hatte mich des Raums verwiesen. Ich solle nie wieder seinen Namen in den Mund nehmen. Auch er würde jede Bekanntschaft mit mir leugnen. Ab diesen Tag seien wir Fremde. Was er aber meinte, war: *Ab heute sind wir Feinde.*

Er würde nicht eher ruhen, bis er Sabellicus zur Strecke gebracht hatte, und damit auch mich. Es spielte keine Rolle, ob ich Faust war, der Lügner und Betrüger. Der Gotteslästerer. Der Teufelsbündner. *Er* war auf einem heiligen Kreuzzug gegen den Antichrist.

Schließlich all der bigotte Unsinn eines beleidigten, alten Narren, der sich in Bibelsprüchen verlor, anstatt Mitleid und Vergebung walten zu lassen: *Gegen einen, der sich an Totenbeschwörer und Wahrsager wendet und sich mit ihnen abgibt, richte ich mein Angesicht und merze ihn aus seinem Volk aus.*

Ich verhöhnte ihn unter Tränen, während er sich bekreuzigte und in eine dunkle Ecke zum Gebet flüchtete.

Zwischen all seine weisen Schriften, in völlige Verblendung und die Einsamkeit seines Exils.

«Judas!», rief ich ihm hinterher, «verkaufst mich für das bisschen Ruhm, das dir noch geblieben ist. Verfaulen sollst du daran. Verfaulen ...»

«Und? Was hat er darauf geantwortet?», fragte Sabellicus.

«Nichts.»

«Komm schon, irgendwas wird er ...»

Meine Hand klatschte auf den Tisch. «Genug! Das war alles.» Ich schnappte mir den Becher und leerte ihn in einem Zug. «So ein gottverdammter Heuchler. Ich könnte ihn ...»

«Richte nicht voreilig über ihn.»

«Nimmst du ihn etwa noch in Schutz? Er wird uns mit dem Brief vernichten.»

«Übertreib es nicht.» Er schenkte sich Wein ein und seufzte zufrieden, als fände er Gefallen an der drohenden Katastrophe.

«Ich soll nicht ...» Das Blut schoss mir ins Gesicht, so zornig machte er mich mit seiner Unbekümmertheit. Wenn der Brief am Hof des Fürsten die Runde machte – und das würde er, gar noch weit darüber hinaus, denn man kannte sich und redete –, dann würde kein Hahn nach dem vortrefflichen *Magister Sabellicus* mehr krähen. Umso mehr die Häscher des Fürsten. Apropos *Magister* ...

«Trithemius schrieb, du seist der Schule verwiesen worden. Wie kann er es wagen, derart dreist zu lügen?»

«Tut er nicht.»

Mir blieb die Luft weg.

«Alles, wirklich alles entspricht der Wahrheit. Nun ja, außer ein paar Unterstellungen, Beleidigungen, Fehldeutungen ... Aber prinzipiell hat er recht. Und ich muss zugeben, dass er wirklich gut informiert ist und versucht, die richtigen Fäden für sein Anliegen zu ziehen.»

«Hast du jetzt völlig den Verstand verloren? Welches *Anliegen*?»

Er nahm meine Hände in die seine und lächelte so selbstgefällig, dass ich ihm ins Gesicht hätte springen können. «Hör mir gut zu und lerne fürs Leben.»

«Ich ...»

«Still», erwiderte er und legte mir den Finger auf die Lippen, «einfach zuhören, danach kannst du schimpfen und zetern, wie es dir beliebt. Was ich aber nicht glaube, denn du bist eine kluge Frau, der leider viel zu schnell die Pferde durchgehen.»

«Nun gut. Sprich.» Ich bemühte mich, ihn aussprechen zu lassen.

Er holte tief Luft. «Trithemius ist zweifellos ein der Schriften und des Glaubens kundiger Mann, in den höchsten Kreisen angesehen und für seinen Rat geschätzt ...»

Schon überkamen mich Zorn und Ungeduld. «Ein Heuchler und Lügner ist er.»

«Nur eines ist er nicht: ein Mann des *Lebens*. In den vergangenen Jahren hat er folgenschwere Fehler begangen. Während er sich in seiner dunklen Kammer in den Schriften verlor, sah er nicht, was um ihn herum geschah. Es begann damit, dass er nur einem der beiden Landesherren schmeichelte, die Anspruch auf Sponheim erhoben. Das kostete ihn die Unterstützung beim Kampf um seine geliebte Abtei, wobei ich glaube, es ging ihm mehr um die Bibliothek als ums Amt oder um seine Brüder.»

«Woher weißt du das?»

«Ich weiß es, weil ich aufmerksam zuhöre und beobachte.» Wieder dieses überhebliche Lächeln. «Nun führt er einen aussichtslosen Kampf gegen das Schicksal und merkt dabei nicht, dass sich Vergangenes nicht ungeschehen machen lässt. Ein Sisyphos ist er, immer und immer wieder versucht er es. Er ist blind, die Gesetze der Natur zu erkennen, oder in diesem Fall, der Menschen.»

«Das tut er sehr wohl. Er beruft sich auf die Heilige Schrift, die Totenbeschwörer *auszumerzen.*»

«Soll er, es ist mir gleich. Viel wichtiger ist, dass er tatsächlich glaubt, Virdung würde in der verlorenen Sache mit Sponheim beim Fürsten vorsprechen.» Er lachte. «Als könnte oder wollte der etwas für ihn erreichen. Virdung hat selbst alle Hände voll zu tun, die Gunst des Fürsten für sich zu wahren, die Konkurrenten warten nur auf einen Fehler von ihm.»

«Darum ging es doch nicht in dem Brief. Er hat dich wortwörtlich angeklagt.»

«Auf den ersten Blick, ja. Aber wer zwischen den Zeilen liest, wird erkennen, dass sich Trithemius selbst beschrieben hat.»

Unsinn! «Er hat doch ...»

«Ja, er hat mich namentlich beschuldigt, angegriffen und verleumdet.»

«Eben.»

«Hast du dich denn nicht gefragt, warum er das tut?»

«Nicht nur mich. Ihn auch.»

«Und?»

«Irgendein abstruser Spruch ... Wehret den Anfängen.»

«Was er damit eigentlich meint, ist: Wehret meinen *Konkurrenten*, denn sie lästern Gott, dem Glauben und der Kirche. Sie betrügen und verführen euch mit Schwarzen Künsten, sie schicken euch ins Verderben. Ich aber, der ehrwürdige Trithemius, bin dagegen gefeit. Ich bin ein treuer und verlässlicher Diener Gottes, ich habe mit zweifelhaften Künsten nichts zu schaffen, ich habe das Vorrecht auf alles Wissen der Welt. Wehe, es stellt jemand in Frage oder erdreistet sich, es mir gleichzutun ...»

«Die Gerüchte sagen aber etwas anderes.»

«Umso mehr muss er sich dagegen verwahren und nimmt mich als dankbaren Sündenbock. Für ihn steht alles auf dem Spiel: sein Ruf, seine Geltung, sein Leben ... vor allem, und das scheint mir das Wichtigste zu sein, sein *Vermächtnis*. Es muss ein Graus für ihn sein, dass er und sein Werk in Vergessenheit geraten könnten oder, schlimmer, mit *Teufelei* in Verbindung gebracht werden. Trithemius ist gleich Faust und Faust gleich Trithemius. Das wäre eine niederschmetternde Gleichung. Damit das nicht geschieht, ist er bereit, alles zu tun ... selbst dich an die Inquisition auszuliefern.»

Ich schluckte schwer bei den Worten, Tränen rannen mir über die Wangen. «Trifft es zu, dass du Unzucht mit ...» Ich konnte es gar nicht aussprechen.

«Eine üble Verleumdung, aber gut platziert, um mich vor Virdung und dem pfälzischen Hof unmoralisch und sündhaft darzustellen. Die Wahrheit ist: Ich habe harmlose Experimente durchgeführt, bei denen mir ein paar Knaben behilflich waren.»

«Aber du bist doch entlassen worden.»

«Eine gezielte Indiskretion. Trithemius hat beste Kontakte zu den Karmelitern, die die Schule führen. Daher wusste er auch, wer mich für die Stelle empfohlen hat.»

«Sickingen, ein Vertrauter des Fürsten.»

«Und auch diese Verbindung musste gekappt werden.»

«Indem er ihn als Freund *mystischer Dinge* bezichtigt?»

«Es zeigt, wie verzweifelt Trithemius sein muss. Sickingen ist über jeden Zweifel erhaben, und wie viele andere am Hof lässt auch er sich Horoskope erstellen. Alle tun es, selbst Bischöfe und der Papst.» Er lachte aus voller Brust, dass es mir unheimlich wurde. «Selbst Gottes Stellvertreter auf Erden lässt die Sterne befragen, wenn eine Antwort unseres Herrn ausbleibt. Ist das nicht zum Umfallen komisch?»

Ich ließ ihn gewähren, es lagen mir noch viele Fragen auf dem Herzen, die ich beantwortet haben wollte.

«Woher kennst du Virdung? Du hast mir nichts davon erzählt.»

«Du musst nicht alles wissen, mein Täubchen.» Er küsste mich auf die Wange, ich entzog mich.

«Nenn mich nicht so.»

«Sei nicht so spröde, lass uns feiern. Eine glänzende Zukunft steht uns bevor.»

«Bist du betrunken?»

«Nie war ich so klar wie jetzt.» Er nahm den Becher und sprach ein Prosit. «Trithemius, du wunderbar verblendeter, alter Narr. Du willst alles Böse töten und schaffst damit nur Gutes. Hab Dank, dein Brief adelt mich über alle Zauberer hinweg, er macht mich zu einem Fürsten … zum einzig wahren Herrn der Unterwelt.»

Ich hätte wissen müssen, dass auch er die Heilige Schrift gelesen hatte. Lukas, Kapitel zehn, Vers siebzehn: *Herr, sogar die Dämonen sind uns in deinem Namen untertan.*

XV
ÜBERRASCHUNGEN

Sabellicus heckte etwas aus, von dem ich nichts wissen sollte. Seit Tagen durfte ich unsere Kammer nicht betreten, und war er außer Haus, hielt er sie verschlossen.

«Warte nicht auf mich. Es wird spät», hatte er gesagt.

Beim letzten Mal waren es drei Tage, in denen er ausblieb, davor zwei, es waren aber auch schon mal vier gewesen. Meine Fragen beantwortete er mit Ausflüchten: etwas besorgen, ein Treffen. Dringend, keine Zeit.

All die anderen Fragen, die sich mir seit dem Brief von Trithemius stellten, erübrigten sich damit. Entweder fanden sie kein Gehör oder wurden auf später verschoben.

In der Zwischenzeit arbeitete ich die Liste ab, die er mir zur Erledigung aufgetragen hatte: die Abreise vorbereiten. Den alten Karren reparieren und streichen – schwarz, kein Stern durfte mehr darauf zu sehen sein. Das Pferd tauschte ich gegen ein schwarzes ein. Ich bemalte einen dünnen, halb durchsichtigen Vorhang mit einem unbekannten Symbol, kaufte Kerzen, einen ganzen Korb voll, und eine auffallend große Gipsschale, die auf ihrer gekrümmten Innenseite mit kleinen, spiegelnden Mosaikstücken besetzt war. Schließlich stellte ich *Zauberpulver* her, reichlich, nach einem von Sabellicus verbesserten Rezept, die Namen der Zutaten blieb er mir schuldig. Ich hantierte ahnungslos mit Waage, Spatel und glitzernden Pulvern aus vielen kleinen Töpfen.

Vorsichtig. Verschütte nichts und lass keine Flüssigkeit darankommen. Dann geschieht dir nichts.

Das beruhigte mich nicht im mindesten, doch wenn dieser Spuk hier vorüber war, wollte ich Antworten auf meine Fragen: Wohin wollten wir gehen? Was dort tun und wie der drohenden Verfolgung entkommen, die die Vorwürfe von Trithemius auslösen würden? Und dann wollte ich endlich erfahren, wie Sabellicus mit richtigem Namen hieß und woher er kam. Bis es so weit war, beugte ich mich seinem Willen. Er war nervös, angespannt und reizbar – unmöglich, mit ihm zu reden. Irgendetwas ging in ihm vor.

Sicher hatte es mit den beiden Umhängen zu tun, die ich da schneiderte. Schlichte, bodenlange und schwarze Kleidungsstücke mit einer weiten Kapuze, in die niemand blicken konnte, so weit sollte man sie nach vorne ziehen können.

Zur Unterscheidung stickte ich Monogramme ein – *Doktor Georg Faust* und *Doktor Johann Faust*. Nach der Erfahrung mit meiner Entlohnung für das Horoskop in Wertheim brauchte es nicht viel Überredungskunst, dass ich mich erneut als Mann ausgab. Zu meinem Vorteil würde ich in gewissen Dingen auf Sabellicus hören.

Damit meinte ich jedoch nicht dieses Symbol, das den Rücken der Umhänge schmückte – ein Kreuz mit fremden Zeichen verschränkt und von einem Dreieck umgeben. An der oberen Spitze thronte ein Auge. Allein der Anblick wirkte beunruhigend, ganz zu schweigen von der Botschaft, die es vermittelte. Ich ahnte, nein, ich wusste, worauf es hinauslief …

Die Haustür knarrte, Schritte auf der Treppe. Er kam

früher zurück, als ich erwartet hatte. Sehr gut, dann würden wir das umgehend klären.

«Ich werde nicht ...», begann ich und hielt vor Schreck den Atem an. In der Tür stand ein Fremder, aber nicht irgendeiner, sondern ...

«Das ist Giulio», sagte Sabellicus, der hinter ihm auftauchte, «er wird uns begleiten.»

Ein schwarz gelockter Zwerg verneigte sich galant. Das runde Gesicht war auffallend stark gebräunt, speckig und von Narben gezeichnet. Er reichte mir gerade bis zur Hüfte.

«Buonasera, signora.»

Ich fand keine Worte.

Sabellicus stellte einen Krug Wein auf den Tisch, dazu Wurst und Käse. «Du wirst von Giulio begeistert sein. Er ist ein außergewöhnlicher Mann mit vielen Talenten.» Er holte drei Becher aus dem Korb und schenkte ein, während ich fassungslos auf den Zwerg starrte. «Hab ihn zufällig getroffen.»

Giulio schmunzelte, dazu ein schiefer Blick.

Ich packte Sabellicus am Arm und zog ihn hinaus. «Wer zum Teufel ist das?»

Er lächelte, nahm einen Schluck. «Wenn ich dir's doch sage ...»

«Lüg mich nicht an.»

Über meine Schulter hinweg rief er ihm zu: «Giulio, wie lautet dein Name?»

Der Zwerg setzte den Becher ab, lachte. «Giulio, Maestro, il grande.»

«Bist du wieder betrunken?», fuhr ich Sabellicus an.

Er seufzte. «Ein wenig.»

«Schaff ihn aus dem Haus. Sofort!»

«Das geht nicht.»

«Mach dich nicht lächerlich!»

«Ich habe ihn bereits bezahlt.»

Ich rang um Fassung. «Wofür? Und vor allem womit?»

«Das wollen wir ja gerade mit dir besprechen», erwiderte er und machte mir schöne Augen.

«*Wir?*»

Er streichelte mir die Wange, strahlte, als sei er Vater geworden. «Giulio gehört ab heute zu uns.»

Ich schlug seine Hand weg. «Zum Teufel mit Giulio! Ich habe die Nase voll von deinen Eskapaden, den Lügen ... dir!», schrie ich und ließ ihn stehen.

In unserer Kammer warf ich mich weinend aufs Bett, verfluchte, verwünschte ihn – letzten Endes mich selbst. Wie hatte ich nur so dumm sein können, zu glauben, dass er sich irgendwann ändern würde? Seit dem Brief von Trithemius umso mehr, er hatte uns noch stärker zusammengebracht, uns *eins* gemacht. Eine unerwartete, schicksalhafte Fügung, an der ich mittlerweile Gefallen gefunden hatte. Und jetzt das. *Ein Fremder in unserem Haus, zwischen uns.*

«Täubchen ...» Er blieb in der Tür stehen, traute sich nicht weiter. Damit war er gut beraten, ich hätte ihn am liebsten erwürgt.

«Geh weg! Ich hasse dich!»

«Sei nicht böse mit mir ... Ich habe es nur gut gemeint.»

«Du! Du! Immer nur du!»

Ein Seufzen. «*Wir!*»

«Lügner!»

«Du tust mir unrecht ... Ich habe uns etwas mitgebracht.»

«Giulio!» Ich schrie es ins Kissen.

«Lass mich rein, und ich zeig's dir.»

«Verschwinde!»

«Du wirst es bereuen.»

Das hatte ich bereits. Tausendfach. Viel zu lange hatte ich mich von ihm blenden lassen. Morgen früh würde ich meinen Wanderbeutel packen, mit *meiner* Sternkarte und *meinem* Geld. Die Welt stand mir offen, ich konnte gehen, wohin ich schon immer gehen wollte. Italien, Frankreich ...

Da spürte ich ihn neben mir, etwas an meinem Finger.

«Das wollte ich dir noch geben.»

Mit verheulten Augen suchte ich zu erkennen, was es war.

«Mann und Frau. Wir beide. Eins.» Ein Ring.

Ich wusste nicht, was ich sagen sollte. War es nur ein weiterer Trick, um mich gefügig zu machen?

«Ich ...», stotterte ich vor aufsteigender Freude.

«Nein. *Wir!*»

Seit vergangener Nacht klebte ich an ihm wie eine Klette. Seite an Seite saßen wir auf dem Kutschbock, er hatte die Zügel in der Hand, mir war es gleich, wohin die Reise ging. Ich hatte nur Augen für den Ring an meinem Finger, spürte die wohltuende Wärme in meinem Schoß.

Giulio musste sich mit einem Platz zwischen den klappernden Gerätschaften auf der Ladefläche zufriedengeben, es schien ihn nicht weiter zu stören. Während er an etwas bastelte, sang und pfiff er ein Lied aus seiner Heimat. Es klang angenehm, seine überraschend tiefe Stimme und die verträumte Melodie schmeichelten meiner Stimmung. Der Gesang sollte das erste seiner *vielen Talente* sein.

Es war ein warmer Herbsttag, die Sonne stand hoch

und zauberte glitzernde Sterne hinter meine geschlossenen Lider. Ein ganzes Universum, unendlich und prächtig.

Habe ich je etwas anderes gewollt?

Das raschelnde Laub ließ mich aufblicken. Am Horizont erspähte ich die heimatliche Burg, die in die prächtigen Farben des Herbstes eingebettet war. Ich spreizte die Finger und hielt sie vor die Augen. Der Ring vertrieb meine Gewissensbisse, mich nicht schon längst bei meinen Eltern gemeldet zu haben. *Mutter, Vater ... wenn ihr mich jetzt nur sehen könntet.* Eure Tochter, eine verheiratete Frau. Auch wenn das Priesterwort noch fehlte, es war mir egal, es zählte nicht. Nur eins: Ich war glücklich.

«Woran denkst du?»

Ich drückte mich noch enger an Sabellicus, seufzte sorgen- und schwerelos. «Alles ist gut.»

«Und du, Giulio?»

«Tutto bene.»

«Sprich deutsch.»

«Jawol, mein Härr», gehorchte er übertrieben.

Wir lachten.

«Woher kennst du ihn?», fragte ich.

«Eine lange Geschichte.»

«Wir haben alle Zeit der Welt.»

«Wie du willst ...»

«Wir! Wie *wir* wollen.»

Sabellicus hatte Giulio in Köln kennengelernt, als Teil einer fünfköpfigen, umherwandernden Gauklertruppe, die mit ihrem *Feuerzauber* und ihrer Akrobatik schon England bereist hatte. Die Aufführungen seien beeindruckend gewesen und hätten Sabellicus die Augen geöffnet.

«Was mit dieser Art von Zauberkunst alles möglich ist!»

«Was meinst du mit *dieser Art*?»

«Sie nehmen nicht alles so ernst, wie wir es tun, es ist mehr ein Spiel mit Überraschungen. Verstehst du? Gauklerei *und* hohe Zauberkunst. Schwer zu beschreiben. Man muss es gesehen haben.»

«Und welche Rolle spielte Giulio dabei?»

«Er ist wie ein Geist – einmal hier, dann wieder dort. Man weiß nie, wo er auftaucht.»

Ein Geist? Das weckte Befürchtungen, von denen ich gehofft hatte, sie hätten sich nach dem Brief von Trithemius gelegt.

«Geister sind gefährlich», sagte ich.

Er lachte. «Das will ich auch schwer hoffen.»

Man konnte mich blauäugig und einen Einfaltspinsel schimpfen, denn die Wahrheit war unübersehbar: ein Tanzboden auf einer Lichtung im Wald, unweit eines Friedhofs gelegen. Im Hintergrund die Stadtmauern von Worms und der Hafen, wo wir uns für die weite Reise einschiffen wollten. Mir gelang dabei ein überraschendes Kunststück: Ich maß dem Ort keine Bedeutung bei, obwohl ich spürte, dass dem nicht so war.

Dieses Wissen kann mir zum Vorwurf gemacht werden, nicht aber mein Vertrauen in die Redlichkeit eines geliebten Menschen. Schließlich hatte Sabellicus mir den Ring an den Finger gesteckt, er hatte mich zu seinem Weib genommen, und ich ihn zu meinem Mann. Daran gab es nichts zu mäkeln.

Während Giulio in die Stadt ging, um dem Wirt unsere Ankunft mitzuteilen, entlud Sabellicus den Karren. Ich schaute mich um.

Die Lichtung war umgeben von freistehenden Bäumen, die in der anbrechenden Abenddämmerung rotgoldenes Licht hereinließen. Eine hölzerne, von Sträuchern eingefasste Bühne befand sich in der Mitte, daneben ein Schuppen, der den Waldarbeitern Schutz vor der Witterung gab. Im Sommer mochte die Bühne als Tanzboden dienen, der Blick hinunter ins Rheintal war atemberaubend. Ich stellte mir vor, wie verzaubert es hier sein würde, wenn erst der Mond und die Sterne am Nachthimmel auf die Liebenden strahlten.

Einzig der Friedhof, der einen Steinwurf entfernt vor sich hin wucherte, vermochte meine Stimmung zu trüben. Die moosbewachsenen Grabsteine standen schief oder waren umgefallen, aus den Rissen rankte Efeu.

«Meister Sabellicus», hörte ich einen dicken, verschwitzten Kerl keuchen, gefolgt von Giulio, der in den Sträuchern nahezu unsichtbar blieb, «endlich seid Ihr da. Ich dachte schon …»

«Meister Dreyer, hab ich Euch je enttäuscht?» Sabellicus hieß ihn mit einem Handschlag willkommen.

Der Dicke bemühte ein Lächeln, schaute neugierig zu mir herüber. «Wen habt Ihr da noch mitgebracht?»

«Doktor Johanna Faust, meine Assistentin.» Sabellicus winkte mich heran, und ich schüttelte Dreyer die Hand, was eine unappetitlich feuchte Angelegenheit war.

Zweifel brachen sich im Gesicht des Dicken Bahn. «Doktor? Eine Frau?»

«Höchste Zeit. Findet Ihr nicht?»

«Wenn Ihr es sagt … dann soll es wohl so sein.»

Auf der Fahrt hatte Sabellicus mir nur unzureichende Erklärungen gegeben, was der eigentliche Zweck unseres *kleinen Abstechers* war. Ich war davon ausgegangen, dass wir uns in Worms für Köln oder eine noch fernere Stadt einschifften, um uns dort ein neues Leben aufzubauen. Trithemius' Brief würde inzwischen die Knechte der Fürsten gegen uns mobilisiert haben. Wir müssten listig wie die Füchse sein, beschwor Sabellicus mich, daher Worms und eben nicht das viel nähere Mainz.

Man brauche seine Hilfe, Kranke, Leidende, antwortete er mir auf die Frage nach dem Grund unseres Aufenthalts. Ich stutzte. Sie sollten besser Ärzte aufsuchen. Wir hatten keine Zeit zu verlieren, mussten schnellstens verschwinden, bevor uns die Häscher einfingen.

Ich gab mich mit Sabellicus' Antwort zufrieden, dass wir bald weiterziehen würden. Er würde ja nicht so dumm sein ...

«Ist alles vorbereitet?», fragte Sabellicus.

«Wie Ihr befohlen habt», antwortete der Dicke.

«Hat jemand abgesagt?»

«Nur ein Doktor aus Mainz. Sein Weib liegt im Sterben.»

Sabellicus lachte. «Damit wäre sie hier besser aufgehoben. Mein Ihr nicht auch?»

Der Dicke war nicht überzeugt. «Wollt Ihr es tatsächlich wagen?»

Ich spitzte die Ohren, schaute Sabellicus schräg an.

«Wenn nicht ich, wer dann?!»

XVI
SPECTACULUM NEKROMANTICUM

Sabellicus hatte Wort gehalten, er trieb zur Eile, und ich schämte mich für meine Zweifel an seiner Aufrichtigkeit, ließ es mir aber nicht anmerken, für eine Entschuldigung war später noch Zeit.

In den frühen Morgenstunden hatten wir unser kleines Hospital auf dem Tanzboden eröffnet, wo Giulio die Nacht hindurch mit Hämmern und Sägen die notwendigen Vorbereitungen getroffen hatte.

Der Andrang war riesig, die Schlange nahm kein Ende. Wo kamen all die Menschen her? Gab es in den Städten am Rhein keine Ärzte mehr?

Schon bald sollte ich Antworten erhalten, denn ich assistierte Sabellicus bei der Behandlung von eitrigen Wunden, komplizierten Brüchen und mir unbekannten Krankheiten. Ein gemeiner Quacksalber wäre damit überfordert gewesen.

Sabellicus hielt geeignete Salben und Tinkturen parat, gab guten Rat und erteilte Ermahnungen, wie sich eine erneute Erkrankung verhindern ließ. In unseren Wanderjahren hatte er von diesem Wissen kaum Gebrauch gemacht, was ich bedauernswert fand, er hätte vielen Menschen helfen können. Andere Dinge hatten für ihn im Vordergrund gestanden ... die Magie.

Mit jedem einzelnen Patienten wurde mir nun bewusst, wie sehr ich ihn unterschätzt, ja, verkannt hatte. Er arbeitete aufmerksam und gewissenhaft, griff dabei auf das eine oder andere Mittel zurück, das er in Experimenten in unserer Höhle entwickelt hatte – auch auf das *Wasser des Lebens*, in dem ich bereits dem Tod entkommen war.

Damit war klar, wo er während der Tage gewesen war, als ich auf ihn gewartet hatte: in unserer Höhle.

Ich kam mir schäbig und kleingeistig vor, schwor mir, nicht mehr so schnell über ihn zu urteilen. Er hatte seine Geheimnisse, ich sollte sie ihm zugestehen, auch wenn mich die Zweifel manchmal auffraßen. Im Grunde seines Herzens war er edel und gut, jeder andere hätte sich einen Kehricht um das Leid Fremder und Armer gekümmert.

Allein, dass Meister Dreyer niemanden vorließ, der die Büchse nicht mit Geld füllte, schmälerte meine Begeisterung für so viel aufopfernde Hilfe. Weinen und Schluchzen, Bitten und Betteln drangen zu uns herauf, doch es half nichts, Dreyer pochte auf den Obolus. Ich hatte inzwischen erfahren, dass er einen beträchtlichen Vorschuss an den berühmten Doktor gezahlt hatte, nun musste er wieder eingetrieben werden.

Von Giulio fehlte indes jede Spur. Vermutlich ruhte er im Schuppen von der Arbeit der Nacht. Dabei hätten wir ein drittes Paar Hände gut gebrauchen können, doch Sabellicus lehnte ab. Giulio müsse ausgeschlafen sein, es würden noch wichtige Aufgaben auf ihn warten. Ich rätselte, worin sie bestehen konnten – *Giulio verfügt über viele Talente* –, doch kam zu keiner befriedigenden Antwort, zumal ich keine Ruhe hatte, darüber nachzudenken. Es gab viel zu tun.

Um die Mittagszeit legten wir eine Pause ein, aßen, tranken und ruhten im Schatten der Bäume, während Dreyer die Wartenden besänftigte. Wind kam auf, wie so oft in diesem Jahr, und brauste durch den bunten Blätterwald. Was nicht fest mit dem Boden verwachsen war, wirbelte auf und wurde fortgetragen.

Drüben, auf dem verlassenen Friedhof, knisterte es im Gebüsch. Mir wurde mulmig, ich war damit nicht allein, so mancher Wartende entschied sich überraschend gegen eine Heilung und machte sich davon. Lag unter den Grabsteinen etwa ein Geheimnis versteckt?

«Warum ausgerechnet hier?», fragte ich Sabellicus. «Warum nicht in der Stadt?»

Er kaute an einem Stück Wurst, spülte es mit Wein hinunter. «Das weißt du besser als ich.»

Dort hätten wir zu viel Aufsehen erregt, andererseits taten wir das auch hier, gemessen an der Zahl der Notleidenden. Das war nur schwer geheim zu halten, Dreyer musste eine Auswahl getroffen und für Verschwiegenheit gesorgt haben.

«Der Friedhof ist unheimlich», sagte ich.

«Da hast du deine Antwort. Wer sich hierherwagt, hält seine Zunge im Zaum.»

«Wie meinst du das?»

«Es geht die Sage von einem ruhelosen Ritter um, der einst dort drüben sein Grab gefunden habe.» Er wies zu einem Stein, der bis zur Mitte gespalten war, seine Hand zitterte, wie immer, wenn er aufgebracht oder erschöpft war. «Er fand Erlösung, indem er sich selbst den Kopf abschlug.»

«So grausam zu sich selbst?»

«Ein ehrwürdiger Kreuzfahrer sei er einst gewesen, beseelt von der guten Tat und dem Ruf des Papstes, die Heilige Stadt Jerusalem von den Muselmanen zu befreien. Ein Hauen und Stechen war es zweifellos, bis zu den Knien wateten sie im Blut der Ungläubigen, von Frauen und Kindern, aber auch von Christen. Im Rausch der Metzelei war eine Unterscheidung nicht mehr möglich. *Gott wird die Seinen schon erkennen*, hieß es, und das Meucheln ging unbeirrt weiter. Für Jerusalem! Für uns Christen!» Er lachte bitter. «Narren!»

«So auch der Ritter.»

«Nein, eben nicht. Er habe den Papst verflucht, und Gott obendrein. Wer solch blindwütiges Schlachten zuließe, sei kein Christ, sondern ein Teufel. Und den gelte es noch vor einem Muselmanen zu töten. Woraufhin er einem Dutzend Ritter die Köpfe abhackte.» Sabellicus rieb sich die Hände. «Tapferer Mann. Wünschte, es gäbe mehr von der Sorte.»

«Die Papst und Gott lästern oder für einen Muselmanen einstehen?» Ich war mir nicht sicher. Die Geschichte war zweideutig und nicht weniger gruselig.

«Die sich über Grenzen hinwegsetzen. Verstehst du? Es kümmerte ihn nicht, was andere über ihn dachten. Menschen und ihre Gesetze, Gottes Wort hatten im Angesicht des himmelschreienden Unrechts keine Bedeutung mehr. Er fühlte sich lediglich seinem Gewissen verpflichtet, nur sich selbst.»

Wir hatten diese Unterhaltung schon einmal geführt. Es zählte nur das Individuum, und ich hatte ihm widersprochen, dass er auf keiner einsamen Insel lebte, wo er tun und lassen konnte, wonach ihm beliebte. Hier, in unserer Welt, galt es, sich mit anderen zu arrangieren, sonst würde das pure Chaos herrschen.

«Man kann es auch als Herausforderung verstehen»,

sagte er, «die Karten würden neu gemischt, die alte Ordnung wäre zum Wohle einer neuen Lebensweise aufgelöst.»

«Und wie würde die deiner Meinung nach aussehen? Jeder gegen jeden, alles für mich?»

«So wie es zu Anbeginn der Zeit war ...»

«... als wir noch wilde, unkultivierte Tiere waren.»

«Jene Zeit, in der wir das angeblich *Böse* nicht von vornherein verteufelten, sondern als gleichberechtigten Teil der Natur betrachteten. Die *unkultivierten* Menschen von damals nahmen dieses zweite Ich an, sie huldigten ihm.»

«Mit grausamen Ritualen. Menschenopfern ...»

«Du meinst wie mit Jesus am Kreuz?», fragte er und schmunzelte spöttisch.

«Natürlich nicht!»

«Vergiss nicht, Sokrates, einer der größten Denker, hat vierhundert Jahre vor Christi Geburt gelebt.»

«Haarspalterei.»

«Aristoteles, Platon und sogar Pythagoras.»

«Und wenn! Was sagt das schon?»

«Dass die Alten schon viel weiter waren, als wir es heute sind.»

«Genau dahin wollen wir doch wieder zurück. Zu den alten Meistern.»

«Richtig, und jeder sucht sich seinen eigenen Weg.» Er stand auf. «Komm jetzt, es gibt noch einiges zu tun.»

Ich seufzte. Wenn das so weiterging, was würde aus ihm werden. Aus uns? Würde ich ihm auf dem Weg zu den *Anfängen* folgen wollen, meinem tapferen, unerschrockenen Ritter?

Auf die körperlich Versehrten folgten die *Suchenden*, die Zweifler und Zauderer, all jene, die sich von Sabellicus eine Aussage über die kommenden Dinge erhofften. Er las ihnen aus der Hand und dem Gesicht, schaute den Vogelflug, das Feuer und das Gedärm einer Ziege ... dieser ganze Hokuspokus, den ich von Grund auf ablehnte.

Nicht einer wollte ein Horoskop, schon gar nicht von mir, einer Frau, die neben dem großen Meister fassungslos zusah, wie diese Einfaltspinsel gutes Geld gegen schwache Informationen tauschten.

Nicht, dass es mich überrascht hätte, ich hatte es während unserer Wanderjahre oft genug erlebt, aber ich konnte, nein, ich *wollte* es einfach nicht länger akzeptieren, dass die Menschen es tatsächlich für möglich hielten, in den Innereien eines Tiers etwas über sich oder die Zukunft zu erfahren. Was für ein Humbug, was für eine niederträchtige Narretei!

Noch vor Anbruch der Dämmerung hatte ich genug davon und ging trotz der gruseligen Rittergeschichte hinüber zum Friedhof, um Abstand und Ruhe zu finden. Die vergessenen Gräber und verwitterten Grabsteine, der zügellose Wildwuchs der Natur und die Zeitlosigkeit dieses seltsam unwirklichen Ortes besänftigten mein Gemüt, ich konnte wieder klar denken, atmete tief und entspannt.

Der Wind wehte über den Waldboden und strich mir durch die Haare. Ich schloss die Augen und wandte mein Gesicht den wärmenden Strahlen der Sonne zu, seufzte und stellte mir vor, wie wir bei Tagesanbruch das Schiff besteigen und in ein neues Leben aufbrechen würden. Die fernen Städte und Länder, die vielen, neuen Entdeckungen, die auf uns warteten ...

«Es ist Zeit. Du musst dich vorbereiten.»

Ich schreckte auf, es war Giulio mit einem Spaten in der Hand. «Vorbereiten? Wofür?»

«Es sind neue Gäste gekommen. Am besten, du fragst Sabellicus», erwiderte er, wandte sich ab und stapfte über die Gräber, als suchte er etwas.

Ich kümmerte mich nicht weiter um ihn, dringender war die Frage, um wen es sich bei den neuen Gästen handelte. Wer sollte das sein? So kurz vor Einbruch der Dämmerung.

Sabellicus erwartete mich bereits, neben ihm Dreyer, der einen prallen Geldsack in den Händen hielt, den er zufrieden streichelte. «Ihr bereitet alles vor», sagte Sabellicus zu ihm, «das Weitere überlasst Ihr mir.»

Es mussten an die hundert sein, sie hatten äußerlich nichts mit denen gemein, die vor ihnen hier gewesen waren. Und doch hatte sie etwas bei Nacht vor die Tore der Stadt getrieben, auf die vom Mond fahl beschienene Lichtung gleich neben dem schauerlichen Friedhof.

Es gab nur einen Grund dafür, ich hätte es wissen müssen.

Im Dunkel des Schuppens kleidete sich Sabellicus an, während ich an der Tür stand und unsere *unerwarteten* Gäste beobachtete. Sie trugen vornehme Kleidung, Schmuck und Goldgehänge, Magisterhüte und -mäntel. Man redete und spähte nach bekannten Gesichtern.

Der Weg herauf war mit Fackeln beleuchtet, wie die Bühne ringsum auch. Darauf befanden sich kein Tisch mehr und kein Stuhl, sondern nur noch ein viereckiges, mannshohes Gestell, an dem der von mir geschneiderte Vorhang hing. In der Mitte prangte das mysteriöse Symbol, das ich mir nicht hatte erklären können. Hinter diesem *Tabernakel* brannten Kerzen, ihr Schein wurde von jener hohlen Gipsschale mit den Spiegelsteinchen gebündelt und in den Nachthimmel geworfen, die mir tags zuvor noch Rätsel aufgegeben hatte, nun aber die Lösung präsentierte – ein Leuchtfeuer. *Ich Dummkopf!*

Hätte ich nur einen Blick in die alten Schriften geworfen. Alexandria, Rhodos … Dort stand alles genauestens beschrieben. Ein Hohlspiegel, ein Leuchtturm. Weithin sichtbar.

In einem der Körbe fand ich ein Papier. Eine Einladung! So viel zum Thema *unerwartet*. Ich zitterte vor Zorn, nicht weniger aus Angst vor dem anstehenden *Schauspiel*.

«Bereit?» Sabellicus warf sich den schwarzen Umhang um, der Windhauch fuhr mir über den Nacken. Es war, als spürte ich den Atem des Teufels im Genick. Ich drehte mich nicht um, ich brauchte alle Kraft zur Selbstbeherrschung.

«Ohne mich.»

Aus dem Dunkel heraus trat er mir gegenüber. Der einfallende Feuerschein erhellte nur eine Gesichtshälfte, den Rest der schwarzen Erscheinung vermochte noch nicht einmal der Heilige Geist zu erleuchten. Mir schauderte.

«Hatten wir das nicht geklärt?», sagte er.

«Du hast auf mich eingeredet, ich habe es ertragen.»

«Und damit zugestimmt.»

Ich schwieg.

«Du kannst mich jetzt nicht im Stich lassen.»

«Ich kann … und ich werde es.»

«Niemand wird dich unter der Kapuze erkennen.»

«Die werten Magister können alle lesen.»

In der Hand hielt ich die gedruckte Einladung. *Specta-*

culum nekromanticum. Doktor Faustus ... Ich zerknüllte sie, warf sie angewidert zu Boden.

«Nicht, wenn *ich* mich als Doktor Faust vorstelle.»

Auch auf diese Unverschämtheit schwieg ich, es war zu spät. Er hatte das *Spectaculum* von langer Hand vorbereitet, ich hatte sogar noch dabei geholfen. Doch schlimmer war, dass er mich von Anfang an belogen und um meinen Namen betrogen hatte. *Das* würde ich ihm nie verzeihen.

Dreyer kam aus dem Pulk der Wartenden auf uns zu. Es war unübersehbar, wie aufgeregt und verschwitzt er war. Ich fand ihn und die ganze Scharade um mich herum nur noch abstoßend.

«Lass uns später darüber reden.» Sabellicus zupfte den Umhang zurecht. «Es geht los.»

«Meister Sabellicus ...», keuchte Dreyer.

«Doktor Faust», korrigierte Sabellicus streng.

«Doktor Faust! Unsere Gäste wollen nicht länger warten. Die Ersten ...»

«Sag ihnen, Doktor Faust ist bereit. Das Spectaculum kann sofort beginnen.»

Dreyer stapfte auf die Bühne und verkündete ebenso atemlos des Meisters Worte der ungeduldigen Menge.

«Warum hast du das getan?», fragte ich.

«Was?»

«Das», ich nickte hinaus zu den Gästen, «mich hintergehen.»

Er seufzte. «Du hättest nie dein Einverständnis gegeben.»

Ich lachte bitter. «Aus gutem Grund.»

«Nein, aus dem falschen.» Er rang um eine Erklärung. «Du bist noch zu jung und unerfahren, weißt nicht, wie die Welt funktioniert.»

«Aber *du* weißt es?»

«Es zählt nur eins: der Erfolg.»

«Ein flüchtiger Preis.»

«Macht über sie gewinnen, die Welt. Das ist es, was ich will.»

«Das klang vor Tagen noch anders.»

«Es ist meine Natur, mein Wesen. So hat Gott mich geschaffen.»

Gott! Und das aus seinem Munde. «Und ich – wir, zählt das nicht? Unsere Liebe?»

«Natürlich. Morgen und danach ist alle Zeit dafür.»

«Du brauchst ... du willst mich nicht wirklich, hast es nie getan.»

«Du irrst.»

«Lügner!», fuhr ich ihn an. «Lügner», ich setzte den Fuß voran.

Er fasste mich am Arm. «Bleib hier, verdammt.»

«Lass mich los!»

«Bleib ... *bitte*!»

«Warum sollte ich?»

«Weil ich dich brauche. Jetzt, hier.»

«Einen Diener, den Zuträger deiner Lorbeeren?»

Er besann sich. «Als meine Frau.»

Ich seufzte, schüttelte den Kopf, war wütend, verstört, misstrauisch. Wieder und wieder hatte er mich belogen. Warum sollte ich ihm auch nur noch ein Wort glauben?

«Liebst du mich?», fragte er eindringlich.

Ich schwieg.

«Sag's mir ins Gesicht. Ja oder nein?»

«Ich ...» Herrgott, was sollte ich darauf antworten?

«Wenn du es nicht tust, dann geh. Ich werde dich nicht aufhalten. Tust du es aber», er holte Luft, «dann steh mir gottverdammt zur Seite! Wie es eine treue Frau ihrem liebenden Mann gegenüber tut.»

«Treu ... liebend?», spottete ich.

«Ja, auch wenn du es nicht glauben willst. *Ich* liebe *dich*!»

Dreyer kam herangekeucht, verfolgt vom Protest der Wartenden. «Doktor Faust, bitte!»

«Entscheide dich. Ja oder nein?»

Ich zögerte, er verstand es als Antwort.

«Nun gut, wenn du es so willst», sagte er, zog sich die Kapuze tief ins Gesicht und ging. Allein.

«Aber», stammelte Dreyer, «du wirst ihn doch nicht ... vor all den Leuten.»

«Halt 's Maul!», fuhr ich ihn an. «Halt dein verdammtes ...»

Aus der Dunkelheit hinter mir vernahm ich noch mehr Widerstand. «Wir brauchen dich.»

Ich schreckte zusammen. Ins Licht trat Giulio, und das Einzige, das ihn für mich kenntlich machte, war seine Größe. Alles andere war ... Mir fehlten die Worte.

Das Gesicht war rabenschwarz bemalt, die Ohren auf das Dreifache angewachsen. Die nackten Füße und Hände glichen Krallen. Statt in seiner lustig bunten Pluderhose und dem Wams steckte er nun in einem einfachen, schwarzen Umhang, der mit einer roten Kordel am Bauch gebunden war.

«Nur ein einziges Mal», sagte er, «dann kannst du gehen.»

Ich konnte nichts darauf antworten, war von seiner verstörenden Erscheinung noch immer verwirrt. Was hatte er damit vor?

«Er sagt, dass er dich liebt, und glaub mir eins: Etwas Besseres wirst du in deinem Leben nicht finden.»

«Aber ...»

«Ich weiß es, und du weißt es: Manchmal übertreibt er. Aber er ist kein schlechter Mensch, nur ein wenig flatterhaft. Ein bunter Schmetterling. Die Wiese ist so unendlich groß.»

«Eine blutsaugende Fledermaus ist er, eine hinterlistige Krähe! Und ich bin sein Opfer, das Aas.»

Dreyer unterbrach, flehte. «Gleich ist es so weit ... Bitte!»

Mein Einsatz war gefordert, wie Sabellicus es mir gezeigt hatte. Ich sollte den Vorhang aufschlagen, damit jeder sah, dass sich niemand darin oder dahinter verbarg.

«Hab ein Herz», beschwor mich Giulio, «für ihn, für dich – für eure unsterbliche Liebe.»

Verfluchter italienischer Süßholzraspler, er griff geradewegs nach meinem Herzen und drückte zu, sodass ich keine Luft mehr bekam. Gehen oder bleiben? War Sabellicus es wert? Wir?!

«Nun gut», seufzte ich, «ein einziges Mal. Dann ist Schluss.»

«Bravo!» Dreyer klatschte vor Erleichterung in die Hände.

Ich zog mir die Kapuze über den Kopf, tief hinunter über Stirn und Nase, dass selbst meine Mutter mich nicht erkennen würde.

«Und du?», fragte ich Giulio, «was ist mit dir?»

«Sorg dich nicht, alles wird gut. Und vergiss nicht ...»

«Was?»

«Bleib von den Schalen weg.»

Die Schalen ... ja, sie standen um den Vorhang herum, wozu auch immer sie gut waren.

«Jetzt!», flehte Dreyer, «jetzt!»

Sabellicus war in tiefe Einkehr versunken und erwartete den Auftritt seiner Assistentin, länger als geduldet, empörtes Geraune wurde laut, Pfiffe.

Mein Auftritt! Jetzt oder nie!

Ich schob mich an Dreyer vorbei und nahm die zwei Steinstufen zur Bühne hinauf. Auch wenn ich hinter der Kapuze niemanden im Publikum sehen konnte, so spürte ich die Blicke, die federnden, knarrenden Bretter unter meinen Füßen und meine Aufregung. Ich zitterte und durfte es eigentlich nicht, denn jedes verdammte Auge auf der Lichtung schaute auf mich und meine Hände.

Sabellicus sah mich und lächelte mir zu. «Danke», flüsterte er, «bleib ganz ruhig und achte nicht auf sie.»

Leichter gesagt als getan. Ich war verwirrt, zögerte. Was sollte ich tun?

Sabellicus sprang mir bei. «Die Vorhänge! Schlag einen nach dem anderen auf.»

Etwas unbeholfen tat ich es.

Einsatz Sabellicus: «Niemand ist im Tabernaculum, werte Herren. Nichts!» Er ging an den Rand der Bühne, machte ein zweifelndes Gesicht. «Aber, ist es tatsächlich so?»

Ich spähte aus dem Schatten der Kapuze ins Publikum, sah nickende Gesichter, aber auch eine paar nachdenkliche. Eines von ihnen wählte er aus.

«Magister Severinus, wollt Ihr es prüfen?» Sabellicus bat ihn auf die Bühne. «Jeder weiß, dass Ihr ein untadeliger Mann seid, ein weiser Gelehrter und berühmter Lehrer der Wissenschaften an der Universität Heidelberg. Schaut und prüft, bitte. Tut mir den Gefallen, damit niemand sagen kann, Lüge und Täuschung seien mein Geschäft.»

Der stämmige Kerl kam auf mich zu, ich trat zurück,

hielt den Kopf gesenkt, obwohl das vermutlich nicht nötig war. Wir hatten vor Jahren kurz Bekanntschaft gemacht, über Physik und die neuen, erstaunlichen Bauwerke geredet, die in Italien entstanden waren. Ich war mir sicher, auch ohne Kapuze hätte er mich nicht erkannt.

Aus der Tasche seines Umhangs angelte er ein Augenglas und hielt es sich an die Nase, prüfte die hölzernen Stangen, den Vorhang daran und selbst den Bretterboden. Der war fest und unverdächtig.

«Ihr seid ein kritischer Geist, Magister Severinus», lobte Sabellicus ihn, «ich hätte mir keinen besseren wünschen können.»

«Alles in Ordnung!», urteilte der hochgestellte Gelehrte schließlich und stapfte grummelnd von der Bühne. «Fahrt fort. Es ist schon spät.»

«Das will ich, das werde ich», erwiderte Sabellicus und zischte in meine Richtung. «Die Vorhänge, mach sie wieder zu.»

Dieses Mal ging es leichter.

«Bis zum Boden», flüsterte er mir zu, «der Boden!»

Ich prüfte und korrigierte die Vorhänge, an einer Stelle hatte sich der Stoff aufgeworfen, ich strich ihn bis zum Boden glatt. Niemand konnte nun dahinter blicken, nur die unruhigen Schatten des Leuchtfeuers bildeten sich darauf ab.

«Dann können wir beginnen!», rief Sabellicus ins Publikum.

Meine Arbeit war vorerst getan, und ich trat in den Hintergrund. Die Aufmerksamkeit konzentrierte sich wieder auf Sabellicus, der begann, Kreise auf die Bretter zu zeichnen, darin ein Dreieck und Symbole, die ich nicht entziffern konnte. Ich hatte kein Interesse an dem Humbug, den er da zur Aufführung brachte, interessanter war vielmehr, wer sich neben Magister Severinus noch zum nächtlichen *Spectaculum* eingefunden hatte.

Ich erkannte weitere Gelehrte aus Heidelberg und anderen Städten, wohlhabende Bürger und Adelige ... und einen *Engel*, der keiner war – den Druckerlehrling Gabriel, den ich damals auf der Rheinüberfahrt nach Wertheim kennengelernt und wegen seiner infamen Lügen schlecht in Erinnerung hatte.

Wo kam der Schmutzfink plötzlich her? Hatte Sabellicus ihn eingeladen? Zuzutrauen war es ihm, ich hielt inzwischen alles für möglich, was man mit ihm in Verbindung brachte. Einen Teil davon hatte ich ja selbst erlebt: notorisches Lügen und Hintergehen, maßlose Selbstüberhöhung und blasphemische Reden.

Mein Blick blieb auf einem Gesicht hängen, und ich glaubte, mein Herz würde mir stehenbleiben. Obwohl mich niemand unter der Kapuze erkennen konnte, starrten mich die zornigen Augen meines Vaters an. An dessen Seite, vor Gram gebeugt und weinend, meine Mutter. *Heilige Dreifaltigkeit!* Was machten sie hier?

Ich wurde nervös, schaute mich um, wie konnte ich nur unerkannt entkommen? Der rettende Schuppen war nah, dahinter begann der Wald, der alte Friedhof ... Allein die verdammten Fackeln leuchteten hell, zu hell für eine unbemerkte Flucht. Ich musste es riskieren.

«Mephistophiel!», hörte ich Sabellicus noch rufen, gefolgt von einem dreimaligen Pochen, dann war ich von der Bühne. Nach ein paar Schritten erreichte ich den Schuppen, zitterte und bibberte aus Angst vor Entdeckung.

«Was tust du?», grollte es aus der Finsternis, doch dieses Mal erschreckte ich mich nicht, es konnte nur Giulio sein.

«Ich muss verschwinden.»

«Du musst wieder auf die Bühne.»

«Sicher nicht.»

«Er braucht dich.»

Das bittere Lachen blieb mir im Hals stecken, während ich mich vergewisserte, dass sich meine Eltern noch immer unter den Gästen befanden.

«Er ruft nach dir, *Mephistophiel!* Ist das nicht griechisch?», sagte ich. Seltsam, woran ich in dieser heiklen Situation dachte, wo doch alles andere wichtiger war als diese idiotische Wortneuschöpfung. «*Me photós*. Der, der das Licht scheut. Wer ist auf den Blödsinn gekommen?»

«Ich bevorzuge die hebräische Bedeutung», erwiderte er, «Mefir, der Verderber, und Tophel, der Lügner.» Das war nun wirklich überraschend und ein weiterer Beweis seiner vielen Talente.

«Es soll mir recht sein.»

Wo waren meine Eltern geblieben? Ich konnte sie unter den vielen Köpfen nicht mehr entdecken.

«Mephistophiel!», schallte es von der Bühne herüber, «komm herbei.»

Der Lautstärke nach zu urteilen, brauchte Sabellicus dringend die gewünschte Erscheinung, zumal sich Ungeduld in den Reihen breitmachte. Ich gönnte sie ihm aus ganzem Herzen.

Nicht aber den zweiten Beweis für Giulios Talent, Aufmerksamkeit und Erstaunen zu gewinnen. Im Zwielicht der Schatten sah ich eine Schnur unter dem Laub hervorspringen, sie endete nirgendwo anders als im Schuppen, und damit in Giulios Hand.

Ein Donnerschlag krachte, er traf mich so unvorbereitet wie die anderen, und ich duckte mich.

Was war das? Ich spähte hinaus. Der Friedhof schien erleuchtet, als dränge Licht aus den Gräbern. *Tote, die auferstehen.* Blauer Rauch wälzte sich von Baum zu Baum auf uns zu, und wer nicht spätestens jetzt die Flucht ergriff, war entweder schon tot oder in Angst erstarrt.

Eine weitere Schnur sprang vor meinen Augen auf, es folgten ihr drei kleinere Schläge, ein hohes, sich schnell entfernendes Zischen und ein heller Schein, wie ich ihn bei Nacht noch nicht gesehen hatte. Die Lichtung erstrahlte, als stünden über ihr gleich ein halbes Dutzend volle Monde.

Im ersten Augenblick erfasste mich Erstaunen und Furcht – ich teilte sie mit den Gästen, die zurückgeschreckt waren oder sich zu Boden geworfen hatten –, doch dann erinnerte ich mich an das *Zauberpulver*, das ich in Sabellicus' Auftrag vor unserer Abreise angefertigt hatte. Erneut flammten Wut und Verärgerung in mir auf. Ich hatte diesen Irrsinn erst möglich gemacht.

Die Ersten rannten ziellos davon, stolperten, stürzten und schrien vor Schmerz, aber auch aus Verzweiflung und Angst vor den Toten.

«Mephistophiel!»

Es reichte. «Hör auf!», schrie ich Sabellicus entgegen, dann an Giulio gerichtet. «Schluss damit. Die Leute verletzen sich. Das ist kein ...»

Eine Klappe schlug auf. Ich sah Giulio im fahlen Schein aus der Hütte kriechen. Laub raschelte, schnelle, kurze Schritte folgten, dann war es wieder still.

«Giulio!»

Mein Ruf verhallte, Giulio war verschwunden, und ich sollte es ihm gleichtun, nur in umgekehrter Richtung. Der lähmende Schrecken unter den Gästen und das Durcheinander kamen mir gelegen, niemand würde auf mich achten. Ich lief blindlings los ... unsanft wurde ich aufgehalten.

Die Wucht des Aufpralls warf mich zu Boden, die Kapuze fiel zurück, mein blondes Haar heraus.

«Ich habe es nicht glauben wollen», hörte ich die zornige Stimme meines Vaters über mir, begleitet vom Schluchzen meiner Mutter.

Ich wagte es nicht aufzublicken, verharrte demütig zu seinen Füßen. «Es ist nicht so, wie ihr denkt», verteidigte ich mich mit pochendem Herzen.

«Lüg mich nicht an!» Seine Stimme bebte vor Zorn, die Hände zu Fäusten geballt. Wir waren uns in so vielen Dingen ähnlich.

«Vielleicht ist es auch ganz anders», kam mir unerwartet meine Mutter zu Hilfe. Sie kniete sich zu mir, nahm mich in den Arm, schniefte und weinte vor Erleichterung. «Margarete ... wir ...» Der Rest ging in einem Schwall aus Tränen unter.

Ich konnte nicht anders und weinte ebenfalls.

Mein Vater aber blieb der Herr der Anklage. «Wo bist du all die Jahre gewesen?!»

«Ich ...» Was hätte ich ihm antworten können? Jetzt, nach all dem, was passiert war. War es Trithemius gewesen, der ihnen den Tipp gegeben hatte? Ich ballte unwillkürlich die Fäuste. *Verfluchter Pfaffe!* Oder war etwas anderes verantwortlich ... Meine Mutter stammte aus der Gegend, die Familie besaß hier Ländereien.

«Komm! Wir gehen.» Er reichte mir die Hand.

Hatte es je ein Wunder gegeben, hier war es. Meinte er es ernst? Ich traute seinem Gnadenbeweis nicht, zögerte.

«Worauf wartest du?», drängte meine Mutter. «Nimm seine Hand, um Himmels willen!»

Bevor er es sich anders überlegt.

«Komm herauf, Mephistophiel», schallte es herüber, «zeig dich uns!»

Ich sah aus den Augenwinkeln, wie Sabellicus vor dem verhüllten Tabernakel vergebens den Geist heraufbeschwor. Das lief nicht nach Plan, er wirkte ratlos und verzweifelt.

Vom Rande der Bühne aus beobachteten ihn die Unerschrockenen und Neugierigen, es waren längst nicht mehr so viele wie zu Beginn des Spectaculums. Unter ihnen Gabriel, der Druckerlehrling. Schadenfreude stand in ihren Gesichtern geschrieben, Spott wurde laut.

«Magister Großmaul.»

«Lächerlicher Narr.»

«Eine Schande.»

Wo war Giulio?

Ich ergriff die Hand meines Vaters und stand auf. «Wartet einen Moment.»

«Wo willst du hin?», erschrak sich meine Mutter.

«Nur einen Moment, es dauert nicht lange», antwortete ich und ging los. Irgendwas stimmte nicht auf der Bühne.

«Bleib hier!», hörte ich den Befehl meines Vaters.

«Bin gleich zurück.»

«Wenn du jetzt gehst ...»

«Margarete, nicht ...»

Als ich den Fuß auf den Bühnenboden setzte, spürte ich es sofort. Er war locker. Ein Brett schnappte gar ein Stück nach oben, nicht viel, und genau das schien das Problem zu sein. Darunter erkannte ich das blutige, schmerzverzerrte Gesicht Giulios, ein überstehender, rostiger Nagel hatte sich in sein Auge gebohrt. Er steckte fest, konnte sich nicht mehr bewegen, jammerte und ächzte vor Schmerz.

«Warte», rief ich ihm zu und suchte nach einem Gegenstand, mit dem ich das Brett aufstemmen konnte.

«Was machst du da?!», fuhr mich Sabellicus an. «Verschwinde!»

«Siehst du denn nicht, dass Giulio feststeckt?»

Wie auch immer es der kleine Mann hatte anstellen wollen, in dem schmalen Bereich zwischen Erde und Bretterboden unbemerkt seinen Weg in den Tabernakel zu finden, er war gescheitert – er hatte einen einzigen hervorstehenden Nagel übersehen.

Als Sabellicus die Misere begriffen hatte und seine Aufführung scheitern sah, setzte er alles auf eine Karte: Rückzug durch Feuer und Nebel. Er zündete das Zauberpulver.

«Margarete!», hörte ich es noch hinter mir, mit einer Schärfe und Gewissheit, die mir die Endlichkeit des Moments gewahr werden ließ.

Ich traf eine folgenschwere Entscheidung, nahm eine dieser Schalen, die für Mephistophiels Aufstieg rund um den Tabernakel neben den Wasserbehältern postiert waren, schüttete den Inhalt gedankenlos aus und klemmte die Schale zwischen Brett und Lücke.

Ein Hebel hätte es werden sollen, ein gleißendes Höllenfeuer wurde es. In Windeseile kam es auf mich zu, fraß sich durch Kleidung, Haut, Fleisch und Knochen.

Ein Schmerz so groß und tief, ich stürzte mitten hinein in die Höllenfeuer um mich herum, hätte lieber sterben wollen, als den Schmerz auch nur für einen Moment länger zu ertragen, schrie mir die Seele aus dem Leib.

Der Tod ereilt nur die Glücklichen.

ZWEITER TEIL

DOKTOR FAUST

«Ich bekenne, daß der irdische Gott, den die Welt den Teufel zu nennen pflegt, so erfahren, gewaltig und geschickt ist, daß ihm nichts unmöglich ist; so wende ich mich ihm zu, und nach seinem Versprechen soll er mir alles leisten und erfüllen, was mein Herz, Gemüt und Sinn begehret und haben will, und soll an nichts ein Mangel sichtbar werden.» *Das Volksbuch vom Doktor Faustus*

XVII
SCHATTEN

Herbst, 1525

Sophies Schatten an der Wand – ein unruhiger, wissbegieriger Geist, in die Schriften vertieft. War er mein Abbild, ein unseliges Echo aus der Vergangenheit ... ein schwelender Fluch?

Machte es überhaupt einen Unterschied? Sie? Ich? *Wir beide?*

Ich wusste es nicht, ich wusste so viele Dinge nicht mehr, die früher als unumstößlich und wahr galten. Im Jetzt war alles überkommen, die alte Welt in Glaubenskrieg und Bruderzwist verloren, der Morgen verhieß nichts Gutes.

Ein für Sophie erstelltes Horoskop nährte die Befürchtung.

Der Herr des aufsteigenden Zeichens im kommenden Jahr, der auch ein Herr des Hauses des Lebens in der Geburt gewesen war, ist vergiftet durch die Striemen des Planeten Mars. Angst und Not wird sie und alle Gleichgeborenen überkommen, Krankheit und Schaden, viele Feinde, Mord und Totschlag.

Vor allem vom Wasser droht Gefahr. Meide das Wasser! In all seinen Formen. Eis und Schnee ...

Ich hatte es ein Dutzend Mal nachgerechnet und kam immer wieder zum gleichen Ergebnis: *Meide das Wasser, Schnee und Eis!*

Sophie kämpfte derweil mit eigenen Dämonen, ich spürte es mit jeder Frage und jedem Seufzen, bei jedem Blick ins Himmelsgestirn und in die Ferne. Alles in ihr strebte nach der Befreiung aus diesem Kerker, der mir eine treue Heimat und uns ein wohlbehütetes Nest geworden war.

Hier sollte sie wachsen und stark werden, bis der Tag kam, an dem sie die Fesseln sprengen würde – mit der Kraft einer gefestigten, aufstrebenden Seele, der nichts etwas anhaben konnte, auch der Teufel nicht.

Doch die Natur scherte sich nicht um meine Sorgen und Nöte, sie kannte kein Einsehen und Mitleid, sie kannte nur sich selbst, ihr ewiges Streben nach Wachstum und Entfaltung. Das Gift der Ungeduld und Neugier bereitete unser Schicksal trotz aller Fesseln und Schwüre, es gab kein Entrinnen und keine Wahl, außer sich dem Unausweichlichen zu beugen.

Ich fürchtete diesen Tag, ich wünschte, er würde niemals kommen.

War es Selbstbetrug? Wollte ich sie nur meinetwegen nicht gehen lassen, fürchtete ich Einsamkeit und Leere, das Nichts? Hätte ich die Wahl gehabt, der Tod wäre eine Erlösung gewesen.

«Ich verstehe das nicht.» Sophie erhob sich, ihr Schatten wurde größer und nahm die ganze Decke der Höhle ein. Ich fühlte eine Bedrohung, das Ende vom Paradies auf mich zukommen.

«Was?»

«Platon.»

«Was genau?»

«Sein Gleichnis von der Höhle.»

«Hast du ausgiebig darüber nachgedacht, bevor du fragst?»

«Ja, Mutter, seit Stunden. Nur kann ich es nicht durchdringen, es verstehen, darin eine Erkenntnis finden. Was sagt es aus, was will es mir sagen? Du musst mir helfen.»

Sie log. Sophie war mit ihren knapp siebzehn Jahren klüger und talentierter im Verstehen komplexer Gedankenwelten, als ich es jemals war und vermutlich je sein würde.

Wofür ich Stunden oder Tage benötigte, begriff sie beim erstmaligen Lesen. Allein in Lüge und Täuschung konnte sie sich nicht mit mir messen, es fehlte ihr an Lebenszeit und Erfahrung.

Ich reichte ihr die Hand, sie half mir auf und setzte sich erwartungsvoll neben mich. Nun gut, dann spielte ich ihr Spiel eben mit. Ein letztes Mal, die Körbe und Regale waren mit Büchern und alten Schriften reich gefüllt, sie hatte noch viel zu lernen.

«Was an Platons Erkenntnis vom trügerischen Schein und der Wahrheit will dir nicht einleuchten?»

Sie mühte sich redlich, seufzte erschöpft. «Ich kann Platon nicht folgen, wenn er sagt, die gefangenen Höhlenbewohner würden den Rückkehrer aus der Freiheit verspotten, sich gar der Lösung ihrer Ketten zur Wehr setzen. Warum sollten sie das tun? Der Mensch strebt zum Licht, zu Freiheit und Wahrheit.»

Ich ahnte es. «Platon gibt doch eine Deutung. Er sagt...»

«Ja, Mutter, ich habe es gelesen. Und dennoch will es mir nicht gelingen. Er deutet alles nur mit Hilfe seiner *Ideen*, dem Streben zum höchsten Prinzip, dem *Guten*.»

«Was ist falsch daran?», log ich, denn die Alternative würde mich in weitaus größere Schwierigkeiten bringen, als Platons hehres Gedankenkonstrukt zu kritisieren.

«Er denkt sich alles nur herbei und meint auch noch, alle müssten es so sehen, wie er es tut. Er irrt. Da gibt es doch noch viel mehr als *seine* Gedanken.»

«Und das wäre?» Ich schluckte schwer.

«Das Leben.»

«Ja, und?»

«Aber, Mutter», sie schaute mir fest in die Augen, «das weißt du besser als ich ... und all diese selbstverliebten, weltfremden Denker obendrein.»

Sie nahm mich bei meiner kalten Hand, von der nicht viel mehr als dünne Haut und Narben auf verbranntem Fleisch übrig war. Ich zog sie zurück.

So weit durfte sie nicht gehen, noch nicht. Sie spielte mit dem Feuer und ahnte nicht, was es bedeutete, sich dem Leben zu stellen. Genauso wenig wie ich es damals getan hatte. Hätte ich nur auf Trithemius und meine Eltern gehört, wäre ich nur in diesem verfluchten Kloster geblieben und hätte ich mich der Oberin demütig unterworfen ... so viel Leid wäre mir erspart geblieben.

«Reich mir den Stock.» Ich entzog mich ihrem Drängen, sie würde es nicht verstehen.

«Wohin willst du?»

«Mein Bein schmerzt. Hilf mir hoch.»

Sie seufzte verärgert, tat es aber trotzdem. «Jedes Mal, wenn ich darauf zu sprechen komme, flüchtest du vor mir. Warum, Mutter? *Warum nur?*»

Meine Antwort war müßig und stets dieselbe: «Lass mich in Ruhe darüber nachdenken», erwiderte ich und humpelte zum Lazarusbad hinüber, meinem Zufluchtsort bei unangenehmen Fragen und Situationen, «Schmerzen sind ein schlechter Ratgeber.»

«Und Lügen sind es auch!»

Ich fuhr herum. «Hüte deine Zunge! Du weißt nicht ...»

«Jaja, ich weiß *nichts*.» Erbost sprang sie auf und flüchtete ihrerseits in einen Winkel. «Ich *darf* es nicht, weil du es mir vorenthältst. Mein Leben! Ich hasse ...» Gottlob hielt sie an sich.

«Du weißt mehr, als dir zuträglich ist», erwehrte ich mich des Vorwurfs und wies zu den vielen Schriften und Büchern, die ich herbeigeschafft und für ihre Ausbildung zur Verfügung gestellt hatte. Vielleicht war das der Fehler gewesen.

Seit Kindestagen fütterte ich sie mit den Schätzen des Wissens und übersah, dass auf eine Erkenntnis die nächste Frage folgte, ein ewiger Kreislauf. Ich hoffte aber auch, sie mit dem Studium der Schriften lang genug der Welt entziehen zu können. Trithemius war mir diesbezüglich Beispiel und Inspiration gewesen.

Der eitle Pfaffe war inzwischen längst gestorben und hatte ein nicht tadelloses, aber doch beeindruckendes Vermächtnis hinterlassen. Die Vorwürfe der Magie und des Kontakts zu finsteren Mächten waren mit Hilfe seiner einflussreichen Freunde und Förderer nahezu verstummt.

Die Strategie verdiente Respekt: Hatte Trithemius noch *Speisen aus dem Nichts gezaubert*, wurden sie nun Sabellicus zugeschrieben. Hatte König Maximilian mit Trithemius Fragen zur Allmacht Gottes diskutiert und in diesem Zusammenhang das leidliche Zauber- und Hexenwesen beklagt, trat an dessen Stelle der Zauberer Sabellicus. Es schien, als ginge all das angeblich schändliche Tun von Trithemius in Sabellicus auf.

Der tat seinerseits alles dafür, die zweifelhaften Lorbeeren anzunehmen und seinen wachsenden Ruf als größter Magier und Nekromant aller Zeiten in die Welt zu posaunen.

Wie hatte das geschehen können? Sabellicus war ein *Nichts* gewesen, bevor ...

Trithemius, dein Brief machte ihn zum König der Zauberer!

Wäre ich nicht die Leidtragende in diesem diabolischen Ränkespiel zweier selbstverliebter Schufte gewesen, ich hätte es für einen Witz gehalten, hätte mich bis zum Ende meiner Tage in Hohn und Spott über so viel Einfalt verloren.

Doch das Lachen war mir abhandengekommen, ich hatte dafür Schmerz und Furcht erhalten. Und die Einsicht, dass man Lügen nur oft genug wiederholen musste, damit sie zur Wahrheit wurden. Genauso wie es Trithemius gesagt hatte.

Ich streifte den Rock zurück und hievte das steife Bein in das sprudelnde Wasser, das noch immer in diesem rätselhaften, gelb-blauen Licht erstrahlte. Es vermochte mir zwar keine Heilung zu schenken – das war bei allem Wunschdenken nicht möglich, das *Zauberpulver* hatte Sehnen und Muskeln zerfressen –, aber ich spürte Wärme, wo sonst nur Taubheit herrschte.

Wenn ich mich derart verwöhnen ließ, schaffte ich es hin und wieder, mich meinem Spiegelbild zu stellen. Dafür brauchte es Überwindung oder einen Krug Wein, manchmal reichte es auch, dass ich die Augen schloss. Dann sah ich mich als junge, hübsche Frau mit wehender Mähne, heiter, vergnügt und sorgenlos die Welt umarmen. *Wohin?!*

Heute war keiner dieser Tage, ich hatte ein anderes, weitaus drängenderes Problem zu lösen. Wie konnte ich Sophies unstillbarem Wunsch begegnen, die Welt zu erkunden?

«Was erhoffst du dir da draußen zu finden?»

Sie antwortete nicht, ihr Groll war größer als mein Wille nach Friede.

«Hast du dich denn nie gefragt, wozu Erkenntnis eigentlich taugt? Kannst du dir damit etwas kaufen, etwa besser damit leben? Ich bezweifle es, und weißt du auch, warum?»

Erneutes Schweigen, ein dritter Versuch.

«Schau in die Heilige Schrift. Gott hatte Adam und Eva verboten, die Früchte vom Baum der Erkenntnis zu essen», ich glaubte selbst nicht, was ich da sagte, schämte mich dafür, «weil er es gut mit ihnen meinte.»

«Ach, Mutter!», hallte es zu mir herüber, «verschone mich mit deinen Ammenmärchen. Du beleidigst mich.»

Wenigstens eine Antwort, der Anfang war gemacht.

«Bis zum Sündenfall war alles in wunderbarer Ordnung. Sie mussten nicht hungern oder dürsten, auch nicht arbeiten und sich plagen. Ein Paradies ...»

«... voller bemitleidenswerter Dummköpfe. Sie waren nackt und einfältig ...»

«... und doch glücklich. Erst die Schlange ...»

«Eva, das Weib!»

«Richtig», ich schluckte an dem Unsinn, «erst die Versuchung hat sie in die missliche Lage gebracht, an der wir heute alle leiden. Hätte sie ...»

«Adam.»

«Adam, ja, auch er, letztlich beide ...»

«Pfaffengeschwätz!»

«Versündige dich nicht.»

Mit einem Mal stand sie vor mir, die Hände in die Seiten gestemmt. «Genug, Mutter. Ich habe es verstanden. Ich habe *dich* verstanden!»

«Was?» Ich zitterte vor der Antwort.

«Du willst mich einfach nicht gehen lassen.»

«Der Eingang hat keine Tür und kein Schloss. Es steht dir jederzeit frei ...»

«... dich im Stich zu lassen?» Sie lachte laut und höhnisch, dass das Echo mich ohrfeigte.

«Kümmere dich nicht um mich. Ich kann auch ohne dich ...»

«... keinen Schritt vor die Höhle tun, ohne als Hexe oder Teufel beschrien zu werden.»

Das saß, ich kämpfte mit den Tränen. «Das ist nicht meine Schuld. Die Menschen sehen in mir ihre Ängste und Verzweiflung. Sie können Unglück nicht vom wahren Bösen unterscheiden. Sie ...» Alle Mühen waren umsonst, die Tränen quollen mir aus den Augen, in die Furchen meiner entstellten Teufelsfratze. «Wenn ich nur anders wäre ...»

«Schsch.» Sie nahm mich in die Arme, flüsterte. «Ich weiß. Es tut mir leid, ich hätte nicht ...»

«Mit mir gerechnet?» Eine uns vertraute Stimme schnitt Sophie das Wort ab und befreite mich aus meiner verdammten Rührseligkeit.

Es war Bruno, ein schlaksiger, einfältiger, aber gutmütiger Bursche aus dem nächstgelegenen Dorf, der Gefallen an Sophie gefunden hatte. Sein wirrer, roter Schopf, die blasse Haut und das Zischen der Stimme hatten ihn zum Gespött unter seinesgleichen gemacht, mit seinem unansehnlichen Wolfsrachen galt er als verdächtige Person. Der Spalt war fingerbreit und erstreckte sich von der Zahnleiste hinauf bis zum Nasenansatz. Ich hatte ihn sofort ins Herz geschlossen.

Bei uns fand er Akzeptanz und Ansprache, mein Mitgefühl war ihm sicher. Bruno revanchierte sich mit Besorgungen und Neuigkeiten, war verschwiegen und verlässlich. Ich hätte mir keinen besseren Hilfsgeist wünschen können.

«Was hast du uns mitgebracht?», fragte Sophie mit Blick auf den Korb in seiner Hand. «Ich sterbe vor Hunger.»

«War nicht leicht», erwiderte Bruno und präsentierte

uns die Ernte, wie er es nannte – alles, was er, ohne Aufsehen zu erregen, aus der Speisekammer oder aus Nachbars Garten hatte mitgehen lassen –, «Mutter ist misstrauisch.»

«Wie geht es ihr?», fragte ich weniger aus Anteilnahme am Wohlergehen des erbärmlichen Weibsstücks als aus Neugier an den Vorgängen im Dorf. Seine Mutter brachte es nicht fertig, den boshaften Anschuldigungen gegen Bruno entgegenzutreten, stattdessen suchte sie Vergebung im Beichtstuhl.

«Mal so, mal so. Ihr wisst ja, wie es ist.» Er stellte kleine Säckchen mit Erbsen und Linsen, Kohl und Rüben auf den Tisch, während Sophie ein Scheit ins Feuer legte.

«Und sonst?», fragte sie. «Was geht draußen vor? In der *großen, weiten* Welt.» Sie warf mir einen Blick zu, den ich nur als Vorwurf deuten konnte. Es scherte mich nicht, das Kind wusste es einfach nicht besser.

«Ich wünschte, sie wäre nicht so groß», sagte er, befreite den rußigen Henkeltopf vom alten Inhalt und füllte ihn mit Wasser. «Da habt ihr's mit eurer Höhle besser. Niemand weiß, dass ihr da seid, niemand kann euch etwas tun.»

Ich konnte mir ein Schmunzeln nicht verkneifen. «Was ist passiert?», fragte ich.

«Es wird alles nur schlechter. Ein Jammern und Heulen, der Krieg, die vielen Toten … Die Hölle auf Erden.»

«So schlimm wird es schon nicht sein», widersprach Sophie. «Komm, erzähl, lass dir nicht alles aus der Nase ziehen.»

Er seufzte, kam dem Befehl aber pflichtbewusst nach. «Die Lutherischen gegen die Katholischen, die Fürsten gegen die Aufständischen, ein Hauen und Stechen, ein Hängen, Kopfabschlagen, Foltern und Knochenbrechen. Ach, ich will nicht weiter davon sprechen. Es ist schlimm.»

«Auch bei euch im Dorf?», fragte ich.

«Bruder gegen Bruder, Schwester gegen Schwester. Niemand weiß mehr, wofür der andere steht und woran man noch glauben soll. Überall nur Hass und Verblendung. Das Dorf bricht auseinander.»

Der Augustinermönch Luther hatte die Welt mit seinen wirren Worten von einem *gnädigen Gott* auf den Kopf gestellt. Familien hatten sich darüber entzweit, Nachbarn bis aufs Blut verfeindet, verleumdet und an die Obrigkeit verraten. Selbst die Herren, die seit Anbeginn der Zeit ein Lager gebildet hatten, standen sich nun spinnefeind gegenüber – auch der schicksalhafte Franz von Sickingen, der zu den Lutherischen gewechselt und gegen seinen katholischen Fürsten in die Schlacht gezogen war. Mittlerweile war er auf seiner Fluchtburg gestorben. Seine letzten Zeilen hatten Virdung gegolten und dessen Horoskop, sich von Streit, Krieg und fernen Gestaden fernzuhalten, andernfalls drohe ihm Unheil, der Tod.

Die Sterne logen nicht, niemals!

«Da ist noch eine andere Sache», sagte Bruno unsicher, den Blick gesenkt, als schämte er sich dafür.

«Sprich freiheraus», forderte Sophie ihn in der Hoffnung auf, endlich etwas Gutes zu erfahren.

«Es geht das Gerücht um, dass eure Burg gefallen sei.»

Ich merkte auf, sagte aber nichts.

«Welche Burg?», fragte Sophie.

Bruno schielte zu mir herüber. «Eure.»

«Was meinst du mit *eure*? Herrgott, jetzt ...»

«Lass ihn sprechen», unterbrach ich.

Bruno fasste sich ein Herz. «Vor ein paar Wochen. Ein versprengter Bauernhaufen. Es soll nicht lange gedauert haben.»

«Überlebende?»

Er zuckte die Schultern. «Euer Vater ist in der Schlacht bei, ich weiß nicht genau, irgendwo bei Worms gestorben.»

Dort, wo die Familie über Ländereien verfügte. Damit hatte er die Burg schutzlos zurückgelassen ... und Mutter. Dieser verfluchte Narr!

«Eure Mutter ...», er sprach nicht weiter.

Ich ahnte es.

«Was ist mit Großmutter?», fragte Sophie besorgt.

«Nenn sie nicht so!», fuhr ich sie an. «Sie ist dir nie eine Großmutter gewesen, genauso wenig wie ...» Ach, es war vergebens.

Sophie hatte sie einmal aus der Ferne gesehen. An jenem Tag, als ich mit ihr die gütigen Schwestern verließ, die mich, das schwerverletzte Weibsbild, in ihre Mitte aufgenommen, gepflegt, gefüttert und durch die ersten Jahre meiner Mutterschaft gebracht hatten.

Denn meine Eltern, diese *guten und frommen* Christenmenschen, hatten ihre einzige Tochter in jener Nacht dem Teufel zum Fraß vorgeworfen. Sollte der sich um mich kümmern.

Der Teufel – das war Sabellicus seit der Nacht auf der Lichtung für mich geworden. Sein Feuer hatte mich aufgezehrt und der Seele beraubt, eine verlorene und von der Gesellschaft ausgestoßenen Untote aus mir gemacht.

«Niemand weiß etwas Genaues», sagte Bruno. «Nur so viel: Es ist die Hölle dort draußen.»

Sophie kam auf mich zu. «Wir müssen nach ihr sehen.»

Ich spuckte ihr die Antwort zu Füßen. «Einen Dreck müssen wir.»

«Mutter!»

XVIII
FAHLES LAND

Im Morgengrauen ging es los. Während Sophie und ich die Höhle gegen ungebetene Besucher präparierten, fing Bruno ein herrenloses Pferd ein und holte einen Karren aus dem Dickicht, der tags zuvor noch einem übermütigen Kaufmann gehört hatte. Jetzt lag er erschlagen im Graben, wilde Tiere taten sich gütlich an ihm.

Holprig ging es den gewundenen Pfad hinunter ins Rheintal, wo wir im Schutz einer Nebelbank ungesehen vorankamen. Zur Mittagszeit überquerten wir den Rhein bei Bingen, bis zum Abend sollten wir die Burg erreicht haben.

Die anfängliche Freude Sophies, endlich auf große Reise zu gehen, war mit dem Anblick der ersten Gehängten in Bestürzung umgeschlagen. Auf die Gehängten folgten die Gemarterten und Gepfählten, die Erschlagenen, Aufgedunsenen und die Gerippe ... jede Form von Verwesung, Totschlag und Raserei, wie ich es auf meiner ersten großen Reise nach Heidelberg schon erlebt hatte.

Was war aus Joß geworden? Ich hatte nie wieder von ihm gehört, erinnerte mich aber noch gut an seine mahnenden Worte: *Geh ins Kloster. Dort bist du sicher.* Wenn ich meinen geschundenen Körper, mein bisheriges Leben und die mir noch verbleibende Zeit betrachtete, musste ich ihm recht geben. Es wäre viel, vermutlich alles, anders gekommen, hätte ich damals eine andere Entscheidung getroffen, als mit brennendem Herzen blindlings ins Unglück zu rennen. Mit meinem lächerlichen Wanderbeutel voll gestohlenem Geld und der Sternkarte. Auch sie war mir abhandengekommen, und der Verlust schmerzte noch immer.

Sabellicus würde sie an sich genommen haben und ... nein, ich wollte es mir gar nicht vorstellen, wogegen er sie eingetauscht hatte, denn mit ihrem Inhalt hatte er nichts anfangen können.

Derweil saß Bruno mit Sophie auf dem Kutschbock und beantwortete geduldig ihre Fragen, aber auch er vermochte ihr nicht zu erklären, warum sich Menschen solche Gräuel antaten.

Dass ich die Einwilligung für die Fahrt zu unserer Familienburg letztlich doch gegeben hatte, lag weder an meiner Nachgiebigkeit noch an der Fürsorge meinen Eltern gegenüber – auch meine Mutter war längst tot, dessen war ich mir sicher –, sondern an dem überfälligen Beweis für meine Argumente.

Die Welt war ein gefährlicher, ein grausamer Ort. In unserer Höhle lebten wir zwar abgeschieden, aber wegen einer Münze oder eines falschen Gebets würde uns dort niemand so schnell die Bäuche aufschlitzen.

Sophie sollte all das Leid, die Not und den Wahnsinn selbst sehen, riechen und spüren, um endlich meinen Worten Glauben zu schenken. Ich konnte sie nicht länger halten. Es würde eine bittere Erfahrung für sie werden.

Noch bevor der Karren den steilen Anstieg zu unserer Burg nahm, sah ich die Toten auf den Feldern liegen, darüber ganze Scharen von Krähen, roch das faulende Fleisch, hörte aufgeregtes Flattern und zorniges Krächzen. Sophie bekam davon nichts mit, sie lag erschöpft in meinen Armen und träumte von einer besseren Welt. Ich ließ sie schlafen, bis wir durchs Tor auf den großen Burghof kamen. Dort sollte sie ihre erste Lektion erhalten.

Bruno befahl dem Gaul halt und drehte sich um, doch statt Schrecken erkannte ich in seinen Augen Furcht. Kluger Junge. «Wir sind da», sagte er. «Was jetzt?»

Die Dämmerung würde bald hereinbrechen, darauf folgte eine lange, schauerliche Nacht. Umkehren wäre eine Option gewesen, nur war das nicht der Plan – mein Plan zur Erziehung Sophies. Eine Nacht unter Tod und Verwesung sollte ihr die Flausen austreiben, bei Morgenanbruch ging es zurück ins Paradies, in unsere Höhle, der ich bereits beim Verlassen nachgetrauert hatte.

«Gib dem Gaul Heu und Wasser», sagte ich mit Verweis auf die Ställe, «dann kommst du ins Haus. Ich will sehen, ob wir noch etwas zu essen finden.»

«Ja, Herrin.»

«Nenn mich nicht so.»

«Ihr seid doch die neue Herrin der Burg.»

«Ich war es niemals und werde es nie sein.»

«Was geschieht dann mit der Burg, Eurem Land?»

«Sollen es die Geier haben. Nun geh.»

Er saß ab, löste das Pferdegeschirr und ging los. Ich hörte ihn seufzen, murmeln und maulen. Bruno würde nichts sehen, was er nicht zuvor schon gesehen hatte. Um ihn machte ich mir keine Sorgen, er war ein Kind der Straße. Sophie hingegen kannte nur die Höhle und die nähere Umgebung im Wald, die ich zur Abschreckung und zu unserem Schutz mit allerlei Teufelszeug ausgestattet hatte.

Selbst in den letzten Jahren, als die Aufstände der armen Leute und die Schlachten mit den Herren begonnen hatten, war kein Flüchtiger oder Neugieriger bis zur ersten Felsspalte vorgedrungen. Schwefelgeruch zog von dort herauf, begleitet vom Heulen der in den Bäumen versteckten Röhren, und rannte dann immer noch jemand um sein Leben, fand er ein jähes Ende in einer Fanggrube oder einem gespannten Ast mit scharfen Spitzen. Gottlob, nur Tiere hatten sich bisher so weit vorgewagt, sie kannten weder eine Hölle noch Hexen oder Teufel.

Nun war es so weit. Ich würde Sophie die Träume nehmen und sie mit der Wirklichkeit konfrontieren. *Oh, Herr, steh mir bei.* Da draußen würde sie auf weit Schlimmeres stoßen als auf ein paar Gauklertricks. Hatte ich genug Kraft, um sie aufzufangen?

«Sophie», flüsterte ich und streichelte ihr wunderbar blondes Haar, so prächtig wie einst auch meines. Jetzt war es blass geworden, und wo das Feuer bis auf die Haut gewütet hatte, mit Narben verschmolzen. «Wir sind da.»

In meinem Schoß schnurrte es behaglich. «Gleich, Mutter, noch einen Augenblick.»

«Du musst mir vom Karren helfen. Außerdem bricht die Nacht herein.»

Sie streckte sich, gähnte und rieb sich die müden Augen – in aller Unschuld, ein letztes Mal. Dann sprang sie vom Karren in eine neue, ihr unbekannte Welt. Mir schauderte davor.

Ächzend wie ein altes Weib, kam ich ihr nach. Der Boden fühlte sich weich an, es musste ausgiebig geregnet haben. Das würde schon mal die schlimmsten Spuren beseitigt und die *Transformation* beschleunigt haben. Ich konnte den beißenden Gestank riechen, sogar schmecken, er schlug sich auf meiner Zunge nieder, dass ich glaubte, er käme aus mir heraus. Noch immer trug die Luft schwer an ihm, was auf eine große Anzahl von Opfern verwies. Allein, ich konnte sie nicht sehen.

Der lange Burghof mit dem Brunnenhaus lag verlassen da, die Sonne neigte sich am Horizont und warf warmes, vertrautes Licht darauf. Man hätte glauben können, die Burg wäre in einen Märchenschlaf gefallen. Wo war der Prinz, der sie mit einem Kuss erweckte?

Ein genauerer Blick zeigte, dass den Stallungen die Türen und Läden fehlten, auch die große Scheune und die Werkstätten standen offen, wo einst Tore und Schlösser gewesen waren. Wo waren die Fuhrwerke und Werkzeuge, all die Gerätschaften für die Feldarbeit und die Weinberge, die langen Reihen Brennholz fürs Herrenhaus, die Schmiede, die Backstube und das Badehaus?

«Geht es hier hinein?»

Sophie stand auf der Steintreppe zum Herrenhaus, in ihrer Stimme klang Unbekümmertheit. Wer konnte es ihr verdenken? Nirgends ein Anzeichen von Plünderung, Mord und Totschlag. Sollte ich auf ein Gerücht hereingefallen sein?

«Warte», rief ich ihr zu und erklomm die Stufen. «Ich zeig's dir.»

Mein Blick wanderte die Fassade entlang. Die Fenster klafften offen, Steine waren herausgebrochen, und eine der wichtigsten Türen auf der Burg fehlte – die massive, stets verschlossene Tür zum Weinkeller. Nur Vater und der erste Meister besaßen einen Schlüssel. Damit war klar: Wir würden die Wahrheit im Haus finden, nicht auf dem Hof.

«Reich mir die Hand», sagte ich, nicht um mich, sondern sie zu stützen, wenn wir die Türschwelle überschritten.

Ihre Augen funkelten gleich Sternen in der Nacht, sie

strahlte über beide Ohren, und ihre Hand zitterte vor Freude, als ich sie ergriff.

Glaubte sie tatsächlich, nach all den Schlachten und Verfolgungen der letzten Jahre, dem Furor der Ketzer und der *Rechtgläubigen*, endlich ihre Großeltern kennenzulernen? Es würde schlimmer werden, als ich es befürchtet hatte.

«Du bleibst an meiner Seite», sagte ich.

Gemeinsam taten wir den Schritt hinein.

XIX
OFFENE GRÄBER

«Wo wollen wir sie begraben?», fragte Bruno.

Es war mir egal, wo. Hauptsache, wir erregten kein Aufsehen. Es konnten noch immer Plünderer in der Nähe sein.

Sophie schluchzte. «Im Familiengrab.»

Sie hatte den Kopf in meinen Schoß gebettet, wollte nicht wahrhaben, was man ihrer Großmutter angetan hatte. Und den anderen. Es waren überraschend viele. Was war hier passiert?

«Das ist zu gefährlich», widersprach ich.

Unsere Grablege befand sich hinter dem Hauptgebäude auf einem weit einsehbaren Stück Erde. Wir hätten unnötig viel Aufmerksamkeit auf uns gezogen.

«Doch! Und wir brauchen einen Priester.»

Bruno kam mir zu Hilfe. «Keine gute Idee. Wer gestern noch Katholik war, kann heute ein Lutherischer sein, der Nachbar ein Verräter, der Freund ein Totschläger.»

Er hatte recht. Die Gefahr, entdeckt zu werden, war groß. Wenn es nicht die *Rechtgläubigen* gleich welcher Seite waren, dann marodierendes Lumpenpack oder rachsüchtige Herren, die rebellische Bauern, Verdächtige oder Unbekannte erschlugen wie tollwütige Hunde.

Niemand war sicher, schon gar nicht wir in der Burg,

einem Präsentierteller für umherstreifendes Gesindel. Sofort bei Tagesanbruch würden wir die Heimreise antreten, um das Schicksal nicht herauszufordern. Ein Wunder, dass wir es überhaupt unbeschadet hierher geschafft hatten.

«Wir können sie doch nicht verscharren wie Vieh», klagte Sophie.

Still und heimlich musste die Beseitigung der erschlagenen, geschändeten und im Blutrausch zerstückelten Leichen geschehen, ich sah keine andere Möglichkeit.

«Der Keller», sagte ich, «dort sind wir ungestört.» Ich schickte Bruno los. «Beim Eingang findest du einen Feuerstein und Zunder», erinnerte ich mich, da Vater dort nach den Fässern sah und Licht brauchte.

«Warum», klagte Sophie, «warum tun Menschen so etwas?» Ihre Stimme ertrank in Tränen. *Gute Frage, mein Kind.*

Warum wurde eine alte Frau ans Hofkreuz genagelt, geschändet und bis zur Unkenntlichkeit entstellt? Ihre Diener und die Knechte mit Äxten und Hämmern zerhauen, Kinder im Jubeltaumel den Hunden und Schweinen zum Fraß vorgeworfen? Ich hätte ihr Antworten geben können, und doch hätten sie sie nicht erreicht. Sie musste ihre eigenen Erfahrungen machen.

Diese unbegreiflichen Grausamkeiten waren die Geburtswehen einer neuen Zeit, von der ich Jahre zuvor noch fest überzeugt war, sie würde uns eine bessere Welt bescheren. Wissen würde zu Einsicht führen, und Einsicht zu einem höheren Bewusstsein, das die schlechten Eigenschaften der Menschen zu Frieden und Brüderlichkeit wandelte, zu einem Paradies auf Erden.

Was war ich nur für eine Närrin gewesen. *Das mächtigste Gift des Teufels ist die Eitelkeit.* Sie macht uns glauben, wir hätten die Zügel in der Hand. Dabei waren wir die Zügel in der Hand des Teufels.

«Lass uns nach etwas Brauchbarem suchen», schlug ich vor.

Als ich mich im ehemaligen Fürstensaal umsah, fand ich wenig Hoffnung. Alles, was irgendwie von Nutzen war oder Wert besaß, war herausgerissen oder zerstört worden – die Bilder unserer Ahnen und Verwandten, die Bibliothek mit den Urkunden, Schriften und Büchern, die Kreuze, die Heiligenfiguren, selbst der kleine Betschemel, an dem meine Mutter täglich gebetet hatte, war zertrümmert, die Perlen der Rosenkränze auf dem Boden verstreut ... in ihrem Blut, überall nur Blut.

«Ich kann das nicht», schniefte Sophie. Bleich und zitternd stand sie da, unfähig, mit der Situation umzugehen. Hatte ich ihr zu viel zugemutet?

«Setz dich und mach die Augen zu. Es geht bald vorbei. Versprochen.»

Zögernd suchte sie sich eine Ecke und vergrub das Gesicht in den Händen, weinte dabei, dass es mir zu Herzen ging. Und doch führte Mitleid zu nichts, ich musste mich beherrschen, sie nicht in die Arme zu schließen, sie vor der Grausamkeit der Welt zu beschützen.

Es gab andere Dinge zu tun, schnell und unauffällig. Graues Mondlicht fiel durch die fensterlosen Löcher in den Wänden herein, wo gutes, altes Steinwerk herausgebrochen war, das einst Kaiser Barbarossa Schutz und Wärme vor Regen und Kälte geschenkt hatte. Nun war unsere Burg zu einem geplünderten Nest geworden, wie ich so viele auf unserer kurzen Reise gesehen hatte. Sie schenkte uns nicht länger Geborgenheit, war zu einem gefährlichen Ort geworden.

Wie würden wir die Nacht bei offenen Türen überstehen, wie uns eines Angreifers erwehren? Gab es keine einzige Waffe mehr in diesem Haus?

Ein Geräusch ließ mich aufmerken.

«Bruno?»

Keine Antwort.

«Bruno? Bist du das?»

Ich horchte in die Finsternis, die jenseits des schmalen Kerzenscheins um uns herum begann. Noch immer nichts.

«Sophie», flüsterte ich.

«Ja?»

«Geh ...», nein, sie war völlig hilflos in der unbekannten Umgebung. «Versteck dich. Ich muss nach Bruno sehen.»

«Aber ...»

«Schweig! Tu es.»

Nur wo? Fieberhaft suchte ich nach einer Antwort. Wo hatte ich mich früher versteckt, um der Bestrafung zu entgehen, um die Gespräche meines Vaters zu belauschen oder um einfach nur alleine zu sein?

Im Herrgottswinkel! Dort, wo meine Mutter einst betete, gab es einen Schacht, der jenseits der Burgmauern endete, einen Fluchtweg, eine letzte Rettung, sollte die Burg fallen.

Ein guter Gedanke, der weitere Fragen aufwarf. Warum hatte Mutter ihn nicht genutzt? War sie überrascht worden? Kamen die Mörder aus der eigenen Dienerschaft?

«Komm mit.» Im Kerzenschein suchte ich nach den losen Steinen, den leeren Fugen und fand sie. «Schnell, schlüpf hinein und komm nicht eher heraus, bis ich es dir sage.»

«Mutter, was ist los?»

Keine Zeit für Erklärungen. «Rein jetzt!»

Die Öffnung war schmal, aber es gelang.

«Nimm die Kerze, hab keine Angst. Es wird dir nichts geschehen.»

Den Protest und die Klage ließ ich nicht gelten, es gab keine andere Lösung, ich machte mich ohne Messer oder Spieß bewaffnet auf den Weg, nicht mal einen Löffel hatte ich zur Hand. Nur einen krummen Gehstock. Gleich morgen würde ich das ändern. Ich brauchte eine Waffe, jederzeit und an jedem Ort verfügbar. Etwas Unauffälliges, Tödliches.

Der Hof lag still und friedlich im Zwielicht des Monds. Dennoch sollte ich mich nicht täuschen lassen, bei unserer Ankunft hatte ich noch Hoffnung gehabt. Gegenüber befanden sich die Stallungen, ruhig, unverdächtig, aber nicht vertrauenswürdig. Im Dunkel hätte sich eine Armee darin verstecken können.

«Bruno?»

Bis zum Keller waren es nur ein paar Schritte, ich konnte es schaffen, ich musste es. Ohne Bruno würde es noch schwieriger werden. Ich brauchte ihn.

«Bruno?»

Gleich nach der Schwelle ging es die Stufen hinab, das karge Mondlicht half, dass ich nicht gleich bei der ersten stürzte. Danach wurde es finster, und ich befahl die Erinnerung herbei. Tausend Mal war ich die Stufen als Kind gegangen. Zur Linken der Handlauf, wo Feuerstein, Zunder und Späne in einer Aussparung deponiert waren, jetzt griff ich ins Leere.

«Verfluchter Dieb!»

Ich erstarrte. Woher war das gekommen?

«Bruno?»

Wimmern und Wehklagen als Antwort. War er gestürzt?

Ich sollte vorsichtig sein, schweigen und nach etwas Brauchbarem Ausschau halten. Nur wie, in diesem elend feuchten und widerlich finsteren Rattenloch? Was kam am Ende der Stufen?

Bilder von ächzenden, verschwitzten Knechten kamen mir ins Gedächtnis, auf dem Rücken trugen sie Körbe, Butten und Fässer. Der Kellermeister und mein Vater, stets bemüht, dass niemand stolperte oder auf den feuchten Stufen ausrutschte. Die Blätter, der Schmutz, Weinreben und Wurzelwerk ... Besen, Schaufel, Gabel ... griffbereit in der Ecke.

Ich tastete das Mauerwerk entlang, fühlte Nässe, Spinnweben und fand endlich, was ich suchte. Das Erstbeste zog ich heraus. Was auch immer es war, das hohe Kratzgeräusch versicherte mir, dass es metallisch und damit nützlich war.

Weiter, an der Mauer entlang zur Kammer, wo früher die Fässer repariert wurden. Flackerndes Licht fiel heraus, ich atmete tief ...

Bruno lag blutüberströmt auf dem Rücken, über ihm eine Gestalt mit einem Prügel in der Hand. Sie wandte mir den Rücken zu, sah und hörte mich nicht kommen.

Ich hatte keine Zeit zu verlieren. Ich musste handeln.

Der anbrechende Morgen bescherte uns einen weiteren, ungebetenen Gast. Ich hörte ihn schnauben, sah ihn erschöpft und wacklig durchs Tor traben, bis er im Schutz der Stallungen zu Boden ging. Dort ruhte er, wieherte und schnaubte, schnaubte und wieherte. Ununterbrochen. Nervenaufreibend. Ich zitterte vor Anspannung.

Der Bauch der Mähre war geschwollen. Entweder hatte sie etwas Blähendes, Giftiges gefressen, oder sie fohlte. In beiden Fällen harrte sie der Erlösung. Sollte ich ein weiteres Mal die Rolle des Retters übernehmen? Am liebsten wäre ich auf der Stelle getürmt.

Allerdings war das nicht möglich. So wie es aussah, saßen wir hier noch eine Weile fest. Bruno würde die Fahrt im wackligen Karren nicht überleben, er blutete am Kopf, aus Ohren, Nase und Mund. Wahrscheinlich war auch ein Bein gebrochen. Sophie pflegte ihn, ich hatte an anderes zu denken.

Wie konnten wir uns schützen? Wo verstecken?

Gab es noch eine brauchbare Waffe?

Wer würde sie gegen den nächsten *Gast* führen?

Sollten wir Bruno seinem Schicksal überlassen, so wie das Tier dort unten, dessen schmerzvolles Wiehern allmählich im Todeskampf zu ersticken drohte?

Der Ausflug, der als Lektion für Sophie gedacht war, drohte in eine für mich umzuschlagen – in Sachen Dummheit und Selbstüberschätzung. Wie hatte ich nur glauben können, dass wir ungeschoren davonkämen? Um uns herum herrschten Willkür, Recht- und Schutzlosigkeit, hemmungsloses Morden, Rachsucht, Hunger, Angst und Verzweiflung.

Nur eine starke, bewaffnete Hand bot Grund zur Hoffnung, man musste sich schnell fortbewegen und Gefahren ausweichen können, bevor sie unabwendbar waren. Nichts von dem traf auf uns zu. Wir saßen in der Falle.

«Wird er wieder gesund?» Sophie saß neben Bruno, richtete seine Decke und schniefte, im Grunde weinte sie, seit wir angekommen waren – seitdem ich ihrem Drängen nachgegeben und offenkundig den Verstand verloren hatte.

«Sicher, Liebling. Bruno ist ein Kämpfer. Du hättest sehen sollen, wie er dem Kerl Beine gemacht hat.» Mehr musste sie nicht wissen, es hätte sie nur verunsichert.

«Aber, seine Wunden ...» Sie seufzte, streichelte ihm die Wange. «Tapferer Kerl.»

«Das ist er. Furchtlos und standhaft. Er hat uns gerettet.»

Nichtsdestotrotz brauchte der tapfere Held rasch saubere Verbände, entzündungshemmende Tinkturen oder Salben, Schienen für das verletzte Bein, und wir benötigten dringend Lebensmittel, der knappe Reiseproviant würde schon bald zur Neige gehen. Kurzum: Lamentieren und in Schockstarre zu verfallen brachte uns nicht weiter. Es musste etwas geschehen, das uns weg von hier brachte. Jemand musste Hilfe holen.

Was für ein törichter Einfall. Hier gab es nirgends Hilfe, weder *von* irgendwem noch *für* jemanden. Hilfe war eine Illusion, ein schöner Gedanke aus der Vergangenheit, in der Nachbarn, Freunde und Familie Hilfesuchenden beistanden. Ich hatte keine Freunde mehr, ich war längst tot und vergessen. Früher, ja, da hatte ich mit einem Jungen gespielt ... An den Namen konnte ich mich nicht mehr erinnern. Sein Vater war der Arzt unserer Familie gewesen. Ein strenger Geselle, den ich mehr fürchtete als achtete. Auch im Dorf war er nicht gerne gesehen. Man schätzte ihn nicht, aber man *brauchte* ihn.

Einen Versuch war es wert.

Doch zuvor sollte ich an meiner eigenen Hilfsbereitschaft arbeiten, das Elend war nicht länger auszuhalten.

«Sophie, komm mit auf den Hof.»

«Aber Bruno ...»
«Er schläft, und du kannst dich anderweitig nützlich machen. Wir brauchen einen Strick und eine mutige Hand.»

Ein Pfund Fleisch für sein Schweigen, gegen saubere Verbände und Medizin. Vielleicht noch gegen einen Rat, wie wir unbeschadet von hier wegkamen. Dann würde sich der Tod des Gauls bezahlt machen, wie er auch uns für eine Weile satt machte.

Wir hatten immerhin das Fohlen retten können – rabenschwarz stand es auf wackligen Beinen da, Sophie hatte es umgehend ins Herz geschlossen. Ein neues Leben nach Tod und Leid, ich dankte dem Himmel dafür.

Bei Anbruch der Dämmerung befahl ich Sophie und Bruno in den Schacht hinter dem Herrgottswinkel. Sicher war sicher, sie mussten nicht länger als eine Stunde ausharren, dann wäre ich aus dem Dorf zurück. Wenn nichts passierte. Wenn mein Kalkül aufging.

Das Haus des Griesgrams lag am Rande der Ansiedlung und war über offenes Gelände zu erreichen. Ich konnte nur hoffen, dass er immer noch dort lebte, sich an mich erinnerte und meinem Anblick standhielt. Andernfalls setzte ich alles auf das Stück Pferdefleisch – ein wahrer Schatz, der in Kriegszeiten nicht mit Gold aufzuwiegen war.

Das Plätschern eines Bachlaufs leitete mein Pferd durch die Schalkhaftigkeit des Abends, dessen dunkler Himmel uns mit wechselhaftem Mondlicht und Wolkenspiel foppte. Der Weg führte zur Rückseite der Hütte, wo der Alte früher Heilkräuter angebaut, schmutzige Verbände und

Instrumente im Wasser gereinigt hatte. Das war offenbar nicht mehr der Fall, wenn ich die Silhouetten am Bachrand, das Knurren der Hunde über den Kadavern und den faulen Gestank der Gedärme richtig deutete. Hier konnte man sich nur noch die Pest holen.

Auch im ehemaligen Kräutergarten wollte nichts mehr gedeihen, die Beete waren steinig und die Pflanzen verdorrt, alles wies auf Verwüstung und Tod hin. Die klapprige Hütte lag wie ausgestorben da, besser, ich ritt gar nicht erst weiter, begrub meine Hoffnungen und machte kehrt.

«Wer bist du?»

Ich fuhr herum und sah ins Dunkel.

«Geh weg, bevor ich dir den Schädel spalte.» Aus dem Schatten ragte eine Gabel ins Zwielicht.

«Ich komme in Frieden.»

Ein heiseres, bitteres Lachen. «Im Graben liegen die Friedfertigen.»

«Ihr könnt mir vertrauen, ich bin ein Freund.»

«Ein Grund mehr, dich aufzuspießen.»

«So glaubt mir doch. Ich bin es, Margarete.»

Er zögerte. «Margarete ... wer?»

«Die Tochter Eures Herrn, des Burggrafen.»

«Tot ist er, wie sein Weib, und die Göre längst Asche.»

«Ihr irrt. Ich bin ...»

Noch bevor ich zu Ende gesprochen hatte, kam er aus dem Versteck, die Gabel in der Hand, und stach nach mir. Nein, er versuchte es, verfehlte mich jedoch um Längen, obwohl ich auf dem Pferd saß und das Mondlicht mich zu einem unverkennbar leichten Ziel machte.

«Lügnerin», keuchte er und attackierte einen unsichtbaren Gegner. «Ehrloses Gesindel ...» Der schlohweiße, alte Narr konnte mich nicht sehen, er war blind, tattrig und ungelenk, stolperte keuchend umher, fiel hin und ergab sich schließlich den Anstrengungen.

Geräuschlos glitt ich vom Pferd und half ihm auf. «Beruhigt Euch, Meister Leonhard. Seht Ihr, ich kenne Euren Namen.»

«Den kennen viele.»

Ich führte ihn zur Hütte und setzte ihn auf die schmale Holzbank, wo ich ihn in meiner Erinnerung sitzen sah – mit einem Becher in der Hand über die Schlechtigkeit der Welt zeternd, während wir Kinder am nahen Ufer Frösche jagten und im Schilf Fangen spielten.

«Habt Ihr eine Kerze oder eine Öllampe zur Hand?», fragte ich.

«Ich bevorzuge die Dunkelheit. Was wollt Ihr? Wer auch immer Ihr seid.»

Das dünne Licht, das auf ihn fiel, offenbarte einen schrumpeligen Greis, der dem Grab näher war als dem Leben. Tiefe, dunkle Furchen zogen sich über Stirn und Gesicht, es wäre schwer gewesen, das größere Monster von uns beiden zu benennen. Ich brauchte mir also nicht länger Gedanken zu machen, seine Augen waren ergraut, er sah die Teufelsfratze davor nicht.

«Wenn Ihr einen Beweis braucht, dass ich tatsächlich Margarete bin, so stellt mich auf die Probe.»

Er knurrte. «Selbst wenn du es bist, was spielt es noch für eine Rolle?»

«So kenn ich Euch, Meister Leonhard. Ihr redet nicht um den heißen Brei herum. Immer gleich zur Sache.»

Es mochte der Anflug eines Schmunzelns sein, eine Bestätigung seiner rabiaten Art, er lenkte ein. «Sprich endlich, die Nacht ist kühl und meine Zeit knapp bemessen.»

Auch wenn es erstaunlich mild war und Zeit für den

Alten keine Rolle mehr spielte, das Eis war gebrochen, und ich erzählte ihm von den Ereignissen seit unserer Ankunft.

Er hörte aufmerksam zu, unterbrach mich auch nicht, sodass ich schnell zur Sache kam – Verbände, Heilkräuter und Salben.

«Einen Apotheker gibt es seit Monaten nicht mehr», bremste er meine Erwartungen, «geflüchtet wie alle anderen. Vielleicht habe ich noch etwas in meiner Truhe. Schau selbst, ich sitze gerade gut, und die Sterne funkeln so schön.» Er wandte ihnen das Gesicht zu, als wollte er sich in ihrem Licht sonnen.

Das würde ich, doch vorher musste er mir noch sagen, auf welchem Weg ich sicher zurück in den Wald, zu unserer Höhle gelangte.

«Das wird nicht leicht», grummelte er, «die Herren jagen die versprengten Aufständischen, und die Aufständischen kennen keine Gnade – mit niemandem. Bleib auf der Burg, dort bist du sicher.»

Die Burg war ohne Schutz, ihrer Tore, Waffen und Verteidiger beraubt. Es war nur eine Frage der Zeit, bis uns der nächstbeste Vagabund die Kehlen durchschnitt. Es musste eine andere Lösung geben.

«Fährt noch ein Schiff den Rhein hinauf?»

«Ja, aber lass dich auf keinen Kapitän aus der Gegend ein. Rache und Gier treibt sie um. Geh nach Bingen zum Geschäft deines Vaters. Wie ich hörte, soll sein Sekretär jetzt dort regieren. Es ist dein Erbe, fordere es ein.»

Das war das Letzte, woran ich meine Zeit verschwenden würde. Ich hatte mit Handel nie etwas zu tun gehabt und wollte es auch zukünftig nicht. Andererseits war die Idee verlockend, mit einem unserer Schiffe sicher und bequem rheinaufwärts zu reisen.

«Deine Mutter», fuhr er fort, «hat dich bis zuletzt gesucht.»

Ich lachte bitter. «Wenn sie mich wirklich hätte finden wollen, sie hätte nur im Kloster suchen müssen. Keine Tagesreise entfernt.»

«Das hat sie.»

«Sie ist tot, lasst sie ruhen.»

«Natürlich wussten deine Eltern, wo du dich aufhältst. Sie haben dem Kloster Geld gegeben, für deine Gesundung … für dein Kind. Die Äbtissin musste ihnen das Versprechen geben, dass niemand von euch erfährt.»

Der Alte phantasierte.

«Ich habe erlebt, wie deine Mutter mit dem alten Starrkopf gestritten hat.»

Das stimmte, er war uneinsichtig und unnachgiebig bis ins Verderben, der verfluchte Narr.

«Um dich und dein Kind aus dem Kloster auf die Burg zu holen. Aber nein, wer sich seinem Willen nicht beugte, hatte in seinem Haus nichts verloren. Selbst wenn es das eigene Fleisch und Blut war.»

«Er soll in der Hölle schmoren!» Ich spuckte aus.

«Das wird er, ganz sicher. Aber nicht dafür, dass er deine Mutter für ein Stück Land im Stich gelassen hat.»

Tränen traten mir in die Augen. «Was meint Ihr?»

«Er war keinen Tag fort, da fielen sie über deine Mutter und die Getreuen her.»

Also war sie überrascht worden.

«Eine ganze Woche ging es dort oben zu wie auf einem Schlachtfest. Sie schändeten und mordeten, johlten und tranken, ein jeder nahm, wonach ihm der Sinn stand. Sei froh, dass du das nicht hast erleben müssen, du hättest den Glauben an Gott und seine Kreaturen verloren.»

«Und niemand, wirklich niemand kam ihr zu Hilfe?», fragte ich. «Meine Familie hat seit jeher für Arbeit und Wohlstand gesorgt. Ohne uns ...» Mir brach die Stimme.

«Undank ist eine Sache, die andere ist der gottverfluchte Zank um den wahren Glauben, und eine dritte ...», er seufzte, tat sich schwer mit den Worten.

«Sprecht, ich will es hören.»

«Es hieß, auf der Burg sei eine Dienerin des Teufels geboren und dass sie in Vollmondnächten zurückkehre, um Kinder im Dorf zu vergiften.»

Ich schluckte.

«*Das* war der Grund, wieso dein Vater wollte, dass du im Kloster bleibst. Jeder sollte glauben, du seist an einer Krankheit verstorben.»

Als hätte mich jemand vor den Kopf gestoßen.

«Es ist eine verworrene Geschichte. Vor vielen Jahren war ein Gerücht aufgekommen, die Tochter des Grafen sei bei einer Totenbeschwörung im Wormser Wald gesehen worden, an der Seite des berühmten Zauberers Doktor Faust ...»

Der Name erwischte mich wie ein Schlag in den Bauch.

«Es gingen Flugblätter um, der Teufel sei mit Feuer und Rauch dem Doktor Faust erschienen. Er hätte für seine Dienste eine Jungfrau von edler Geburt gefordert. Daraufhin sei er mit ihr in die Hölle hinabgefahren ... hätte sie zu seiner Gespielin gemacht. Eine Hexe! Verstehst du?»

Ich war fassungslos.

«Das war der eigentliche Grund», fuhr Leonhard fort, «wieso dein Vater in die Schlacht gezogen ist.»

«Aus Scham?»

Der Alte nickte. «Man hätte ihm die Burg und seinen Besitz nehmen können, nicht aber seinen guten Namen, nicht seine einzige Tochter. Daran ist er elend zugrunde gegangen.»

Mir schwanden die Sinne. «Das kann nicht sein ...»

«Er wollte allen beweisen, dass seine Tochter keine Hexe war. Mutig voran, mit Feuer und Schwert dem Teufel die Stirn bieten.»

Eine Hexe aus der Hölle befreien!

Das Blut kochte mir in den Adern. Ich würde Sabellicus umbringen, und diesen widerlichen Schmutzfink von einem Drucker gleich mit. Sie hatten nicht nur mich, sondern meine ganze Familie um Leben, Ehre und Besitz gebracht. Dafür sollten sie an dem Gift ihrer eigenen Lügen zugrunde gehen.

Bei allen Heiligen und meiner verlorenen Seele. *Ich schwöre es!*

XX
DIE WAHRHEIT

Was wir vom Gaul nicht hatten verwerten können, verstreuten wir vor dem Eingang zur Burg. Höllengetier wie Ratten, Wölfe und Raben nahmen sich des Gedärms und der Knochen dankbar an.

Die Leichen der Getreuen bestatteten wir, soweit es Sophie und mir möglich war, im Burggraben und steckten ein Kreuz auf den Steinhaufen. Daran baumelten kleinere Knochen und hohle Hölzer. Fuhr der Wind hinein, klapperte und heulte es.

Das zerstörte Burgtor bewachten nun zwei Gerippe, die wir in den Feuerstellen gefunden hatten. Die Hufe des Pferdes, sein Schwanz und die langen Ohren taten das Übrige.

Wer sich danach noch immer in den Hof traute, den empfingen grausige Gestalten in den Fenstern, Stallungen und Eingängen – rasch zusammengezimmerte Vogelscheuchen mit wirren Strohköpfen und den blutigen Kleidungsstücken der toten Dienerschaft. Für die notwendige Beleuchtung der Untoten bei Nacht sorgten ein paar Öllampen, die der Plünderung entgangen waren.

Alles in allem ein unwürdiges Schauspiel, gewiss, aber ich wusste mir nicht anders zu helfen. Wenn sie diesen Ort unbedingt als Hexenburg sehen wollten, dann sollten sie sie bekommen. Ich musste Zeit gewinnen, bis die Kräuter die Entzündung an Brunos Bein gestoppt hatten und er transportfähig war.

Derweil fieberte und plapperte er wirres Zeug – von seinen Peinigern im Dorf, den ewigen Bußgebeten, der lieblosen Mutter und dem Vater, den er nie zu Gesicht bekommen hatte. Offenbar war der bei seiner Geburt verstorben oder im Kampf getötet worden. Bruno, der arme Kerl, verzehrte sich nach ihm – eine Hoffnung, die ihn niemals würde retten können.

Ich stand am Fenster, wo ich die Kreaturen der Nacht bei ihrer Arbeit belauschte, während Sophie mit einem Lappen Brunos fiebernde Stirn kühlte.

Das seit Kindheitstagen erlittene Martyrium Brunos hätte mich in meinem Zorn eigentlich mäßigen können, tat es aber nicht. Ich brannte vor Rachsucht auf *meine* Peiniger, die mir dieses Schicksal bereitet hatten. Noch immer konnte ich es nicht fassen, dass ich all die Jahre einer Täuschung aufgesessen war. Meine Eltern hatten mich nicht verstoßen, sie hatten mich im Kloster versteckt, um mich vor den Gerüchten zu schützen, eine Hexe zu sein.

Sabellicus. Gabriel.

Wenn ich nur an diese beiden Schurken dachte, loderte es in mir. Wo würde ich ihrer habhaft werden? Wen konnte ich befragen?

Die Chancen standen in Städten besser als auf dem Land. Pilger, Reisende und Händler erzählten, was sie erlebt und gehört hatten, tauschten Informationen und brachten Nachrichten von anderen Orten mit.

Die nächstgelegene Stadt war Bingen. Das passte in zweifacher Hinsicht: Ein Schiff würde mich schnell rheinauf- oder -abwärts bringen, je nachdem, wo Sabellicus zuletzt gesehen worden war. Sophie und Bruno würden solange im Geschäft meines Vaters unterkommen, die Dachkammer war groß genug für beide.

«Mutter.»

«Ja?»

«Wer ist Doktor Faustus?»

Ich rang nach Luft. «Wer?»

«Doktor ...»

«Wie kommst du auf den Namen?!» Ich trat vom Fenster zurück und starrte sie fassungslos an.

Sophie ließ den nassen Lappen fallen. Sie kannte meine Wallungen gut, sie war vorgewarnt. «Was ist? Es ist nur ein Name.»

Ich hatte Mühe, mich zu beherrschen, das Herz pochte bis zum Hals. «Woher kennst du diesen Namen?»

«Ich ... habe ihn gelesen.»

«Wo?»

«In den Briefen», antwortete sie, ging hinüber zum Herrgottswinkel und kam mit einer Schatulle zurück.

«Das Kästchen habe ich im Schacht gefunden.» Vorsichtig, auf Abstand bedacht, reichte sie es mir.

Es war die Schatulle meiner Mutter, in der sie die Ablassbriefe aufbewahrte. Ich zitterte, Tränen schossen mir in die Augen.

«Was ist mit dir, Mutter?»

«Ich ...»

«Habe ich etwas Falsches gesagt ... getan?»

Ich schüttelte den Kopf, wischte mir die Tränen aus dem zerfurchten Gesicht. «Nein, Schatz, hast du nicht. Ich ... habe einen Fehler begangen. Ich war es, nicht du.»

«Welchen Fehler?»

«Zu glauben», ich unterdrückte das Schluchzen, «dass

sie mich verlassen ... verstoßen hätten.» Als ich den Verschluss zur Seite klappte und den Deckel öffnete, quoll ein Stapel Briefe heraus, es mussten Dutzende sein.

«Großmutter? Niemals! Sie hat dich geliebt, gesucht.»

«Hast du die Briefe gelesen?»

«Großmutter ist tot. Hätte ich es nicht tun sollen?»

Was hatte Sophie erfahren? Was hatte meine Mutter verraten? Sicher nichts Gutes.

«Warum habe ich meine Großeltern nie kennengelernt?»

«Weil Großvater und ich zerstritten waren.» Es war Zeit, ihr die Wahrheit zu erzählen.

«Worüber habt ihr euch gestritten?»

Auch dafür musste ich nicht lügen. «Weil er der gleiche uneinsichtige Sturkopf gewesen ist, wie ich einer war und du nun einer bist.» Wie sehr hatte er mich damit zur Weißglut gebracht.

«Und Großmutter? Warum hat sie uns nie im Kloster besucht?»

Ich war kurz davor, in Tränen auszubrechen. «Kümmer dich um Bruno», antwortete ich ungehalten. «Er muss essen, wieder zu Kräften kommen.» Mit der Schatulle im Arm ging ich hinüber zum Herrgottswinkel und öffnete im Schein einer Öllampe den ersten Brief, der auf ein Jahr datiert war, in dem Sophie und ich das Kloster längst verlassen hatten und in die Höhle gezogen waren.

Meine Tochter, liebstes Gretchen,

es bricht mir das Herz, dass du meine flehenden Briefe nicht beantwortest. Was habe ich dir Böses getan?

Mir wurde schwindelig beim Anblick der Zeilen in ihrer Handschrift, die wie beschwingt über das Papier geglitten war. Dabei klagten die Worte mich an: *Warum hast du meine Briefe nicht beantwortet?*

Ich hatte nie welche erhalten.

Dein Vater sagt mir, du seist mir gram.

Wie kam er darauf? Seit der Nacht auf der Lichtung hatte ich ihn nicht mehr gesehen, geschweige denn gesprochen oder eine Nachricht von ihm erhalten. Ich wähnte mich in der kargen Klosterzelle verstoßen und verlassen. Ich hasste ihn bis aufs Blut.

Die Äbtissin lässt mich wissen, dass du bei guter Gesundheit bist, aber mit niemandem sprechen willst. Selbst mit mir nicht, deiner Mutter. Kind, ich flehe dich an, antworte mir, lass mich nicht länger leiden …

Das war es also, die Äbtissin, der Wall, der alles abwehrte und aus mir eine ahnungslose Gefangene gemacht hatte. Sie und mein Vater hatten einen Vertrag geschlossen …

«Mutter?»

«Was ist?!», rief ich ungeduldig. Ich musste mich konzentrieren, um das Verwirrspiel und den Verrat an meiner Mutter und mir aufzudecken.

«Du bist mir noch eine Antwort schuldig: Wer ist Doktor Faustus?»

Nach einer Woche war Brunos Fieber abgeklungen, die Verletzungen heilten, und auch die Schwellung des Beins ging zurück.

Für den nächsten Tag in aller Frühe setzte ich die Abreise fest. Wenn wir uns beeilten und nicht aufgehalten wurden, konnten wir Bingen um die Mittagszeit erreichen. Gottlob, denn ich wusste mich der quälenden Fragen Sophies nicht länger mit Ausflüchten zu erwehren: *Wer ist Doktor Faust? Was hat er mit uns zu tun?*

Natürlich ahnte sie es, *alles*, was ich ihr aus gutem Grund verschwiegen hatte. Sophie wollte die Bestätigung aus meinem Mund hören, bevor sie die nächsten, weitaus schlimmeren Fragen stellen würde.

Mutter hatte viel zu viel über Sabellicus und Faust zusammengetragen – Flugblätter, Visitenkarten und auch die verdammte Einladung zum *Spectaculum nekromanticum*.

In ihren Briefen wurde er immer wieder genannt, sein schädlicher Einfluss auf mich beklagt, Vaters Bemühen beschrieben, wie er dem Gerede um mich entgegenwirkte, das Unglück bedauerte ... und selbst die Warnung Trithemius' war ihr nicht entgangen.

Jedes einzelne Wort legte sich mir nun wie eine Schlinge um den Hals.

Ich wich Sophie aus, herrschte sie an, zu schweigen und sich um die Pflege Brunos zu kümmern, statt mir die Nerven mit Lügen und dem Gewäsch der Leute zu rauben. Ich müsse die nächsten Schritte planen, uns sicher von hier wegbringen.

Ein Gutes hatte Mutters Schatulle dann doch. Im Wissen des sicheren Tods hatte sie den Familienbesitz vor den Plünderern gerettet, darunter die königliche Urkunde, dass unsere Familie Herr der Burg war – letztlich war sie wertlos, die Burg und die Ländereien würden mit dem Tod meines Vaters an den König zurückfallen. So auch der Siegelring, der gebrochen werden musste.

Nur hatte sich bisher kein Vasall des Königs auf die Hexenburg getraut. Das konnte von Vorteil sein, allerdings durfte ich mir nicht zu viel Zeit lassen, schon morgen konnte es zu spät sein, und dann war ich nicht länger Burgherrin, sondern nur noch eine entsprungene Hexe.

Das Haus und das Geschäft in Bingen wie auch die

Schiffe waren vom Lehen befreit. Das konnte mir niemand nehmen. Fraglich war, wie ich beweisen würde, dass ich die Tochter meines Vaters, des Grafen, war. Mein Geburtsschein konnte helfen, er war von Meister Leonhard unterzeichnet, und da gab es auch noch ein Glückwunschschreiben von Trithemius. Den restlichen Neidern würde ich das Maul mit dem stattlichen Schatz stopfen, den meine Mutter für Zeiten wie diese angehäuft hatte – Goldstücke und Edelsteine, die in einem Säckchen am Boden der Schatulle bereitlagen.

Alles in allem: Ich hatte Burg und Land verloren, dafür ein blühendes Geschäft und einen beträchtlichen Besitz gewonnen. Nichts weniger als das würde ich benötigen, um Sabellicus zur Strecke zu bringen. Und wenn es das Letzte war, was ich in diesem Leben noch vollbringen konnte, ich würde nicht eher ruhen, bis er vor meinen Augen und durch meiner Hände Werk elend zugrunde ging. *Zur Hölle mit dir! Zur Hölle mit allen Teufeln!*

Ein Seufzen holte mich aus den Gedanken zurück. «Bruno ist wach.»

Mit der Öllampe in der Hand humpelte ich hinüber ans Bett. Sophie wirkte müde und erschöpft, aber die Erleichterung über Brunos Genesung zauberte ein dankbares Lächeln in ihr Gesicht und schenkte mir die Gewissheit, am Morgen tatsächlich abreisen zu können.

«Wie geht es dir?», fragte ich ihn.

«Durst», antwortete er heiser. «Wasser ...»

Sophie half ihm, sich aufzurichten und zu trinken. Er stürzte das Wasser in sich hinein.

«Nicht so hastig, es ist genug da.»

«Hast du noch Schmerzen?», fragte ich und wies auf sein verletztes Bein, das mit Stäben und Fetzen bandagiert war.

Er nickte. «Ist es gebrochen?»

«Wir fahren morgen zu einem Doktor nach Bingen.»

«Wollen wir nicht noch warten?», warf Sophie ein, und ich war mir nicht sicher, ob sie es wegen Bruno sagte.

«Ein Doktor kann ...»

«Die Reise wird ihm Schmerzen bereiten.» Sie wollte mich nicht aus dem Verhör entlassen.

Unverhofft sprang Bruno mir bei. «Es wird schon gehen. Irgendwie ...», erwiderte er und stöhnte vor Schmerz, als er versuchte, das Bein zu bewegen.

«Dann ist es entschieden», sagte ich kurzerhand und wandte mich ab. Auf Befindlichkeiten konnte ich nicht länger Rücksicht nehmen.

Sophie aber kam mir nach. «Was machen zwei, drei Tage für einen Unterschied?»

Viel, wenn sie von meinen dringenden Plänen gewusst hätte, und noch mehr, was meine Flucht vor ihren Fragen betraf.

«In Bingen kann sich ein richtiger Arzt um ihn kümmern.»

«Der kann auch nicht mehr tun als wir», fauchte sie mir hinterher.

«Du weißt nicht, wovon du sprichst.»

«Das weiß ich sehr wohl, Mutter. Ist es nicht eher so, dass du unseren Besitz und die Familie aufgeben willst?»

Ich fuhr herum. «Hüte deine Zunge, Kind.»

«Ich bin deine Ausflüchte und Lügen leid. Sag mir endlich die Wahrheit. Ich will ... ich muss es wissen. Ich habe ein Recht darauf.»

Mir zuckte die Hand. «Welche *Wahrheit*?»

«Du weißt genau, welche.»

Ich schwieg.

«Erzähl mir noch mal die Geschichte von meinem Vater.» Sie lächelte gehässig.
«Die habe ich dir schon tausend Mal ...»
«Die Wahrheit!», schrie sie mich an. «Die Wahrheit!»

XXI
DRACHENKLINGE

Der Siegelring an meiner Hand hatte die Torwache schließlich überzeugt – nicht meine ellenlangen, fast schon verzweifelten Versuche, ihnen zu erklären, wessen Tochter ich war. Schon gar nicht meine finstere Erscheinung.

Die Gespräche in den Gassen verstummten, sobald man unseren ramponierten Karren sah. Ich saß auf dem Kutschbock, hatte die Kapuze tief ins Gesicht gezogen und rief damit Misstrauen hervor, auch Beschimpfungen. Fremde waren nicht gerne gesehen – in einer Hafenstadt.

Auf der Ladefläche stöhnte Bruno bei jedem Schlagloch, das der Karren nahm, während Sophie seine Schmerzen mit Wein zu mildern versuchte.

Seit unserem Streit von letzter Nacht hatte sie kein Wort mehr mit mir gewechselt. Sie war fest davon überzeugt, dass ich sie belog. *Kluges Kind.*

Selbstverständlich war ich bei der Version vom edlen Junker aus Straßburg geblieben, der am Vorabend unserer Hochzeit einem Straßenräuber zum Opfer gefallen war. Verwandtschaft gab es keine, auch kein Grab, das sie hätte aufsuchen können, um meine Angaben zu überprüfen. Der Rhein hatte seine Leiche fortgetragen. Traurig, aber wahr. Ende der Geschichte.

Sophie hatte nicht lockergelassen. Sie piesackte und verfolgte mich, brachte mich mit der einen verfluchten Frage an den Rand des Wahnsinns: *Wer ist mein Vater? Wer ist mein Vater?!*

Es war das erste Mal, dass mir die Hand ausrutschte. Damit sie endlich schwieg. Damit sie die Toten ruhen ließ. Damit sie mir nicht den Verstand raubte.

Ich war am Ende meiner Kräfte. Niemals durfte sie erfahren, wer ihr Vater war, was er mir, der Familie und damit auch ihr angetan hatte.

«Wie weit ist es noch?», rief Sophie nach vorne. «Der Krug ist leer.»

«Leer, leer ...», sang Bruno, nicht mehr Herr seiner Sinne.

«Gleich, nur noch ein paar Straßen.»

Sobald ich Sophie und Bruno untergebracht und einen Arzt bestellt hatte, wollte ich mich nach Sabellicus umhören. Am Hafen, unweit unseres Hauses, gab es zwei Schänken, in denen Schiffsvolk und Reisende verkehrten. Sie brachten Neuigkeiten in die Stadt. Wenn jemand wusste, wo sich Sabellicus aufhalten konnte, war dort die Chance am größten.

Zuvor musste ich Wenzel, den Sekretär meines Vaters, für mich gewinnen, er hatte mich seit Jahren nicht mehr gesehen. Der Siegelring und die Urkunden, notfalls auch mein Geburtsschein sollten ihn überzeugen, dass ich die Tochter meines Vaters war und damit die rechtmäßige Erbin eines florierenden Handelsunternehmens mit einem halben Dutzend Schiffen, Kapitänen und Besatzung.

Der Weg durchs Gewusel führte uns an den Hafenarbeitern vorbei, die Säcke schleppten, Fässer rollten und Lastkräne beluden. Auf den Schiffen gellten die Kommandos der Kapitäne und Vorarbeiter. Niemand beachtete uns, niemand nahm Anstoß.

«Macht euch bereit», rief ich über die Schulter, «wir sind da.»

«Bacchus sei's gedankt», kicherte Bruno, Sophie strafte mich mit Schweigen. Ich dachte nicht weiter darüber nach und befahl dem Gaul unter dem aushängenden Familienwappen und dem Eingangstor den Halt.

Noch immer war das prächtige Haus eines der ersten und besten Adressen in unmittelbarer Hafennähe. Ich konnte stolz darauf sein. Allerdings nicht auf den Dreck davor – getrocknete Fäkalien und Abfall zogen sich über die ganze Länge der Fachwerkfassade –, auch die Fenster hätten längst eine Reinigung vertragen.

Straße, Haus und Hof sauber zu halten war Aufgabe des alten Hartmann, der guten Seele des Betriebs und des Sorgenonkels meiner Kindertage, wenn es zwischen Vater und mir nicht gut bestellt war. Er wohnte im Hofgebäude, wo er Augen und Ohren auf das Lager hatte, den Transport der Güter beaufsichtigte und damit stets wusste, wie es um Diebstahl und Betrug seitens der Arbeiter und Angestellten stand. Auf Hartmann war stets Verlass gewesen, mein Vater dankte es ihm mit freier Kost und Logis ein Leben lang.

Ein kühler Wind strich den Fluss herauf, er führte Laub und Staub mit sich, blähte die Segel der Schiffe. Gewitterwolken folgten, die Kommandos wurden lauter und drängender, die ersten Tropfen fielen.

Ich saß ab und sah mich mit einem geschlossenen Eingangstor konfrontiert, was seltsam war, denn es stand stets für Lastenträger, Kapitäne, Händler und die Buchhalter im Erdgeschoss offen. Wo waren sie nur alle?

«Es ist genug», schimpfte Sophie den an ihrer Seite humpelnden Bruno, der den leeren Weinkrug nicht aus der Hand geben wollte, und ich rüttelte am Tor.

Gottlob, es war nicht verschlossen und öffnete sich knarrend. Etwas Schmiere hätte den Angeln gutgetan …

Der erste Blick in die Durchfahrt und auf den dahinter liegenden Hof nährte meine Befürchtungen, dass etwas ganz und gar nicht stimmte. Wo normalerweise Ordnung und Sauberkeit herrschten, regierten nun Chaos und Zerstörung. Zerschlagene Fässer lagen herum, dazwischen aufgeplatzte Säcke, faulendes Saatgut und Gemüse. Was zum Teufel war hier los?

Zur Rechten ging es in die Stube der Buchhalter und Händler. Ich drückte die Klinke, die Tür ließ sich nicht öffnen. Gegenüber befand sich der Zugang zu den Kammern der Gäste und zum Empfangssaal für die Geschäftspartner – das Reich meines Vaters. Verschlossen.

«Wartet hier», sagte ich zu Sophie und Bruno und bahnte mir den Weg an Ratten, schwirrenden Insekten und Käfern vorbei in den Hof.

Ein Donnergrollen empfing mich, gefolgt von prasselnden Regentropfen. Die hohen, breiten Lagertore standen offen, die Fuhrwerke und Ladekräne waren verschwunden, aus dem Stall wehte ein unerträglicher Gestank herüber. Zorn flammte über so viel Nachlässigkeit auf, über …

«Hartmann!»

Ich wartete die Antwort nicht ab und drückte die Klinke der Tür, die in seine Behausung führte. Und wieder schlugen mir Gestank und Zerstörung entgegen. Tisch und Stühle waren umgeworfen, Teller und Töpfe lagen verstreut auf dem Boden, der Kadaver einer Katze … und Fliegen, überall.

«Hartmann?»

Nichts, nur das wütende Surren der aufgescheuchten Fliegen. Was zum Teufel ... Ich sollte vorsichtig sein und suchte nach einem Messer, einem Prügel, irgendetwas, mit dem ich mich verteidigen konnte, falls ich auf jemand anderen treffen sollte.

Mit leeren Händen ging ich weiter ... und fand ihn endlich, den alten, treuen Hartmann, in seiner Schlafkammer. Blutüberströmt.

Der Himmel konnte sich noch so ins Zeug legen. Das Feuer von Zorn und Rache, das in mir loderte, würde er nicht löschen können.

Nachdem ich Hartmann mehr tot als lebend im Bett vorgefunden und mir einen Reim auf seine wirren Erklärungen zu Wenzel und den neuen Machtverhältnissen in unserem Haus gemacht hatte, galt mein nächster Weg dem Waffenschmied. Sophie holte derweil einen Arzt für die beiden Verletzten.

Ich wollte dem Schicksal nicht länger wehrlos ausgeliefert sein und dafür eine für mich brauchbare Waffe besorgen. Vor allem dürstete ich nach Vergeltung. Untreue, Verrat, Betrug, Hinterlist ... Ich hätte die Verfehlungen, deren sich Wenzel schuldig gemacht hatte, ewig fortführen können. Mit jedem Schritt durch das Gewitter fielen mir weitere ein. Sie würden nicht ungesühnt bleiben.

Eine entsprechende Antwort auf den Frevel war ich nicht nur dem alten Hartmann schuldig, der sich dem Gauner mutig in den Weg gestellt hatte, von ihm geschlagen und misshandelt worden war, sondern auch meinen Eltern – speziell meinem Vater und dessen Lebenswerk. Er wäre zu keinem anderen Entschluss gekommen als ich: *für Gerechtigkeit sorgen!*

Bis auf die Knochen durchnässt, humpelte ich im strömenden Regen durch die Gassen, achtete auf nichts und niemanden, gab der Rachelust in meinem Herzen grenzenlosen Raum. Heute Nacht würde Wenzel vom Zechen und vom Glücksspiel in unser Haus zurückkehren, vermutlich betrunken, wie Hartmann gesagt hatte, dann würde ich ihn stellen, Rechenschaft von ihm fordern.

Wie war es ihm überhaupt möglich gewesen, Haus, Hof und den gesamten Besitz – die Güter aus dem Lager, die Schiffe und Handelsrechte – für die Begleichung seiner Spielschulden verkaufen zu können? Dafür hätte es der Unterschrift meines Vaters bedurft, er allein war zeichnungsberechtigt.

Es gab nur eine Erklärung: Wenzel musste nach dem Tod meiner Eltern Briefe, Verträge und Unterschriften gefälscht und sie mit der Zweitanfertigung des Familiensiegels versehen haben, das im Schreibtisch meines Vaters aufbewahrt wurde. Damit war alles rechtens, niemand würde Verdacht schöpfen. *Außer Hartmann.*

Rauchschwaden wälzten sich hoch über mir in den Regen, die Luft stank nach Stahl und Schweiß. Ich folgte dem Weg und betrat schließlich die Waffenschmiede, einen erstaunlich hellen und aufgeräumten Raum, an den Wänden ringsum Waffen aller Art und Zwecke.

Der Meister befand sich im Gespräch mit einem Kunden, sein kritischer, fragender Blick blieb an mir haften, während er die Vorzüge einer langen Klinge pries – ihre größere Reichweite im Vergleich zu einem Kurzschwert oder einem Dolch, die höhere Kampfkraft und so weiter. Alles sehr interessant für mein Vorhaben, ich hörte genau hin.

Der Nachteil: Auf kurzer Distanz war ein langes Schwert nur mit viel Können zu führen, man benötigte Kraft und Ausdauer. Für mich besonders nachteilig: Jeder sah das Schwert am Gürtel hängen. Ich brauchte jedoch eine unauffällige Waffe, die die Vorteile einer Distanz- und einer Kurzwaffe in sich vereinigte, außerdem musste sie leicht zu führen sein.

Ein Großteil der ausgestellten Schwerter schied damit aus, so wie schwere, unhandliche Streitkolben oder an Ketten hängende Eisenkugeln. Gab es in diesem Arsenal des Mörderhandwerks nicht eine einzige grazile Waffe, die eine rachsüchtige Frauenhand diskret und tödlich zum Einsatz bringen konnte?

«Ihr werdet es nicht glauben», unterbrach der Kunde die Auslobung des Schmieds, es schien, als sei er an einer Waffe nicht sonderlich interessiert, umso mehr daran, den Regen im Trockenen abwarten zu können. «Ich habe eine geradezu wundersame Geschichte über diesen Doktor Faust gehört.»

Ich fuhr herum.

«Von dem hört man so einiges», stimmte der Waffenschmied zu, lenkte das Gespräch aber wieder auf seine Ware. «Lasst mich Euch das Schwert ...»

«Zu Basel in der Schweiz soll es kürzlich gewesen sein, dass Faust aus dem Nichts Geflügel gezaubert hat, ganz unbekanntes.»

«Andere Länder, anderes Getier.»

«Schon möglich, aber nicht, dass er einen schwarzen Hund mit sich führt, der sich auf Befehl in einen Diener verwandelt und Essen serviert.»

Was war das für eine irrsinnige Geschichte?

Selbst der geduldige Waffenschmied mochte nicht so

recht daran glauben und blickte verstohlen zu mir herüber.

«Na ja, ich weiß nicht ...»

«Wenn ich es Euch sage, es ist wahr. Ein Doktor der Theologie hat mit Faust gespeist und alles beobachtet.»

«Ein katholischer oder lutherischer?»

Als hätte es einen Unterschied gemacht. Welcher Unsinn ging über Sabellicus da um?

«Zugegeben», lenkte der Schmied ein, «manche halten Faust für einen Schwindler und Scharlatan, den man schleunigst den Folterknechten übergeben sollte, andere wiederum loben ihn in den höchsten Tönen.»

«Habt Ihr nicht davon gehört, dass kein Geringerer als der Bischof von Bamberg sich ein Horoskop von Doktor Faust hat erstellen lassen?»

Ein Horoskop für einen mächtigen Bischof ... Wer war hier mit mehr Blindheit geschlagen?

«Und dass er mit einem Mönch ebendort einen hochgeistigen Disput geführt hat?»

Ich musste an mich halten, Sabellicus debattierte nicht mit Pfaffen, er verachtete, verhöhnte sie.

Der Waffenschmied hatte genug von dem Märchengeschwätz, so wie ich auch. «Wie dem auch sei, dieses Schwert ...»

«Es ist spät geworden», entgegnete die Plaudertasche. Ein kurzer Blick zum Fenster hinaus in den strömenden Regen, ein Seufzen. «Habt Dank für Eure Aufmerksamkeit, ich muss weiter, man erwartet mich im Wirtshaus.» Ein Gruß, und er verließ die Schmiede.

Zurück blieb ein verärgerter Schmied, der ihm die Pest an den Hals wünschte. In dieser Stimmung wandte er sich an mich. «Womit kann ich Euch die Zeit *vertreiben*?»

«Beruhigt Euch», kam ich weiteren Frechheiten zuvor, «ich bin hier, um tatsächlich etwas zu kaufen.»

Er suchte zu erkennen, wer sich unter dem Umhang und der Kapuze befand, ich gestattete es ihm nicht. «Nun denn, was soll es sein?»

Meine Anforderungen an die gesuchte Waffe waren heikel, was die Auswahl auf kurze Schwerter und Dolche beschränkte. «Zu auffällig», erwiderte ich auf das erste Exemplar, das zweite war zu kurz, alle weiteren zu schwer oder zu unhandlich. «Habt Ihr vielleicht etwas, das man nicht gleich als Waffe erkennt?»

Für einen Moment hielt er inne, dachte nach, während ich den nächsten Waffenschmied ins Auge fasste. «Da gäbe es schon etwas, allerdings, könnt Ihr Euch eine so edle Waffe auch leisten?»

Hätte er meine funkelnden Augen gesehen, hätte sich die Frage erübrigt.

«Ein Meisterstück», fuhr er fort, «das ich für einen Fürsten erstellt habe. Leider zu spät, er ist in der Schlacht gefallen, der alte, bucklige Narr. Glaubte, er sei noch immer ein junger Recke.»

So wie mein Vater, der vom Schlachtfeld nicht mehr zurückgekehrt war. Ich holte zwei Goldstücke hervor. «Reicht das?»

Das tat es. Der Waffenschmied eilte in den hinteren Teil der Schmiede, bevor ich es mir anders überlegte, und kramte in einer Kiste, während ich gespannt darauf wartete, was er mir für zwei ganze Goldstücke anbieten würde. Eine gute Gelegenheit, um das vorige Gespräch aufzugreifen, meine Neugier zu stillen.

«Was habt Ihr von diesem Doktor Faust schon gehört?», rief ich ihm zu.

«*Wie?*»
«Doktor Faust.»
«Ach, Unfug, dummes Zeug.» Wie recht er hatte.
«Wo hat man ihn zuletzt gesehen?»
«Basel ...»
«Zaubermärchen.» Damit war nichts anzufangen.

Er hatte das gesuchte Stück endlich gefunden und kam mit etwas zurück, das nach einem Gehstock mit silbernem Knauf aussah. Ich wusste nicht recht, was ich damit anfangen sollte.

«Seht die feine Arbeit», sagte er und hielt mir das Stück unter die Nase, damit ich jedes Detail seiner Kunstfertigkeit bewundern konnte – einen schwarzen Gehstock mit einem silbernen, geschwungenen Handgriff, der den Ritt eines Teufels auf einem Drachen darstellte.

«Ihr habt mich nicht richtig verstanden», entgegnete ich enttäuscht. «Eine Waffe suche ich, die ...»

«... leicht ist und als solche nicht erkannt wird. Richtig?»
Ich seufzte. «Ja.»
«Passt auf, schaut genau hin.»

Mit Daumen und Zeigefinger, die den Knauf umschlossen, drückte der Schmied den Drachenkopf zur Seite, sodass er im wahrsten Sinne des Wortes auf dem Kopf stand. Ein Klicken folgte, und mit einem stolzen, breiten Lächeln zog er eine glänzende Klinge aus dem Schaft, die gut die Länge meines Armes maß.

Ich wich zurück. Niemals hätte ich *damit* gerechnet.

«Probiert es selbst», sagte er, führte die Klinge in den Schaft zurück und verschloss sie mit einer geschmeidigen Bewegung des Drachenkopfes.

Die Drachenklinge sah leichter aus, als sie tatsächlich war, der schmale Stahl war demnach von guter Qualität.

Dennoch lag die Waffe gut in der Hand, stützte mich als Gehhilfe und ließ sich mit einer winzigen Bewegung öffnen. Ausgestreckt verdoppelte sie die Reichweite meines Arms, war rasiermesserscharf und für eine schwache, ungeübte Hand ausbalanciert. Sie war perfekt!

«Die Klinge dringt mühelos durch jedes Lederwams, und selbst ein verstärkter Brustpanzer vermag sie nicht aufzuhalten. Vorausgesetzt, Ihr wisst, wie Ihr sie zu führen habt.»

Als Grafentochter hatte ich mit den Waffen meines Vaters geübt und auf dem Hof mit den Waffenburschen gefochten, die korrekte Handhabe war mir also nicht fremd. Und dennoch, dieses feine Instrument galt es kennenzulernen, zu erforschen und anzuwenden. Ich war mir sicher, dass es mir gelingen würde, es war der Beginn einer großen Freundschaft.

«Darf ich fragen, wofür Ihr sie braucht?» Er lächelte verschlagen.

Wozu führte man schon eine Waffe mit sich?

«Faust», antwortete ich unverhohlen, ich hatte nichts mehr zu verlieren, «wo, glaubt Ihr, ist er zu finden?»

Es ging auf Mitternacht zu. Höchste Zeit, Sophie und Bruno ins Bett zu schicken. Ich musste noch ein *vertrauliches Gespräch* führen.

Worum es ging, wusste nur Hartmann. Ich war zu dem verpflichtet, was er auf seine alten Tage nicht hatte vollbringen können – die Ehre unserer Familie wiederherzustellen. *Rache nehmen!*

Die Verletzungen der beiden Patienten waren von einem

Arzt behandelt worden, den Sophie aufgetrieben hatte. Bruno sollte bis Weihnachten wieder gehen können, Hartmann hingegen würde nicht mehr auf die Beine kommen. Die Unterbringung in einem Spital für Alte und Gebrechliche oder in einem Kloster sei die beste Lösung, er hätte nicht mehr viele Tage vor sich.

Für mich stand fest, ich würde ihm die Gnade erweisen und für die Kosten aufkommen, auch wenn er sich dagegen sträubte. Hier, in unserem Haus und in seinem eigenen Bett, wollte er den baldigen Tod willkommen heißen, nirgendwo sonst. Nur war das nicht möglich, nach dem, was mir in der Amtsstube mitgeteilt worden war. Die Übertragung von Haus und Besitz auf den neuen Eigentümer sei rechtens, versicherte man mir, die Unterschrift meines Vaters unzweifelhaft. Ende des Monats hatten wir Haus und Hof mit allen Schlüsseln zu übergeben.

Mein Protest war an dem Sturkopf abgeprallt. Wenn ich Grund zur Klage hätte, sollte ich mich an die ehrenwerten Herren des Mainzer Domkapitels wenden. Die regierten in Bingen, die entschieden ... und ich verzweifelte daran.

Sollte ich mich bei meinem Aussehen und mit dem Ruf als Teufelsbraut tatsächlich auf einen Rechtsstreit mit ihnen einlassen? Wie hoch waren meine Chancen auf Erfolg? Genauso gut hätte ich auf dem Besen zum Inquisitor reiten können.

«Sei vorsichtig», nuschelte Hartmann mit geschwollenen Lippen, die Nase krumm geschlagen und ein Auge verbunden, «trau seinen Lügen nicht.»

Es fiel ihm schwer zu sprechen, ich konnte kaum die Fassung bewahren, wie man einen alten Mann so übel hatte zurichten und ohne Wasser und Brot seinem Schicksal überlassen können, er war nur noch ein Schatten seiner selbst.

«Das werde ich», beschwichtigte ich ihn und stand auf, «nun schlaf. Ich schaue später noch mal nach dir.»

Er griff zittrig nach meiner Hand, ein schwacher, kalter Druck. «Wenzel ist voller Hinterlist. Sei auf der Hut.»

Den Rat nahm ich gerne an, auch wenn sich der Gauner besser vor mir in Acht nehmen sollte. Er hatte keine Ahnung, mit wem er es zu tun bekommen würde.

Behutsam schloss ich die Tür hinter mir, seufzte, nun fehlten nur noch Bruno und Sophie. Sie saßen im Kerzenschein am Tisch, tuschelten geheimnisvoll. Bruno schien ängstlich zu sein, Sophie entschlossen und aufgebracht. Als sie mich wahrnahm, wechselte ihre Stimmung wie ein Schilfrohr die Richtung im Wind. Ich meinte, ein zufriedenes Lächeln in ihrem Gesicht zu erkennen. Ich hätte es besser wissen sollen.

«Es ist Zeit», sagte ich, «geht zu Bett.»

Sophie zögerte. Etwas lag ihr auf dem Herzen, sie wollte reden. Es war unverkennbar.

Ich war in Eile, musste noch mit der Klinge üben. «Was immer es ist, Sophie, können wir morgen darüber reden?»

Sie umarmte mich. «Du weißt, dass ich dich liebe.»

Mir fiel ein Stein vom Herzen. Sie hatte mir verziehen, zumindest dieses Mal. «Und du weißt, dass ich *dich* liebe.»

Für ein paar Augenblicke lagen wir uns wortlos in den Armen, dann küsste sie mich und ging zu Bett.

«Schlaf gut», rief ich ihr nach, «morgen früh reden wir. Versprochen.»

Doch sie hörte mich nicht mehr. Dabei war ich es, die nicht gehört hatte.

Die Turmuhr schlug zwölf. Der Wirt würde schließen und Wenzel auf dem Weg sein.

Ich begab mich ins Arbeitszimmer meines Vaters, wo

Wenzel als Hausherr logierte. Das Kaminfeuer loderte ausreichend hell, sodass wir uns in die Augen sehen und erkennen konnten – einen kurzen Moment lang, bevor das Licht für immer erlosch.

In Vaters Sessel nahm ich Platz, legte eine Hand auf die Lehne, die Finger der anderen liebkosten den silbernen Drachenkopf an meinem Gehstock. Das kalte Metall fühlte sich gut an, die kleinen, spitzen Zähne ...

Schritte. Jemand stocherte am Schlüsselloch, bis er endlich verstand, dass die Tür bereits offen war. Er trat ein – und stockte.

«Wer bist du?!» Die Hand ging zum Gürtel.

Ich stand auf, richtete mein Gesicht dem Feuerschein zu. «Ich bin es, erkennst du mich jetzt?»

Vorsichtig kam er auf mich zu. «Verrücktes Weibsbild, was erlaubst du dir?» Zwei Armlängen vor mir blieb er stehen, ich hätte es mir nicht besser wünschen können. «Scher dich fort, bevor ich dir Beine mache.»

«Es ist zwar schon ein paar Jahre her, aber mit etwas Phantasie sollte es dir gelingen.» Ich lächelte, hielt ihm meine weniger versehrte Gesichtshälfte hin. «Besser?» Ich sah das Bemühen in seinen Augen, die Ratlosigkeit, den Zweifel ... schließlich das Erkennen und den Schrecken.

«Du?» Er wich zurück.

«Wiederauferstanden von den Toten.»

«Un...möglich. Was machst du hier?»

Angst überkam ihn, ich fühlte Erregung. «Es war höchste Zeit, nach dem Rechten zu sehen. Meinst du nicht auch?»

«Ich habe alles getan, was dein Vater mir aufgetragen hat.»

«Interessant. Sprich weiter.»

«Bevor er in die Schlacht ritt ... falls er nicht zurückkehren sollte ... alles verkaufen ... das Geld deiner Mutter bringen.» Seine Ausreden waren noch erbärmlicher, als ich sie mir vorgestellt hatte.

«Und, wie hast du das angestellt?»

«Mit einer Vollmacht. Von ihm unterzeichnet.»

«Natürlich.»

«Es ist die Wahrheit!»

Wieso nahm jeder Lügenbold dieses Wort in den Mund? Unerträglich.

«Nun gut. Wo ist das Geld geblieben?»

Sein schnelles Reaktionsvermögen überraschte mich. Er seufzte, schüttelte den Kopf und bemühte sich sogar um Fassungslosigkeit. «Eine Tragödie ... Ich kann es noch immer nicht fassen.»

«Was?»

«Hast du denn nicht davon gehört? Die Burg, deine Mutter ...»

«Was ist mit ihr?»

«Tot ... ausgeraubt. Alles ist verloren.»

«Mutter ... und auch das viele Geld?»

Sah ich da eine Träne in seinem Auge?

Er öffnete die Arme, damit wir uns gemeinsam der Trauer hingaben, und doch ging eine Hand an den Gürtel, zum Dolch.

Mit einer winzigen Bewegung gab ich den Drachen frei und öffnete ebenfalls den Arm. «Komm», schniefte ich, «komm zu mir.»

Mit einem voreiligen Lächeln nahm er die Einladung an, zückte den Dolch und glaubte tatsächlich mich überrumpelt zu haben, das dumme, kleine Ding von damals.

Er lief geradewegs in die Drachenklinge hinein, ich

musste nichts anderes tun, als sie ausgestreckt zu halten und das schwindende Röcheln zu genießen.

Seine verlogene Fratze!

XXII
LEUCHTTURM

«Herrin! Kommt!»
Es fiel mir schwer, die Augen zu öffnen. Die Leiche zu beseitigen hatte mich die letzten Kräfte gekostet, ich war erst spät ins Bett gekommen. Und nun dieser Radau vor der Tür.

«Sophie!», es war Bruno. «So kommt doch endlich. Sie ist weg.»

«Weg?» Ich richtete mich auf. «Was meinst du?» Ich schaute zu Sophies Bett hinüber. Die Decke war aufgeworfen, die Schuhe fehlten, auch ihr Umhang war nicht mehr da. «Wahrscheinlich ist sie nur an den Fluss gegangen.»

Mit schmerzendem Rücken mühte ich mich auf und schlüpfte in die Schuhe. An den Händen klebten Reste von getrocknetem Blut – eine Nachlässigkeit, die mich nicht sonderlich störte, im Gegenteil, sie erzeugte tiefe Befriedigung.

«Ist sie nicht. Hab sie überall gesucht», drang Brunos Stimme ins Zimmer.

Ich öffnete die Tür, gähnte den aufgeregten Jungen schamlos an. «Wie spät ist es?»

«Es geht auf neun zu.»

Himmel! So lange hatte ich geschlafen?

«Noch mal, in aller Ruhe: Was ist los?»

«Sophie ... sie ist nicht mehr da.»

Langsam verlor ich die Geduld, auch das Verständnis für Rätselraten am Morgen. «Wie kommst du darauf?»

«Sie hat es mir letzte Nacht gesagt ... dass sie ihren Vater suchen will.»

Mit einem Mal war ich hellwach. «Was zum Teufel redest du da?!»

Er trat einen Schritt zurück. «Ich habe sie beschworen, es nicht zu tun. Ihr würdet es nicht gutheißen.»

«Aber ...»

«Es ist nicht meine Schuld. Ich habe es ihr nicht gesagt.»

Das Blut schoss mir zu Kopf. «Was *gesagt*?!»

«Dass ihr Vater der berühmte Zauberer Doktor Faust ist.»

Als hätte mich ein Schlag ins Genick getroffen. «Hast du den Verstand verloren?!»

«Ich hab's ihr nicht gesagt ... ich nicht.»

«Wer dann?!»

«Der Arzt, gestern.»

Gestern ... Mir schwirrte der Kopf. «Erklär dich, und wehe, du lügst mich an.»

Der Quacksalber sei nur widerstrebend in unser Haus gekommen, berichtete Bruno, das *Hexenhaus* ...

Das verfluchte Hexengeschwätz war also bis nach Bingen gedrungen. Ich hätte es ahnen müssen, ich hatte keine Zeit zu verlieren. «Kümmere dich um Hartmann», befahl ich ihm und zog mich an.

«Wohin wollt Ihr?»

Ich hätte ihn erwürgen können, und Sophie gleich mit.

Die Abenddämmerung zog auf, mit ihr ein kräftiger Wind aus Osten, der die fest vertäuten Boote und Schiffe entlang der Mole in Bewegung setzte. In der Nacht würde er sich zu einem Sturm aufschaukeln, prophezeiten die wetterkundigen Schiffer. Man brachte Hab und Gut in Sicherheit, verriegelte die Fenster, blieb zu Hause, anstatt sich auf der Straße oder in einem der Wirtshäuser herumzutreiben.

In solch stürmischen Nächten ritten die Hexen aus, warnten welche, um Unglück über die armen, ahnungslosen Seelen zu bringen. Rosenkränze würden helfen, das elende Teufelsvolk abzuwehren.

Weder Sturm noch Hexen konnten mich aufhalten, Sophie zu finden, und wenn ich auch sonst keinen Wert aufs Beten legte, nun war ich so weit, Litaneien von Rosenkränzen zu sprechen.

In jeder Gasse suchte ich nach ihr, klopfte an Türen, befragte Fischer, Händler, Reisende und selbst die Priester, ob sie meine Tochter gesehen hatten. Ich wurde beschimpft, verflucht und bespuckt, sobald man mich erkannte, man warf mit Steinen nach mir, hetzte die Hunde auf mich …

Ein ehemaliger Buchhalter meines Vaters wollte mich gar auf der Stelle im Rhein ersäufen, ich hätte ihm am liebsten die räuberischen Finger abgeschlagen. Früher hatte er sich nur zu gerne verrechnet, um die überzähligen Fässer Wein aus unserem Lager in seinen Keller zu schaffen. Die krumme Bilanz war von meinem Vater mit Rutenstreichen korrigiert worden.

Vergessen waren die Spenden meiner Familie an die Klöster, Kirchen und Armen, das Geld für den Bau eines Spitals, der Lohn für die vielen Hungerleider im Hafen und bei der Ernte. Nichts davon zählte mehr, niemand wollte sich daran erinnern. Es gab keine einzige barmherzige Seele in dieser gottverlassenen Stadt, die ich einst meine Heimat genannt hatte. Ich war ausgestoßen, gehörte nicht länger zu ihnen.

Erschöpft und niedergeschlagen stand ich an der windumtosten Mole und starrte auf die sich türmenden Wellen. Wo konnte ich noch suchen? Auf der Straße war niemand, den ich hätte fragen können.

Hatte Sophie vielleicht ein Schiff genommen? In welche Richtung war es gefahren? Rheinaufwärts oder rheinabwärts? Oder die Mosel hinauf?

«Herr im Himmel! Hilf mir.»

Als Antwort hörte ich klappernde Fensterläden und glucksende Wellen. Mir war, als verhöhnten sie mich – für meine Unachtsamkeit, für meine Sturheit, dass immer nur das zählte, was *mir* wichtig war.

Warum hatte ich Sophie vergangene Nacht zurückgewiesen?

Sie wollte mit mir sprechen – ich hätte nur zuzuhören brauchen, um sie von dem verrückten Vorhaben abzubringen. Es hatte diese *eine* Chance gegeben, und ich hatte sie verstreichen lassen.

Meine ganze Verzweiflung und Wut brüllte ich in die anbrechende Nacht, während der Sturm an mir zerrte, mir befahl weiterzugehen, nicht aufzugeben. *Such sie! Such sie!* Nur wo?

Regentropfen schlugen mir die Antwort ins Gesicht. *Geh weiter! Immer weiter!* Blind und richtungslos ließ ich mich treiben, Gott allein wusste, wohin.

Im Labyrinth der schiefen Gassen und verruchten Hafenkaschemmen, wo keine anständige Frau etwas verloren hatte, sah ich den Schein einer im Wind baumelnden Schiffslampe. Über der Tür ein Schild: *Der Leuchtturm*.

Düster war es im Inneren, stickig, feucht und warm. Schmutzige Gesichter drehten sich nach mir um. Ein kurzer, prüfender Blick, und schon war das Interesse an der durchnässten und zerzausten Fremden versiegt. Sie beugten sich wieder über ihre Becher, tranken, redeten oder würfelten, als sei ein verunstaltetes Hexenweib das Normalste auf der Welt – eine erstaunliche Erfahrung, mit der ich am Ende dieses Tages nicht mehr gerechnet hatte.

Ich ließ mich neben dem Feuer auf einer Bank nieder, schüttelte die Nässe aus Haar und Kleidung, während ich meinen Blick verstohlen durch die Reihen schweifen ließ. Kein Wunder, dass man mir an diesem Zufluchtsort der Gestrandeten und vom Schicksal Gebeutelten keine Beachtung schenkte, niemand trug mehr am Leib als den Gegenwert eines Bechers dünnen Weins.

Da saßen abgerissene Lastenträger neben Treidlern, die Schiffe an langen Seilen die Flüsse hinaufzogen; in der einen Ecke kauerten müde, verlauste Gestalten, die ich für Pilger oder Geflüchtete hielt; in der anderen Ecke schnarchte ein Kerl, dem das Haar und ein Ohr fehlten. Es roch penetrant nach Schweiß und Elend, dazu spielte jemand Laute und sang eine französische Ballade von der ewigen Liebe. *Grotesk und schmerzhaft.*

Ein altes Weib kam auf mich zu – mit ergrauten, fettigen Strähnen, vernarbter Haut und einer schiefen, vermutlich gebrochenen Nase. «Was kann ich dir bringen?» Ein lückenhaftes Gebiss, braune Zähne obendrein.

«Ein warmes Bier», antwortete ich.

«Krug oder Becher?»

Ein wenig rasten und überlegen, was ich noch tun konnte, das sollte reichen. «Einen Becher voll.»

«Essen?»

Sicher nicht, ich verneinte.

«Soll recht sein.» Doch sie machte nicht gleich kehrt, sondern musterte mich. «Feuer?»

«Wie?»

Sie zeigte auf meine verbrannte Gesichtshälfte. Ich zögerte mit der Antwort, worauf wollte sie hinaus? «Etwas in der Art», antwortete ich.

Sie streifte das Hemd zurück, offenbarte mir Bauch und Hüfte. «Richtiges Feuer.»

Der Anblick war schwer zu ertragen, auch wenn er mir nur zu vertraut war. Die rosa Haut war wulstig vernarbt und in Furchen geworfen, bis ins Fleisch verbrannt. Kaum vorstellbar, wie sie die Verletzungen hatte überleben können. Ich empfand Mitleid.

«Wer hat dir das angetan?»

Ein abfälliges Brummen. «Lutherische. Und dir?»

Was sollte ich sagen? «Ein Teufel.»

Sie schmunzelte krumm. «Ein und dasselbe Pack», was auch mich zu einem schiefen Lächeln verleitete.

Aus unerfindlichen Gründen schien sie einen Narren an mir gefressen zu haben, sie ging einfach nicht, um mir das Bier zu bringen. Stattdessen glotzte sie mich nachdenklich an. «Kennen wir uns?»

Entschieden schüttelte ich den Kopf, bevor sie auf dumme Gedanken kam. «Ich denke nicht.»

«Seltsam vertraut bist du mir. Wenn ich nur wüsste, woher ...»

Hirngespinste waren das Letzte, was ich jetzt gebrauchen konnte. «Ich bin durstig.»

Endlich kam sie meiner Aufforderung nach und ging. Ich stülpte die Kapuze über mein nasses Haar, sicher war sicher.

Doch sie ließ mich nicht aus den Augen, während ich die warme Brühe schlürfte und sie sich an die Seite des Lautenspielers setzte, um ein französisches Liebeslied mit ihm zu singen. Dabei nahm sie einen Holzlöffel zur Hand, dirigierte:

Und wenn der rote Mond so blass
geworden ist, dann hat es keinen Sinn,
dass es noch weiße Wolken gibt.
Ich hab mich in dein rotes Haar verliebt …

Der rote Mond so blass …

Ich musste mir eingestehen, dass auch sie mir bekannt vorkam, auf eine ganz besondere Art. Ihr resolutes Auftreten, der schamlose, durchdringende Blick, der dünne Stab in ihrer Hand.

Der blasse rote Mond … ein kleines, vergittertes Fenster … meine Klosterzelle!

Unsere Blicke trafen sich erneut, und im selben Moment wussten wir es beide. Ich schluckte trocken. Das konnte doch nicht wahr sein, nach all den Jahren.

«Margarete!», rief sie herüber.

«Schwester Oberin.»

Meine Hand ging zur Drachenklinge.

Sie stellte keine Gefahr mehr für mich dar, und ich nicht mehr für sie.

Die Geschichte der Schwester Oberin war reich an Irrungen und Wirrungen, Unglücken, Missgeschicken, Verrat und Flucht. Das Kloster existierte seit Jahren nicht mehr, die Schwestern waren in alle Welt verstreut, einige hatten sich gar auf den Weg in die Neue Welt gemacht, andere hatten geheiratet, waren verstorben oder verwitwet.

Das Schicksal hatte meiner ehemaligen Kerkermeisterin schwer mitgespielt. Im Flächenbrand der widerstreitenden Glaubensrichtungen war sie vertrieben, verfolgt, gefoltert und geschändet worden, dem Tod auf dem Scheiterhaufen schwer verletzt entkommen.

Ein ebenfalls vertriebener Wirt hatte sich ihrer angenommen und nach Bingen gebracht, wo sie den *Leuchtturm* – ihr Elysium gegen den Wahnsinn der Welt – errichteten. Der Lebensretter und Schutzengel ruhte mittlerweile auf dem Gottesacker, und sie war alleinige Besitzerin der Hafenkaschemme geworden.

«Nicht besonders luxuriös», sagte sie mit einem schalkhaften Seitenblick, «aber es ernährt mich. Für die Habenichtse und Ausgestoßenen ist es ein sicherer Hort, niemand wird hier wegen seines Glaubens, Aussehens, seiner Herkunft oder seines Schicksals verurteilt. Jeder ist dem anderen gleich.» Sie hob den Becher zum Prosit. «Ist es nicht so, ihr verlausten Hungerleider?!»

Aus gut zwei Dutzend Kehlen erhielt sie Zustimmung.

«Dann sauft und lasst es euch gutgehen. Auf das Leben!»

«Auf das Leben!»

Staunend hörte ich zu. *Keiner wird wegen des Glaubens und seines Schicksals verurteilt.* Hatte sie das tatsächlich gesagt? Von Anfang an hatten wir uns gehasst. *Feuer und Wasser, Engel und Teufel.* Nun aber redeten wir miteinander, tranken reichlich Bier und Wein, als wären wir alte Freundinnen, die der Zufall nach Jahren wieder zusammengeführt hatte, nahmen Anteil am Schicksal der anderen, weinten und trauerten, aber lachten auch über so manch närrische Episode unseres Lebens.

Es mochte dem vielen Alkohol geschuldet sein, der unerwarteten Nähe oder dem unverhofften Umstand, für kurze Zeit mein Unglück vergessen zu können – das Gespräch mit ihr tat mir gut. Ich fühlte mich nicht mehr allein und verzweifelt in meiner Suche nach Sophie.

Sie nahm meine Hand. «Es tut mir leid. Ich habe dir viel Böses angetan. Ich ...»

«Schon gut», unterbrach ich sie, «ich war eine dumme, verzogene Göre, glaubte, mit dem Kopf durch die Wand gehen zu müssen. Vermutlich hätte ich nicht anders gehandelt als du.»

Sie wirkte erleichtert, atmete befreit aus. «Ich hatte schon Albträume deswegen.»

«Du?», ich lachte und sie nickte.

«Sah mich für alle Ewigkeit im Keller eingesperrt, keine Tür, das Fenster zugemauert. Niemand, der meine Schreie hört.»

An dieses Gefühl konnte ich mich gut erinnern, an die zitternde Rute in ihrer Hand, an meine Schmerzen und Tränen und an den Hass, den ich gegen das Teufelsweib empfunden hatte. Damals.

«Wie kann ich helfen, deine Tochter zu finden?»

Mit einem Mal war ich zurück in der Gegenwart, im Unglück. Mein Herz pochte bei der Vorstellung, dass Sophie irgendwo da draußen alleine auf sich gestellt war.

«Ich weiß es nicht», antwortete ich mit bebender Lippe,

«ich habe überall nach ihr gesucht. Niemand will sie gesehen haben.»

«Hast du die Schiffer und Arbeiter im Hafen befragt?»

«Jeden einzelnen.»

«Auch die, die erst jetzt, gegen Abend zurückgekommen sind?»

Ich merkte auf. «Welche?»

«Sie sind in den Morgenstunden aufgebrochen und waren den ganzen Tag unterwegs.»

Im Morgengrauen hatte ich noch im Bett gelegen und nichts geahnt.

«Berthold», rief sie zum Tisch der Schiffer und Treidler hinüber, «habt ihr heute Morgen ein Mädchen...»

«... eine blonde, junge Frau», präzisierte ich.

«... im Hafen gesehen?»

Der Kerl brachte seine müden Augen kaum auf, zuckte die Schultern. Dafür reagierte ein anderer. «Trug sie einen schwarzen Umhang mit Kapuze, so wie Ihr einen tragt?»

Hoffnung keimte. «Ja, das tat sie.»

«So eine hat mich gefragt, ob ich weiß, wie man nach Leipzig kommt.»

Leipzig?! «Was um alle Welt will sie da?»

Aus der Gruppe der Pilger und Reisenden kam die Erklärung. «Sie will Doktor Faust finden. Vor ein paar Tagen war er noch dort.»

«Hab sie zu Christian geschickt», fuhr der Treidler fort, «hatte eine Ladung für Mainz. Vielleicht hat der sie mitgenommen.» Er rüttelte einen wach, der über seinem Becher eingeschlafen war. «Habt ihr heute Morgen eine Frau an Bord gehabt?»

Schlaftrunken brummte der: «Da war eine ... ein hübsches Ding. Hat die ganze Zeit nur geheult. Wegen ihrer Mutter.»

Vor Glück und Erleichterung traten mir Tränen in die Augen. Das war sie, das *musste* sie sein.

Und sie hatte einen Tag Vorsprung.

XXIII
HERKULES

Leipzig. Nachdem ich das Stadttor passiert hatte, wurde ich Zeuge einer bizarren Vorstellung. Im zerrissenen Lumpenkleid stand da ein Bettler auf einer Kiste und rief seine Botschaft über die vielen Köpfe hinweg, die sich in der Straße zum Markt hin drängten:

«Aus tiefer Not schrei ich zu dir, Herr Gott, erhör mein Rufen ...»

Ich hatte Flehen um ein Almosen erwartet, so wie man es aus Bettlerkehlen kannte, doch dieser Kerl hielt einen Packen Flugblätter feil, die er unter die Leute bringen wollte – darauf die Zeilen eines der vielen neuen Martinslieder. Und jetzt sang er es auch noch.

«Aus tiefer Not schrei ich zu dir ...»

Laut Luther sei der Gesang göttlich, hieß es, er befreie den Körper von der Last der Welt und führe die Seele auf direktem Weg zu ihm.

«Singt, Brüder und Schwestern, singt mit mir! *Aus tiefer Not ...*»

Die Einwohner der Stadt Leipzig und auch die vielen auswärtigen Gäste, die zum Markttag vor dem Rathaus gekommen waren, schienen am Luther'schen Liedgut oder am Singen überhaupt nicht sonderlich interessiert. Dafür zwei Stadtknechte. Sie stießen den vorlauten Singvogel von der Kiste und prügelten ihn zum nächsten Gefängnis.

Seine Flugblätter stoben wie eine Schar flüchtender Tauben auf, trudelten im grauen Abendhimmel zu Boden und wurden schließlich achtlos in den Matsch getreten.

Luther und Leipzig, das wollte einfach nicht zueinander passen. Oder war es nur das falsche Lied gewesen? Es scherte mich nicht, ich befahl dem Gaul, weiterzutraben. Die schwarze Stute, der Sophie und ich auf der Burg in die Welt geholfen hatten, lief eingeschirrt an dessen Seite. Sobald sie stark genug war, würde ich dem alten Klepper das Gnadenbrot gewähren – er hatte uns den weiten Weg von Bingen hierhergebracht, nun war er am Ende seiner Kräfte, hatte die Freiheit auf grüner Wiese wahrlich verdient.

Vor einem Scheunentor versperrte eine Menschentraube den Weg, man debattierte über die Anschläge und Flugblätter, die zu Dutzenden am Tor hingen. Ich kam mit dem Karren nicht vorbei, ohne eine Handvoll Schaulustiger unter die Räder zu bringen, so machte ich halt.

«Das ist die Wahrheit über die Lutherin!», höhnte einer, die anderen lachten gehässig dazu, einer spuckte auf den Aushang.

«Elendes Hexenweib.»

«Hure!»

«Wann endlich hält der Fürst ein blutiges Strafgericht?»

«Alle Lutherischen sind Teufel!»

Das kam mir bekannt vor. Wann immer gegen die Ordnung verstoßen wurde, war die Höllenbrut nicht fern. Ich schaute vom Kutschbock aus genauer hin und erkannte auf dem Blatt einen Mönch, der einer nackten Nonne beischlief, darunter in großen Lettern: *Das sündige Treiben der heiligen Leut den Teufel in der Hölle freut.*

Die Zeichnung stellte offenbar Luther und seine jüngst Angetraute dar – die entsprungene Nonne Katharina von Bora –, mit der er in einem ehemaligen Augustinerkloster in Wittenberg lebte. Als Mann und Frau, in einem Kloster! Konnte es einen größeren Frevel wider die göttliche Ordnung geben?

Mir fielen spontan die katholischen Mönche und Priester in den Badehäusern ein, die Maitressen der Bischöfe und Päpste, die Früchte ihres unheiligen Treibens … all die vielen berechtigten Gründe, wieso es zur Katastrophe gekommen war, zur Spaltung der Christenheit. Das allseitige Hexen- und Teufelsgeschrei richtete sich nun aber gegen die Lutherischen, die ihrerseits den Papst als Antichrist schmähten. So ging er hin und her, der gleichlautende, immer wiederkehrende Vorwurf der Teufelei.

Im Grunde genommen war ich nicht überrascht, es langweilte mich eher. Nicht aber eine Zeichnung, die neben den anderen hervorstach. Ich musste zwei Mal hinsehen, um es für möglich zu halten. *Doktor Faust zaubert dem Kaiser einen Garten.*

Das herrschaftliche Schlafgemach des Kaisers war vom Zauberer Faust in einen Garten Eden verwandelt worden. Das machte nicht nur den gerade erwachten Kaiser sprachlos, sondern auch mich.

Ein weiteres Flugblatt verkündete, dass Doktor Faust in Wittenberg geboren und aufgewachsen sei, dort seine ersten Schandtaten begangen hatte. Ein viertes, wie er auf einem Feuerross durch die Lüfte ritt. Ein fünftes dies, ein sechstes das …

Nichts als Tratsch und Lügen, mit denen dummes Volk unterhalten wurde. Die schiere Zahl dieser *Nachrichten* ließ darauf schließen, dass solche Zaubergeschichten auf großes Interesse stießen und damit *Wahrheiten* geschaffen wurden.

Vor *Doktor Faust und seinen wundersamen Taten* versammelten sich etliche Leser und diskutierten allen Ernstes über den Unsinn, der dort schwarz auf weiß gedruckt stand. Nicht ein Wort des Zweifels, nicht eine Frage nach Zweck und Logik von derlei Lügengeschichten. Stattdessen Neugier, Staunen und selbst Bewunderung für den *größten Zauberer aller Zeiten*.

Je mehr über Faust geschrieben und geredet wurde, desto weniger hatte es mit dem wahren Sabellicus zu tun, den ich als Georg Helmstetter aus der Nähe von Heidelberg kennengelernt hatte, der, Trithemius' Nachforschungen zufolge, aber auch anders heißen und aus einem anderen Ort stammen konnte.

Wieso wollte niemand *davon* wissen, wieso kümmerte es keinen, dass er einem Betrüger aufsaß, Lügen für Wahrheiten hielt?

«Der Teufel wohnt in Wittenberg!»

«Mit seinen Huren.»

«Verfluchte Zauberer sind sie!»

Oder war mit den Zauberlegenden im Grunde gar nicht Faust gemeint, sondern ein anderer, der von Wittenberg aus die Weltordnung aus den Angeln gehoben hatte? Wurde das Teuflische auf jemand anderen übertragen?

Das kam mir vertraut vor. *Trithemius gleich Sabellicus.* Das hatte schon einmal funktioniert, wiederholte es sich nun in der Person Luthers?

Die Vermutung widerte mich an, und ich gab dem Gaul die Zügel. Wer nicht zur Seite trat, sollte für seine Dummheit bezahlen.

«Weg da!», rief ich aufgebracht und nicht weniger gedankenverloren. «Doktor Faust kennt kein Erbarmen.»

Aufgeschreckte Gestalten drängten sich an die vorderen, um ihr armseliges Leben zu retten. *Vor mir. Dem wahren Faust!*

Eine rätselhaft verstörende Genugtuung überkam mich, als ich in ihre erschreckten Gesichter sah, und ich fragte mich: Wenn alle Welt an Lügen glaubte, wieso sollte ich nicht Kapital daraus schlagen? Ich führte nichts Böses im Schilde und würde niemand ein Leid antun. Was, wenn ausgerechnet eine Lüge half, Sophie zu finden? Sie war auf der Suche nach ihm ... nach Faust!

Ich verschob die Antwort auf später, ich hatte keine Zeit zu verlieren. Laut Beschreibung der Schwester Oberin lag das Haus in der Nähe des Marktplatzes, wo meine ehemalige Klosterschwester Isidora mittlerweile als verheiratete Frau lebte. Sie konnte mir bei der Suche nach Sophie helfen, hatte die Oberin vorgeschlagen, und ich griff nach jedem Strohhalm, der sich mir bot.

Das Haus sei leicht an den auffälligen Verzierungen der Fenster zu erkennen, über der Tür sollte eine goldfarbene Ähre hängen – das Familienwappen eines reichen Händlers.

Ich war gespannt, ob sich Isidora noch an mich erinnern wollte, hatte ich ihre Leichtgläubigkeit bei der Flucht doch schändlich ausgenutzt. Nicht minder war ich auf ihre Geschichte neugierig. Was hatte sie erlebt, welche Entscheidungen getroffen? War sie glücklich verheiratet, Mutter geworden?

In dem geschäftigen Gedränge fand ich endlich die weit in die Straße hängende goldene Ähre. Knechte schulterten schwere Säcke, ein Fuhrwerk wurde beladen.

«Ich suche Isidora, wohnt sie hier?», fragte ich einen.

«Das verfluchte Lutherweib», raunte ein anderer zurück, «hat Haus und Ehemann im Stich gelassen.»

Die unerwartete Nachricht war gar nicht nach meinem Geschmack. «Wo kann ich sie finden?»

«Wittenberg, im schwarzen Kloster. Zusammen mit dem Rest der Teufelsbrut.» Er ging weiter, ließ mich fragend zurück.

Isidora hatte diesen prachtvollen Hof gegen ein Leben in einem Kloster eingetauscht? Ich konnte es nicht glauben.

«Fahr endlich weiter», schnauzte mich der Kutscher an, «dein Karren steht im Weg.» Er spuckte meinem Gaul vor die Hufe, und mir zitterten vor Zorn die Hände.

«Hüte dich!», fuhr ich ihn an, «oder soll ich dir Hörner an deinen frechen Schädel zaubern?»

Er lachte. «Glaubst du etwa, du bist der große Zauberer Faust?» Die anderen stimmten mit ein und machten mich zum Gespött der Straße.

Ich war nah dran, es ihm zu beweisen … doch ich schenkte ihm den Sieg, es waren zu viele Leute um uns herum. Diese Art von Aufmerksamkeit hätte mich nur in weitere Schwierigkeiten gebracht, stattdessen brauchte ich eine Idee, was ich nun machen wollte.

Von Isidora hatte ich mir Hilfe und eine Unterkunft erhofft, beides hatte sich zerschlagen. Wittenberg war eine, zwei Tagesreisen entfernt, zu weit für ein Hilfegesuch und ein Dach über dem Kopf. Ich musste mich alleine behaupten.

Das erste Gasthaus war bis unters Dach belegt, der Wirt lachte mich kopfschüttelnd aus. «Es ist Markttag, Weib. Was glaubst du, wo du bist?»

So auch das nächste und alle weiteren. Die Stadt platzte aus den Nähten, selbst die Scheunen und Stallungen waren mit Gästen belegt. Ich sah mich gezwungen, vor den Stadtmauern auf offenem Feld in meinem Karren zu übernachten. Bei dem Gesindel aus aller Welt konnte das eine gefährliche Erfahrung sein.

Eine Erinnerung aus alten Tagen mischte sich in meine Gedanken, die mir in dem Moment gar nicht gefiel. Was hätte ich damals, als Novizin eines Klosters, dafür gegeben, um an einem Ort wie diesem sein zu dürfen? Wo das Leben pulsierte, fremde Sprachen und Menschen zueinanderfanden? Alles! Ohne mit der Wimper zu zucken. Jetzt war ich genau an solch einem Ort und spürte nur noch Abneigung, aufsteigende Verzweiflung. Und ja, auch etwas Angst.

Ein letzter Versuch. An die Stadtmauer drückte sich eine Schmiede. Niemand würde auf den Gedanken kommen, in dem funkenstiebenden Vorhof zur Hölle nach einer Unterkunft zu fragen. Ein wahrer Herkules schwang dort den Hammer über glühendem Eisen, er triefte vor Schweiß und Schmutz, vermutlich stank es dort nach Kloake und noch mehr Boshaftigkeit.

«Verzeiht, Meister Schmied. Habt Ihr noch einen Platz in Eurer Werkstatt frei? Oder im Stall, es ist mir gleich. Nur für eine Nacht, morgen ziehe ich weiter.»

Aus rußgeschwärztem Gesicht begutachtete er mich, das doppelte Gespann und den Karren. Offenbar zweifelte er an meinem Verstand. «Habt Ihr Euch das auch gut überlegt?»

«Ihr seid meine letzte Hoffnung.»

«Fürchtet Ihr weder Höllenlärm noch Feuerrauch? Man sagt, der Teufel hause an Orten wie diesem.» Er lächelte herausfordernd und traf mich damit mitten ins Herz. Das war ein Teufelsknecht nach meinem Geschmack, ich ließ alle Bedenken fahren.

«Er sollte besser mich fürchten.»

Dieser Koloss von einem Mann erinnerte mich an Joß, den Anführer der Aufständischen nahe Heidelberg. In seinen Augen erkannte ich die gleiche Traurigkeit und in der Stimme eine unerwartete Milde, während unter der Haut ein Vulkan zu brodeln schien. Auf die guten Ratschläge, wie Joß sie mir gegeben hatte, verzichtete er jedoch und behauptete, ich sei eine erwachsene Frau, die wisse, was sie tue. Dessen war ich mir nicht immer sicher.

Wir saßen im Schein der glühenden Kohlen in der winzigen Schmiede, wo er auch schlief, und aßen ein karges Mahl aus hartem Brot, Käse und Wurst, tranken einen Krug Wein dazu, der überraschend süffig war. Mehr brauche er nicht.

Wenn ich mich mit dem kargen Luxus seiner Hütte zufriedengäbe, könne ich es mir auf der anderen Seite der Feuerstelle bequem machen. *Für eine einzige Nacht, mit der Drachenklinge in der Hand.*

Von Beginn an herrschte eine seltsame Vertrautheit zwischen uns, die ich mir nicht erklären konnte. Vielleicht lag es an der Erleichterung, dem Kampieren auf offenem Feld entgangen zu sein, an der wohligen Wärme dieses düsteren Höllenschlunds oder einfach nur daran, dass er mir keine neugierigen Fragen zu meinem Aussehen stellte. Er nahm die Teufelsfratze zur Kenntnis wie andere eine Warze auf der Wange. Bedeutungslos.

Und während wir uns darüber unterhielten, woher wir

kamen und was wir erlebt hatten, wurde mir klar, warum es ihn nicht kümmerte. Er hatte auf dem Schlachtfeld nahe Frankenhausen an der Seite Thomas Müntzers gekämpft, eines, wie er sagte, wahrhaft gottesfürchtigen Mannes, der sich gegen die Unterdrückung durch die Fürsten und für eine bessere, gerechtere Welt eingesetzt hatte. Weib und Kinder waren in seiner Abwesenheit von den Herren getötet worden, er nur knapp dem Kerkertod entronnen.

Ein Wunder, dass er überhaupt noch Kraft fand, morgens aufzustehen. Mit einem solchen Schicksal hätte ich mich am nächsten Baum eigenhändig aufgeknüpft.

Für Luther, den Erneuerer des *wahren* christlichen Glaubens, hatte er nur Verachtung übrig. Ein Diener der Fürsten sei er, der die Sache der Bauern und armen Leute verraten, gar zu ihrer Tötung aufgerufen habe. Der abtrünnige Augustinerpfaffe brauche nicht hinter jedem Ding den Teufel zu fürchten, er solle nur sein Abbild schauen, dort würde er fündig.

Politik, gleich welcher Art, interessierte mich nicht, es war ein Hurengeschäft, das nur einem Herrn diente. Umso mehr fiel mir sein steter Gebrauch des Wörtchens *wahr* auf, was seine Misere ausreichend beschrieb. Obwohl er nicht gebildet, des Lesens und Schreibens vermutlich kaum mächtig war, fühlte ich eine grundehrliche, scheinbar unverwüstliche Eigenschaft an ihm – er strebte nach *Wahrheit*, die ich so manchem Gelehrten und Priester längst abgesprochen hatte.

Er schenkte Wein nach, ich widersprach. «Genug, ich brauche einen klaren Kopf heute Nacht.»

«Bevor es zehn Uhr schlägt, wirst du niemand finden, der dir etwas über deine Tochter sagen kann.»

«Warum nicht?»

«Die Schänken und Gasthäuser sind nach Marktschluss zum Bersten voll. Bei dem Lärm wirst du dein eigenes Wort nicht verstehen. Besser, du wartest, bis sich die Reihen gelichtet haben.» Er musste es wissen, ich vertraute ihm und stieß mit ihm an.

«Erzähl mehr von dir», forderte er mich auf. «Du machst aus deinem Herzen eine Mördergrube.»

«Du weißt eigentlich alles über mich», antwortete ich und fügte noch ein paar Einzelheiten hinzu.

Wie ich den alten Hartmann und den verletzten Bruno in die Obhut der Schwester Oberin gegeben hatte, von den Strapazen der Reise, den Gefahren und Auseinandersetzungen mit Diebesgesindel, von meinen Sorgen und Ängsten um Sophie …

Er nahm meine Hand, beruhigte mich. «Wenn Sophie ist, wie du sie mir beschrieben hast, dann hast du allen Grund, ihr zu vertrauen.»

Ich wusste es besser. «Sie kennt die Welt nicht. Sie ist hilflos wie ein Neugeborenes.»

«Aber sie hat Kraft und Mut. Den unbeugsamen Willen ihrer Mutter.»

Und genau das jagte mir die größte Angst ein, hoffentlich beging sie nicht die gleichen Fehler wie ich in jungen Jahren. «Sie ist blind vor Eifer, ihren Vater zu finden.»

«Kannst du es ihr verdenken?»

Ja … Nein … Ich wusste nur: «Sie rennt in ihr Unglück.»

«Es muss sich nicht alles wiederholen.»

Wer konnte das schon vorhersehen. Ich schluchzte, er stand auf, nahm mich in den Arm und flüsterte beruhigend auf mich ein. Für ein paar Augenblicke ließ ich es mir gefallen, es fühlte sich gut an, es gab mir Kraft. Dann fasste ich mich, und er wechselte auf den harten Hocker zurück.

«Wo soll ich meine Suche beginnen?», fragte ich. «Die Stadt ist riesig.»

Er überlegte. «Junges Volk gesellt sich gerne zu seinesgleichen. Geh dorthin, wo sich Magister und Studenten aufhalten.»

Eine gute Idee. Ich konnte mir Sophie im Kreis ungebildeter, grölender Saufbrüder einfach nicht vorstellen, sie suchte die geistige Herausforderung, die *Wahrheit*. Andererseits schlossen sich Wein und Wissen nicht grundsätzlich aus, mitunter entsprang das eine dem anderen.

Gleiches galt aber auch für die Lüge.

Das nächtliche Leipzig war in Nebel getaucht. Unmöglich, weiter als bis zur nächsten Ecke zu schauen. Durch die Gassen hallten Rufe und Trinklieder, hin und wieder auch ein lutherisches Martinslied. *Ein wechselseitiger Kanon der Glückseligkeit.*

Mir schmerzten die Füße vom Laufen, die Kehle heiser vom lauten Reden gegen den Krach der Schänken und der Gesänge, der Kopf voll pochender Sorge um Sophie. Bald schlug es Mitternacht, und noch immer hatte ich niemand gefunden, der sie anhand der Zeichnung, die ich von ihr erstellt hatte, erkennen wollte.

Zugegeben, es war nicht einfach, Gesichter wechselten schneller als Münzen die Besitzer. Selbst ich konnte mich nicht mehr an den ersten Studenten erinnern, den ich gefragt hatte. Ein verschwommener Brei von Einzelheiten und Eindrücken, kein konkretes Bild, das ich mir hätte merken können.

Einzig die Gestalt eines Mannes und die einer Frau

kehrten im Nebel immer wieder, schienen mich zu verfolgen oder meinen Weg vorauszuahnen. Wo immer ich eine Schänke betrat oder verließ, traf ich auf sie – in den Händen Packen von Flugblättern, die sie unter die Leute brachten und mit denen sie ein gutes Geschäft machten.

Nachrichtenverkäufer. Mein Groll war ihnen sicher.

Für die Frau hegte ich hingegen Mitleid. Sie ächzte unter der Last eines schwangeren Bauchs, während ihr Mann nicht müde wurde, sie anzutreiben. So eine Gelegenheit komme erst im Frühjahr wieder, zum nächsten großen Markttag. «Los jetzt!» Morgen seien ihre Nachrichten nichts mehr wert.

Ins schummrige Licht der Straßenlaterne trat eine Gruppe junger Kerle, ein Studentenlied auf den Lippen und das Wirtshaus fest im Blick.

«Da vorne, der Stromer.»

«Kenn ich nicht.»

«Hat neu aufgemacht.»

«Hast du noch Geld?»

«Genug für ein Fass.»

Der Einladung folgte nicht nur ich, auch die Nachrichtenverkäufer schlossen sich an. Sie witterten ein Geschäft, und ich hegte noch immer Hoffnung auf einen Augenzeugen.

Im Keller der neuen Schänke herrschte Trübsal unter den wenigen Gästen, die im schummrigen Licht und unter gewölbten Arkaden vor sich hin dämmerten. Weinfässer reihten sich an der Seite auf, in der Mitte standen leere Bänke und Tische, der Wirt langweilte sich hinter einem provisorischen Tresen aus einem Brett auf Fässern.

«Wirt, Wein!», rief ein Student ihm zu, die anderen nahmen einen Tisch in Beschlag.

«Welcher darf es sein?», gähnte der Wirt.

«Was habt Ihr anzubieten?»
«Einen Kleinberger von der Mosel ...»
«Pah!»
«Arbst aus dem Affental ...»
Gelächter brandete auf, ich nahm in einer dunklen Ecke Platz, wartete auf die passende Gelegenheit. Anders die beiden Nachrichtenverkäufer, sie mischten sich unter die jungen Leute, priesen ihre *Ware* an.
«Die neuesten Nachrichten gefällig, werte Herren?»
«Lass hören.»
«Die Fürsten im Bund gegen die Lutherischen ...»
«Weg damit! Was noch?»
«Anführer des Schwarzen Haufens zu Würzburg gemeuchelt.»
«Alter Käse! Hast du nichts Unterhaltendes zu bieten?»
«Wie wäre es mit ... Doktor Faust verzaubert Kühe, damit sie nicht schreien können?»
Schallendes Gejohle, lautes Muhen, Affentheater. Einer sprang auf ein Fass, stellte Hörner auf, während ein anderer ihn mit unsinnigem Kauderwelsch *verzauberte*.
Der Nachrichtenverkäufer gab nicht auf, bot sein Lügenblatt weiter an. «Lest die ganze, wahre Geschichte von Doktor ...»
«Ach was, wir machen unsere eigenen Geschichten.»
«Hört alle her! Doktor Faust reitet ...»
«... auf einem Fass ...», fügte ein anderer hinzu.
«... durch die Lüfte ...»
«Fränkischen Burgunder hätte ich noch anzubieten», rief der Wirt dazwischen, doch gegen den Übermut seiner Gäste war nicht anzukommen. «Werte Herren, benehmt Euch, sonst muss ich Euch die Tür weisen.»

Seine Mahnung ging im lautstarken Fabulieren der Studenten unter. «Heureka! Das ist es.»

«Doktor Faust reitet auf einem fränkischen Burgunderfass ...»

«Und wohin?»

Die schwangere Frau des Nachrichtenverkäufers war am Ende ihrer Kräfte. Sie setzte sich zu mir auf die Bank, bemühte ein Lächeln. Schweißnasse Strähnen klebten ihr an den erhitzten Wangen.

«Wenn Ihr gestattet», schnaufte sie eine Entschuldigung, «nur ein Weilchen. Gleich geht es wieder.»

Ich zog die Kapuze tiefer, nickte wortlos.

«Was verschlägt Euch zu später Stunde hierher?»

«Geschäfte», brummte ich widerwillig.

«Oh ja, uns auch», mit dem Kinn zeigte sie hinüber zur Tollerei, «das unsrige ist ein hartes, undankbares Geschäft.»

Mit Lügen und Niedertracht!

«Und schon das vierte Kind im Anmarsch.» Sie rieb sich den dicken Bauch und zuckte dabei, als protestierte das ungeborene Kind gegen den Radau. «Du kleiner Teufel», keuchte sie, «wieso bereitest du deiner Mutter so viel Schmerzen?»

Es wollte vermutlich seine Ruhe – wie ich auch. «Verzeiht, aber ...»

«Gabriel», unterbrach sie mich, keuchte und winkte ihren Mann herbei, «lass uns gehen. Schnell!»

Gabriel?! Nachrichtenverkäufer?

Der Kerl kam auf uns zu, und ich suchte ihn im kargen Licht zu erkennen. War er es?

Er beugte sich zu ihr hinunter. Sie atmete schnell, abgehackt. «Ist es so weit?», fragte er.

Er war es, unverkennbar, wenngleich älter, und seine Gesichtszüge waren reifer geworden. Doch noch immer trieb ihn die Geschäftstüchtigkeit um, die mir damals schon zuwider gewesen war.

Ich schnappte mir einen Becher und hielt ihn der Frau an den Mund. «Trink das. Atme langsam und tief. Dann geht es vorbei.»

Sie folgte meiner Anweisung, und ich hielt Ausschau nach einer verborgenen Ecke.

«Habt Dank», sagte Gabriel. «Ich weiß noch immer nicht, wie ich mit den Wehen umzugehen habe. Ist es endlich so weit oder nicht? Ein ewiges Hin und Her.» Ein ungelenkes Lächeln.

«Ruhigen Kopf bewahren», antwortete ich, «ich kann Euch zeigen, wie man erkennt, wann es so weit ist. Kommt, ins Licht.»

Er zögerte, sie nickte zustimmend. «Geh nur.»

Die Treppe war der geeignete Ort, niemand konnte uns dort sehen oder stören.

«Wisst Ihr», begann er zu plappern, während ich mir sein Gesicht genauer besah, die gemeinsame Überfahrt in Erinnerung rief, jene Nacht auf der Lichtung, wo er in erster Reihe gestanden hatte, neben den Magistern ... Ich drehte den Drachenkopf zur Seite, setzte ihm die Klingenspitze an die Kehle.

«Verfluchter Hurensohn.»

Er erstarrte, nicht aber sein loses Mundwerk. «Was tut Ihr da?»

«Was ich schon längst hätte tun sollen.» Ich streifte die Kapuze zurück, offenbarte ihm meine ganze Hässlichkeit. «Erkennst du mich?»

Mich anzuschauen widerstrebte ihm. «Nein, lasst mich.»

«Schau genau hin!»

War es Angst oder Ekel? Er schaffte es nicht, mir in die Augen zu schauen, ich half ihm auf die Sprünge.

«Es ist lange her. Vor vielen Jahren, auf einer Rheinüberfahrt. Kurz darauf im Wald bei Worms ... Spectaculum nekromanticum. Erinnerst du dich jetzt?»

Damit fiel der Groschen. «Du?»

«Ich.»

Er schluckte. «Es tut mir leid, was dir widerfahren ist. Ein schreckliches Unglück.»

«Mehr hast du nicht zu deiner Verteidigung vorzubringen?»

«Ich habe nichts getan. Faust ...»

«Sprich seinen Namen nicht aus. Nie wieder!»

Er nickte voreilig, die Klinge drang ihm unter die Haut. Er büßte es mit einem Tropfen Blut. «Gotterbarmen», röchelte er, «bring mich nicht um.»

«Nenn mir einen einzigen Grund.»

«Ich bin unschuldig.»

Ich spuckte ihm ins Gesicht. «Keiner von euch Bastarden ist unschuldig. Kein einziger. Mit jeder verfluchten Lüge, die du über mich und meine Familie geschrieben hast, war dein Urteil gefällt.»

«Gnade ...»

«Kenn ich nicht.»

«Was willst du dann?»

«Dein Leben.»

Unzählige Male hatte ich mir die Situation erträumt, nun war es endlich so weit. Jeden einzelnen Zoll würde ich genießen, wenn die Klinge in sein Fleisch glitt ... langsam, nicht zu schnell, damit er spürte, was ich all die Jahre nach dem Spectaculum im Wormser Wald gespürt hatte.

«Haltet ein!» Nicht er, sondern sein Weibsbild warf sich mir in den Arm.

Ich stieß sie weg. «Du weißt nicht, welchen Schurken du verteidigst.»

Sie heulte, flehte. «Den Vater meiner Kinder.»

«Auch ich hatte einen Vater.»

«Er würde es nicht wollen …»

«Er hätte ihn längst vom Kinn bis zur Sohle aufgeschlitzt.» Wie es meiner Mutter widerfahren war. Am Kreuz … entehrt und wie ein Tier abgeschlachtet. Das Bild hatte sich mir eingebrannt, es ließ mich keinen Augenblick an meinem Tun zweifeln.

«Du hast dir die Schlinge selbst geknüpft», urteilte ich, «Wort für Wort. Lüge um Lüge.»

«Nicht ich, Faust war es», verteidigte er sich.

Doch ich wollte nichts davon hören. «Mach dich bereit.»

Seine Frau jammerte und bettelte, sie bot mir sogar ihre sauer verdienten Erlöse des Abends an. «Nehmt es. Nehmt alles.»

«Geh weg damit!»

«Was kann ich tun?», flehte er. «Sagt es. Was Ihr wollt, ich tu es.»

Nichts konnte er tun, er hatte schon viel zu viel getan. Obwohl … Ein abstruser Gedanke ließ mich innehalten. So widerwärtig mir der Schweinehund auch war, er verfügte über etwas, das ich bei der Suche nach Sophie schmerzlich vermisste. Informationen. Bevor er starb, konnte er mir tatsächlich behilflich sein.

«Hast du sie gesehen?», ich hielt ihm die Zeichnung von Sophie vor die Nase.

«Wer ist das?»

«Hast du sie gesehen?!»

Fiebrige Augen suchten nach einem Ausweg. Umsonst, er versuchte nur, seine Haut zu retten. «Ich ...»

«Lasst mich», sagte seine Frau und nahm die Zeichnung in Augenschein. «Trägt sie einen Umhang gleich Eurem?»

Zweifel an ihrer Aufrichtigkeit waren berechtigt, und dennoch bestätigte ich es.

«Vor zwei Tagen sah man eine junge Frau in den Gassen herumirren ... blondes, langes Haar, schwarzer Umhang ... Sie fragte jeden, der ihr über den Weg lief, nach Doktor Faust.»

Mein Herz pochte. «Und?»

«Jemand hat sie uns geschickt ... weil wir alles wüssten, was in Stadt und Land passiert.»

«Weiter.»

«Ich sagte ihr, dass es für eine Frau unschicklich ist, sich für den Zauberer Faust zu interessieren. Viele Jungfrauen hat er schon auf den falschen Weg ...»

«Verschon mich mit dem Gewäsch.»

«Da gibt es einen Ort für entsprungene Frauen. Ehemalige barmherzige Schwestern sind es ...»

«Wo?»

«Im Schwarzen Kloster.»

Davon hatte ich doch gerade erst gehört!

«Dorthin sollte sie gehen, Schutz suchen. Allerlei Gesindel treibt sich hier herum, auch Teufelsanbeter.»

«Und Faust», fügte Gabriel hinzu.

«Woher willst du das wissen?», fuhr ich ihn an.

Er zückte einen Zettel aus der Hosentasche. *Spectaculum nekromanticum* stand darauf geschrieben. Darunter eine Zeichnung irgendeines Zauberers, die keine Ähnlichkeit mit Sabellicus aufwies.

Aber da standen auch die Worte *Doktor Faust*.

Obwohl es der Schurke nicht verdient hatte, schenkte ich ihm das Leben – für den Moment. Vielleicht auch wegen seiner schwangeren Frau und des Kinds. Sollte er mich jedoch in die Irre geführt haben, würde ich zurückkommen.

Der Vorfall führte mir eins vor Augen: Dieser verdammte Lügenbold verfügte über Informationen, die ich nicht oder nicht so schnell bekommen hätte. Er konnte mir weiterhin zu Diensten sein, auch wenn ich ihn und sein Tun bis auf den Tod verabscheute. Es war ein Spiel mit dem Feuer, ein Pakt mit der Lüge … dem *wahren* Teufel in dieser Tragödie. Sollte ich mich wirklich darauf einlassen?

Im Augenblick empfand ich ein berauschendes Hochgefühl. Wenn Sophie dem Rat der Schwangeren gefolgt war, würde sie sich im Schwarzen Kloster von Wittenberg aufhalten, wo Luther und seine Frau ein neues Zuhause gefunden hatten. Dort würde ich sie endlich in die Arme schließen können.

Gleich danach stand ganz in der Nähe das *Spectaculum nekromanticum* auf meiner Liste, und damit Sabellicus. Offenkundig zog er noch immer mit seinem Hokuspokus durch die Lande und führte gutgläubige Dummköpfe hinters Licht. Er sollte sich auf eine Überraschung gefasst machen, jetzt kannte ich Ort und Datum – dank Gabriel, dem Lügenschreiber.

Aus einer kühlfeuchten Nacht kam ich in die wohlig warme Schmiede zurück. Kleine Flammen warfen den Schatten eines trauernden Riesen an die schmutzigen Wände.

Er trank Wein, schaute verloren durch mich hindurch ins Nichts.

«Hast du auf mich gewartet?»

«Konnte nicht schlafen.»

Ich setzte mich zu ihm. «Warum?»

«Dämonen», seufzte er. «Sie zerren an mir.»

Das kam mir bekannt vor. «Was wollen sie?»

Er überlegte lange. «Mein Herz.»

Seine Familie ... Nun war es an mir, ihm Trost zu spenden. Ich legte meine Hand auf die seine, er aber zog sie zurück und leerte den Becher.

«Du wirst dich ihnen stellen müssen», sagte ich in Kenntnis meiner eigenen Unfähigkeit, des allzu flüchtigen Schattenvolks endlich Herr zu werden.

«Zehn schwerbewaffnete Reiter habe ich vom Pferd geholt, sie mit bloßen Händen erschlagen. Wie aber soll ich Hirngespinste zu fassen bekommen?», fragte er und meinte Schuldgefühle.

Während er für die gerechte Sache in die Schlacht gezogen war, hatte er Frau und Kind dem Tod preisgegeben. Eine schwere, immerwährende Last, von der er sich nie mehr befreien konnte.

Mit zittriger Hand schenkte er nach, trank hastig, sodass ihm der Wein über Kinn und Brust lief. Alles, was ich ihm hätte sagen können, wäre unnütz gewesen. Schatten bekamen selbst die stärksten Hände nicht zu fassen. Schatten vertrieb man, indem man ihnen das Licht stahl oder die Aufmerksamkeit auf etwas anderes lenkte. Und sei es nur für kurze Zeit.

«Einst war ich eine schöne Frau», sagte ich und stand auf, «bevor mich das Schicksal zu dem gemacht hat, was ich heute bin.»

Er schüttelte den Kopf. «Schönheit ist nicht wichtig, sie vergeht.»

«Sicher, und doch strebt ein jeder zu ihrem Glanz.» Ich streifte den Umhang ab, öffnete die Schnüre meines Kleids. «Es ist nicht viel, was ich dir geben kann …»

Narben und ein aufrichtiges Herz.

XXIV
LUTHERIN

Seitdem wir die enge, laute Stadt hinter uns gelassen hatten, stach das schwarze Fohlen der Hafer. Es wieherte und sprang im Geschirr, sodass der alte Gaul ganz verrückt wurde. So machte ich es los und ließ es an einem langen Seil laufen. Eine Zeitlang kehrte Ruhe ein, ich konzentrierte mich auf mein weiteres Vorgehen in Wittenberg und übersah das Schild am Wegesrand.

Nun fand ich mich in einer wildwuchernden Einöde wieder, wo nichts war, außer Sträucher, Bäume und Sümpfe. Der Karren versank im Morast, weit und breit keine Menschenseele, die mich aus der Notlage hätte befreien können. Auch kein Stoßgebet zum Himmel, wo die letzten Kraniche gen Süden flogen, zeigte Wirkung. Um mich herum ein unüberwindbarer Teppich aus kleinen Seen und Teichen, fischjagende Seeadler, geschäftige Biber, quakende Frösche, Fischotter, Libellen, Fledermäuse und noch viel mehr, was die Schöpfung an Vielfalt zu bieten hatte.

Nach dem Lärm und Gestank der Stadt wirkte dieser magische Ort wie ein Paradies – friedlich, harmonisch, zum Sterben schön. Allerdings stand mir nach anderem der Sinn, nach Wittenberg und dem Schwarzen Kloster, wo sich Sophie aufhielt. Hoffentlich harrte sie noch eine Weile aus, erholte sich im Schutz der Klostermauern von der anstrengenden Reise und gab nichts auf die Gerüchte von Doktor Faust und seinem Spectaculum nekromanticum.

Wenn ich in dem für mich fremden Gebiet ihre Spur verlor, würde ich sie niemals mehr finden. Berlin und Böhmen waren nah, auf der Elbe kam sie bequem in die nächste große Stadt, Hamburg, mit dem Hafen und den Schiffen, die in alle Welt ausliefen … Ich mochte es mir nicht länger vorstellen, traktierte stattdessen den alten Gaul mit Peitsche und flehenden Bitten bis in die Abendstunden und die völlige Erschöpfung hinein, vergeblich. Der Karren steckte wie angewurzelt fest.

Das Fohlen galoppierte derweil im aufziehenden Nebel durch feuchte Auen und fraß sich den Bauch mit saftigem Moos voll. Sein ausgelassenes Wiehern verhöhnte mich. *Dummer Sisyphos.*

«Warte nur, wenn du zurückkommst!», mein Rufen verlor sich in der weiten Wildnis.

Ich verfluchte das Missgeschick, meine Unaufmerksamkeit und diesen spöttischen Teufel auf vier Beinen, der für mein Unglück verantwortlich war. Sollte ich Wittenberg je erreichen, würde ich als Erstes den Schlachter aufsuchen. So und nicht anders verfuhr man mit Plagegeistern. Zuvor galt es einen Ausweg zu finden, eine Entscheidung zu treffen.

Erste Möglichkeit: Den Karren und meine Habeseligkeiten zurücklassen und auf dem Rücken des Gauls nach Wittenberg reiten. Damit würde ich alles verlieren, was ich noch besaß.

Oder ich fand eine zweite Möglichkeit: Eine bessere Lösung finden. Gleich am nächsten Morgen, wenn ich ausgeschlafen war.

Abgestorbenes Holz gab es hier in Hülle und Fülle, ich

brauchte nicht zu frieren. Weniger Sterne als erwartet teilten mit mir die Einsamkeit. Pegasus zog aus dem Südosten heran, seine vier hellsten Sterne formten ein Viereck, einer von ihnen, Sirah, war Teil des sich anschließenden Zeichens Andromeda. Laut den griechischen Schriften hatte Meeresgott Poseidon mit der Gorgone Medusa das Himmelspferd Pegasus gezeugt. Mit den Hufen schlug Pegasus die Quelle Hippokrene – Ursprung der dichterischen Inspiration.

Schenk auch mir eine Idee, Hippokrene!

Doch alles, was mir einfiel, war Herkules. Im Morgengrauen hatte ich mich davongeschlichen, es war besser so, für uns beide. Die Gefahr zu bleiben, mich in seinen Armen zu verlieren, wäre zu groß gewesen. Wir kannten uns nicht, wussten nichts voneinander und doch alles, was wirklich zählte. Sollten sich die Leute das Maul über die zwei gespenstischen Gestalten zerreißen, es scherte mich nicht, solange ich ihn an meiner Seite und in meinem Herzen wusste.

Wäre da nicht Sophie gewesen. Nichts und niemand konnte sich mit ihr messen, ihr galt mein Denken, Handeln und Fühlen. Ich durfte mich nicht ablenken lassen. Auch von Herkules nicht.

Was hatte er vergangene Nacht über sie und ihre Flucht gesagt? *Kannst du's ihr verdenken?* Natürlich! Sophie wusste nicht, worauf sie sich einließ. Sabellicus würde sie ebenso an der Nase herumführen, wie er es mit mir getan hatte. Vielleicht noch schlimmer ...

Schluss damit, bevor es mich noch ganz in den Wahnsinn trieb. Ich musste mich auf den feststeckenden Karren konzentrieren. Sollte ich das Rad freigraben? Einen starken Ast als Hebel benutzen?

Erneut stach das Wiehern des Fohlens durch die Nacht, und wenn mich nicht alles täuschte, glaubte ich ein zweites, tieferes zu hören. Und da waren noch andere Geräusche, die sich in ihre Tollerei und das Knacken des Feuers mischten. Am Ufer raschelte es im Schilf, in den Ästen über und im Gebüsch hinter mir. Im ersten Moment wollte ich nach einem brennenden Ast greifen, ließ es aber sein, stattdessen ging ich ans dunkle Ufer, verhielt mich ruhig und versuchte, meiner Angst Herr zu werden.

Früher hatte ich die Nacht und ihre Kreaturen gefürchtet, den finsteren Wald, die Geschichten von wilden Tieren und bösen Geistern, die mir Mutter erzählt hatte, um mich vor Gefahren zu schützen. Heute wusste ich es besser. Die Teufel bevorzugten das Licht, wo Lügen, Sünden und Verbrechen gediehen wie Blumen auf dem Feld. Im Dunkeln gab es für sie nichts zu gewinnen außer sich selbst – die bereits verlorenen Seelen.

Allmählich gewöhnten sich meine Sinne an die Dunkelheit. Ich erkannte Nebelschwaden in den stillen Auen, hörte flüchtende Opfer und triumphierende Sieger, schmeckte die frische Luft und fühlte, dass alles im Einklang miteinander war. Hier gab es keine Lügen und arglistige Täuschung, alles war schonungslos *wahr* und authentisch. Nun ja, der Hinterhalt – In der Wildnis diente er nur einem Zweck: dem Überleben.

Konnten wir das auch von uns behaupten?

Sabellicus, Gabriel, all die Geschichtenerzähler und Schwätzer. Kranke, bösartige Geschöpfe waren sie, Apostel eines neuen Evangeliums – der Nachrichten, des Drecks der Straßen. Berauscht von Gier, Niedertracht oder Vergeltung, erschufen sie abenteuerliche Hirngespinste, erhoben Gerüchte zu Wahrheiten und berauschten sich an ihrer Ernte – den Lügen, die ihrerseits zu weiteren Lügen führten, zu Neid, Hass und Zwietracht.

Aber auch zu Ruhm und Ansehen, wenn ich an die schmierigen Flugblätter am Scheunentor in Leipzig dachte. Wie um alles in der Welt war es nur möglich gewesen, dass Sabellicus als Doktor Faust nun mit Kaisern und Königen verkehrte, Speisen aus dem Nichts zauberte und Tiere in Menschen verwandelte? Dieser ganze haarsträubende Unfug. Fand er wirklich offene Ohren, glaubte tatsächlich auch nur ein Einziger, dass es der Wahrheit entsprach?

Ich sollte mir nicht länger etwas vormachen, mich nicht länger in quälend naiven Fragen verlieren. Natürlich glaubten die Leute den Unsinn und plapperten ihn nach, auf meiner Wanderschaft mit Sabellicus hatte ich Täuschung und Lüge selbst erschaffen, als Zauberer auf Neugier und Sensationsgier gebaut, mit Leichtgläubigen gespielt und sie verführt. Verdammte Selbstgefälligkeit, ich war kein Stück besser als Sabellicus und Gabriel, eine gewissenlose Lügnerin und Betrügerin. Ich sollte es mir endlich eingestehen.

Einen entscheidenden Unterschied gab es dann doch, und ich nahm ihn für mich in Anspruch: Ich war nicht länger einer dieser Halunken, ich hatte für meinen Sündenfall teuer bezahlt und war auf einen rechtschaffenen Weg zurückgekehrt. Wenn auch zu spät. Ich war zum Opfer ihrer Ränke und boshaften Eitelkeiten geworden, war an Leib und Seele gebrochen, verunstaltet, gefürchtet und verfemt. Eine Ausgestoßene, eine Hexe.

Wie würde es sein, wenn ich in Wittenberg auf das *Teufels- und Hexennest* der Lutherischen traf, von dem alle redeten? Würden sie ihrem Ruf als Teufelsanbeter gerecht, würde ich auf Verständnis für mein Aussehen und meine Lage treffen, durfte ich auf Hilfe hoffen? Oder gründeten die Schmähungen gegen die Lutherischen nur auf den Vorwürfen ihrer Feinde und Neider?

Von Luthers Ansichten über Dämonen und Hexen hatte ich schon einiges gehört, ein wahrer Teufelsriecher sollte er sein, dem keine in Finsternis und Verdammnis gefallene Seele verborgen blieb.

Morgen würde ich Antworten erhalten, sobald ich eine Lösung für mein Missgeschick gefunden hatte, und legte mich im Dunkel schlafen – kurz bevor Cassiopeia am Nachthimmel erschien. *Die Sternkarte, unsere Höhle ...* Meine Plagegeister gaben nicht so schnell auf.

Wäre ich doch niemals erwacht.

Ein Schnauben weckte mich im frühen Licht der Dämmerung. Ich zitterte vor Kälte neben dem erloschenen Feuer. Die Knochen waren steif und schmerzen, die Kehle war trocken und der Magen leer. Ein warmes Bier hätte mir gutgetan.

Das Fohlen war zurückgekehrt, es schnupperte nach etwas, das sich unerreichbar auf dem Karren befand.

«Du hast ein Schlaraffenland zur Auswahl, und dann willst du ...»

Ich stockte, als ich einen fremden Gaul erblickte, ein stämmiges, wuchtiges Tier mit Narben an Hals und Läufen. Ein Streitross, das einen Ritter in die Schlacht getragen, den Schilden, Speeren und Schwertern der Feinde mit seiner Kraft getrotzt hatte. Die Lösung meines Problems war nur ein paar Armlängen entfernt, wenn ich es richtig anstellte.

Vorsichtig näherte ich mich ihm, flüsterte, säuselte ihm zu. «Ruhig. Ich tu dir nichts.»

Das Vieh war argwöhnisch und wich zurück.

«Keine Angst ...»

Ein Schritt vor, zwei zurück. Nein, das funktionierte nicht. Hätte ich nur ein Seil, mit dem ich es einfangen konnte ... auf dem Karren!

«Geh zur Seite», zischte ich das hungrige Fohlen an, das seine Nüstern in Töpfe und Kisten steckte. «Da gibt es nichts für dich.»

Nur billiger Abwehrzauber von der Burg, eine Heugabel, ein leerer Wasserschlauch ... und zwei schrumpelige, alte Äpfel, ein Bund Karotten. Das war es also, wonach ihm der Appetit stand. Karotten! Ich nahm beides zur Hand, das Fohlen folgte wie an der Schnur gezogen.

«Hier, friss dich satt», beschwor ich es und ließ das Streitross nicht aus dem Blick. «Siehst du? Ich tu dir nichts. Komm her.»

Meinem Schlangengezüngel schenkte das Pferd keine Aufmerksamkeit, dafür dem Schmatzen des Fohlens. Es kam in kleinen Schritten näher, das Geschirr lag bereit, ich hatte nur einen Versuch. Es kannte die Riemen und Schlaufen, aber auch die Feinde. Eine Karotte aus meiner Hand würde Vertrauen stiften, die Angst verjagen.

«Hier ...»

Es schnupperte, zögerte, schnupperte erneut, und dann endlich fasste es sich ein Herz, schnappte nach dem Köder und fraß ihn.

«Herr im Himmel, ich danke dir für Karotten und auch die Begierden.»

Widerstandslos ließ es sich das Geschirr anlegen, und wenig später war der Karren mit Hilfe seiner unbändigen Kraft aus dem Schlammloch gezogen, es konnte weitergehen.

Als ich wieder festen Boden unter den Rädern sah, gab

ich dem Protest des Fohlens nach, das nicht mit der Gefangennahme seines wilden Freundes einverstanden war. Es wieherte aufgebracht, schlug aus, sodass ich dem Streitross die Freiheit schenkte. Im Galopp ging es zurück ins wohlverdiente Paradies. Das Fohlen zögerte, wusste nicht, wie es sich verhalten sollte. Gehen oder bleiben?

«Hast du Angst? Ein Pfaffenherz?» Den Mut zur Freiheit musste man sich mit Verzicht teuer erkaufen.

Mit der letzten Karotte konnte ich es überzeugen zu bleiben, band es mit dem alten Gaul ins Geschirr, stieg auf und gab das Kommando zum Aufbruch.

«Ein seltsames Tier bist du. Wild und neugierig, verfressen und starrköpfig. Was mache ich nur mit dir?»

Ich ließ den Gedanken und die gute Stimmung auf mich wirken, bis wir die Wegzweigung nach Wittenberg erreichten. Statt nach rechts zog das Fohlen nach links.

«Ein zweites Mal foppst du mich nicht», ich zog die Zügel an. «Für deine Narretei hast du dir einen Namen verdient. Was meinst du?»

Es strafte mich mit Schweigen.

«Etwas mit Nebel ... oder Nacht?»

Nein, dieses gescheite, edle Tier brauchte einen Namen, der wirklich zu ihm passte und seinen offensichtlichen Drang zum Ausdruck brachte, mich in die Irre zu führen.

«Hekate! Göttin der Wegkreuzungen und Übergänge, Wächterin der Tore zwischen den Welten. Das ist es. Hekate soll dein Name sein.»

Und wieder erhielt ich keine Reaktion. Vielleicht ahnte es: Hekate war auch die Göttin der Magie und Totenbeschwörung.

Wittenberg, Ort einer weithin berühmten Universität mit den klügsten Köpfen des ganzen Landes, der geistige *und* geistliche Mittelpunkt des Aufbruchs und der Erneuerung, das Zentrum eines Erdbebens, das die Welt der Herren in ihren Grundfesten erschütterte – reich, groß, majestätisch, ehrfurchteinflößend, priesen es die einen.

Wittenberg, das Rom der Lutherischen, der Höllenschlund der Teufel, klagten die anderen. So oder so: Ich hatte schon hübschere Nester am Ende der Welt gesehen.

Zwischen baufälligen Hütten tauchten hier und da neugebaute Steinhäuser auf, aber in den Straßen überwog das Bild von einem dreckigen und stinkenden Dorf, wo arme Leute unter der Arbeit ächzten, dürres Vieh in den Ställen maulte.

Misstrauische Blicke verfolgten mich wie üblich, nur glaubte ich in den Augen eine besondere Abneigung gegenüber Fremden zu erkennen, eine schwelende Aggressivität, die jederzeit in einen Angriff umschlagen konnte.

«Zum Schwarzen Kloster?», fragte ich eine dieser abgerissenen, gebeugten Gestalten, der Mann wünschte mich zum Teufel. Der Zweite hieß mich eine Hexe, die Dritte, eine Korbflechterin, erwies mir die erwartete Gastfreundschaft.

«Den Weg hinauf, gleich an der Stadtmauer.»

«Hab Dank.»

Sie lächelte krumm. «Dank deinem Herrgott, wenn du lebend aus dem Teufelspfuhl herauskommst. Die Schwarzröcke rauben dir das Seelenheil.»

Die Augustinermönche trugen Schwarz, daher vermutlich der Name *Schwarzes Kloster*.

«Und ihre Weibsbilder feiern die Sünde.»

Nonnen etwa? Kaum vorstellbar. «Wen meinst du?»

«Magister und Scholaren», auch sie trugen schwarze Talare, «mit ihren entsprungenen Klosterhuren.» Das waren starke, verwirrende Worte. Anschuldigungen, Beschimpfungen.

«Ich dachte, es wäre ein ganz normales Kloster.»

Sie lachte, verhöhnte mich. «Der Teufel treibt Späße mit dir. Fahr weiter und raub mir nicht die Zeit. Schwarzfrack!»

Richtig, auch ich trug Schwarz. War das der Grund, warum man mir mit Misstrauen begegnete?

Ich gab dem Gaul eine auf den Rücken und hielt ihn entlang der Stadtmauer, bis ich auf ein heruntergekommenes, brüchiges Gemäuer mit einem kleinen Glockenturm – dem Taktgeber aller Klosterbrüder und Klosterschwestern – stieß.

Und dennoch zweifelte ich, ob ich am richtigen Ort war. Kein Abt und auch keine Äbtissin hätten je den Verfall ihres Lebensmittelpunktes geduldet. Von Sonnenaufgang bis Sonnenuntergang wären die Schwestern und Brüder mit dem Erhalt ihrer Behausung, mit dem Anbau von Getreide und Kräutern, dem Backen von Brot und dem Brauen von Bier beschäftigt gewesen. Warum nicht hier?

Das notdürftig zusammengeschusterte Tor stand offen, ich befahl den Gaul hinein und fand dieselbe Vernachlässigung vor wie draußen. Allerdings schien mir der Ort nicht verlassen. Neben den Türen stapelte sich Gerümpel, und weiteres wurde achtlos aus den Fensteröffnungen geworfen. Aus der mehrstöckigen Ruine drangen Stimmen, und endlich sah ich auch eine Frau, die vor einer Staubwolke hinaus ins Freie flüchtete.

Ich zeigte ihr meine bessere Gesichtshälfte. «Verzeiht, ist das das Schwarze Kloster?»

Entzündete Augen sahen mich zweifelnd an. Das Gesicht war zwar mit Staub bedeckt, doch die Antwort überraschend freundlich. «Das ist es, ja, was wünscht Ihr?»

«Ich suche meine Tochter Sophie. Man sagte mir, ich würde sie hier finden.»

«Aus welchem Kloster stammt sie?»

Für den Augenblick war ich irritiert, blieb dann aber doch bei der Wahrheit. «Aus keinem.»

Sie dachte kurz nach, dann drehte sie sich um und rief in den geschundenen Gebäudekadaver hinein. «Isidora! Haben wir hier eine Sophie?»

Bei dem Namen hüpfte mir das Herz. *Isidora* ...

Ein bis auf die Augen vermummter, staubiger Kopf reckte sich aus dem Fenster. «Ist heute Morgen mit Hieronymus weggefahren. Warum?»

«Hier ist eine Frau, die ihre Tochter sucht.»

Meine Hände zitterten vor Anspannung. *Bitte, Herr, lass sie heute Abend wieder zurück sein.* «Isidora», rief ich ihr zu. «Ich bin es, Margarete.»

Der Staubwedel rieb sich die Augen.

«Speyer. Das Kloster.»

«Marga...?» Und da sah ich Isidora schon auf mich zukommen. «Das darf doch nicht wahr sein!»

Es erschien mir ratsam, Abstand zu diesen seltsamen Leuten zu halten. Obwohl wir uns äußerlich kaum voneinander unterschieden – die Männer trugen schwarze Talare, die Frauen Röcke und so manche Narbe und Verunstaltung im Gesicht oder an den Gliedmaßen –, traute ich ihnen nicht, und sie trauten mir noch weniger.

In ihren Augen war ich eine Fremde mit besorgniserregendem Aussehen und fragwürdigem Anliegen, deren Herkunft, Ruf und Glaubensbekenntnis unbekannt waren. Konnte man der Teufelsfratze trauen? War sie der Spitzel eines katholischen Fürsten?

Ich sah keinen Anlass, ihre Zweifel zu zerstreuen, mich interessierte nur der Verbleib Sophies.

«Mach dir keine Sorgen», beruhigte mich Isidora, die mit mir neben der Feuerstelle etwas ab vom langen Tisch saß, wo soeben das Abendbrot eingenommen wurde, «spätestens nächste Woche ist sie wieder da.»

«Was macht dich so sicher?», fragte ich, den Blick auf Luther gerichtet, der an der Stirnseite des Tisches der Gesellschaft vorsaß und mich dabei nicht aus den Augen ließ.

Unübersehbar hungrig und durstig war er, schaufelte Berge von Essen und schüttete Krüge Bier in seinen Schlund, dabei plapperte und philosophierte er, maßregelte und schimpfte mit Worten, die ich in meinem Leben noch nicht gehört hatte.

Ein streitbarer, derber Klotz mit Doktorwürde und Ketzermal auf der Stirn. Ein wenig erinnerte er mich an meinen selbstherrlichen Vater, und ich wusste, dass wir so schnell keine Freunde würden.

«Hieronymus wollte alte Schriften in Magdeburg einsehen», antwortete Isidora. «Wenn er nicht findet, wonach er sucht, ist er schneller zurück, als du denkst.»

Neben dem feisten Luther saß ein kleinerer Schwarzrock, schmal im Gesicht und spitz in seinen Bemerkungen. Etwas lag ihm auf der Seele, und offenbar hatte es mit der Frau an Luthers Seite zu tun – dessen Ehefrau, der früheren Klosterschwester und Adeligen Katharina von Bora, auf die ich bei meiner Ankunft im Hof gestoßen war.

«Und jetzt iss etwas», ermunterte mich Isidora, «du musst hungrig sein nach der langen Reise.»

Das war ich, aber noch hungriger war ich auf Antworten auf meine nagenden Fragen: Was wollte Sophie in Magdeburg? Konnte man Hieronymus trauen? Und vor allem: Wer von den Schwarzröcken würde mich als Erster herausfordern?

Ich hörte nur mit halbem Ohr hin, was Isidora antwortete, denn zwischen dem Giftzahn an Luthers Seite und der *Lutherin* entspann sich ein heftiges Streitgespräch. Es ging um Geld und Politik, die Führung des Schwarzen Klosters und um die Rechte der darin Wohnenden.

«So geht das seit Wochen», flüsterte Isidora, «Melanchthon fürchtet, dass sich Luther von einer Frau kommandieren lässt. Dabei ist Luther heilfroh, eine wie Katharina bekommen zu haben, auch wenn er sie zu Anfang nicht haben wollte.»

«Warum?»

«Er hielt sie für stolz und eingebildet.» Das traf früher auch auf mich zu. «Sie ist alles andere als das.»

«Und sie?», fragte ich, «was hat sie an ihm gefunden?»

Die Frage war weitaus schwieriger zu beantworten. Wegen der Manieren und der Ausdrucksweise sicherlich nicht, außerdem galt er den meisten als Teufel, der obendrein als vogelfrei verurteilt worden war. Jeder konnte ihn erschlagen, ohne Strafe fürchten zu müssen.

«Er lässt sie gewähren, dafür hält sie ihm den Rücken frei. Und er kann ungestört arbeiten.»

«Melanchthon, was ist mit ihm?»

Hatte er nicht in Heidelberg studiert, und gehörte er nicht zu den führenden Humanisten? Zu jener Hälfte, die sich der lutherischen Lehre zugewandt hatte und die andere, die katholische, bis aufs Blut bekämpfte? Ein selbstgefälliger Moralist demnach, gnadenlos und eitel.

Überraschend war, dass Luther seiner Frau das Streitrecht zubilligte und Melanchthon ebendamit Probleme zu haben schien. Das war eine mutige Entscheidung des Frauenfreunds. Wenn er sich nur einer anderen Ausdrucksweise bedient hätte ...

«Ach was, du Hanswurst», polterte er, «aus einem verzagten Arsch fährt noch lange kein fröhlicher Furz.»

Für Melanchthon offensichtlich zu viel des Gutgemeinten, empört stand er auf und kehrte der kleinen Gesellschaft am Tisch den Rücken.

Luther hielt ihn nicht auf, er prostete ihm hinterher. «Geh nur, du geiles Leckermäulchen, flüchte dich in den Schoß deines Weibchens.»

«Schweig endlich!», disziplinierte ihn die Lutherin, «und trink nicht so viel.» Sie stand ihrerseits auf und kam zu uns an die Feuerstelle, während das Schandmaul den Bierkrug vollends leerte. «Verzeiht meinem Mann. Er hat viel um die Ohren. Die Instandsetzung des Klosters kostet uns die letzten Ersparnisse.»

Der letzte Teil war an Isidora gerichtet, doch die schüttelte nur den Kopf.

«Seid Ihr in Geldnot?», fragte ich.

Die Lutherin nahm Platz, seufzte. «Vielleicht haben wir uns mit dem *großzügigen* Geschenk des Fürsten übernommen. Diese Ruine ist ein Fass ohne Boden.»

Gemeinhin warf ich nicht mit Geld um mich, aber wenn ich hier auf Sophies Rückkehr warten wollte, konnte ich meinen Beitrag leisten. «Es ist nur recht und billig», ich fischte nach Münzen in meinem Beutel und legte ein paar

Gulden auf den Tisch, «dass ich mich für Eure Gastfreundschaft erkenntlich zeige.»

Die Edelfrau setzte zum Widerspruch an, ich ließ ihn nicht gelten. «Nehmt es mit gutem Gewissen. Ihr braucht es, und ich kann es entbehren.»

Eine Last schien ihr von den Schultern zu fallen. «Habt Dank. Es ist gut angelegt.» Dann fügte sie an Isidora gewandt hinzu: «Schaust du bitte nach dem Tor? Verschließ es fest, damit wir in Ruhe schlafen können.»

«Fürchtet Ihr Eindringlinge?», fragte ich.

«Es ist nicht leicht mit den Wittenbergern, ach, mit jedem, der in unserer kleinen Gemeinschaft eine Gefahr sieht. Dabei wollen wir ihnen nur zeigen, wie man vor Gott Gefallen findet.»

Das kannte ich von den Katholischen schon zur Genüge: Unterwerfung und Hiebe. Würde es bei den Lutherischen anders sein?

«Darf ich fragen, welchem Glauben Ihr angehört?», fragte sie.

Nein, das ging niemand etwas an, ich wechselte das Thema. «Ich kam nicht umhin, den Disput zwischen Euch und ...»

«Melanchthon.»

«... zu bemerken. Er scheint in manchen Dingen anderer Auffassung zu sein als Ihr.»

«Seine Sicht auf Frauen, ihre Rechte und Pflichten ist nicht mehr zeitgemäß. Ich bin guter Hoffnung, dass seine Frau ihm den Zahn noch ziehen wird. Doch zurück zu Euch. Wer hat Euch das getan?»

Ein schüchterner, verstohlener Blick. Sie traute sich nicht, präzise anzusprechen, was mir ins Gesicht gebrannt war.

«Eine lange Geschichte», wich ich aus und wies auf zwei Frauen in der Ecke, «aber wie ich sehe, ist es Euren Schwestern ähnlich ergangen.» Die eine hatte eine krummgeschlagene Nase, der anderen fehlten die vorderen Zähne.

Katharina hingegen schien mir von derlei Gewalt verschont geblieben zu sein. Ihr Gesicht war makellos, eben und hübsch; ein aufmerksames, fröhliches Lächeln, gepflegte Zähne und ein sanftes, zuvorkommendes Wesen machten sie zu einer Augenweide. Die vornehmsten und mächtigsten Männer würden sich nach ihr verzehren. Warum hatte sie ausgerechnet diesen Klotz von einem Grobian zum Ehemann genommen?

«Die Schwestern haben für ihren Mut teuer bezahlt», antwortete sie. «Vom kochenden Wasser bis zur schlimmsten Prügel. Ich kann für die verwirrten Seelen ihrer Männer und Väter nur beten.»

«Und, wie seid Ihr entkommen?»

Sie lächelte gedankenverloren. «Auch das ist eine lange, schmerzvolle Geschichte. Im Grunde wollte ich mich niemals knechten lassen. Weder von meiner Familie noch von der Oberin ...»

Isidora kam zurück, setzte sich und beendete unser kurzes, aber sehr erhellendes Gespräch. «Sie haben uns den Kopf eines Ziegenbocks ans Tor genagelt», sagte sie mit zittriger Stimme. «Warum tun sie das?»

Die Lutherin nahm ihre Hand. «Sorg dich nicht. Sie wissen es nicht anders.»

Ich glaubte schon. Sie fürchteten das Unheil mit den Schwarzröcken auf sich zukommen, die Höllenbrut in ihrer Mitte.

«Geben wir ihnen Grund zur Klage?»

«Nein, natürlich nicht.»

Nun, wer Papst und Kirche verleugnete, konnte nur ein Teufel sein.

Unruhe am Tisch verschaffte sich Raum und Aufmerksamkeit. Luther hatte offenbar zu viel getrunken, er wankte. Einer stützte ihn, eine Frau wischte das verschüttete Bier auf.

Die Lutherin erhob sich ebenfalls. «Ich werde ihn zu Bett bringen, und Ihr seid so lange willkommen, wie es Euch beliebt.» Sie eilte ihrem Mann zu Hilfe, ließ mich mit einem Bündel Fragen zurück.

Morgen würde ich die Fragen nachholen. Und diesen Melanchthon abpassen.

Isidora war sich sicher: Jede Ansammlung würde sofort von den Knechten der Fürsten aufgelöst. Mit aller Härte, ohne Ansehen der Person. Noch zu präsent sei die Erinnerung an die rebellischen Bauern und ketzerischen Anhänger des neuen Glaubens, das fürchterliche Blutvergießen und die immer noch andauernden Rachefehden zwischen den verfeindeten Parteien. Vor allem gewönnen *okkulte Kreise* Zulauf, nicht allein von verwirrtem Gesindel aus nah und fern, nein, allseits respektierte Herren nähmen an Geister- und Teufelsbeschwörungen teil.

Das kam mir bekannt vor. Leiwen fiel mir ein, die *feine* Gesellschaft im Wormser Wald.

Das *Spectaculum nekromanticum* des berühmt-berüchtigten *Doktor Faust*, das laut Gabriels Zettel hier in der Nähe stattfinden sollte, sei daher unwahrscheinlich. Zumal die Furcht vor Teufel und Hexen tief in der Bevölkerung verwurzelt sei und selbst aus diesem Haus gespeist würde. Allerorten sei man deswegen hellhörig.

«Was meinst du damit?», fragte ich. «Aus *diesem* Haus?» Nein, mehr wollte sie nicht dazu sagen, es sei besser so.

Musste sie auch nicht, Luthers panische Angst vor allem Teuflischen war legendär. Hinter jedem Stein und jeder Ecke fürchtete er Dämonen und Hexen auf die armen Seelen lauern. Die Angst, die niemand zeit seines Lebens mehr aus den Krallen ließ, wenn sie ihn gepackt und im Innersten erschüttert hatte, sie hatte Luther ins Kloster getrieben.

Aus eigener Erfahrung wusste ich, dass sich der Teufel von hohen Mauern und frommen Gebeten nicht aufhalten ließ, er würde sie eher als Herausforderung betrachten. Aber vielleicht täuschte ich mich ja, vielleicht würde Luther einen Weg finden, um das ihm innewohnende Höllenvolk zu befrieden.

«Und Sophie?» Was hatte sie Isidora alles erzählt?

Dass sie auf der Suche nach Faust sei. Mehr nicht. Isidora hätte sie nicht bedrängt, ihr den wahren Grund für die Flucht aus Bingen zu nennen. «Jeder im Schwarzen Kloster hat seinen Grund gehabt, Haus, Besitz und Familie zu verlassen.» Es sei eine persönliche Entscheidung gewesen, die nicht für fremde Ohren bestimmt sei.

Ich atmete auf. Es ersparte mir unnütze, schmerzhafte Erklärungen. Davon ausgenommen war aber meine Geschichte, die Verletzungen, das Schicksal meiner Familie in den Wirren der Aufstände.

«Was ist mit dir passiert?», fragte sie besorgt. «Wer hat dir das angetan, und warum?»

Es war weit nach Mitternacht, bis sie sich mit dem zufriedengab, was ich ihr aufgetischt hatte. Es war nicht einmal die halbe Wahrheit gewesen. Sie hätte es vermutlich nicht verstanden. Entscheidend war nur, wo sich Sophie aufhielt.

«Mach dir keine Sorgen», beruhigte sie mich immer wieder, auf Hieronymus sei Verlass, er habe nur Augen für Bücher und alte Schriften, junge Frauen seien ihm suspekt.

Sollte ich etwa einem alten Bücherwurm vertrauen, einem wie Trithemius? Der Gedanke war alles andere als beruhigend, und während Isidora neben mir einschlief, starrte ich in die Finsternis. Zu viel war in den vergangenen Tagen geschehen, als dass ich Ruhe oder Zeit gefunden hätte, es zu verarbeiten.

Sophie … Sabellicus … das anstehende *Spectaculum nekromanticum*. Anfänglich war alles in greifbarer Nähe gewesen, nun trieb mich das Gefühl um, dass mir die Dinge aus den Händen glitten, dass ich die Kontrolle verlor. Wie konnte man denn das Schicksal kontrollieren? *Merkst du nicht, wie der Teufel mit dir spaßt?*

Nun fing ich mit diesem Teufelsgerede auch schon an. Es musste an diesem Ort liegen, an den seltsamen Menschen oder einfach nur an meiner Angst, die mich zunehmend packte.

Ich stand auf und ging ans Fenster, atmete frische Nachtluft gegen die Dämonen.

Bleierne Dunkelheit empfing mich, der Hof war gerade mal in Umrissen zu erkennen. Im kleinen Glockenturm hörte ich den Wind säuseln, hin und wieder einen schüchternen Laut des unruhigen Klöppels. Der Moder der entkernten Räume hing noch immer in der Luft, allerdings nicht mehr lange, sofern die Lutherin umsetzte, was sie sich vorgenommen hatte – diese Ruine zu einem Heim für Familie und Anhänger zu machen.

Auch wenn ich sie erst kurz kannte, ich traute es ihr

tatsächlich zu. Sie hatte die Kraft und den Willen, Herausforderungen zu meistern, sich gegen Anfeindungen und Kritiker zu behaupten. Einer wie Melanchthon würde ihr nicht lange standhalten, dafür war er zu sehr im Gestern gefangen. *Ein Weib regiert dieses Haus!*

Mitten hinein in meine Gedanken über den gestörten Frieden in den Hütten zuckte ein Blitz am Himmel. Er brachte mein Herz zum Pochen, Donner folgte, ein wütendes Grollen. Der nächste Blitz, näher und heller als der vorangegangene, tauchte den Hof in ein fahles, unheimliches Licht.

Für einen Augenblick glaubte ich drüben im Fenster jemand gesehen zu haben. Er stand einfach dort und beobachtete mich. Sah meine Fratze im kalten Schein der widerstreitenden Mächte von Himmel und Hölle.

XXV
ZEIT DES TIERES

Fackeln brannten, an der Mauer zuckten Schatten, und ich glaubte Schwefel zu riechen.

«Mephistophiel, dunkler Gesell. Zeig dich mir!»

Woher kannte er diesen Namen?

Ein Scheppern und Zischen umgab die kleine Bühne, Rauch stieg auf. Zum Vorschein kam eine schwarz gekleidete, an Fäden geführte Holzpuppe mit Hufen statt Füßen und Krallen statt Händen. Der Kopf ähnelte der einer Ratte.

Der Schattenwurf auf der Leinwand, die ein Studierzimmer mit Büchern und Schriftrollen darstellte, verlieh der makaberen Gestalt Größe und Gefahr.

«Wer ruft mich?»

«Ich, dein Meister. Doktor Luther.»

Diese Puppe maß die doppelte Größe und trug den schwarzen Talar und die Mütze eines Gelehrten. Das Gesicht war totenbleich, die Nase krumm und spitz, die Augen lagen in dunklen Höhlen – die Karikatur eines Magisters. Welch verstörendes Schauspiel, und das vor dem Tor der Universität zu Wittenberg.

«Zu Diensten, ehrenwerter Doktor. Was begehrt Ihr heute von mir?»

«Zaubere mir gebratenes Federvieh und einen Krug Bier. Nein, gleich ein ganzes Fass!»

Die Ratte verneigte sich. «Wie Ihr wünscht, Herr. *Advenite!*»

Wieder Rauch und Scheppern, darauf trudelten, an Fäden aufgehängt, eine gebratene Gans und ein kleines Fass auf den Tisch. Luther machte sich gierig darüber her, schmatzte, trank, während die Ratte beschwörend um ihn herumschlich und dabei dummes als auch falsches Latein brabbelte.

Was sollte das werden?

Die umstehenden Zuschauer – überwiegend einfaches Volk, Handwerker und Kaufleute – sahen sich hingegen bestätigt: Die abtrünnigen Gelehrten umgaben sich mit teuflischen Hilfsgeistern.

«Friss und sauf mein Gift, du eitler Gockel von einem Magister», höhnte die Ratte. «Noch heute Nacht wirst du nach meiner Pfeife tanzen.»

Doch es gab Opposition gegen die Frechheit. Zwei Schwarzröcke drängten zur Bühne und rissen den Spielern die Puppen aus den Händen. Andere stürzten sich auf sie, Fäuste flogen unter wirrem Geschrei.

Ich beobachtete den Tumult aus sicherer Entfernung, vom Kutschbock meines Karrens aus. Ich war von einer Exkursion ins Umland zurückgekehrt, hatte mich nach dem Aufenthaltsort von Doktor Faust und dem für den nächsten Tag angekündigten *Spectaculum nekromanticum* erkundigt.

Der Ertrag war bescheiden gewesen. Niemand wollte öffentlich und schon gar nicht gegenüber einer Fremden von solchen Teufeleien wissen. Man befahl mir die Weiterfahrt oder drohte mir gleich Prügel an.

Ganz anders verhielt sich ein Bursche, der meinen Weg kreuzte und sich als Jakub aus dem polnischen Krakau vorstellte. Mit Blick auf den silbernen Drachenknauf meines Gehstocks meinte er wohl, einen Gleichgesinnten gefunden zu haben und sprach ganz offen von seinem Ziel: das Spectaculum des Doktor Faust. Ob ich ihm den Weg weisen könne? Er hätte Faust bereits in Erfurt und Leipzig verpasst, nun erhoffe er sich eine neue Gelegenheit.

Ich fragte ihn, woher er denn wisse, dass sich Faust in der Gegend aufhielt? Die Antwort überraschte: auf Empfehlung okkulter Kreise.

«Okkulte ... was?»

Verblüfft und zweifelnd, ob er sich in mir getäuscht hatte, starrte er mich an. Er sei den weiten Weg aus Krakau gekommen, wo er an der Universität Magie studiere – so wie es der frühere Student und jetzige *Magus* Doktor Faustus auch getan hatte.

Sabellicus. Krakau. Magie? Mir fehlten die Worte. Hatte ich erneut etwas aus der wundersamen Vita des Magisters Georg Sabellicus verpasst? Der Brief von Trithemius fiel mir ein, worin er Virdung vor dem Hochstapler Sabellicus und dessen erfundenen Titeln gewarnt hatte. *Quell der Nekromanten, Astrologe, Magus ...* Konnte es wahr sein? Waren sie wirklich nicht erfunden?

Ich nahm mir vor, umsichtiger vorzugehen, und bot Jakub eine Freifahrt nach Wittenberg an, wo ich ihn vor einem Wirtshaus absetzte. Hier sollte er sich unter den Leuten umhören und mich im Schwarzen Kloster aufsuchen, sobald er Genaueres über Ort und Zeitpunkt des Spectaculums erfahren hatte. Gabriels Zettel hatte nur Wittenberg genannt und den Tag, aber nicht die Stunde, schon gar nicht das Haus, wo die Totenbeschwörung stattfinden sollte. Das würde erst im letzten Moment entschieden und den *Eingeweihten* mitgeteilt. Jakub versprach es und ließ mich verwundert zurück.

Eine Magierschule in Krakau? Und jetzt auch noch ein Puppenspiel über Luther und Mephistophiel! Genauso gut hätte es von Faust handeln können. Die Ähnlichkeiten waren nicht zu leugnen, vermutlich gewollt. *Luther gleich Faust, Faust gleich Luther.* Sie beide machten sich den Teufel zu Diensten. Wer, außer der katholischen Kirche und ihren Anhängern, konnte noch Interesse daran haben, Dämonen nach Wittenberg zu bringen und sie Luther an die Seite zu stellen?

Die Puppenspieler erschienen mir unverdächtig, sie brachten auf die Bühne, womit sich Geld verdienen ließ. Hatte es etwa mit dem bevorstehenden Spectaculum zu tun? Hatte Sabellicus seine Finger im Spiel?

Ich nahm den Gedanken mit und befahl dem Gaul die Weiterfahrt. Nach einem Krug Bier, wenn nicht zwei stand mir der Sinn, um das in Ruhe zu überdenken. Zu meiner Überraschung fand ich im Kloster die dafür passende Gesellschaft vor.

Luther hatte Freunde, Mitstreiter und Kollegen zum Essen geladen. Rabengleich saßen sie an der langen Tafel, keine einzige Frau unter ihnen, noch nicht einmal *mein Herr Katharina*, wie Luther seine Frau zuweilen überschwänglich nannte.

So weit ging die Frauenliebe dann wiederum nicht, ihr Platz war an diesem Abend der *selbstbestimmte* Haushalt, die Feuerstelle und die Küche. Hier hatten sich die Frauen um die Lutherin versammelt, führten ihre eigenen Gespräche oder hörten dem Disput der Schwarzröcke zu. Noch bevor ich die Küche betreten hatte, hörte ich sie debattieren.

«Ein Dreck ist es mit der Sternenklotzerei!», tönte Luther.

«Da irrst du dich, Martin», widersprach Melanchthon,

der Sternkunde an der Universität lehrte und dafür Hohn und Spott von Luther erntete, seitdem ich unter seinem Dach wohnte, «die Astronomie ist eine auf mathematischen Grundsätzen beruhende und somit seriöse Wissenschaft.»

«Heillos und schäbig ist sie.»

«Nicht minder die Astrologie, sofern sie richtig gelernt und angewendet wird.»

«Pah! Märchen und Fabelwerk. Was hat dir dieser Virdung für die *Horoskope* aus der Tasche gezogen? Oder hat er sie dir gleich vom Himmel geholt, die Sterne!» Ein breites, vollmundiges Lachen, dass mir die Lust auf ein Bier verging.

Wie kam aber mein alter Lehrmeister plötzlich ins Spiel? Natürlich, Melanchthon hatte in Heidelberg studiert, dort hatten sie sich kennengelernt.

«Virdung ist ein redlicher Mann», sprang ihm ein anderer Schwarzrock bei, den ich in den vergangenen Tagen mit Luther und Melanchthon hatte sprechen sehen. Auch er war Magister an der Universität, selbst Astrologe und hatte sich den Namen Camerarius zugelegt. «Kein Fürst, der ihn nicht für seine Arbeit lobt.»

Ein junger, vornehmer Mann pflichtete ihm bei. Er gehörte zu den drei jungen Gesichtern der Runde. «Selbst Trithemius hat ihn geschätzt.»

Noch ein Dämon aus der Vergangenheit.

«Wer ist das?», fragte ich Isidora, die im Kreis der Frauen saß und mir einen Platz frei machte.

Die Lutherin begrüßte mich mit einem Lächeln, die anderen wussten noch immer nicht, was sie von mir halten sollten, und hielten Abstand. «Ein Student, Daniel Stibar von Buttenheim.»

«Wo kommt er her?»

«Bamberg oder Würzburg. Ich weiß es nicht.»

Aus den erzkatholischen Hochburgen? Unfassbar, aber auch kühn. «Und die anderen?»

«Magister Agricola, ein treuer Freund Martins, jetzt Pfarrer in Eisleben.»

«Sagt man nicht über den alten Bücherwurm, er wäre selbst ein Schwarzkünstler gewesen?», stichelte Luther.

«Eine infame Lüge», polterte Agricola, der *Bauer*. «Fall nicht auf das dumme Geschwätz seiner Feinde herein. Trithemius, Gott hab ihn selig, war Verfechter der *weißen Künste*, der Wissenschaft von den Engeln, der Natur.»

«Wenn du es sagst», beruhigte Luther ihn, «bei diesem ganzen Tohuwabohu um eure *Künste* weiß man schon bald nicht mehr, wo einem der Arsch hängt. Prost!»

Die Lutherin zuckte, besann sich aber und seufzte.

«Du wirst ihn nicht mehr ändern», flüsterte Isidora ihr zu, «er ist, wie er ist.»

Der Auffassung schloss ich mich an.

«Wenn er nur nicht so grob und laut wäre», flüsterte eine aus unserem kleinen Kreis.

Andererseits sah und hörte man ihn den ganzen Tag nicht, wenn er im Arbeitszimmer saß und seine Gedanken zu Papier brachte. Niemand durfte ihn dabei stören, er brauchte Ruhe und Konzentration, während seine Frau die Ruine instand setzte, die Handwerker kommandierte und mit Müllern und Schlachtern um den angemessenen Preis feilschte. Wenn diese den Hof wieder verließen, hörte man sie *Teufelsnest* und *Hexenschmiede* murmeln.

Die Furcht vor dem Höllenfürsten teilte man also mit Luther, wenigstens das. Mir kam es gar vor, dass seine noch größer war als die des einfachen Volks. Vermutlich hätte es jeden anderen treffen können, doch seitdem er mich in jener gewittrigen Nacht im Fenster gesehen hatte, wich er mir aus und zeterte hinter meinem Rücken über mich, das *Teufelsweib*.

Allein Katharinas beruhigenden Worten war es zu verdanken, dass er mich immer noch unter seinem Dach duldete *und* dass ich ihn nicht zur Rede stellte.

«Apropos Trithemius», fuhr Luther fort, «was ist eigentlich aus diesem Tunichtgut geworden, der sich Doktor Faust nennt?»

Wusste er etwa von dem Brief?

«Landauf, landab hört man nichts anderes», erwiderte Camerarius, «im gemeinen Volk scheint er beliebt zu sein.»

«Bei den Dummköpfen!», fügte der Trithemius-Verteidiger Agricola hinzu. «Melanchthon, du müsstest diesen *Doktorteufel* doch kennen. Hat er nicht in Heidelberg studiert?»

Der spitznasige Magister rieb sich das Kinn. «Ich hörte mal von einem mit dem Namen Faust, in Kundling geboren, nicht weit von meinem Geburtsort entfernt. Der hieß aber Johann oder Johannes.»

Ein Schwarzrock meldete sich zu Wort: «Ein Johannes Fust oder Faust aus Simmern war es.»

«Nein, ihr irrt. Johann Faust hat in Krakau Magie studiert und ist viel über die Lande gezogen», widersprach ein anderer.

«Genug des Rätselratens», ging Luther dazwischen, «ein elendiger Zauberer und Nekromant soll er laut Trithemius sein, ein Lügenmaul und Teufelskopf. Gotteslästerer sind sie allesamt.»

Luthers Lieblingsthema. Ich ahnte, was jetzt kommen würde, er hatte ausreichend getrunken. Allerdings rechnete ich nicht mit dieser Schärfe.

«Zur Hölle mit der Satansbrut, den Teufeln und Hexen. Jagen, würgen und schlagen soll man sie, wo immer man sie trifft», und plötzlich ging sein Blick zu mir. «Auch die Zauberinnen sollen getötet werden, sie richten viel Schaden an, sie haben teuflische Gestalt. Fürwahr, ich habe einige gesehen.»

Ich bebte vor Zorn. Zum Teufel mit *dir!*, du elendes Schandmaul. Ohne *dein* Gift würde es weniger Geschrei um Hexen und Teufel geben. *Du* fütterst die Angst, *nicht* ich!

Mit einem Schlag waren die vielen guten Dinge vergessen, die ich hier gesehen und erlebt hatte – die neuen Freiheiten für die Frauen, die schulische Förderung der Mädchen –, dafür rückten mir Luthers und Melanchthons Widerwärtigkeiten wieder ins Gedächtnis. Wie hatte ich sie nur vergessen können …

Die Bauern solle man wie Hunde totschlagen, hatte Luther gefordert, und Melanchthon stimmte mit ein: Für solch blutgieriges Volk kenne Gott das Schwert. Was nichts anderes bedeutete als Schluss mit dem revolutionären Geist von früher, zurück zum alten Glaubenssatz: *Seid der Obrigkeit untertan.* Ich wünschte den Bundschuh Joß herbei. Ein paar saftige Tritte in den Hintern hätten diese ehrenwerten Magister und Gottesdiener an die befreiende Botschaft ihres Messias erinnert.

Eilige Schritte auf dem Gang wurden laut, zwei Schwarzröcke stürmten zur Tür herein, jene zwei, die dem Puppenspiel auf der Straße ein Ende bereitet hatten. Ihre Talare waren schmutzig und zerrissen, die Hände aufgeschlagen, sie bluteten aus Nase und Mund.

Melanchthon stand der Schreck ins Gesicht geschrieben. «Was ist mit euch passiert?»

«Werte Herren», keuchte der eine, «Ihr werdet es nicht für möglich halten, welch infames Schauspiel vor unserer Universität stattgefunden hat.»

So schnell änderten sich die Verhältnisse. Nun waren nicht mehr die *Anderen*, sondern *sie* die Teufel. Jemand hatte obendrein das Gerücht in die Welt gesetzt, dass Doktor Faust in Wittenberg an der Universität promoviert hätte und nicht in Heidelberg, Krakau oder wo auch immer. In Wittenberg!

Ich nahm die Lüge mit Genugtuung zur Kenntnis, nicht weniger die plötzliche Panik unter ihnen.

«Ein Scheißhaus der Teufel!», wetterte Melanchthon überraschend lutherisch über den faustischen Schatten, der sich nun über seine Universität legte und damit auf ihn und alle anderen am Tisch.

«Das kommt von den Ingolstädtern», mutmaßte ein anderer über die konkurrierende, katholische Schule aus dem Süden, «Schmähen und Hetzen, das ist ihr Geschäft.»

«Das dürfen wir uns nicht gefallen lassen!»

Hätte ich nur geahnt, welch zerstörerische Kraft aus der Empörung erwachsen würde, ich hätte sie zur Besinnung gerufen, die Büchse der Pandora geschlossen zu halten.

Der Student Daniel Stibar führte die beiden Verprügelten in die Küche, wo ihre Wunden gewaschen und Verbände angelegt werden konnten. Er tat sich dabei auffallend sachkundig hervor, ich ging ihm zur Hand.

«Studiert Ihr Medizin?», fragte ich ihn.

Er zeigte keine Angst vor der zuvor geschmähten Teufelin, was ihn mir sympathisch machte – ganz im Gegensatz zu den blutigen Schwarzröcken, die von mir abrückten.

«Ich habe die Wunden meines Vaters nach dem Kampf

verarztet, ein paar blutige Schrammen schrecken mich nicht.»

«Woher kommt Ihr?»

«Aus der Nähe von Bamberg, mit guten Beziehungen nach Würzburg.»

«Würzburg?» Dann würde er als Kind oder Schüler Trithemius kennengelernt haben, zumindest kannte er dessen Schriften und vielleicht auch Briefe.

«Obwohl meine Familie den lutherischen Weg gewählt hat, bleibe ich dem katholischen treu.»

Der Junge hatte Mut oder komplett den Verstand verloren.

«Dennoch habt Ihr Wittenberg für Eure Studien gewählt.»

Ein schelmischer Blick, dann zog er den Verband am verletzten Kopf fest an, vielleicht ein Stück zu fest, sodass der Schwarzrock aufheulte. «Um den Feind in die Knie zu zwingen, muss man ihn kennen.»

Jetzt liebte ich den Burschen vom Fleck weg. «Die Teufelsvorwürfe schrecken Euch nicht?»

«Wenn ich dummes Geschwätz für bare Münze nähme, bräuchte ich nicht zu studieren.»

Bravo! Warum hielten sich nicht die anderen daran? All die studierten und klugen Köpfe der Universität zu Wittenberg, sie hätten von dem Burschen einiges lernen können.

Stibar war mit der Versorgung der Verletzungen fertig und gab dem *Feind* noch einen Gedankenanstoß mit auf den Weg. «Lehrt Ihr uns nicht Bedacht und Gelassenheit, werter Magister?»

Der brummte missmutig und kehrte ohne ein Wort des Danks an den Tisch zurück, während sich Stibar mit einem breiten Lächeln die Hände wusch.

«Wer seid Ihr?», fragte er mich. «Mir scheint, Ihr kommt nicht von hier.»

Ich hätte ihm vermutlich mehr von mir erzählt als all den anderen, wenn nicht ein Karren polternd auf den Hof gekommen wäre.

«Es ist Hieronymus», rief Isidora mit Blick aus dem Fenster.

Endlich! Ich war erlöst.

Ich hatte die Nacht über kein Auge zugemacht, pendelte zwischen Zorn und Ungeduld, die Stadttore wurden erst bei Tagesanbruch geöffnet.

Als es endlich so weit war, wusste ich nicht, wo ich nach Sophie hätte suchen können. Hieronymus, dieser unachtsame Tropf von einem Bücherwurm, glaubte *Dessau* verstanden zu haben … oder war es *Bernburg* gewesen? Auf jeden Fall hatte er Sophie eine Tagesreise vor Wittenberg am Ufer der Elbe ziehen lassen, Doktor Faust sei in der Gegend gesehen worden.

«Ich konnte sie nicht überreden, mit mir nach Wittenberg zurückzukehren», beteuerte Hieronymus, «sie war begeistert davon, den berühmten Magier Faust zu treffen. Dabei habe ich sie angefleht, es bleibenzulassen. Man hört nichts Gutes von ihm … der Zauberei. Alles Teufelswerk.» Er rieb sich den Hals, als spürte er bereits dessen kalten Griff.

Teufelswerk. Immer wieder, ich konnte es nicht mehr hören. Überall war nur noch der Teufel zugange, wenn etwas misslungen war, die Angst den Verstand trübte oder der *Feind* verunglimpft werden sollte. Allesamt *Teufelsriecher*, im besten lutherischen Sinn, das waren sie.

Auch wenn es mir schwerfiel, die Ruhe zu bewahren, ich

unternahm einen weiteren Versuch, etwas Brauchbares aus dem Trottel herauszubringen.

«Hat sie denn die Elbe überquert, oder blieb sie auf dieser Seite?»

Er zuckte die Schultern.

«Ging sie nach Norden? Süden oder Osten?»

«Ich glaube ... nein.»

Trotz meines Bemühens, an mich zu halten, platzte mir der Kragen, und ich mochte in diesem Moment wahrhaft teuflisch ausgesehen haben. «Was jetzt?! Erklär dich!»

Er zuckte vor Schreck zurück. «Ich ... weiß es nicht.»

Isidora schritt ein. «Dräng ihn nicht, er hat sich nichts Schlimmes dabei gedacht.»

Genau das war das Problem. Ein *Magister* wie er hatte nicht *nachgedacht*. Weder über sein loses Teufelsgerede noch über den Verbleib seiner Schutzbefohlenen.

Es war zwecklos, ich musste mir etwas einfallen lassen. Sophie war nicht weit entfernt, so viel stand fest, und sie war auf der Suche nach Faust – Sabellicus. Wo würde sie sich aufhalten?

«Wenn der Berg nicht zum Propheten kommt», schlug Isidora vor, «dann muss der Prophet eben zum Berg kommen.»

Ein guter Vorschlag, ich musste Sabellicus suchen, dann würde ich auch Sophie finden. Doch wo?

Jakub fiel mir ein. Vielleicht hatte er inzwischen etwas herausgefunden.

«Wohin gehst du?», fragte Isidora.

«Zu einem Magier ... hätte ich schon längst tun sollen.»

«Bist du von Sinnen?»

Im Wirtshaus war Jakub nicht anzutreffen, der Wirt glaubte ihn beizeiten am Marktplatz gesehen zu haben. Gut, auch ich hätte mich dort umgehört. Marktleute wussten immer etwas, nicht immer das Richtige, aber es war ein Anfang.

Das Erste, was ich lernte, war, dass sich der Markt von Wittenberg nicht mit dem von Leipzig vergleichen ließ. Um eine Handvoll armseliger Stände standen ebenso armselige Gestalten und feilschten um die wenigen Waren. Sobald ich mich ihnen näherte, erstarb die Unterhaltung. Ich gab nichts darauf, ich hatte keine Zeit zu verlieren.

«Doktor Faust», fragte ich unumwunden, «habt ihr von ihm gehört?»

«Scher dich fort, Hexenweib.»

Am nächsten Stand musste ich mir sagen lassen, dass das Feuer noch zu gut für eine wie mich sei.

Ich lief in die Gassen, weg vom Marktplatz, und schon bald tat sich Hoffnung auf – eine Druckerei. Die Schmutzfinken wussten immer etwas, zumindest glaubten sie es. Dieses Mal nahm ich mir vor, nicht mit der Tür ins Haus zu fallen und auf Umwegen mein Ziel zu erreichen.

«In der Nähe soll heute eine Versammlung stattfinden», fragte ich den erstbesten Kerl, «weißt du, wo?»

«Wonach sucht Ihr?»

«Gestern Abend, das Puppenspiel vor der Universität.»

«Sind weitergezogen.»

«Wohin?»

«Leipzig, kann auch Erfurt gewesen sein.» Er wandte sich wieder seiner Arbeit zu, ich musste mir was anderes einfallen lassen – Fausts Hilfsgeist.

«Mephistophiel. Hast du den Namen schon mal gehört?»

Er schaute mich überrascht an. «Ihr seid die Zweite, die mich danach fragt.»

«Wer war es vor mir?»

«Ein Fremder, hat seltsam ausländisch gesprochen.»

Jakub!

«Hab ihn zum alten Simon geschickt, dem verrückten Bastard. Der kennt sich gut mit dem Teufelszeug aus.»

«Wo kann ich ihn finden?»

«Geht geradeaus bis zur Stadtmauer, die Bruchbude ist nicht zu verfehlen.»

Er behielt recht, die Hütte machte einen noch ärmlicheren Eindruck als die Herkules-Schmiede in Leipzig, die Balken faulten, die löchrigen Fensterläden waren mit pechgetränkten Lumpen gestopft. Ich klopfte an eine morsche Tür.

«Ist hier Simon zu Hause?»

Keine Antwort, ein zweiter Versuch.

«Wer will das wissen?», fragte eine brüchige Stimme, und ich glaubte, ein Auge hinter einem Spalt zu erkennen.

«Ihr müsst mich nicht fürchten.»

«Geht fort.»

«Mephistophiel», sagte ich, als sei das Wort die Losung. «Wisst Ihr, wer das ist?», und tatsächlich, die Tür öffnete sich.

Ein graubärtiger, alter Mann in verschlissenen Kleidern stand mir gegenüber, dürr und klapprig, er reichte mir gerade bis zu den Schultern. «Woher kennt Ihr diesen Namen?»

«Besser, wir besprechen das nicht auf der Straße», erwiderte ich und schob mich an dem Alten vorbei.

Aus dem Dunkel trat ein Gesicht ins Licht. «Wie habt Ihr mich gefunden?», fragte Jakub sichtlich erstaunt.

«Du kennst die Frau? Wer ist sie?», fragte Simon.

«Eine von uns.» Wer genau sollte *uns* sein?

Wie sich herausstellte, war Simon ein in der Stadt geduldeter Jude, der das letzte Morden an seinem Geschlecht durch Abschwören des alten Glaubens und Annahme des neuen überlebt hatte. Solange er sich unauffällig verhielt, ließ man ihn unbehelligt. Auf seine alten Tage war die Übereinkunft das Beste, was er noch erhoffen durfte. Eine Flucht in eine andere Stadt oder ins entfernte Polen, wo man mit Juden verträglicher umsprang, kam für ihn nicht in Frage. Er war hier geboren, er würde in der Heimat sterben wollen. Notfalls als falscher Christ. Insoweit sei er in bester Gesellschaft.

Damit schloss sich der Kreis zu Jakub, denn auch er war jüdischer Abstammung. All seine Überredungskünste, dass Simon ihm nach dem Spectaculum des Doktor Faust nach Polen folgen sollte, liefen ins Leere – einen alten, knorrigen Baum verpflanze man nicht. Simon wollte den Stürmen dieser Tage widerstehen oder mit ihnen untergehen.

Wir saßen in der Dunkelheit seiner winzigen Behausung um die spärlichen Flammen eines Feuers, und der Rauch brannte mir in den Augen. Simon weigerte sich standhaft, ein Fenster zu öffnen. Zu gefährlich. Die Ohren in der Stadt seien größer als in anderen. Ich stimmte ihm zu und erweiterte die Feststellung auf die vielen vorlauten Zungen, die unerklärliche Lust nach Verdammung der anderen, das brandgefährliche Teufelsgerede und so fort. Die Liste der Vorwürfe wäre noch länger geworden, hätte Simon mir nicht Einhalt geboten. Die Zeit dränge.

«Seltsame Dinge gehen vor sich, nicht nur in Wittenberg, überall im Land und darüber hinaus. Die neue Zeit gebärt Angst, und aus Angst erwachsen Teufel.»

Nicht auch noch dieser alte Mann, er sollte es besser

wissen. Ich winkte verärgert ab. «Habt Ihr den Namen Mephistophiel schon mal in der Gegend gehört?»

«Ein Höllenfürst», antwortete Simon, «er steht unter dem Planeten Jupiter. Sein Regent heißt Zadkiel, ein Thronengel des heiligen Jehovae.»

Nach einer Ahnenreihe der Höllenfürsten stand mir nicht der Sinn, ich brauchte einen Hinweis auf Faust und dessen Spectaculum am Abend.

«Mephistophiel», ich bestand darauf. «Wo?»

«Habt Geduld», beruhigte mich Jakub, «es hängt alles zusammen.»

Simon schaffte eine vergilbte Schriftrolle herbei, zog sie auf und zeigte mir ein verwirrendes Geflecht aus Sternen, Linien, Tieren, hebräischen, arabischen Buchstaben und Zahlen, mathematischen Berechnungen, mir unbekannten Zeichen, Symbolen – nichts davon erschloss sich mir, nur so viel: Das war ein Horoskop, wie ich es noch nicht zu Gesicht bekommen hatte. Ein wahres Meister-, wenn nicht Wunderwerk astronomischer Brillanz.

«Wo habt Ihr das her?», fragte ich.

«Von einem Freund aus dem Orient. Es wurde vor langer Zeit erstellt.»

«Als Jerusalem zum ersten Mal von den Christen befreit wurde», fügte Jakub hinzu, gebannt von den Ausschmückungen der fremden Buchstaben und Zeichnungen, den exakten Positionen der Sterne, den Berechnungen.

«Ein Meister der Sternkunde hat es für einen Fürsten berechnet», sagte Simon.

«Wie lautete die Fragestellung?» Es gab immer eine Frage, die die Sterne beantworten sollten.

«Wie lange das Reich der Christen währt.»

Das war mittlerweile nur zu gut bekannt. Ein furchtbar

blutiges Hin und Her hatte das Heilige Land für die Christenheit gesichert.

«Siehst du hier Jupiter, dort Saturn?», fragte Simon und zeigte weitere Sterne, ihre Konstellationen zueinander, ihre Bedeutungen und die Aussagen für die Zukunft, die Tiere und Symbole.

«Verzeiht, aber ich verstehe überhaupt nichts.»

Nie im Leben hätte ich mir vorstellen können, auf dem Gebiet der Astrologie zu versagen, die Sprache zu verlieren.

«Die Zeit des Tieres naht», sagte er schließlich mit einer beunruhigenden Betonung des Wortes *Tier*, dass mir ein Schauer über den Rücken lief.

Meinte er etwa die Apokalypse des Johannes? Jeder kannte sie, jeder fürchtete sie. Die Frage war nur: Wann würde sie über uns kommen?

«Was genau bedeutet das? Die Zeit des *Tieres*.»

«Dass das Kreuz fällt», antwortete Jakub.

«Das Kreuz», erwiderte ich, «das Kreuz der Christen?»

Beide nickten, ich zweifelte. Niemals würde das Kreuz fallen. Es war im Fels des Petrus fest verankert, mächtig und groß, für die Ewigkeit bestimmt ... und *doch* stand es nun in Flammen.

«In ein paar Jahren spricht niemand mehr über Luther», bekräftigte ich meinen Unglauben an den Fortbestand seiner neuen Lehre.

«Die Vorhersage ist eindeutig», versicherte Simon. «Chaos und Zerstörung stehen uns bevor, blutrünstiges Wüten unter den Christen. Freund gegen Freund, der Sohn erschlägt den Vater, die Tochter vergiftet die Mutter. Das Tier erhebt sich im Zeichen des Kreuzes und bringt es zu Fall. Finstere, unvorstellbar grausame Zeiten ...»

Grundgütiger, nein! Die finsteren Zeiten hatten wir hinter uns. Jetzt war die *neue Zeit* angebrochen. Sie versprach uns Wissen und Entwicklung in ungeahntem Maß, ein *Paradies auf Erden* ... So hätte ich noch ein paar Monate zuvor gesprochen. Mittlerweile hatte sich aber ein kaum für möglich gehaltenes Teufelsgerede über Verstand und Moral erhoben, dass man vom Glauben an die menschliche Vernunft abfallen wollte. Hass und Furcht allerorten. Die Aufstände der armen Leute, die Rache der Fürsten, ein blindwütiges Hauen und Stechen, wohin man blickte ... und das im Angesicht des Kreuzes.

Ich schaute mir das Kunstwerk genauer an, vielleicht fand ich etwas, das mich bestätigte und die Schwarzmalerei der beiden widerlegte. Und je länger ich suchte und mich bemühte zu verstehen, desto mehr kamen mir einzelne Sterne und ihre Positionen bekannt vor. Wo hatte ich das schon einmal gesehen?

Natürlich!, in meiner Sternkarte. Noch immer war sie in Besitz von Sabellicus. Ein Grund mehr, ihn endlich ausfindig zu machen.

«Mephistophiel ... das Spectaculum des Doktor Faust», sagte ich zu Jakub. «Hast du herausgefunden, wo es stattfindet?»

«Der Verderber Mefir», warnte mich Simon, «und Tophel, der Lügner. Nimm dich in acht, es verheißt nichts Gutes.»

Hatte das nicht auch schon Giulio gesagt, damals auf der Wormser Lichtung?

Die Veranstaltung fand nicht in der Öffentlichkeit statt, wie es mir Gabriel hatte weismachen wollen, Isidora hatte recht behalten. Nur *Eingeweihte*, dem Okkultismus nahestehende Personen kannten den Treffpunkt. Der Kabbalist Simon war einer von ihnen. Jakub, der Student der Magie, und ein gutes Dutzend anderer waren ihnen in eine Scheune vor den Toren Wittenbergs gefolgt.

Wer sich unter den schwarzen Kapuzen verbarg, blieb schleierhaft. Niemand sprach mit dem anderen. Stumme, geheimnisvolle Gestalten, die im flackernden Schein eines Feuers die Ankunft des *Meisters der Magie* erwarteten. Bereits das hätte mich misstrauisch machen sollen.

Sabellicus suchte die Öffentlichkeit, die Nähe zu den Einflussreichen und Gelehrten – vor ihnen wollte er glänzen, sich als größter Magier aller Zeiten beweisen. Einander zu erkennen, miteinander zu sprechen und sich auszutauschen war für seinen Erfolg unabdingbar. Stattdessen herrschte in der Scheune ein angespanntes, groteskes Schweigen, das mich beunruhigte. Erstarrte Untote. Teufelsjünger.

Umso mehr erschwerten mir die Verhüllten die Suche nach Sophie. Wie sollte ich sie unter den Kapuzen erkennen, sofern sie überhaupt hier war?

«Beruhige dich», flüsterte Simon mir zu, «es kommt der Moment, wenn die Masken fallen.»

«Welcher Moment?»

«Du wirst schon sehen. Verhalte dich unauffällig.»

Ich ahnte es zwar, fragte dennoch. «Warum?»

«Scheue Seelen fürchten die Entblößung.»

Fürs Erste lenkte ich ein, auch wenn es mir schwerfiel. Die Sorge um Sophie trieb mich um. Sie hatte nichts unter dem Gesindel verloren. Jakub hingegen war leicht von den anderen zu unterscheiden. Er trug einen mottenzerfressenen Umhang, den ihm Simon zur Verfügung gestellt hatte. Auf meine Bitte hin hatte er sich am Scheunentor postiert, für den Fall, dass die Lage außer Kontrolle geriet, unübersichtlich oder gefährlich wurde. Außerdem hatte ich ihm Sophie beschrieben, sie einzufangen sei seine vorrangige Aufgabe.

Wer jetzt noch fehlte, war Sabellicus – *Doktor Faust*. Eine Bühne konnte ich nirgends sehen, auch keine Vorhänge und Vorrichtungen, die er für seinen Hokuspokus benötigte. Die Scheune war bis auf Gabeln, Werkzeug, das Geschirr für die Zugochsen und die Holzböcke für Stroh und Heu leer geräumt, im hinteren Bereich dunkel, zwei Verschläge standen offen, die Lichter Wittenbergs fielen herein. Ich rechnete damit, dass er von dort kommen würde, um in die Mitte des Raumes zu gelangen, wo ein Feuer loderte. Es war von hüfthohen Gestellen umgeben, auf denen sich kupferfarbene Schalen befanden, aus einer ragten Blätter und Zweige heraus.

Ein metallisches, hohes Klirren setzte meiner Ungeduld ein Ende. Es kam aus dem schwer einsehbaren Bereich hinter mir, Schritte näherten sich, jemand zog an mir vorbei zur Feuerstelle. So nah, dass die Drachenklinge in meiner Hand ihn mühelos hätte treffen können – *Sabellicus*.

Zu meiner Verwunderung trug er anstelle seines schwarzen Umhangs nun einen grauen, gescheckten Pelz, vermutlich die Haut eines Wolfs. Kopf und Gesicht lagen unter einem Tierschädel mit klaffendem Maul und imposanten Reißzähnen verborgen, Hände und Finger waren mit dunklen Strichen und mir unbekannten Symbolen bemalt.

Er nahm Blätter und Zweige aus der Schale und streute sie in die Flammen, sodass es knisterte und Rauch aufstieg. Wenigstens das Räucherwerk war mir vertraut, es war fester Bestandteil unserer Darbietungen gewesen und sollte die Zuschauer in einen Halbschlaf versetzen, der sie alles verstehen ließ, was man ihnen einflüsterte, jedoch tief genug war, um sie am Nachdenken zu hindern. Die Worte sollten gut gewählt sein, damit sie die Vorstellungskraft beförderten und scheinbar wahre Bilder im Kopf erzeugten.

Die *Kunst* des Zauberers bestand darin, das Zeug unter den Anwesenden zu verteilen, ohne dass er selbst eingenebelt wurde, genau so, wie es Sabellicus nun mit seinem Pelzmantel tat. Er fächerte den Rauch den Umstehenden zu, diejenigen in den vorderen Reihen bekamen am meisten davon ab, die hinteren weniger bis nichts.

Ich fasste Simon an der Schulter. «Weg vom Rauch», hin zu den offen stehenden Verschlägen, wo frische Luft hereinfiel.

Der Alte wollte nicht. «Geh nur. Ich bleibe.»

«Simon, komm.»

«Ich will hören, was er sagt», erwiderte er und trat nach vorne in die heranziehende Wolke.

«Simon ...» Es war zu spät, er lief geradewegs in Sabellicus' Falle.

Am nächsten Tag würde er für seine Neugier mit einen Brummschädel bezahlen, ich machte kehrt.

«Kommt», hörte ich Sabellicus hinter mir rufen, «schaut das heilige Feuer.» Diese Stimme ... sie klang überhaupt nicht nach ihm.

Außerdem sah ich mich willenlosen Gestalten gegenüber, die der Aufforderung folgten und mir damit den Weg versperrten. Hoffentlich war Sophie nicht darunter.

«Tretet zur Seite», fuhr ich sie an, doch es war kein Durchkommen, «lasst mich, ihr Narren!»

Schritt für Schritt fiel ich zurück, glaubte, zwei dumpfe Schläge zu hören, als schlüge Holz auf Holz, das Tor, der Riegel ... *die Verschläge!*

Jäh erfasste mich ein Schwindel, ich suchte Halt an einer fremden Schulter. Meine Augen begannen zu brennen, glitzernde Sterne tauchten aus der Dunkelheit auf und entluden sich in einem farbenfrohen Feuerwerk. Nicht irgendwelche Farben, es waren die prächtigsten Farben, die ich je gesehen hatte.

«Was um alles in der Welt ...», keuchte ich und hörte wirre, sich überschlagende Stimmen, die sich zu bösartigem Gekreische aufschaukelten.

Schnell raus hier! Notfalls mit Gewalt, bevor ich den Verstand verlor. Ich tastete nach dem Drachenkopf an meiner Klinge, spürte aber nur Unebenheiten, sodass ich ihn mir vor Augen führte. In den zuckenden Irrlichtern des Wahns gab er sich mir zu erkennen, wie ich ihn zuvor noch nicht gesehen hatte.

Der Teufel, rittlings auf dem Kopf des Drachen, war nicht länger starr und leblos, er johlte und kreischte vor Freude ... rot glühende Augen, funkelnde Hörner und ein feuerspeiendes Drachenmaul.

Ich taumelte an behuften Ungeheuern und knurrenden Dämonen vorbei zum Tor, zu Jakub.

XXVI
SEELENRANKE

Würzburg anno 1536

Mir war, als träumte ich den Traum von einem Traum. Ein immer wiederkehrendes Hirngespinst, das mich in Nächten heimsuchte, wenn alles verloren, all meine Mühen vergebens schienen.

Ich sah mich schweißgebadet auf dem Bett liegen, auf meiner Brust hockte ein kleiner, widerlicher Teufel. Er flüsterte mir den größten Schmerz ein, den eine Mutter empfinden konnte – den Raub des Kindes.

Auch wenn ich mich gegen sein Gift zur Wehr setzte, es wollte mir nicht gelingen. *Wir waren miteinander verschmolzen.* So befahl er mir, in die Höhle zu gehen, obwohl ich wusste, dass sie nicht mehr existierte. Die Quelle des Lebens war zerstört, Leichen und Skelette türmten sich zu Bergen.

An der Decke sah ich den Schatten Sophies, wie er über Büchern und Schriften saß, das Wissen der Welt aufsog und mir mit ihren vielen Fragen den Schlaf raubte. Unsere Gemeinschaft erfüllte mich dennoch mit Glückseligkeit, ich hatte sie, sie hatte mich. Mehr war nicht nötig, die Welt jenseits unseres Paradieses war bedeutungslos ... bis ein zweiter Schatten aufzog. Er flüsterte Sophie rätselhafte Worte ein, die ich nicht verstehen konnte und die sie in höchste Verzückung versetzten.

Glaub dem Seelenfänger kein Wort!, schrie ich, *er wird dich ins Unglück stoßen.*

Doch wollte es mir nicht gelingen, sie zu halten oder mich zu bewegen, ich lag wie gelähmt auf meinem Lager. Unter Gelächter schwebten die Schatten zur Höhle hinaus.

Da erwachte die vermeintlich tote Quelle zu neuem Leben, es blubberte und hallte, ich schöpfte Hoffnung, dass sie mir Kraft geben würde, um meine unsichtbaren Fesseln zu sprengen. Doch schimmerte das heilende Wasser nicht mehr gelb und blau, wie Blut trat es über den Rand des Beckens und umspülte die Berge von toten Körpern.

An der Decke sah ich die Skelette knurrend und grollend erwachen. Auf den sich windenden Leibern ihrer bedauernswerten Gesellen stiegen sie herab und wateten durch Blut und Gedärm auf mich zu.

Ich befahl sie zurück, nur wollte noch immer kein Laut aus meiner Kehle kommen. Da spürte ich eine kalte Hand auf der Brust. An Fleisch und Knochen vorbei packte sie mein pumpendes Herz, drückte fest, immer fester.

Noch bevor das Leben aus mir gewichen war, sah ich in zornige Augen aus einem gespaltenen Schädel.

Mutter!, rief ich, *Mutter ...*

Ein Rütteln weckte mich, ich öffnete die Augen und erkannte das besorgte Gesicht Brunos über mir.

«Was ... ist?» Die Kehle wie ausgetrocknet.

«Ihr habt geschrien, Herrin.»

«Nenn mich nicht so.»

«Wir sind allein. Niemand kann ...»

«Ich habe es dir tausend Mal gesagt.»

Noch immer steckte ich in der Kleidung des letzten Tages, fühlte mich geschunden und besudelt. Ich reichte ihm die Hand, er half mir auf.

Uneinsichtig seufzte er, wie seinerzeit Sophie. «Verzeiht, *Doktor Faust*.» Insgeheim verspottete er mich, es war unverkennbar.

«Wie spät ist es?»

«Es hat zum Morgengebet geläutet.»

Ich humpelte zum Fenster und blickte hinunter auf den Kreuzgang. Verschlafene Kuttenträger huschten in der Morgendämmerung um die Ecke. Die Tür zur Kapelle schloss sich. Litaneien von Gebeten, ewiges, sinnloses Murmeln. Tagein, tagaus dasselbe ermüdende Ritual. Alles war in Ordnung.

«Wünscht Ihr Frühstück?», gähnte Bruno und kratzte sich am Bein – jene Bruchstelle, die zwar gut verheilt war, aber ihn an feuchten Tagen daran erinnerte, nie wieder gedankenlos einen unbekannten Raum zu betreten.

«Gibt es schon Nachrichten?»

Mein Blick fiel auf die Gräber des von hohen Mauern geschützten Friedhofs von Stift Haug, das vor den Toren der Stadt lag. Die Aussaat gedieh und blühte, als gäbe es kein Morgen. Gott verwöhnte dieses Fleckchen Erde mit Sonne und Fruchtbarkeit. *Halleluja!*, ich konnte nicht klagen.

«Erst wenn die Händler und Schiffe in die Stadt gekommen sind.»

Damit blieb noch etwas Zeit, die liegengebliebene Arbeit fertigzustellen.

«Du kannst gehen.»

«Wie Ihr wünscht, Herrin.»

Die Tür fiel rechtzeitig ins Schloss, ich hätte ohnehin nicht die Kraft gehabt, ihn nochmals zu tadeln.

Vom Aufguss der letzten Nacht war noch etwas übrig, ich schenkte ein und setzte mich in den Sessel. Es war stets eine Überwindung, die stinkende, braune Brühe die Kehle hinunterzuwürgen.

Liana del muerto – Liane der Toten – nannten die Spanier dieses wunderbare, für mich mittlerweile unverzichtbare Gewächs, das sie aus den Dschungelwäldern der Neuen Welt in die Alte gebracht hatten. Ich bevorzugte die Bezeichnung *Seelenranke*, denn genau das war seine Wirkung. Es befreite die Seele vom irdischen Ballast und öffnete den Zugang zu göttlichen Sphären.

Die *Auffahrt* hatte allerdings ihren Preis, und nicht jede Lieferung überstand die lange Reise. Solange musste ich dann auf meine eigenen Pflanzungen zurückgreifen, die auf dem Gottesacker von Stift Haug prächtig gediehen – unauffällige, kleine Pilze, die Jakub dem Halunken in jener Nacht von Wittenberg abgenommen hatte.

Bis heute wussten wir nicht, wer der Schurke war, der sich als *Doktor Faust* ausgegeben hatte und *okkulten* Dummköpfen das Geld aus der Tasche zog. Anders als der neugierige Simon und ich war Jakub am Scheunentor vom Gift der *Götterpflanze* weitgehend verschont geblieben. Er wollte ein solches Schurkengesicht auf Zeichnungen von den großen Eroberern aus dem Osten schon einmal gesehen haben. Flach wie eine Scheibe sei es gewesen, mit einer stumpfen Nase und Augen hinter Schlitzen.

Im Land der Magyaren lebten Nachfahren der gefürchteten Mongolen, die ihre Heiler *Schamanen* nannten. Sie führten Pflanzen mit sich, deren Wirkung auf den menschlichen Geist und Körper alles mir Bekannte in den Schatten stellte.

So wie jetzt. Die Schmerzen verflogen wie von Zauberhand befohlen, meine Seele erklomm die erste Stufe. Ich wurde eins mit den Elementen … trat in die *Sphären* ein.

Apropos Sphären, die unsere Welt und den Kosmos wie die schützenden Hände einer Gottesmutter umschlossen. Sie gab es nicht mehr, sie hatten nach Ansicht des polnischen Astronomen Kopernikus nie existiert. Nicht das Himmelsgestirn drehte sich um unsere Welt, sondern die Welt um die Sonne. Wir standen nicht länger im Zentrum allen Seins und Glaubens, wir wurden zur Seite gedrängt, dümpelten auf einer vorgezeichneten Bahn dahin, drehten uns sinn- und ziellos im Kreis. Es mochte das erste und einzige Mal gewesen sein, dass Katholische und Lutherische sich einig waren: *Ketzerei!*

Dies und die Wittenberger Episode mit dem falschen Faust hatten mir schmerzhaft vor Augen geführt, dass all mein Streben nach Wissen und Erkenntnis letztlich vergebens war, es führte zu nichts anderem als Verzweiflung. Wir waren und blieben ein unbedeutendes Staubkorn in Gottes Plan und Werk.

Wilde aus dem Westen und dem Osten, die nichts von Theologie, Philosophie, Mathematik und Alchemie wussten, waren uns mit ihrem Wissen – was die Welt im Innersten zusammenhielt – dagegen meilenweit voraus. Erkenntnisse gewannen sie nicht aus Sternenschau, verstaubten Büchern, endlosen Disputen oder Litaneien von Gebeten, sondern aus der bewusstseinserweiterten Wirkung einfachster Pflanzen, die unbeachtet am Wegesrand wuchsen.

Nie zuvor hatte ich eine vergleichbare Erfahrung gemacht, das *Göttliche* zu sehen. Es befand sich nicht in den nebulösen Sphären des Universums, schon gar nicht in Bibliotheken, sondern in uns selbst, in den kleinsten Teilen unseres Körpers, des Geistes und der Seele. Wir mussten nur einen Weg dorthin finden, um die göttliche Urkraft zur Entfaltung zu bringen. Genau davon hatte Sabellicus damals in der Heidelberger Schänke gesprochen. *Wir sind eins mit Gott.* Es mochte mir nicht gefallen, dass er recht behielt ...

Sophie war in jener Nacht in Wittenberg nicht unter den *Eingeweihten* gewesen. Jakub hatte es mir versichert, auch wenn es schwer gewesen war, den Überblick im Tumult der Herumirrenden zu behalten. Teufel und Engel wollten sie im Rausch gesehen haben, Verstorbene auferstehen und die noch ungeborenen Nachfahren sich zu Ruhm und Größe erheben. Was auch immer in den Herzen dieser bedauernswerten Gestalten schlummerte, die Götterpflanze hatte es hervorgebracht.

Es bedurfte Übung und Erfahrung, ihrer Kraft Herr zu werden, und nicht immer gelang es, selbst mir nicht. Ein falscher Gedanke, und die Himmelfahrt geriet zur Höllenfahrt.

Nach Wittenberg hatte ich mich Jakub auf seiner Rückreise nach Krakau angeschlossen. Umsonst, von Sabellicus und Sophie keine Spur, niemand hatte sie gesehen oder von ihnen gehört. Ganz anders verhielt es sich mit der Erinnerung an einen berühmten Alumnus der Universität, Doktor Faust. Mit wem ich auch sprach, Faust war in aller Munde.

Überbordende Begeisterung gebar immer wieder neue Geschichten, Märchen und Legenden über den sagenhaften Zauberer. Doch niemand konnte mir seinen richtigen Namen nennen, woher er kam, wohin er ging, mit wem er zu tun hatte, ob es noch lebende Zeugen, Beweise für sein Wirken gebe ... alles verschwamm in einem Nebel aus Bewunderung und Stolz. Nichts war überprüfbar, nur Hörensagen und Behauptungen, maßlose Übertreibungen. Sie gingen in Wahrheiten auf, die von den vielen Studenten in die Welt getragen wurden.

Enttäuscht und um eine Erfahrung reicher, gab ich es schließlich auf, weiterzuforschen, Faust blieb ein nicht fassbares Gespenst.

Auf Krakau folgten weitere, unzählige Städte, von denen man behauptete, Doktor Faust würde dort sein Unwesen treiben – ihm zur Seite eine geheimnisvolle Gestalt, von der man sagte, sie könne in die Seele schauen ...

Am Ende meiner Bemühungen und Hoffnungen hatte ich unsere Höhle aufgesucht. Ich fand sie geplündert und zerstört vor. Die heilende Kraft des Lazarusbads war versiegt, in Blut und mit toten Körpern erstickt, die kostbaren Bücher und Schriften zerfleddert oder zu Asche verbrannt.

Alles, was mir je wichtig gewesen war, gab es nicht mehr. Ich hätte mich vermutlich schon längst am Halse aufgehängt, wenn mir nicht ein treuer und barmherziger Freund zur Seite gestanden hätte, ausgerechnet ein ehemaliger Student aus Wittenberg.

«Stör ich Euch?», fragte der Hausherr und Propst vom Stift Haug, Daniel Stibar, mittlerweile zu einem Berater des Bischofs geworden, aber auch zu einem bekennenden Humanisten, der mit Erasmus und Melanchthon befreundet war. Er blieb mir zeit unserer Bekanntschaft ein Rätsel.

«Tut Ihr nicht. Tretet näher.» Eigentlich hatte ich ihn im Kreis seiner Brüder beim Morgengebet vermutet.

«Ich glaubte Euch schlafend.»

Selbst Freunde und barmherzige Ritter mussten nicht

alles wissen. «Im stillen, versunkenen Gebet erheben sich Geist und Seele.» Den Becher mit der Seelenranke ließ ich unbemerkt verschwinden.

Er kam näher, lächelte erwartungsvoll. Die beiden Daumen in den verschlungenen Händen spielten Mühlrad, er war nervös. «Was haltet Ihr nun vom Horoskop unseres Freundes Camerarius?»

Dein Freund, nicht meiner. Und um es vorwegzunehmen: *einen Kehricht!*

«Es ist, wie alle seine Arbeiten, präzise und gewissenhaft berechnet», antwortete ich mit dem gebührenden Respekt eines Bewunderers.

«Die Wahrheit, Doktor Faust.» Sein Lächeln war unerschütterlich wie sein Verstand scharf. «Ich weiß von Eurer Abneigung Camerarius gegenüber. Ich will sie Euch nicht anlasten, und doch haben wir einen Vertrag.»

Er wurde nicht müde, mich daran zu erinnern – zugegeben, immer erst dann, wenn ich den Vertrag *nicht* erfüllte. Für meine Expertisen von Horoskopen und Voraussagen aller Art, ach, den gesamten schwarzkünstlerischen Unfug hatte er mir und meinem Diener Bruno den Dachboden zur Verfügung gestellt. Hier konnte ich hinter hohen Mauern und von der Welt abgeschirmt in Ruhe meinen *neuen* Forschungen nachgehen. Wenn eine kräuterkundige Person allerdings die vielen wundersamen Pflanzen gesehen hätte, die ich hier oben züchtete, sie hätte mir die Inquisition auf den Hals geschickt.

«Die Wahrheit ist schwer zu greifen», ich fühlte Unwohlsein aufsteigen, was eine bedauernswerte Nebenwirkung der Seelenranke einerseits und Ekel vor dem Begriff *Wahrheit* andererseits war, «ein flüchtiges Ding ...»

«Redet nicht drum herum. Sprecht freiheraus.»

Nicht erst seit Kopernikus' Entdeckung, sondern schon lange vorher musste die Handlesekunst der Astronomie beistehen, um Vorhersagen noch *genauer* zu erstellen – was für ein Armutszeugnis für meinen einstigen Liebling. Umso mehr, da man auch vom anderen Faust, Sabellicus, berichtete, dass er die Hautfalten der Hand zur Erstellung seiner Horoskope heranzog. Spätestens da hätte jedem seriösen Wissenschaftler aufgehen müssen, welch kümmerlicher Dilettant am Werk war.

Auf derlei Unsinn hatte Camerarius zumindest verzichtet, nicht aber auf die Hirngespinste seiner blühenden Phantasie.

«Das genaue Beobachten der Sterne und ihrer Laufbahnen am Firmament ...», begann ich, und allmählich wurde mir speiübel. Wer mit den Göttern trinken wollte, brauchte einen starken Magen.

Der aufmerksame Stibar eilte mir zu Hilfe, ich wehrte ihn ab.

«Es ist nichts ...»

«Eure anhaltende Übelkeit bereitet mir Sorgen», erwiderte er, «sollten wir nicht endlich einen Arzt zu Rate ziehen?»

Der würde mein Labor nicht lebend verlassen dürfen!

«Es ist nichts», wiederholte ich, «nur eine vorübergehende Unpässlichkeit», und spülte die scharfen Säfte in meinem Mund mit einem Becher Wein hinunter.

Stibar war alles andere als dumm und leichtgläubig, sein kritischer Blick ging zu den langen Reihen der Töpfe, die sich über den ganzen Dachstuhl erstreckten.

«Ich habe Euch nie gefragt, was Ihr da an fremdartigen Pflanzen ...»

«Heilkräuter», unterbrach ich ihn.

«Oder auf den Gräbern unserer seligen Stiftsherren...»
«Die prächtigsten Blumen, die uns der Schöpfer geschenkt hat.»
«Solange Ihr damit keinen Schaden anrichtet, soll es mir recht sein. Auch will ich die Narretei mit dem Namen Faust dulden. Doch scheint Ihr mir an einer ernsthaften Krankheit zu laborieren, Doktor Faust.»
Alles andere als das, die Seelenranke hatte die nächste Stufe erklommen, ich fühlte Leichtigkeit, fast schon Heiterkeit, und das Horoskop von Camerarius entfaltete ein wahres Feuerwerk alberner Belanglosigkeit.
«Sorgt Euch nicht», beruhigte ich ihn und zog zum Beweis Sternentabellen, ellenlange mathematische Berechnungen und gar eine Aufstellung mit fein gezeichneten Tierkreiszeichen heran, «ich halte die Vorhersagen Eures Freundes für seriös und nachvollziehbar», zu leicht durfte ich es ihm und mir nicht machen, «die Zukunft wird zeigen, was davon eintrifft.»
«Das heißt, wissenschaftlich ist alles in Ordnung?»
«Eines Meisters würdig.» Was für ein Theater...
Er seufzte erleichtert, was bedeutete, dass er gerade einen Brief an Camerarius schrieb oder gleich an den Kreis seiner Humanisten, in dem sich auch Moritz von Hutten befand, der Bruder Philipps.
Schreie gellten in meinem Kopf, Fontänen von Blut schossen in den Himmel. Inmitten zerschlagener Körper stand ein gieriger Teufel aus purem Gold... Das war die spontane, launenhafte Kehrseite der Seelenranke. Sie konnte einen genauso gut in die Hölle schicken, wenn man nicht aufpasste.
«Habt Ihr endlich Nachricht von Philipp erhalten?», fragte ich und meinte nichts anderes als die Verifizierung

meines Horoskops – die erste und vorerst letzte Auftragsarbeit unter meinem Namen *Doktor Johann Faust*.

Das war die zweite bittere Erkenntnis aus dem Desaster in der Scheune von Wittenberg und den kläglichen Versuchen, Sophie zu finden. Sie sollte zu mir kommen, zu *Faust!*, nicht umgekehrt.

«Ein Schiff ist letzte Woche in Sanlúcar eingelaufen», sagte Stibar, «mehr wissen wir noch nicht.»

Mein erster Gedanke galt einer neuen Lieferung der Seelenranke, was beschämend war. Mein zweiter der von Anfang an zum Scheitern verurteilten Expedition gieriger Geldsäcke aus der Fuggerstadt Augsburg, der Suche nach dem sagenumwobenen *Land des Goldes*, dem *Eldorado*.

Mit Hilfe der kahlköpfigen Pilze und, ja, auch unter Berücksichtigung der Sterne hatte ich für Philipp von Hutten ein Horoskop auf die Frage erstellt, ob die abenteuerliche Reise von Erfolg gekrönt sei. Eine klare, unerschütterliche Vision von Blut, Krankheit und Tod hatte mich veranlasst, eine Warnung auszusprechen.

Stibars Humanistenfreund Camerarius hingegen sah die waghalsige Unternehmung unter einem guten Stern und befürwortete sie. Welch selbstverliebter Unsinn, der viele Seefahrer das Leben kosten würde. Wie so manchen *Wilden*, der sich vom Eifer der mitgereisten Missionare nicht einfangen ließ und dafür die Schwerter der Konquistadoren kennenlernte.

«Mit Gottes Hilfe wird Philipp zurückkehren», erwiderte ich in der Hoffnung, dass die morgendliche Visite damit beendet war.

Stibar spürte meinen Unwillen. «Ich werde für ihn beten», sagte er und machte kehrt. «Wenn Ihr noch etwas braucht, dann lasst es mich wissen.»

Die Tür fiel hinter ihm ins Schloss, ich atmete erleichtert auf und feuerte Camerarius' Horoskop in die Ecke. Lange würde die Scharade nicht mehr gutgehen, irgendwann würde er mir auf die Schliche kommen.

Bis dahin gab es noch einiges zu erledigen. Jakub hatte mir aus Paris geschrieben, er habe dort von Faust gehört, ihn aber nicht angetroffen. Später sei Faust in Köln, Bonn und Babenberg gewesen, wo er einem gutgläubigen Dummkopf eine *neue* Bartrasur verpasst hatte, bei der sich nicht nur das Haar, sondern gleich Haut und Fleisch aus dem Gesicht gelöst hätten. Ansonsten gäbe es nur Gerüchte allerorten, er suche trotzdem weiter.

Dem setzte ich entgegen: *Treuer Freund, ich schreibe dir aus Würzburg, dem Ursprungsort dieser maledeiten Sache um den* wahren *Zauberer Faust, den ich als Magister Georg Sabellicus kennengelernt habe, du vermutlich unter einem anderen Namen. Es ist gleich, welchen Namen er trägt oder aus welchem Ort er stammt, Faust ist ein eitriges Geschwür, das es auszumerzen gilt.*

Meine harschen Worte mögen dir nicht gefallen, du bewunderst ihn als großen Zauberer, aber er ist es nicht. Glaube mir, ich kenne ihn und seine Kunst, die nichts weiter ist als Scharlatanerie und Verblendung. Er ist deiner Verehrung nicht würdig!

Wie ich nun von einer treuen Freundin aus Wittenberg erfahren habe, zimmert man dort kräftig an seiner Legende. Die Lutherischen tun sich besonders hervor, um das Teufelsgerede von sich auf Faust zu lenken. Doch scheinen sie das Gegenteil zu erreichen. Je mehr sie über den Zauberer reden, desto enger verknüpft er sich mit Wittenberg und ihrer Universität, mit ihnen selbst, den elenden Teufelsriechern … Noch mehr Lügen und Legenden bilden sich um ihr Geschrei, es geht von Mund zu Mund und findet sich in den lügnerischen Nachrichten wieder, die mittlerweile jedes Kind liest und bestaunt.

Selbst die angesehensten Gelehrten und Magister plappern wie im Wahn. Einer behauptet sogar, Faust sei in jener Nacht in der Scheune von seinen Hilfsgeistern gewarnt worden, nur deshalb sei er den Knechten des Fürsten entkommen.

Wir beide wissen es besser, der betrügerische Kerl hat sich nach deiner Tracht Prügel davongemacht – weit und breit kein Knecht, der ihn hätte fangen wollen. Was aber bleibt, ist ein Pakt mit Dämonen, dem Teufel höchstpersönlich ... Das wird ihn zu einem noch größeren Zauberer machen, und ich will schier darüber verzweifeln. Ein Teufelspakt!

Abt Trithemius hat seinerzeit Gleiches versucht, die Vorwürfe gegen ihn Sabellicus anzulasten, und ist kläglich gescheitert. Hätte es diesen unglückseligen Brief nicht gegeben, nach Faust würde heute kein Hahn mehr krähen, es hätte ihn nie gegeben ...

Die Tür knarrte, ich blickte auf. Bruno kam mit einem Tablett herein, darauf Brot, Käse und ein warmes Bier.

«Euer Frühstück. Wohin soll ich es stellen?»

Was nicht mit Töpfen und Pflanzen vollgestellt war, nahmen Bücher und Dokumente ein, heruntergebrannte Kerzen, Becher, Krüge, Geschirr ... Das Chaos meines fiebrigen Geistes. Höchste Zeit, sich vom Ballast der Vergangenheit zu trennen, um endlich klar denken zu können.

«Nimm all die Horoskope, die Bücher und Schriften über Astronomie, Philosophie, Mathematik und auch den theologischen Krimskrams ...»

«Was soll ich damit tun?»

«Ins Feuer.»

«Ins ... Seid Ihr ...»

«Hüte deine Zunge, Bursche. Verschone die Bücher

über Pflanzen und die Briefe. Auf alles andere kann ich verzichten.»

«Die teuren Bücher», jammerte er mit Blick auf die vollen Regale und Kisten, «Ihr werdet es bereuen.»

Was ich wirklich bereute, war, es nicht schon früher getan zu haben. Es hätte mir endlose Stunden erspart, mit Hilfe meiner einst so verehrten Astrologie das Schicksal von Sophie in Erfahrung zu bringen oder zumindest ihren Aufenthaltsort zu bestimmen. Aber die ganze gelehrte Faselei von der Weisheit der Sterne taugte nicht einmal dazu.

Wollte ich den Gang der Dinge erkennen oder gar lenken, musste ich mich auf das Individuum, den Menschen, konzentrieren, auf seine Ängste und Verfehlungen, seine Wünsche und Begierden … *Sie* bestimmten das Leben, die Welt.

Im *Narrenschiff* war mehr Wahrheit zu finden als in den Wissenschaften, den Gespinsten der Denker und den Heiligen Schriften der Propheten und Apostel. Ob es mir nun passte oder nicht: Auch in dieser Hinsicht hatte Sabellicus recht behalten. *Sei ein Narr! Lebe hemmungslos und ohne Reue.*

«Der Druckerlehrling hat neue Nachrichten gebracht», sagte Bruno und reichte mir ein Bündel Flugblätter, die der Bursche für mich sammelte.

Sein Auftrag war, alles über Doktor Faust und andere Zauberer zu beschaffen, irgendwo musste ein belastbarer Hinweis auf den Scharlatan oder auf Sophie zu finden sein. Dafür erhielt er eine Münze und eine neue Fabel über *meinen* Doktor Faust, die er für gutes Geld unter die Leute brachte.

Ich reichte Bruno das Ergebnis der letzten Nacht.
Wie sich Doktor Faust in die schöne Helena verliebt hat.

«Zeichne ein wollüstiges Bild dazu und gib's dem Drucker.»

Er seufzte. «Wäre Sophie nicht schon längst zu Euch gekommen, wenn sie Euren Märchen auch nur einen Funken Wahrheit beimessen würde? Vielleicht hat sie Faust ja schon gefunden?»

Obwohl seine Kritik nach all den erfolglosen Versuchen berechtigt war, es blieb mir nichts anderes übrig, als Woche für Woche eine neue Honigfalle auszulegen.

«Tu es!»

Mürrisch setzte er sich mit dem Schreiben auf den Fußboden, schnappte sich eine Feder und begann zu zeichnen.

Ruhe kehrte ein, und ich ging Nachricht um Nachricht durch. Faust hier, Faust dort, mitunter zur gleichen Zeit. *Das* war wirklich magisch.

Die Meldung von der erneuten Heirat des englischen Königs kam mir in die Finger, kurz nachdem er sein letztes Weib hatte enthaupten lassen. Wie lange würde dieser Bund halten? Danach ein gerupftes Exemplar von der *Gazetta di Venezia*, einer politischen Flugschrift aus Venedig. Bravo, mehr davon, das waren *echte* Nachrichten. Es folgten weitere Wundertaten von irgendwelchen Zauberern, Unglücke und widersinniger, an den Haaren herbeigezerrter Humbug, der die Druckerschwärze nicht wert war, und dennoch hatte er Käufer gefunden, *Narren!*

Ich stand kurz davor, die allmorgendliche Nachrichtenschau vorzeitig zu beenden, als mir etwas unterkam, das auf den ersten Blick unauffällig war, mich aber seltsam berührte.

Eine Frau in langem Gewand las aus dem Schattenwurf eines Fürsten die Zukunft.

Für einen Moment zögerte ich. Wie wollte man aus einem Schatten irgendetwas deuten wollen? *Dummes Zeug!* Ich feuerte den Wisch zu Boden.

Schatten ...

Nur hätte ich niemals die unermessliche Kraft des Verborgenen unterschätzen sollen, vor allem nicht, wenn ich mich in göttlichen Sphären befand. Seine spontanen Attacken wusste ich sonst gut zu meistern und den bösen Geistern meiner Seele zu befehlen, bevor sie Schaden anrichteten. Mit einer Ausnahme: wenn etwas mit unermesslicher, unkontrollierbarer Kraft zur Oberfläche drang.

So wie in diesem Moment, als katapultierte mich die Seelenranke jenseits von Raum und Zeit mitten hinein in unsere Höhle ... zurück zu den Schatten.

XXVII
ELCKERLIN

Das italienische Wort *Veggente* stand auf dem Flugblatt geschrieben – *die Seherin*, und dass sie Gedanken lesen könne. Kein noch so gehütetes Geheimnis bliebe ihr verborgen, eine Lüge erkenne sie, bevor sie ausgesprochen werde. Fürsten fürchteten sie oder buhlten um ihre Gunst ... Marktgeschrei.

Und doch war da etwas zwischen den Zeilen zu lesen, was ich mir nicht erklären konnte, was mich wochenlang nicht mehr losließ: das *Schattensehen*.

Der Druckerlehrling hatte den Werbezettel von einem Kaufmann aus Nürnberg gegen eine meiner Faust-Geschichten eingetauscht. Der hätte eine Darbietung von Veggentes *Kunst* mit eigenen Augen gesehen, es sei erschreckend, zugleich *magisch* gewesen. Das Teufelsweib lehre jedermann das Fürchten.

Ich gab meinem Gefühl schließlich nach und machte mich mit Bruno auf den Weg nach Nürnberg. Stibar hatte vergebens versucht, mich davon abzubringen, wenigstens bis zum Frühjahr zu warten, seit Tagen schneite es, und Weihnachten stand vor der Tür. Im geschäftigen Nürnberg würde ich schnell die Übersicht verlieren, Schurken und Dieben zum Opfer fallen.

An einem verschneiten Dezembermorgen befahl ich

Hekate die Fahrt, neben mir auf dem Kutschbock kauerte Bruno im dicken Mantel. Er murrte über meine störrische Einfältigkeit, ausgerechnet im Schneetreiben einem Hirngespinst hinterherzujagen, wenn wir stattdessen in der warmen Kammer sitzen konnten.

Meine Gedanken waren weit voraus, bei *Meister Elckerlin*, einem sündhaft reichen Nürnberger Kaufmann. In dessen Haus fand zum letzten Mal in diesem Jahr ein Wettbewerb statt, der Sieger würde fürstlich entlohnt. Elckerlin sei berühmt für seinen verschwenderischen Lebenswandel, ein Bewunderer und Förderer der magischen Künste, ein Dummkopf also.

Ich würde nicht unvorbereitet sein, wenn ich sein Haus betrat, und hatte auf den Karren gepackt, womit ich ihn, falls nötig, als Magier beeindrucken konnte.

Allerdings hatte ich nicht mit den Unwägbarkeiten von überfüllten Straßen und andauerndem Schneefall gerechnet. Wir steckten alle naselang fest, erreichten erst am Vorabend des Weihnachtsfestes die imposanten Mauern der freien Reichsstadt. Das Gedränge in den winkligen Gassen und Straßen begleitete uns bis zum Marktplatz, wo unter schneebedeckten Dächern frierende Händler ihre Waren feilboten.

Von weihnachtlicher Besinnung war nichts zu spüren, stinkende Garküchen vernebelten Sicht und Nasen, in den Ohren hallte das Geschrei der Markthändler und das Geplapper der Leute. Gaukler rühmten sich ihrer Kunststücke und Sänger ihrer Stimmen. Darunter verschaffte sich auch das vertraute Liedgut aus Wittenberg Gehör, es erinnerte mich daran, dass wir nicht länger in einer katholischen Bischofsstadt waren, sondern in einer Hochburg der Lutherischen.

Ich sollte die Schwarzröcke im Auge behalten.

Bruno hatte andere Sorgen. «Wie finden wir in diesem Durcheinander das Haus von Meister Elckerlin?» Er reckte den Hals, versuchte, den Überblick zu finden über Buden, die in Dunstfahnen gehüllt waren, Köpfe und vornehme Reiter hinweg.

«An die große Kirche sollen wir uns halten», erinnerte ich mich der Beschreibung Stibars, der die Stadt kannte und auch von Elckerlin gehört haben wollte, einem aus den niederen Landen stammenden Tuchhändler. Ein Haus wie seines sei kaum zu verfehlen.

Und so war es auch. Es ragte steil in die Höhe und machte der angrenzenden, stolzen Kirche Konkurrenz, war mit Erkern und einer goldenen Schere im Wappen geschmückt. Darüber prangte der Name *Elckerlin*.

«Was wollt ihr?», pfiff uns ein Kerl an, der an der Tür Wache stand und offensichtlich nicht viel von uns hielt. «Fahrt weiter, Gesindel, bevor ich euch Beine mache.» Er unterstrich seine Aufforderung, indem er zum Schwert griff.

«Verbrenn dir nicht das Maul», erwiderte Bruno auffallend mutig, wahrscheinlicher war, dass er fror und seit Stunden Hunger litt. «Weißt du nicht, wen du vor dir hast?»

Der Grobian suchte mein Gesicht unter der Kapuze zu erkennen, was ich ihm jedoch nicht gestattete. «Gebt Euch zu erkennen.»

«Sag deinem Herrn», befahl ihm Bruno, «der berühmte Doktor Faust wünscht ihn zu sprechen.»

Der Name machte Eindruck, wenngleich er uns nicht sofort Zutritt gewährte. «Wartet.» Die Wache verschwand in der Tür, ließ uns im Schneefall zurück.

Hekate wieherte, sie war müde und erschöpft, hatte offenbar eine schnellere Aufnahme erwartet. Ich konnte es ihr nicht verdenken, auch ich war der anstrengenden Reise überdrüssig.

«Ruhig», raunte ich ihr zu und streichelte den Drachenkopf meiner Klinge. Wenn etwas schiefgehen würde, sollte ich vorbereitet sein.

Bruno teilte meine Sorge. «Ein gefährliches Spiel. Was, wenn Faust nicht willkommen ist?» Er langte nach hinten, wo er einen Prügel bereithielt. «Ich hörte, Faust sei der Stadt verwiesen worden.»

Fraglich war, wie so vieles in Sachen Faust, ob es überhaupt stimmte. «Wir werden sehen.»

Marktbesucher stapften durch den Schnee an uns vorbei, misstrauisch suchten sie uns im Fackelschein zu erkennen, tuschelten und murmelten. Es brauchte nicht viel Phantasie zu erraten, worüber sie redeten, vermutlich schimpften sie uns unheiliges Volk, Teufelsanbeter.

Endlich kam der Grobian zurück, und dieses Mal sprach er freundlicher. «Ihr seid willkommen», und zu Bruno gewandt fügte er hinzu, «der Stall ist um die Ecke.»

Ich überließ Bruno die Zügel und stieg ab. «Komm schnell nach», raunte ich, er nickte wortlos.

Der Grobian hielt mir derweil die Tür auf. «Mein Herr bittet Euch, im Empfangssaal zu warten.»

Es sollte mir recht sein, so lange würde ich mich aufwärmen und mir ein Bild machen, mit wem ich es gleich zu tun bekam.

Die erste Antwort erhielt ich im marmorgefliesten Flur, an den Wänden hingen Gemälde stolzer Kaufleute, die vor Schiffen, Handelshäusern und Häfen posierten. Ich glaubte, Amsterdam zu erkennen, London, Genua.

Darauf öffnete sich mir die hohe Eingangstür, allein die goldgefassten Verzierungen und die feinen, verspielten Zeichnungen der Täfelungen mussten ein Vermögen gekostet haben. Ich erinnerte mich an Leiwen und wie verzweifelt er trotz seines Reichtums gewesen war. Ich sollte vorsichtig sein.

Ein süßlich würziger Geruch stieg mir in die Nase, noch bevor ich den schummrigen Raum betrat, der sich bei näherer Betrachtung als Saal erwies und sich über zwei Stockwerke erstreckte. Ringsum verlief eine Galerie, die mit einem geschwungenen Geländer eingefasst war und neugierige Blicke davon abhielt, zu erkennen, ob und vor allem wer sich dahinter befand.

Zu meiner Überraschung war ich nicht allein, sondern wurde Teil einer Gesellschaft, die soeben einer Darbietung beiwohnte.

Ein Tisch wurde mir zugewiesen, an dem bereits drei vornehme Herren auf gepolsterten Stühlen saßen. Sie würdigten mich eines kurzen Blicks, schauten dann erneut zur kleinen Bühne inmitten des Saals. Der Grobian schenkte mir ungefragt Wein ein und stahl sich auf leisen Sohlen davon.

Auf der Bühne erkannte ich einen kleinen, feisten Kerl in gestreiften Pumphosen und mit einem Turban auf dem Kopf, neben ihm ein geflochtener Korb, den er in für mich unverständlichen Worten beschwor. Unter den zwei Dutzend Gästen herrschte gespannte Aufmerksamkeit, jemand flüsterte einem anderen etwas ins Ohr, einige amüsierten sich über den Einfaltspinsel auf der Bühne, bis der begann, eine schräge, aber auch verführerische Melodie auf einer winzigen Flöte zu spielen.

Die eigenartige Darbietung, die so manchen dazu veranlasste, sich die Ohren zuzuhalten, wäre vermutlich in Hohn und Spott untergegangen, wenn sich nicht plötzlich im Korb etwas geregt hätte.

Wie von Geisterhand geführt, wand sich ein armdickes Seil in die Höhe, das schließlich hinter einem herabhängenden Vorhang verschwand. Auch ich musste genauer hinsehen und verstand nicht, was da vor sich ging. Das Seil schien zu schweben. Und um meiner Ratlosigkeit die Krone aufzusetzen, machte sich der kleine Mann daran, am Seil hochzuklettern und ebenfalls hinter dem Vorhang zu verschwinden.

Applaus brandete auf, hitzige Gespräche folgten und suchten zu erklären, wie das möglich war.

«Bravo!»

«Meister Elckerlin hat nicht zu viel versprochen.»

«Wo ist er überhaupt? Ich kann ihn nirgends sehen.»

Einer deutete hinauf zur Galerie. «Wo er immer ist.»

«Will er uns ausspähen?»

«Du Narr, er weiß längst alles über dich.»

«Über uns!»

Interessant. Ich nahm einen Schluck des vorzüglichen Weins und blickte mich im Schutz der Kapuze unter den Anwesenden um. Gutgekleidete, vornehme Leute, zweifellos. Doch wer waren sie, und welch seltsamen Darbietungen wohnten sie hier bei?

Drei dumpfe Schläge mit dem Holz befahlen meine Aufmerksamkeit zur Bühne zurück. Jemand in dunklem Umhang, den Kopf unter der Kapuze versteckt, trat ins schwache Kerzenlicht und blieb dort stehen. Die Gestalt regte sich nicht, sprach nicht und tat nichts, aber sie gewann damit die Zuschauer.

«Das ist sie», ereiferte sich der Kerl neben mir und

drückte den Rücken durch, damit er besser über die Köpfe vor uns hinwegblicken konnte.

«Veggente?», fragte das Gegenüber.

Der Dritte nickte. «Das Teufelsweib.» In seiner Stimme lagen Ehrfurcht und auch ein wenig Angst.

Das Herz schlug mir schneller, ich suchte einen unverstellten Blick durch die Reihen. Doch anstatt sich zu offenbaren, hielt sich die Gestalt bedeckt, den Kopf leicht nach vorne gesenkt. Noch immer tat sie nichts, sprach kein Wort, stand einfach nur da.

«Willst du es wagen?», fragte der Kerl neben mir seinen Nebenmann.

«Kein Interesse», verneinte der.

«Hast du etwa Angst?»

«Pah! Wovor denn?»

«Dass ein Geheimnis aufgedeckt wird.»

Die Antwort klang unerschütterlich. «*Niemand* kann das je vollbringen.»

«Zehn Goldstücke, wenn doch.» Er reichte ihm die Hand zur Wette.

Der Herausgeforderte zögerte kurz, schlug dann aber ein. «Abgemacht», sagte er und ging nach vorne.

Raunen erhob sich und begleitete den Wagemutigen bis zur Bühne. Dort stellte er sich der mysteriösen Erscheinung breitbeinig gegenüber.

«Hier bin ich», sagte er zu ihr, doch sein spöttischer Blick ging zu uns. «Man sagt, du könntest Geheimnisse offenbaren …»

Sie antwortete ihm ruhig und leise, sodass ich die Ohren spitzen musste. «Wie lautet deine Frage?»

«Sag mir», er überlegte kurz und tippte sich dabei auf die Lippen, «wie ich heiße.»

«Dein Name ist kein Geheimnis.»

Er lachte. «Oh doch, denn niemand kennt mich hier.»

«Wie du willst. Konrad Barenbeck.»

Ich sah Erstaunen in seinem Gesicht, und unter den Gästen wuchs die Anspannung. «Das ist richtig», und er legte nach. «Woher komme ich?»

«Auch das ist kein Geheimnis.»

«Sag es.»

«Aus Hamburg.»

Barenbeck wechselte von einem Bein aufs andere, das Fingerspiel seiner Hände wurde nervös. «Womit bin ich reich geworden?»

«Kein Geheimnis.»

«Ich will es hören!»

«Mit Pelzen.»

Trotz gewann die Oberhand. «Wie heißt mein jüngstes Kind?»

«Uninteressant.»

Er glaubte sich am Ziel, rief, damit es alle hörten: «Du weißt es also nicht?»

«Ich offenbare Geheimnisse, nicht die Namen deiner verdorbenen Brut.»

Er ballte die Fäuste, empörte sich, doch sie blieb unbeeindruckt.

«Zum letzten Mal», sagte sie, «welches deiner Geheimnisse soll ich aufdecken?»

Zustimmung kam aus den Reihen, irgendwelche Namen interessierten hier niemand. «Zehn Goldstücke!», rief der Kerl neben mir Barenbeck zu. Das gab den Ausschlag.

«Nun gut», sagte er, «was ist das Geheimnis meines Erfolgs?»

Die Gestalt ließ sich mit der Antwort Zeit. «Du willst

alle glauben machen, mit Fleiß und Geschick wärst du zu Reichtum gekommen, aber die Wahrheit ist eine andere.»

Er lachte. «Und doch ist es so. Es gibt keinen zweiten von meiner Sorte.»

«Du hast deinen Teilhaber betrogen und ruiniert», fuhr sie ihn an, «sein Weib zur Hure und die Kinder zu Bettlern gemacht.»

Atemlose Stille, selbst ich musste schlucken. Und es kam, wie es kommen musste: Er griff zum Gürtel. «Verfluchtes Lügenmaul!»

«Dein Schatten lügt nicht.»

Die Lichter waren bis auf ein paar wenige erloschen. Ich saß alleine zwischen umgestürzten Tischen und Stühlen, von Bruno keine Spur. Die Tür war verschlossen, ich war eine Gefangene des Hausherrn und wusste nicht, warum. Dass mit ihm nicht zu scherzen war, bewies mir die Lache Blut auf der Bühne. Es war ein kurzer, gnadenloser Akt gewesen, der mehr einer Hinrichtung Barenbecks glich als einer Auseinandersetzung zwischen zwei Kämpfern.

Seit langer Zeit empfand ich wieder das Gefühl von Angst. Es gab keinen Grund, ich war mir keiner Schuld bewusst. Und dennoch spürte ich das Ende nahen.

«Was führt Euch zu mir, Doktor Faust?»

Mein Blick ging hinauf zur Galerie, die ich nur schemenhaft erkennen konnte. Die Dunkelheit dahinter sah bedrohlich aus, ich hatte weder Mut noch die Kraft, mich über die unberechtigte Festsetzung zu empören. Stattdessen setzte ich auf Diplomatie.

«Ich hörte, Ihr seid ein Freund der Magie.»

«Die Welt ist aus den Fugen geraten, die Ordnung von gestern taugt nicht mehr. Und was der Morgen bringt ... wer weiß das schon.»

«Und die Magie soll Euch leiten? Einen Weg aufzeigen? Ist es das, wonach Ihr verlangt?»

Als Antwort kam ein Husten aus der Finsternis, darauf dünnes, schwindsüchtiges Atmen. «Nichts von dem ... nach Ruhe und Frieden steht mir der Sinn.»

«Dazu vermag meine Kunst nichts beizutragen.» Ich wagte die Flucht nach vorne und stand auf. «Ein Pfaffe kann Euch bessere Dienste leisten.»

«Nicht so schnell, Doktor Faust. Stünde mir der Sinn nach einem Diener Gottes, wärt Ihr nicht hier.»

Es wäre auch zu leicht gewesen, ich setzte mich wieder.

«Lasst uns von Angesicht zu Angesicht reden», fuhr er fort, «es wird Euer Schaden nicht sein.»

Ich hörte Schritte, und nach einer Weile öffnete sich die Tür zum Flur, die Silhouette eines gebeugten Mannes tauchte auf, der mit Mühe den Weg ins Licht betrat.

«So ist es besser.» Der alte Mann ließ sich auf dem Stuhl gegenüber nieder.

Selbst der Kerzenschein vermochte sein faltiges, blasses Gesicht nicht zu erhellen, die Augen ohne Glanz und Zukunft. Ich war mir sicher, er würde die Bürde des Lebens nicht mehr lange zu tragen haben.

Wobei *Bürde* nicht die treffende Beschreibung seiner Erscheinung war. Er trug feines, an Kragen und Ärmeln pelzbesetztes Tuch, eine goldene Kette um den Hals, und an den dürren Fingern zeugten Edelsteine von einem reichen, mächtigen Leben.

«Lasst mich Euer Gesicht sehen», forderte er mich auf, die Kapuze zurückzustreifen.

«Es wird Euch nicht gefallen.»

«Seid versichert, ich werde es Euch nicht nachtragen.»

Dann musste es eben sein, ich hatte ohnehin nichts mehr zu verlieren und tat es.

«Ein Weib», staunte er. «Hat man je davon gehört?»

«Gibt es einen besseren Beweis für meine Zauberkunst?»

«Wenn es stimmt, dann seid Ihr tatsächlich der größte Zauberer aller Zeiten», und als brächte er echte Anteilnahme auf, setzte er hinzu, «auch ein Leben voller Schmerz und Leid.»

«Verrat und Hinterlist.»

«Hat er dafür gebüßt?»

«Noch nicht.»

«Aber er wird es.»

«So wahr ich Doktor Faust bin.»

Meine Antwort fand sein Wohlgefallen. «Rechnungen müssen beglichen werden. Es gibt keinen Erlass und kein Vergessen. Niemals.»

Ich nickte.

«Ein falsches Zeugnis ist nicht mit einer Kiste Gold wettzumachen. Gebrochene Versprechen sind ein tödliches Gift.»

Auch dem konnte ich zustimmen und erinnerte mich der vielen falschen Worte und Versprechungen, auf die ich hereingefallen war.

«Schulden sind gebrochene Versprechen», sprach er weiter, «wer sie nicht einlöst, hintergeht auf schändlichste Weise. Er ist ein Verräter, ein Mörder der Tugend.»

Was redete er da?

«Der Pelzhändler aus Hamburg – der Teufel wird sich seiner annehmen, dessen bin ich mir sicher – hat mich bei einem Geschäft um ein Goldstück betrogen … um ein *ein-*

ziges. Hätte ich ihm den Verrat nachsehen dürfen? Gnade vor Recht ergehen lassen? Was meint Ihr?»

Damit erklärte sich die rätselhafte Darbietung Veggentes. Sie hatte sein Geheimnis nicht *gesehen*, sie hatte es *gekannt*. Von ihm, dem betrogenen Kaufmann. Aber brachte man wegen *eines* Goldstücks gleich jemand um?

«Auge um Auge», antwortete ich mehr aus Verlegenheit als aus Überzeugung und traf damit seine Erwartung, er lächelte zufrieden.

«Die Gesetze unserer Vorfahren. Einfach und unmissverständlich. Wenn ich etwas in der neuen Zeit vermisse, dann sind es die Tugenden unserer Väter. Weisheit, Mäßigung, Tapferkeit und Gerechtigkeit, sie sind der Schlüssel zu einem erfüllten Leben ... zum Himmelreich.»

Binsenweisheiten, ich nickte, war jedoch beunruhigt. Was sollte das Geplapper?

«Wisst Ihr», fuhr er unbeirrt fort, «ich hatte Freunde ... viele, sogar ein Eheweib. Sie alle schworen mir Treue und Wahrhaftigkeit, Hilfe und Beistand. Nichts sollte ihre Schwüre je brechen, nicht einmal der Tod. Nun haben sie mich verlassen, nicht ein Einziger wollte auf dem letzten, bitteren Weg an meiner Seite sein.»

«Was genau meint Ihr?»

Ein langes Seufzen. «Der Tod greift nach mir.»

«Und Ihr fürchtet ihn?»

«Nein, nicht ihn.»

«Sondern?»

«Was nach ihm kommt.»

Jetzt ging mir ein Licht auf. «Die Magie soll Euch eine Antwort geben?»

Ein kaum wahrnehmbares Nicken. «Dem Tod das Geheimnis zu entreißen, sein Wissen über den Ort und die

Zeit danach. Veggente versprach, es ans Licht zu bringen. Und tatsächlich hat sie einige Rätsel gelöst, ihre Kunst reicht aber nur bis zur Schwelle des Todes. Was sich dahinter verbirgt, bleibt für immer im Dunkel. Ist es nicht so?»

Zuerst glaubte ich mich angesprochen, doch dann trat aus dem Dunkel jene Gestalt hervor, die ich zuvor auf der Bühne gesehen hatte. Das Gesicht lag noch immer unter der Kapuze versteckt.

War sie es, oder war sie es nicht?

«Es ist, wie Ihr es sagt», antwortete sie so nah und bar jeden Zweifels, dass mir das Herz zu platzen drohte.

«Sophie ...»

Sie streifte die Kapuze zurück, blondes Haar fiel ihr auf die Schultern. Über zehn Jahre waren seit Bingen vergangen, seitdem wir uns das letzte Mal im Haus meines Vaters gesehen hatten. Ihre Züge waren reifer geworden, ich erblickte das Gesicht einer erwachsenen Frau. Aber sie war es! Tränen schossen mir in die Augen, ich wollte sie endlich wieder in die Arme schließen und stand auf.

Ihre Reaktion traf mich unvorbereitet. Sie war kühl, distanziert und unverkennbar feindselig.

«Mutter.»

Elckerlin brach das fassungslose, für mich niederschmetternde Schweigen zwischen uns. «Wie steht es mit Eurer Tugendhaftigkeit, Doktor Faust?»

Ich antwortete nicht, hatte nur Augen für sie.

«Wahrheit? Aufrichtigkeit?»

Schweig, alter Narr.

«Die Gesetze unserer Ahnen ... Auge um Auge. Die Strafe für Lüge und Verrat.»

«Was wollt Ihr damit?!», fuhr ich ihn an, während ich glaubte, in Sophies Augen ein Flehen zu erkennen.

«Stellt Euch meine Überraschung vor, Doktor Faust, als Ihr mir heute Abend gemeldet wurdet. Aber was rede ich. Seht selbst.»

Aus dem Dunkel trat jemand ins Licht, der mir – soeben der Hölle entfahren – wie der Leibhaftige vorkam.

Sabellicus!

XVIII
FAUST GEGEN FAUST

Sophie lag weinend in meinen Armen, während Sabellicus in der Ecke hockte und uns beobachtete. Er war alt geworden, das Haar schütter und grau, die Wangen eingefallen. Halbgeöffnete Augen ohne Willen und Strahlkraft verloren sich in einem totenbleichen Schädel.

Da saß er also vor mir, der berühmte Doktor Faust, der Dämonen seine Diener hieß und einen Pakt mit dem Fürsten der Hölle geschlossen haben wollte, der durch Lügen aufgeblasene Popanz einer Legende, und glotzte mich wortlos an.

Ich widerstand seinem Blick, vermochte auch kein Mitleid für den angeblich größten Zauberer aller Zeiten zu empfinden. Er war an allem schuld, er hatte uns in diese Situation gebracht. Wäre Sophie nicht gewesen, ich hätte ihn an Ort und Stelle von seinem erbärmlichen Dasein erlöst.

«Elckerlin wird uns töten», schluchzte Sophie, und mir war, als tröstete ich keine erwachsene Frau, sondern mein kleines Kind. Es tat mir gut, und ich genoss den Moment, auch wenn die Lage alles andere als zufriedenstellend war.

Elckerlin hatte uns dreien eine Aufgabe gestellt, und er unterstrich seine Ernsthaftigkeit mit Verweis auf die gewissenlosen Knechte. Sie würden keinen Augenblick zögern, uns die Kehlen durchzuschneiden. Der Stall sei ein einziger Friedhof, wie mir Sophie versicherte, wo einige seiner Schuldner vor sich hin faulten.

«Beruhige dich, er hat keinen Grund», log ich, und auch Sabellicus, dem ein dünnes, abschätziges Lächeln im Gesicht stand, schenkte mir keinen Glauben.

«Du weißt nicht, mit wem du es zu tun hast», verhöhnte er mich. «Du weißt gar nichts.»

«Halt dein ...», giftete ich ihn an. Er ahnte nicht, wie nah er der Drachenklinge war.

«Streitet nicht», schniefte Sophie. «Wir müssen zusammenhalten ... alle drei. Als eine Familie.»

«Eine ... *was?!*»

«Familie», wiederholte sie. «Das sind wir doch. Vater, Mutter und Kind.»

Mein Blut kochte, er war ihr niemals ein Vater gewesen, und er würde es auch nie sein. «Wer sagt dir, dass der Schurke dein Vater ist?!»

«*Ich* habe es ihr gesagt», erwiderte Sabellicus, «*nicht* du.»

Er musste völlig den Verstand verloren haben, dass er es wagte. «Lüge und Täuschung, das ist sein Geschäft. Glaub ihm kein Wort.»

«Nein, Mutter. Er ist mein Vater.»

Sabellicus grinste hämisch, und mir zitterte die Hand wie ehedem der Oberin. Zeit seines miserablen Lebens würde er nichts anderes sein als ein rücksichtsloser Halunke, der mich sterbend zurück- und Sophie im Stich gelassen hatte. Von der Schuld am Tod meiner Eltern ganz zu schweigen.

«Was genau hat er dir erzählt?», wollte ich wissen, und Sophie berichtete von ihrem Kennenlernen. Auf der Rückfahrt von Magdeburg nach Wittenberg sei es gewesen, als Hieronymus eine Rast eingelegt hatte und sie zum Ufer der Elbe ging, um sich zu erfrischen. Da habe sie Flößer über

Doktor Faust reden hören, der sich in einem nahen Gasthaus aufhielt.

Zuerst sei sie unsicher gewesen, ob Sabellicus tatsächlich derjenige war, doch als sie von uns und der Höhle erzählte, hätte es kein Halten mehr gegeben. *Er war es!* Und auch Sabellicus habe sein Glück kaum fassen können: *Meine Tochter!*

Gemeinsam zogen sie durch die Lande, sie hatte ihn lieben und schätzen gelernt, auch wenn er es mit seiner Großsprecherei zuweilen übertrieb. Tief in seinem Herzen sei er aber ein guter Mensch, ein fürsorglicher Vater.

Er musste sie verhext haben. Oder sie hatte den Verstand verloren.

Irgendwann kehrten sie in die Höhle zurück, fanden sie verwüstet vor, von mir keine Spur. Kein Wunder, ich war überall, nur nicht dort. Auch auf der Burg meiner Familie und im Haus in Bingen hätten sie nach mir gesucht... Alles in fremden Händen, die Erinnerung an die Vorbesitzer und deren Schicksal verblasst.

«Warum wohl?!» Ich fuhr regelrecht aus der Haut. «Hast du ihn nie nach dem Grund gefragt?»

Sie wechselten ratlose Blicke.

Schließlich hatten sie die Suche getrennt fortgesetzt, der eine im Norden, die andere im Süden – bis nach Italien, wo sie einen Antonio Guerra kennenlernte, den größten *Seher* der Welt – ich hatte nie von ihm gehört –, und bei ihm in die Lehre ging.

Eins führte zum anderen, die Jahre vergingen, und sie verloren nicht nur mich aus dem Sinn, sondern auch einander aus den Augen. So viel zum Thema *Familie*.

Vor einem Jahr trat dann Elckerlin in Sophies Leben. Er versprach ihr Reichtum und Ruhm, wenn sie an seinen Hof käme, wo wohlhabende Kaufleute und Fürsten verkehrten. Sie alle teilten die Leidenschaft für die Magie.

Doch schon bald zeigte Elckerlin sein wahres Gesicht. Er war ein Unmensch und gewissenloser Mörder, der an der Schwelle zum Tod stand und von einer einzigen Sache getrieben war: dem Jenseitigen.

Alles Weitere konnte ich mir zusammenreimen. Elckerlin hatte dasselbe getan wie ich, er hatte eine Honigfalle für den *größten Nekromanten* aller Zeiten ausgelegt, in die der Narr prompt getappt war. Ich allerdings auch.

«Er wird den falschen Doktor Faust töten», schluchzte Sophie, «und ich soll bestimmen, wer es ist.» Ich nahm sie wieder in den Arm, tröstete sie. «Ich kann doch nicht einen von euch ...»

«Das musst du auch nicht», beruhigte ich sie. «Das ist eine Sache zwischen mir und ...» Ich sprach es nicht aus, ich nahm noch nicht einmal seinen Namen in den Mund, abgesehen davon, dass ich noch nicht einmal wusste, wie er lautete.

«Wie willst du es anstellen», fragte Sabellicus, «*uns zu retten?*»

«Ich werde ihm die Wahrheit erzählen.»

«Deine oder meine?» Er grinste gehässig.

«Es gibt nur eine: Ich bin Faust, und das von Anfang an.»

«Damit schickst du ihn in den Tod!», widersprach Sophie. «Das darfst du nicht. Er ist mein Vater ... und dein Mann.»

«Das ist er nicht, und ich rate dir, dich von ihm fernzuhalten. Er kennt nur sich.»

«Nein, Mutter!» Sie flüchtete aus meinen Armen hinüber zu dem Scheusal. «Er ist nicht, wie du denkst.»

«Sophie.» Ich streckte die Hand nach ihr aus. «Vertrau mir.»

Sie zögerte, ich sah es in ihren Augen, wie sie mit sich kämpfte. Der Augenblick war gekommen, die unumkehrbare Entscheidung stand bevor, zu wem wollte sie gehören?

Sabellicus sagte kein Wort, er wirkte kalt und glatt wie ein Fisch. War es ihm egal, oder wusste er mehr als ich?

«Sophie, bitte, ich flehe dich an.» Tränen quollen mir aus den Augen. «Hör auf dein Herz … auf deine Mutter.»

Da ging die Tür auf. Einer von Elckerlins Knechten forderte uns auf zu kommen. Der Meister erwarte uns.

Zwei Knechte bewachten die Tür zum Flur, ein dritter hatte sich hinter der Bühne postiert, wo sich der Zugang zu den privaten Gemächern befand. Die Galerie lag im Dunkel. Vermutlich gab es dort eine Tür, die über eine Treppe erreichbar war, aber dazu hätte man Zutritt vom Flur oder von einem anderen Raum aus gebraucht.

Während Sabellicus seinen nekromantischen Krimskrams aufbaute, stand Elckerlin am Fenster und beobachtete die Kirchgänger im Schneetreiben. Es war Heiligabend, und schon bald würden sie Gebete und Gesänge anstimmen, um die Geburt des Heilands zu feiern.

Auch er schien in feierlicher Stimmung zu sein. Das Gewand war noch prächtiger als das gestrige, die Ringe und Edelsteine zahlreicher, das Haar gewaschen, gekämmt und parfümiert. Gedankenverloren murmelte er vor sich hin, summte die Melodie eines Kirchenliedes. Was in seinem Kopf vor sich ging, war offensichtlich: Heute Nacht würde sich der Kreis zwischen Geburt und Tod schließen.

Allerdings anders, als er dachte, und schon gar nicht mit Hilfe von Sabellicus' Narretei, sondern althergebracht und ohne großen Hokuspokus – durch meine barmherzige Hand. *Ein Stich mitten ins Herz.*

Fraglich war, wie ich es anstellen würde, ohne dass die Knechte über uns herfielen und wir danach Gelegenheit zur Flucht fanden. Bruno hatte ich seit unserer Ankunft nicht mehr gesehen. Entweder kauerte er eingesperrt im Keller oder lag in der kühlen Erde des Pferdestalls verscharrt. Die Vorstellung schmerzte, er war mir stets ein treuer Gefährte gewesen.

Blieb Sophie. Regungslos starrte sie zum Fenster, an dem sich Schneeflocken in Rinnsale wandelten.

«Gibt es noch weitere Ausgänge?», flüsterte ich ihr zu.

Sie hatte nur Augen für das Schneegestöber.

«Sophie, gibt es ...»

«Still», zischte sie, «etwas stimmt nicht.»

«Wo ist die nächste unbewachte Tür?»

«Ich sehe ... fühle den Tod.»

«Herrgott, Kind, ich brauche deine Hilfe.»

Leise hörte ich sie schluchzen. «Wir werden alle sterben.»

«Werden wir nicht. Ich verspreche es. Hörst du?»

Ihre Aufmerksamkeit blieb beim Fenster.

Schnee zu Wasser.

Von Sophie war keine Unterstützung zu erwarten, genau so wenig wie von Sabellicus, der seelenruhig Schalen auf der Bühne postierte und mit Wasser füllte. Der altbekannte Feuerzauber, natürlich, was sonst. Eine handliche Truhe voller Pulver stand ihm zur Verfügung. Nur gab es hier keinen doppelten Boden, keine Vorhänge oder dunklen Ecken, aus denen sein Hilfsgeist unbemerkt hätte auffahren können, er hatte noch nicht mal einen mitgebracht. Oder war er mir entgangen?

Ich blickte mich nochmals um. Die Tür zum Flur, der hintere Ausgang, die Fensterfront ... nichts, bis auf die dunkle, nicht einsehbare Galerie. Lag Mephistophiel etwa dort versteckt?

«Wir können beginnen», sagte Sabellicus. Er schickte eine Verbeugung hinterher, und an mich ein höhnisches Grinsen.

«Zur rechten Zeit. Die Glocken sind verstummt», seufzte Elckerlin und schleppte sich zu seinem Stuhl. «Bevor wir beginnen, gibt es noch eine Frage zu klären. Veggente, sag mir: Wer ist der wahre Doktor Faust? Auf wessen Wort kann ich vertrauen?»

Die Antwort ließ auf sich warten.

«Veggente ...»

«Herr», antwortete sie, «ich kann nicht in ihre Herzen sehen.»

«Warum nicht?»

«Die Türen sind von Dämonen bewacht.»

«Dann befiehl sie zur Seite.»

«Unmöglich, sie sind groß und stark.»

«Sei auch du es.»

«Ich ... kann sie nicht bezwingen. Ich ...»

«Dann bist du nutzlos.» Ein Handzeichen befahl eine Wache herbei. «Schaff sie fort. Du weißt, wie.»

Ich ging dazwischen. «Wartet! Veggente *ist* von Nutzen.»

«Wofür?», fragte Elckerlin.

«Ich benötige sie, um ...» *Ja, wozu?*

«Ich höre», drängte der Schuft. *Irgendetwas, schnell.*

«Sie muss die Pforte offen halten.»

«Welche Pforte?»

«Zum Jenseitigen», etwas Besseres fiel mir nicht ein, «wenn wir über die Schwelle gehen ...»

«Wir?»

«... darf die Pforte nicht ins Schloss fallen. Sie lässt sich nur von außen öffnen.»

Er dachte nach, zu lange für meinen Geschmack.

«Darum ist kein Toter je zurückgekehrt. Die Pforte», fügte ich hinzu.

«Mit mir könnt Ihr gehen, wohin Ihr wollt», spottete Sabellicus, «vor und zurück, wann immer es Euch beliebt.»

Ich hätte ihm den Kopf abschlagen können, und endlich reagierte auch Sophie. Ein fassungsloser, ungläubiger Blick.

«Der Styx ist voller uneingelöster Versprechen und Lügenmäuler», sagte ich. «Wenn es so einfach wäre, wie der Scharlatan spricht, bräuchtet Ihr weder ihn noch mich.»

Elckerlin zögerte, ich legte nach. «Noch bevor der Stern über Bethlehem aufgeht, werdet Ihr wissen, wer von uns beiden lügt. Danach fällt Ihr das Urteil. Leben oder Tod.»

Ein guter Vorschlag, dem sich Elckerlin anschloss. «So sei es. Beginnt endlich.»

Ich ließ Sabellicus den Vortritt, er würde sich die Finger verbrennen, ohne dass ich einen krummzumachen brauchte. Sophie und ich traten hinter Elckerlin zurück, überließen Sabellicus die Bühne und damit seinem Schicksal.

«Was wirst du tun?», fragte Sophie mit zittriger Stimme.

«Einen Weg zur Flucht finden.»

«Du hast nichts vorbereitet?»

«Nein.»

«Dann sind wir verloren.»

«Sabellicus wird in Flammen aufgehen. So viel ist sicher.» Ich kannte seine Tricks und würde sie an passender Stelle aufdecken.

«Mutter, du weißt nicht, wozu er fähig ist.»

Deswegen machte ich mir keine Gedanken, griff aber in meine Rocktasche. Hatte ich etwas dabei, das uns für die Flucht nützlich sein konnte? Ein Goldstück für die Wache?

Ein Beutel mit ein paar Pilzen, mein Frühstück, das war alles.

Sabellicus zog die Kapuze über den Kopf, er trug noch immer den Umhang, den ich ihm damals geschneidert und namentlich bestickt hatte, als er mir den Ring ... Ich schüttelte den Gedanken ab. Kein guter Zeitpunkt, um melancholisch zu werden, und auch kein Grund. Der Ring war eine Lüge gewesen.

Mit einem Kreidestein zog er Linien von Schale zu Schale, sodass sie einen fünfzackigen Stern bildeten. Es folgten Zeichen und Symbole, wie ich sie im Horoskop des alten Simon aus Wittenberg gesehen hatte. Woher kannte er sie?

Als er damit fertig war, trat er zurück, breitete die Arme aus und beschwor das Geisterreich. «Ich, Doktor Johann Georg Faust, zitiere dich, Mephistophiel, durch die Kraft von Lunay, Pasmoldajos ...» und das ganze lächerliche Geister- und Höllenpack «... herbei. Zeig dich mir, deinem Herrn Doktor Faust.»

Zum Schluss des ersten Höllenzwangs streute er eine Brise des bekannten Pulvers in eine Schale, es zischte und gurgelte, dicker, weißer Rauch quoll empor und hüllte Decke und Galerie in Nebel, durch den niemand mehr hindurchblicken konnte.

Auf das sonst notwendige *Räucherwerk* zur Vernebelung des Verstands verzichtete er, die Fenster waren verschlossen, er hätte sich nur selbst geschadet. Umso gespannter war ich, wie er den gewünschten Effekt dennoch erzielen wollte.

«Ich rufe dich, Mephistophiel, durch Rolamicon, Hipite, Agle, Elohim...», ein zweites Pulver rieselte in die brodelnde Schale. Es spuckte kleine, glitzernde Lichter aus, die wie von Geisterhand geführt in die Höhe wirbelten und die staunenden Augen auf sich zogen. Das war es also.

Ich wusste um die erste Regel jeder Zauberkunst – die Ablenkung –, und während sich die Aufmerksamkeit auf den Sternenhimmel richtete, sah ich Sabellicus etwas in den Kreis legen, einen dünnen, nahezu unsichtbaren Faden behielt er dabei in der Hand.

«Mephistophiel!», rief er, «erscheine!» Ausladende Armbewegungen sollten den Geist befehlen, doch im Grunde fächerte er nur den aufsteigenden Rauch in die Mitte des Kreises.

Ein ohrenbetäubender Schlag folgte, für mich klang es, als wäre er von der Galerie gekommen. Jeder im Raum fuhr zusammen, blickte dann erwartungsvoll zur Bühne, wo sich eine rötlich schimmernde Gestalt aus den Rauchschwaden erhob, sie wurde größer und bedrohlicher, einem auffahrenden Teufel gleich, dass Elckerlin das Gesicht abwendete.

«Was befehlt Ihr, Herr?»

Das Grollen aus der Wolkendecke über uns ließ keinen Zweifel: Ein Geist war unter uns.

Ein ziemlich wackliger, denn er war Sklave des aufsteigenden Qualms, neigte sich zur einen, dann zur anderen Seite. Und bevor meine Zweifel auf die anderen übersprangen, beendete Sabellicus die *Erscheinung* mit einer Handbewegung. Eine Flamme schoss jäh in die Höhe und hinterließ von dem Schreckgespenst nichts weiter als schwebende Ascheflocken.

Dünnes, sehr dünnes Papier, in Form gebracht, dass es den Qualm auffing und sich dabei aufblähte. Keine schlechte Idee.

«Kommt herauf», forderte Sabellicus Elckerlin auf, «tretet in den Kreis. Mein Diener Mephistophiel wird Euch über die Schwelle führen.»

Von der anfänglichen Euphorie war nicht mehr viel übrig, Elckerlin zögerte.

«Fürchtet Euch nicht», drängte Sabellicus, und ich ahnte, dass sein funkelndes Zauberwerk nicht mehr lange halten würde. Er stieg von der Bühne und nahm Elckerlin bei der Hand. «Es geschieht Euch nichts. Ich bin an Eurer Seite.»

«Aber wenn ...»

«Stellt Euch in den Kreis und atmet tief den Odem des Jenseits.»

Welch erbärmliches Schauspiel. Der alte Narr zitterte, keine Spur mehr vom gewissenlosen Mörder, und dennoch gönnte ich es ihm. Er sollte Todesangst spüren.

Sabellicus tauchte einen Schwamm in den Wassereimer und hielt ihn vor Nase und Mund, in die Schalen streute er eines seiner zahlreichen Pulver. Wieder stieg Rauch auf, und jetzt war es höchste Zeit zu verschwinden.

Ich nahm Sophie beim Arm. «Weg hier, schnell», und trat zurück. Gerade so weit, bis ich die Schwertspitze der Türwache im Rücken spürte. «Meide den Rauch», befahl ich Sophie und tat es ihr gleich.

«Atmet tief», raunte Sabellicus, «und tretet ein.»

«Was willst du?!», schallte es von oben herab, und in diesem Moment wurde mir klar, dass ich eingreifen musste.

Sabellicus war kurz davor, den Wettstreit für sich zu entscheiden.

Ungebetene Gäste aus dem Schattenreich vertrieb man am besten, indem man sie ins Licht befahl.

«Feuer!», schrie ich und zeigte hinauf zur Galerie.

Dank meines schnellen Handelns waren wir von der Giftwolke weitgehend verschont geblieben. Die hohen Fenster hatten den Rauch rasch hinausbefördert, sodass der Glöckner und die Fledermäuse im angrenzenden Dachstuhl der Kirche auf eine Höllenfahrt gegangen waren und nicht wir. Und das an Heiligabend, als uns der Heiland geboren worden war. Die darauf folgenden Nachrichten wollte ich mir gar nicht erst vorstellen, es war ohnehin kaum Zeit dafür. Es gab einiges zu klären.

Blutüberströmt lag Mephistophiel am Boden und gestand, wozu Sabellicus ihn angeleitet hatte – die Geräusche, die Stimme aus dem Jenseits. Außerdem waren auf der Galerie ein Eimer Wasser und ein Schwamm gefunden worden.

Woher der Gauner plötzlich gekommen und wie er auf die Galerie gelangt war, konnte sich keiner erklären. Die Knechte hatten geschworen, dass Doktor Faust alleine angereist war, es musste ein Verrückter aus der zahlreichen Dienerschaft sein. *Eine schwache Ausrede.*

Niemand sei bei der *Reise ins Jenseits* je etwas Böses widerfahren, bettelte Mephistophiel, von *großem Glück* und einer wunderbaren *Erfahrung* sei danach stets die Rede gewesen, von etwas Gutem. «Bitte, Herr, verschont mich. Niemand ist ein Leid geschehen.»

«Alles Lügen», hielt Sabellicus dagegen, «ich kenne den Halunken nicht.»

Doch Mephistophiel widersprach. Seitdem sie sich in Wittenberg kennengelernt hatten, zogen sie gemeinsam durch die Lande und führten ihr Spectaculum vor zahlungskräftigem Publikum auf – er als der Hilfsgeist im Nebel und Sabellicus als Doktor Faust auf der Bühne.

«Er will Euch die Sinne vernebeln», wetterte Sabellicus dagegen, «glaubt ihm kein Wort.»

Elckerlin blieb unschlüssig. Mich hingegen konnte Sabellicus nicht täuschen, ich wusste, um wen es sich bei Mephistophiel handelte, und er erkannte auch mich wieder, das alte Weib, das ihn damals in Wittenberg nach Mephistophiel gefragt und zum alten Simon geschickt hatte. Damit klärte sich, wie Sabellicus von den rätselhaften Symbolen wissen konnte, die er zur Geisterbeschwörung in das Pentagramm gezeichnet hatte – er hatte sie in Simons uraltem Horoskop vom *Fall des Kreuzes* gesehen.

Und wenn ich diese verwirrenden Umstände noch ein Stück weiterspann, wurde offenbar, wer die Fabel von Fausts Flucht aus Wittenberg unter *Mithilfe seiner Geister* in Umlauf gebracht hatte: Es war der Drucker zu unseren Füßen.

«Schafft ihn in den Stall», ordnete Elckerlin an, kein Zweifel, was das bedeutete.

«Eine weise Entscheidung», pflichtete Sabellicus erleichtert bei, «wollen wir nun fortfahren?»

Mutige Worte, doch wie wollte er den Schwindel aufrechterhalten, wenn ihm Mephistophiel abhandengekommen war? Ich wähnte schiere Verzweiflung in seiner Absicht, oder Ablenkung, damit Elckerlins Zorn nicht auf ihn übersprang.

Dem Hausherrn stand jedoch nicht der Sinn nach einer Wiederholung des Räucherwerks, er verspürte Unwohlsein und Kopfschmerz. Vielleicht war es auch nur Verdruss über das gescheiterte Experiment gewesen, dass er sich an mich wandte.

«Nun zu Euch», knurrte er mich an. «Wollt Ihr mich etwa auch ins Feuer stellen?» Ein falsches Wort, und ich würde dem Schurken in den Stall folgen, auch daran ließ er keinen Zweifel.

«Sorgt Euch nicht», erwiderte ich, «meine Kunst wird Euch den Geist öffnen, nicht verschließen.»

Allerdings hatte ich keinen Plan, wie ich den Halsabschneider verführen und uns aus der misslichen Lage befreien konnte.

«Seht, Herr», provozierte Sabellicus, «sie weiß es nicht. Lasst uns zurück in den Kreis …»

«Schweig!», fuhr Elckerlin ihn an, dann an mich gerichtet: «Nun, ich warte nicht mehr lange.»

Sophie sprang mir unverhofft bei. «Herr, gestattet mir ein Wort.» Er tat es, wenngleich verstimmt und ungeduldig. «Es ist spät, sollten wir nicht morgen …»

«Nein, heute Nacht, noch bevor die Glocke zur Geburt unseres Heilands schlägt, will ich die Schwelle überschreiten.»

«Richtig», unterstrich Sabellicus, «die Sterne stehen günstig.»

«Verschont mich mit Eurer Sternennarretei.» Elckerlin war kurz davor, die Geduld zu verlieren, ein Zeichen zum verbliebenen Knecht, und wir alle würden den ersten Weihnachtstag nicht erleben.

Mit der Hand in der Rocktasche setzte ich alles auf eine Karte. «Wenn Ihr es wirklich wagen wollt, ich bin bereit.»

«Nun denn», seufzte Elckerlin, «was muss ich tun?»

«Nichts», erwiderte ich, «bleibt ruhig sitzen, schickt aber alle bis auf Veggente hinaus.»

«Warum?»

«Was Ihr erfahren werdet, ist nur für Eure Augen und Ohren bestimmt.»

Er schaute mich schief an und fragte sich vermutlich, warum ich das von ihm verlangte. «Nun gut», sagte er schließlich und befahl Sabellicus hinaus, die Wache aber herbei. «Schneide ihnen die Kehlen durch, wenn sie mich hintergehen. Zögere keinen Augenblick.»

Die Wache nickte und zog den Dolch.

Das war nicht gut, ganz und gar nicht, und dennoch musste ich die Kröte schlucken. «Habt einen Moment Geduld», sagte ich und führte Sophie auf die Bühne.

Ich brauchte einen Becher und heißes Wasser, in Sabellicus' Gerümpel war beides zu finden.

«Was hast du vor?», raunte sie mir zu.

Für Erklärungen war keine Zeit, ich blickte zur Tür, die in die Privatgemächer führte, sie war nicht länger bewacht.

«Wenn ich es dir sage, flüchtest du dort hinein. Hast du verstanden?»

«Was soll ich ...»

«Tu es einfach.»

«Und du?»

«Von dort renn hinaus auf die Straße ... in die Kirche.»

«Aber, was ist mit dir?»

«Mir wird nichts geschehen.»

Elckerlin wurde unruhig. «Ich warte.»

Nicht mehr lange. Gleich würde er eine Höllenfahrt erleben, wie er sie sich in seinen schlimmsten Albträumen nicht vorstellen konnte – sofern die Pilze dafür ausreichten.

Ein gutes halbes Dutzend waren es nur, und ich streute sie in den Becher, gab Wasser dazu. Was noch fehlte, war Feuer, um ihre wundersame Pracht zur Entfaltung zu bringen.

Die kleine Truhe war randvoll gefüllt mit dem Teufelszeug, das mir die Schönheit geraubt hatte. Ein wenig würde reichen, um die notwendige Hitze zu erzeugen. Ich warf es in eine Wasserschale und schloss die Augen.

Selbst durch geschlossene Lider sah ich gleißendes Licht aufblitzen, roch beißenden Rauch, und stellte den Becher in die Feuerbrühe.

«Sagtet Ihr nicht, kein Feuer und Rauch?», hörte ich Elckerlin maulen.

«So wird es auch sein.»

Während der Sud warm wurde, warf ich einen Blick hinüber zum einzig noch verbliebenen Knecht – einem stämmigen, starken Kerl, der nicht so leicht zu überwältigen sein würde. Er verfolgte mein Tun mit Argwohn.

«Was werde ich tun?», fragte Sophie.

«Bleib hinter mir», flüsterte ich und nahm den Becher vom Feuer, «halte Abstand zum Knecht.»

«Warum fürchtest du ihn?»

Ich antwortete nicht, sie sollte sich nur auf mich konzentrieren.

«Einen Stuhl», befahl ich dem Knecht und setzte mich dem wartenden Elckerlin gegenüber. «Lösch alle Lichter bis auf ein einziges und gib es Veggente. Sie steht hinter mir, das Licht weist Euch den Weg zurück. Durch die Pforte ...»

Der Knecht zögerte, doch Elckerlin stimmte dem seltsamen Wunsch schließlich zu.

«Kein magischer Kreis?», fragte er.

Ich verneinte.

«Aber kommt man nicht durch ihn in die andere Welt?»

«Das wollen Euch die Scharlatane weismachen. Ich wähle einen anderen Zugang. Eure unsterbliche Seele. Nur sie kann die Schwelle überwinden, der Tod kann ihr nichts anhaben.»

Es dauerte, bis sich ihm meine Philosophie erschloss, dann lächelte er zustimmend. «Wie wollt Ihr es bewerkstelligen?»

«Indem ich Eure Seele aus dem Gefängnis des irdischen Körpers befreie. Nur für eine kurze Zeit, solange die Reise dauert, dann kehrt sie unbeschadet zurück.» Eine dreiste Lüge.

«Werde ich tot sein?»

«Ihr werdet leben, wie Ihr nie zuvor gelebt habt.»

«Ohne Seele?»

«*Ohne* die Fesseln Eures Körpers, frei wie ein Vogel. Ihr werdet schauen, was Engel sehen … Gott.» Das Versprechen auf eine Himmelfahrt milderte seine Zweifel, ich hatte die passenden Worte gewählt, die gewünschten Bilder in seinem Kopf erzeugt. Blieb noch ein Problem zu lösen. «Euer Knecht könnte die Reise stören.»

«Warum?»

«Er sieht nicht, was Ihr seht. Er weiß nicht, was Ihr wissen werdet. Besser, Ihr befehlt ihn nach draußen.»

Er blickte auf den Becher in meiner Hand, wägte offenbar die gebotene Vorsicht gegen die neue Erfahrung ab und wies meinen Vorschlag zurück. «Er bleibt.»

Einen Versuch war es wert gewesen. Ich legte die Drachenklinge parat. «Dann lasst uns beginnen», sagte ich und reichte ihm den Becher. «Trinkt.»

«Was ist das?»

«Das sind die Flügel, mit denen sich Eure Seele erhebt.»
Und natürlich wähnte er Gift.
«Seid unbesorgt. Seht, ich trinke selbst.»
Ich mied die Pilze, der Sud würde mich nicht sonderlich erheben, ich war Stärkeres gewohnt und machte ein unbescholtenes Gesicht. Der Selbstversuch überzeugte, er nahm den Becher.

«Bis auf den Grund», ermutigte ich ihn, «es darf nichts übrig bleiben.»

Und so geschah es. Er reichte mir den leeren Becher, mit dem er das Tor zur Hölle geöffnet hatte. Bis die Wirkung einsetzte, würde es noch etwas dauern. Eine gute Gelegenheit, ihn auf den Weg zu bringen.

«Nur der Bußfertige kann die Schwelle überschreiten», begann ich. «Erinnert Euch Eurer schlimmsten Sünden und bereut.»

Er lächelte höhnisch, glaubte, er könne sich selbst betrügen. «Ich habe mir nichts vorzuwerfen.»

«Der Wächter wird Euch prüfen.»

«Welcher Wächter?»

Ich griff auf ein allseits bekanntes Bild zurück, um seine Vorstellungskraft zu entfachen. «Zerberus, ein vielköpfiger Höllenhund mit scharfen, fletschenden Zähnen, die jeden Lügner zerreißen. Ihr erinnert Euch seiner Gestalt?»

Das tat er, er hatte Bücher im Haus, und natürlich kannte er die Geschichten, vor allem die eindrücklichen Zeichnungen des Ungeheuers.

«Schließt die Augen und stellt Euch Zerberus vor, als stünde er leibhaftig vor Euch.»

«Warum?»

«Nur wer mit dem Herzen sieht, erkennt die Wahrheit.»

«Was genau wird er prüfen?»

«Ob Ihr so tugendhaft seid, wie Ihr es nicht nur von Euch, sondern von allen anderen fordert.»

Er lehnte sich entspannt zurück und verschränkte die Hände. «Dann habe ich nichts zu fürchten. Mein Gewissen ist rein.»

Noch eine tote Seele im Schlaf der Selbstgerechten.

Es würde nicht mehr lange dauern, bis er vor mir auf die Knie fiel, ich streifte die Kapuze zurück und offenbarte ihm mein Gesicht in all seiner Abscheulichkeit.

«Jetzt öffnet die Augen und schaut mich an, prägt es Euch gut ein.» Widerwillig kam er meiner Aufforderung nach. «Der Teufel wohnt nicht im Haus der anderen, sondern immer im eigenen. Es gibt kein Entrinnen, nur Einsicht und Reue.»

Er wurde nicht ganz schlau daraus, mied meinen eindringlichen, stechenden Blick.

«Seht in mein Gesicht», wiederholte ich, «und erkennt Euer wahres Ich.»

«Dummes Geschnatter», protestierte er, «ich habe nichts mit Euch zu schaffen.»

«Eure schlimmsten Sünden … der größte Schmerz … all die Not und das Leid, das Ihr anderen zugefügt habt … Nennt sie mir und bereut.»

«Es gibt nichts zu gestehen … zu bereuen. Mein Gewissen …» Er schluckte und rieb sich die Augen, als könne er nicht glauben, was er plötzlich sah.

Es war so weit, und ich seufzte zufrieden. Er befand sich nun in dunkelster Nacht vor dem flammenden, nach Schwefel stinkenden Höllentor seiner verdorbenen Seele, ein beunruhigendes Knurren im Ohr und an den Beinen Schlangen, die über ihn herfielen.

«Weg!», schrie er und wehrte die Angreifer ab, «fort von mir.»

«Herr!», rief der Knecht, «was ist mit Euch?»

Jetzt galt es, ich befreite den Drachen aus der Scheide und stand auf, bereit, den Knecht mit einem einzigen Stich zu töten.

Doch er war schneller als ich. Alles, was ich sah, war Blut aus Sophies sterbendem Mund.

XXIX
HÖLLENGLUT

Ebendort anno 1540

Die Erde war hart wie Stein und zeigte sich meinem Bemühen, ein Grab auszuheben, unnachgiebig, sie verspottete mich. *Hexen gehen in Asche auf. Such Brennholz.*

Schweißgebadet legte ich die Schaufel aus der Hand und setzte mich in den Schatten des Karrens. Am Horizont stand eine Rauchfahne in der flirrenden Hitze, einen Augenschwenk weiter die nächste. Dörfer, Städte und Wälder gingen allenthalben in Flammen auf, ein Funken genügte. Die Alten konnten sich nicht an eine so große und andauernde Hitze erinnern, in der nicht ein Regentropfen fiel, um Felder und Vieh vor dem Verdursten zu bewahren.

In der Luft lag der Geruch von Rauch und Verwesung. Der Teufel trieb sein Unwesen, hieß es, in der Höllenglut schwanden Haus um Haus, Felder und Früchte, aber auch der letzte Rest von Verstand und Moral. Ausgerechnet in der Lutherstadt war ein widerspenstiges Weibsbild unter Hexenverdacht geraten, mit drei weiteren Verdammten hatte sie ihr Leben auf dem Scheiterhaufen eingebüßt.

Wittenberg, Teufelsgerede. Eine tödliche Mischung, deren verheerende Wirkung sich erst noch vollends entfalten würde. In meinen Visionen sah ich Bäche aus Blut und Berge aus Knochen, hörte verzweifelte Schreie aus Folterkellern und Beichtstühlen, schmeckte Lügen, Verrat, Verzweiflung und Rachsucht. Der Teufel war mitten unter uns, in den Hütten, Kirchen und Palästen, in den Herzen und Seelen von Eltern, Geschwistern und Freunden. In Rom und Wittenberg schwang er das Zepter, Armeen scharten sich um ihn. Ich sah sie wie Heuschrecken über Land und Leute herfallen, in ihrem Gefolge Verwüstung und Tod. Das Ende, der Fall des Kreuzes.

Es kümmerte mich nicht länger, nicht einen Deut. Der Vorrat an guten Vorsätzen war aufgebraucht, die Hoffnung auf eine bessere Welt in den Wirren der neuen Zeit verdampft. Alles, was mir je wichtig und erstrebenswert gewesen war, hatte sich in Bedeutungslosigkeit verloren, in Schmerz und Verzweiflung.

Das Streben nach Erkenntnis? Gott lachte über das hochtrabende Geschmeiß auf Erden, dessen war ich mir sicher, oder er war längst weitergezogen und hatte sich einer intelligenteren Spezies zugewandt. Vielleicht war er auch schon tot ... oder es hatte ihn nie gegeben. Alles um uns herum schien vorbestimmt zu sein, nichts durch unsere kümmerlichen Fähigkeiten veränderbar, unsere naturgegebene Beschränktheit trieb uns offenen Auges ins Feuer. Immer und immer wieder, wie Motten ins Licht.

Geburt und Tod, danach die ewige Finsternis. Ein Stück Leben, ein niederschmetternder Kreislauf der Sinnlosigkeit, des Menschen unabwendbares Schicksal.

Und die Liebe?

Ich war ihrem süßen Gift lange Zeit erlegen gewesen, hatte sie als die einzig wahre Tugend gesehen, die es zu pflegen und zu schenken galt. Nach Sophies Tod war sie in blanken Hass umgeschlagen. Überraschung, Täuschung und Hinterhalt, nichts war mir fremd, um die Mörder büßen zu lassen, ich kannte kein Erbarmen mit Elckerlin, seinen Knechten und Dienern, gleich, ob schuldig oder nicht. Ich berauschte mich an ihrem Flehen, sie zu verschonen, an den Schreien, an Blut und Tod. Nie zuvor hatte ich derlei Genugtuung verspürt, wenn das Leben aus ihnen wich, ich fühlte mich hernach erleichtert und erfüllt.

Nur einer war meinem Wüten entkommen – Sabellicus –, wieder einmal, und allmählich verfiel selbst ich der Legende um seine Hilfsgeister, die ihn aus jeder Notlage befreiten. Er musste die Gelegenheit zur Flucht genutzt haben, gleich nachdem er von Elckerlin des Saals verwiesen worden war. Seine zahlreichen Pulver und Gerätschaften ließ er zurück, und ich nahm mich ihrer an, erhoffte mir darin einen Hinweis auf seinen Aufenthaltsort zu finden – ergebnislos, er blieb seitdem wie vom Erdboden verschluckt.

War er in jener Winternacht zu Tode gekommen? Vier lange Jahre hatte ich nach einer Antwort gesucht, war von Stadt zu Stadt und von Land zu Land gereist, nirgends hörte ich mehr von einem weiteren Spectaculum oder einem von ihm erstellten Horoskop. Sabellicus musste tatsächlich tot sein, es gab keine andere Erklärung.

Nicht aber *Doktor Faust*, der seit seiner Flucht vom Wittenberger Spectaculum lebendiger und magischer geworden war denn je. Das Gerede von seinem Hilfsgeist aus jener Nacht hatte das Tor zur Hölle geöffnet und damit den faustischen Pakt mit dem Teufel offenbar gemacht. Selbst Melanchthon war sich nicht zu schade, an der Legende zu feilen, er sprach von einem Flugversuch Fausts in Venedig und von dessen Hunden, die im Grunde Teufel seien. Anhänger und Feinde der Wittenberger griffen diesen Blödsinn auf, verbreiteten ihn und spannen neue Eskapaden. Die hetzerischen Nachrichten besorgten das Übrige.

Ich war mir nicht länger sicher, dass mit Faust ausschließlich Sabellicus gemeint war, sondern Luther und *seine* Hilfsgeister (Melanchthon, Katharina ...), etwas hatte sich grundlegend verändert.

Doktor Faust stammte nun nicht mehr aus der Umgebung von Heidelberg oder sonst woher, sondern aus Wittenberg, wo er geboren und aufgewachsen war, wo er an der Universität studiert und promoviert hatte. Schließlich sei er dort mit Hexen und Dämonen in Kontakt getreten, habe sich dem Teufel verschrieben.

Wie mochte diese wundersame Wandlung Sabellicus gefallen? Wurde ihm seine eigene Legende, an der er eifrig gezimmert hatte, nun aus den Händen gerissen? Geriet er darüber in Vergessenheit, verfiel er der Verzweiflung? Wenn es noch einen Funken Gerechtigkeit auf dieser Welt gab, wünschte ich sie ihm. Niemand sollte sich mehr an den Schurken und Scharlatan erinnern, der einst ausgezogen war, um der größte und berühmteste Wissenschaftler aller Zeiten zu werden.

«Ist das dein Pferd?» Ein Mädchen mit blondem Haar und in schmutzige Fetzen gekleidet stand vor mir, in den Armen eine Puppe aus Stroh.

Ich blickte mich nach seinen Eltern um, die Anhöhe hinunter, wo Hekate in einem ausgetrockneten Bachlauf nach Gras suchte. «Ja», antwortete ich, besann mich gleich darauf, denn ich wollte Hekate bald die Freiheit schenken. «Willst du es haben? Es freut sich bestimmt über ein neues Heim.»

Die Kleine, vielleicht drei oder vier Jahre alt, lehnte mein großzügiges Angebot ab. «Was machst du da?», wollte sie mit Verweis auf das mühsam erarbeitete Loch wissen, das nicht tiefer als zwei Handbreit und damit unbrauchbar war.

Ich seufzte. Was hätte ich ihr sagen sollen? Dass ich unendlich müde, der Welt überdrüssig war? Dass ich mich nur noch zu meiner Sophie legen wollte? Sie hätte es nicht verstanden.

«Ist das deine Puppe?», fragte ich.

Sie nickte.

«Hat sie einen Namen?»

«Doktor Faust.» Es war zum Verrücktwerden.

«Darf ich sie mal sehen?»

Sie hielt sie mir mit ausgestreckten Armen hin. Der Kopf war leidlich zu einer Kugel gebunden, das Haar stand wirr ab, darin steckten zwei Holzstücke, die vermutlich Hörner darstellten. Haselnüsse als Augen, ein Patzen Teer bildete den Mund. Wahrlich kein schöner Anblick, aber ja, passend zu dem Schurken.

«Hast du keine Angst?», fragte ich.

Sie schüttelte den Kopf.

«Faust nennt den Teufel seinen Freund.»

Sie nickte.

«Wäre es nicht besser, du hättest einen Engel als Freund?»

Erneutes Kopfschütteln.

«Warum nicht?»

«Faust kann dem Teufel befehlen. Er muss ihm gehorchen. Das können Engel nicht.»

So weit war es also schon gekommen. Höchste Zeit, Brennholz zu sammeln.

«Was sagen deine Eltern, dass du einen Freund des Teufels als Puppe hast?»

«Ich darf darüber nicht sprechen. Nicht zu einer Fremden.»

Schade, gerade jetzt wurde es interessant.

«Ich verrate dir ein Geheimnis», schlug ich vor. «Willst du es wissen?»

Aus großen Augen schaute sie mich erwartungsvoll an.

«Ich bin die Frau von Doktor Faust», raunte ich ihr verschwörerisch zu. «Er trägt meinen Namen. Ohne ihn wäre er nichts ... ein Furz im Wind.»

Sie lachte. «Ein Pffff.»

Ihr unbedarftes, unschuldiges Lachen stach mir ins Herz. Ich hätte vor Schmerz als auch vor Freude schreien können. *Sophie ...*

«Wo ist er?», fragte sie, «der Pfff», und lachte, dass es mir Tränen in die Augen trieb.

«Hab ihn weggezaubert, den Tunichtgut.»

Falsche Antwort, sie verlor die Heiterkeit und wurde ernst. «Du lügst.»

«Wenn ich dir's sage», erwiderte ich und schnippte mit den Fingern. «Abrakadabra, und weg war er. Für immer und ewig.» Hoffentlich.

«Doktor Faust ist viel, viel mächtiger als du. Er ist nicht tot.»

«Woher willst du das wissen?»

«Doktor Faust lebt in einer Stadt mit seinen Geistern, sagen Papa und der Bürgermeister.»

«Und wo soll das sein?»

Sie zuckte mit den Schultern. «Sie zaubern jeden Tag. Und der Teufel hilft ihnen dabei.»

Geschwätz, nichts weiter. Tausend Mal war ich darauf hereingefallen. Faust hier und Faust dort, mittlerweile rühmte sich jedes Dreiseelennest mit einer Geschichte – wie Faust Schafe an den Himmel gezaubert oder eine hässliche Magd in eine Schönheit verwandelt hatte.

«Aber Papa weiß, wie die Stadt heißt.»

Ich schloss die Augen. Sollte ich es glauben?

«Es steht in einem Brief», sagte sie.

«Welcher Brief?»

«Von einem echten Grafen ... an den Bürgermeister.»

An Sophies Grab schwor ich wiederzukommen, wenn ich den Hinweis überprüft hatte, ein letztes Mal. Bis dahin musste das Loch warten.

Obwohl die Aufstände vor fünfzehn Jahren blutig niedergeschlagen worden waren, blieb die Gegend gefährlich. In abgebrannten Burgen, zerstörten Klöstern und Kirchen hauste Gesindel, raubte und meuchelte, was ihm wert oder feindlich erschien.

Die Nacht im Freien zu verbringen war nicht ratsam, und so entschloss ich mich, ein Gasthaus entlang des Weges aufzusuchen. Über der Tür trug es ein gelbes Schild mit einem Posthorn darin.

Hekate war im Stall gut aufgehoben, Heu und Wasser für die Pferde gab es reichlich. Wenn der Wirt auch für mich ein Abendessen und einen Krug Wein übrig hatte, würde ich mit einem ergebnislosen Tag versöhnt werden, an dem eine weitere Spur im Sande verlaufen war.

In dieser Poststation sollte ich mich umhören, hatte man mir stattdessen geraten, hier herrsche ein stetes Kommen und Gehen von Leuten aus allen Teilen des Landes.

Nun gut, ein allerletzter Versuch.

Die Gaststube war mit Reisenden gut besucht, Schweiß und Geplapper lagen in der dunstigen Luft, hinter dem Tresen füllte der Wirt Weinkrüge auf, während sein Weib die Gäste bediente. Ich wählte einen Platz in der dunklen Ecke, wo ich den Raum und die Leute überblicken konnte.

«Was darf's sein?», fragte mich die Wirtin, ein dralles Ding mit Armen dick wie Pfähle.

«Wein und Essen», antwortete ich, «egal was, nur schnell. Und wenn Ihr eine Kammer für eine Nacht habt ...»

«Alles belegt. Ihr seht ja, was los ist.»

Dann musste ich die Nacht auf dem Karren verbringen – wieder einmal.

Ein grobschlächtiger Kerl am Nachbartisch war auch nicht erfreut. «Gold?», höhnte er, «nicht eine Nadelspitze. Dafür Hunger, Durst und Seuchen. Mordlüsterne Wilde, wohin man blickt, ich hab an die zweihundert eigenhändig erschlagen. Bis zu den Knien standen wir in Blut, es nahm kein Ende.»

Sein Gegenüber wollte es nicht glauben. «Aber überall hört man vom Eldorado und von seinen sagenhaften Schätzen.»

Eldorado ... ich horchte auf.

«Ja, *sagenhaft*, das sind sie. Nicht ein Korn Wahrheit steckt darin. Mit Lügen und Versprechen haben sie mich gelockt, jetzt bin ich ärmer als zuvor. Hab weder Haus noch Weib, weiß nicht, wie ich den nächsten Tag überstehen soll. Hätten wir nur auf Faust gehört, er hat's uns weisgesagt. Die Reise war von Anfang an verloren.»

«Und Hutten», mischte ich mich ein, «hat er überlebt?»

Vier misstrauische Augen suchten mein Gesicht unter der Kapuze zu erkennen. «Wer seid Ihr, und woher wisst Ihr von Hutten?», fragte einer.

«Ich kannte ihn.»

Er gab sich damit zufrieden, grummelte. «Am Leben ist er ... was man Leben nennen kann. Henker und Schlächter sind sie, die feinen Herren und ihre falschen Pfaffen. Die Hölle ist ihr Eldorado, die Hölle!»

Er leerte den Krug und stand auf, ich konnte es ihm nicht verübeln. Die Wirtin musste ihm ausweichen, so aufgebracht war er, sie brachte Essen und Wein.

«Wohl bekomm's.»

«Habt Dank.» Ich machte mich darüber her, mein Magen knurrte und die Kehle schmerzte.

«Verzeiht», sprach mich der andere der beiden Kerle an, ein gepflegter, vornehmer Herr, «darf ich fragen, woher Ihr Hutten kennt?»

«Er ist der Freund eines Freundes», gestand ich. «Ein kurzes Treffen, nichts weiter.»

Er nickte zustimmend, wenngleich enttäuscht. «Schade, ich ... egal. Lasst es Euch schmecken.» Er drehte sich wieder um.

Meine Neugier war geweckt. «Was habt Ihr erhofft, wenn ich fragen darf.»

«Ach, dieser Faust. Jedes Wort ist zu viel.»

Bravo, meine Rede. «Und doch spricht man allerorten über ihn.»

«Ebendarum. Den *weltgrößten Zauberer und Weissager* nennt er sich, einen Arzt mit Wunderhänden, den Philosophen aller Philosophen, und doch ist er nichts anderes als ein Kurpfuscher.»

«Kennt Ihr ihn etwa?», fragte ich, und wieder ging die Hoffnung mit mir durch.

«Ausgerechnet *er* hat ein Horoskop erstellt, das sich als wahr erweist? Ich kann es nicht glauben.» Nicht *er*, ich!

«Was lässt Euch zweifeln?»

«Einer, der den Teufel seinen Schwager nennt, soll in die Zukunft schauen können?» Er lachte abschätzig. «Das will nicht mal dem Papst gelingen.»

Wenn es sich um die Hölle handelte, warum nicht? «Ihr

scheint mir voreingenommen», reizte ich ihn, ich war gespannt, was er mir noch berichten konnte.

«Viele haben mir geklagt, dass sie von Faust betrogen worden sind; er hat sich größer als Tessali und berühmter als Paracelsus gepriesen. Am Ende war alles nichts. Das liebe Geld war dahin und die erhoffte Heilung gleich mit. Strolche wie er gehören an den Galgen oder gleich unters Schwert.»

Das klang nach verletzter Ehre. «Seid Ihr etwa Arzt?»

«Wenn ich ihn in die Finger bekomme ...»

«Dann?»

«Werde ich ihm die unverschämten Lügen austreiben. Endgültig.» Darüber waren wir uns schon mal einig.

«Wisst Ihr denn, wo er sich aufhält?»

«Hier und dort. Es ist, als gäbe es zwei von der Sorte.»

«Heißt es nicht, er unterrichte Studenten?»

«In Medizin etwa? Gottbewahre.»

«Natürlich tut er das», mischte sich ein Bursche ein, dem gerade mal die ersten Barthaare im Gesicht wuchsen, «er ist der größte Medicus weit und breit.»

«Schweig, du Narr», fuhr der Ältere ihn an, «Faust kann noch nicht einmal einen Verband anlegen.»

Ich wusste es besser, schwieg aber.

«Er hat den König von einem schweren Fieber geheilt», konterte der Bursche und zeigte zum Beweis ein Flugblatt, worauf die Wunderheilung mit einer Zeichnung festgehalten war.

«Geh mir weg mit den Lügengeschichten.»

«Und hier, wie Faust dem Kaiser einen großen Sieg voraussagt.» Wieder ein Flugblatt, danach ein drittes, viertes ... Wunder über Wunder, und die Jugend schien regelrecht versessen zu sein, an Wunder glauben zu wollen, statt mühsam nach der Wahrheit zu forschen.

Ich seufzte, welch eine schicksalhafte Bequemlichkeit das doch war. Außerdem spielte die Wittenberger Version von Faust offenbar keine Rolle, die Hiesigen spannen an einer anderen Legende.

«Pah! Märchen!», zürnte der Alte, und so ging es hin und her. Anklage und Verteidigung, in einem fort.

Wer von den beiden richtiglag, war unerheblich, denn keiner kannte Sabellicus. Sie hatten alles nur gehört oder in den Schmutzblättern gelesen und schenkten dem Gerede über den größten oder schlechtesten Arzt, Astrologen, Philosophen oder was auch immer er war auch noch Glauben.

Die Wahrheit spielte keine Rolle, nur ihr Zerrbild von einem Unbekannten, das sie trotz meiner gelegentlichen Einwände aufrecht hielten. In ihre Vorstellungen vom legendären Doktor Faust und von seinen Taten flossen Befürchtungen und Erwartungen ein, er war die Leinwand ihrer Begehrlichkeiten und Sünden. Faust war ihr Schatten, ihr erhofftes oder befürchtetes Spukgespenst, mit dem sie sich in der neuen Zeit zurechtfinden wollten.

Und was Fausts angedichteten Pakt mit dem Teufel anging, so war er nichts anderes als ein verzweifeltes Streben, unerfüllbare Sehnsüchte zu befriedigen oder die Angst vor der Veränderung zu bezwingen. Wie sonst hätte Faust all die wundersamen Dinge tun können, wenn nicht mit Hilfe des Höllenfürsten?

Obwohl ich bis dahin geglaubt hatte, Schatten ließen sich mit Licht bekämpfen, musste ich mir eingestehen, dass manche erst im Licht der Unwahrheiten, des Ungenauen und der Vermutungen gediehen. Je mehr man gegen sie anging, desto stärker verteidigten die Gläubigen ihr Bild von Faust – andernfalls hätten sie ihr Spiegelbild betrachten und sich manch unbequeme Frage stellen müssen.

In dieser hitzigen Diskussion wurde mir bewusst, dass Sabellicus gesiegt hatte – über mich, Trithemius und alle anderen, die ihn bekämpft hatten. Doktor Faust hatte sich dem Irdischen entzogen, er war ins Jenseitige aufgestiegen, wo Mythen und Märchen herrschten, wo Götter und Teufel hausten. Faust war zu einem unangreifbaren Grenzgänger zwischen den Welten geworden, er hatte den Tod besiegt.

Die Tür flog auf, ein Postreiter polterte herein und verkündete überraschende Neuigkeiten aus der nicht allzu fernen Stadt Staufen, die im Breisgau lag. «Faust hat der Teufel geholt.»

Hoppla! Wenn *das* keine Nachricht war?

XXX
TEUFELSHÄNDE

Zurück in Staufen

Bei Fausts vermeintlicher Höllenfahrt und meiner Flucht vor Gabriel und den Bürgern hatte ich überstürzt gehandelt, das wurde mir nun schmerzlich bewusst. Hätte ich mir den verlogenen Druckerknecht genauer angesehen, so wie er es offensichtlich mit mir gemacht hatte, dann stünde ich nicht erneut mit leeren Händen da.

Gabriel musste wissen, ob Sabellicus noch lebte und falls ja, wo er sich aufhielt. Es gab keinen anderen Grund, wieso er gerade jetzt in der Gegend war und nicht bei seiner Frau und den Kindern in Leipzig oder auch in Wittenberg, wo die Faust-Legende Schmierblatt um Schmierblatt füllte.

Dieses Mal war die Torwache nicht am Krater mit der Explosion, sondern am erwarteten Ort, und sie war misstrauisch. «Habe ich dich nicht erst gestern gesehen?»

«Umso besser», antwortete ich und gab Hekate die Zügel.

Doch der Wächter stellte sich uns entgegen, drohte mir mit dem Spieß. «Zauberer haben in unserer Stadt nichts verloren.»

«Wer sagt, dass ich einer bin?»

«Halt mich nicht zum Narren. Du hast mit Feuer und Rauch gezaubert.»

Richtig, Sabellicus' Zauberpulver hatte mir die Flucht

ermöglicht, und wenn der Kerl nicht gleich zur Seite trat, würde auch er in den Genuss kommen.

«Du hast ein scharfes Auge», schmeichelte ich ihm. «Wenn du es behalten willst, dann lass mich durch.» Vorsorglich griff ich nach hinten und schob den Topfdeckel beiseite. Er überlegte, und ich legte nach. «Du weißt, wozu Zauberer imstande sind. Denk an *Faust*!»

Die Drohung löste den Riegel, kleinmütig gewährte er mir Zutritt. Dass ich mich jemals auf Faust würde berufen müssen, hätte ich mir im Traum nicht vorstellen können, es widerte mich an. Hasenfüße, wohin ich blickte.

Der Schreck von Fausts Höllenfahrt schien verwunden, ein jeder ging wieder seiner Arbeit nach. Krumme Blicke scherten mich nicht, ich steuerte entschlossen auf die abgebrannte Ruine zu, sah Kinder spielen und einen Pfaffen in weißen Rauchfahnen stehen – einen Zauberer mit Weihrauchkessel.

Er murmelte Gebete, besprengte den Schlund mit Weihwasser, und ich glaubte, Angst zu schmecken.

«Verzeiht», sprach ich ihn an, «könnt Ihr mir helfen?»

Mein Anblick ließ ihn zurückschrecken, er bekreuzigte sich.

«Fürchtet Euch nicht», beruhigte ich ihn, «ich suche jemand, der gestern hier war. Einen Fremden. Erinnert Ihr Euch?» Es war eine Sache, mutig und leidenschaftlich gegen den Teufel zu predigen, eine andere, ihm leibhaftig gegenüberzustehen. Ich genoss die Ehrfurcht. «Einen Drucker aus einer anderen Stadt.»

Mit zittriger Hand wies er mir den Weg. «Fragt bei Meister Gebhard ... der ist Drucker.»

«Habt Dank», antwortete ich und befahl Hekate, loszutraben. «Pfaffenherz!» Sie schnaubte, als hätte sie seit Tagen nichts gefressen.

Die Werkstatt des Schmutzfinken unterschied sich nicht einen Deut von den anderen – Schweiß, Dreck und Niedertracht. Der Gestank war unerträglich. In Kisten und Körben stapelten sich die Lügen bis über den Kopf, ich hätte mit einer Handvoll Zauberpulver das Sündenbabel zum Einsturz bringen sollen.

«Ich suche einen Drucker», sprach ich den Lügengeist an, «er war gestern ...»

«Meister Gabriel», unterbrach er mich, während er eine Kiste stapelte, «heute Morgen abgereist.» Herrgott! Wollte mir denn nichts gelingen?

«Wohin?», fragte ich.

Er zuckte die Schultern, musterte mich mit abschätzigem Blick. «Was wollt Ihr von ihm?»

«Ich habe eine Nachricht für ihn.»

Und schon war er bei der Sache. «Über Doktor Faust etwa?»

Diese Neugier musste eine Krankheit sein oder Gift, ein Fluch. Vermutlich beides. Auf eine Armlänge kam er mir nahe. Eine Kerbe für einen lügnerischen Drucker fehlte mir noch auf der Drachenklinge.

«Ihr könnt es auch mir sagen», umwarb er mich. «Ich gebe es ihm weiter.»

«Ihr sagtet doch ...»

«Er kommt bald zurück.»

«Wann?»

«Morgen, spätestens übermorgen. Er muss noch einen Auftrag bezahlen.» Er griff in eine Kiste, holte ein Flugblatt heraus und zeigte es mir. «Diesen.»

In seiner Stimme schwang Begeisterung, und wenn ich

es richtig sah, waren auch alle anderen Kisten und Körbe mit diesem einen Flugblatt randvoll.

«Lasst es mich lesen», sagte ich und streckte die Hand aus, doch er zog das Papier zurück.

«Fünf Pfennig. Dann ist es Euer Eigen.»

Wollte er tatsächlich für nur fünf Pfennige sterben? Ich war bereit, ihm den Gefallen zu tun, wenn ich den Wisch gelesen hatte. So griff ich in die Tasche und reichte ihm das Geld.

Wie der Teufel den Doktor Faust zu sich holte stand es dick geschrieben, darunter eine dilettantische Zeichnung von einem Teufel mit Hörnern, Hufen und Schwanz, daneben Faust in Flammen, den Kopf auf den Rücken verdreht, Gedärme quollen aus dem Bauch. Widerlich.

«Das wird sich gut verkaufen», schwärmte er, und ich gab ihm ausnahmsweise recht. Was ich da las, war die größte aller nur möglichen Lügen.

Ins Gasthaus Zum Löwen hätte Faust seine Studenten geladen, um ihnen eine wichtige Mitteilung zu machen. Dort gestand er ihnen das dunkle Geheimnis seines Lebens, wie er es geschafft hatte, zu dem zu werden, was er heute war – der größte Zauberer aller Zeiten, der mit dem Teufel einen Handel eingegangen war. Für die Dauer von vierundzwanzig Jahren durfte er die Wonnen von Wein und Weib genießen, unglaubliche Abenteuer zu Luft, Erde und Wasser bestehen, Mensch, Tier und sogar den Geistern befehlen – alles zum Preis seiner Seele.

Um Mitternacht war der Wechsel fällig geworden. Ein gewaltiger Sturm zog auf, dazu ein gräuliches Pfeifen und Zischen, als ob das Haus voller Schlangen, Nattern und anderer schädlicher Würmer war. Aus dem Tosen erhob sich der Teufel und nahm Faust mit sich.

Den Studenten bot sich bei Tagesanbruch ein schreckliches Bild. Die Stube war voller Blut, das Hirn klebte an der Wand. Der Teufel hatte Faust hin und her geschleudert, bis kein Leben mehr in ihm war. Augen und Zähne verstreut, der Körper auf dem Misthaufen, der Kopf auf den Rücken gedreht.

Fausts grausiges Ende sollte den Studenten Mahnung sein, sich nicht von eitlem Schein und giftigen Reizen verlocken zu lassen, sondern brav und gottesfürchtig ihr Leben zu führen.

«Wer hat das geschrieben?», fragte ich.

«Gabriel.»

«War er denn dabei, als ...»

«Wo denkt Ihr hin?»

«Woher kennt er die vielen Einzelheiten?»

«Von den armen Studenten natürlich.»

«Dann waren sie in jener Nacht also bei Faust.»

Er zuckte die Schultern.

«Der Teufel hat sie nicht gleich mitgenommen? Schließlich waren sie Fausts Adepten.»

Wieder ein Schulterzucken.

«Bei all dem Lärm ... wo wart Ihr, als der Teufel gewütet hat?»

«Im Bett bei meinem Weib.»

«Und dennoch verkauft Ihr diese *Nachricht* als Wahrheit?»

«Ach, Geschichten», winkte er ab, «die Leute lieben sie. Je grausamer und verrückter, desto besser. Keiner fragt, ob sie wahr oder falsch sind. Hauptsache, sie haben was zu reden.»

Es war zwecklos. Der schamlose Kerl gab sich noch nicht einmal Mühe, sein Handeln zu hinterfragen. Wusste er nicht, was er damit anrichtete? Was er auch mir antat?

«Ihr solltet Euch schämen.»

Er lachte. «Scham ist eine Zier von Jungfern und alten Weibern, die ich mir nicht leisten kann. Ich habe hungrige Mäuler zu stopfen. Gehabt Euch wohl», sagte er und ließ mich stehen.

Noch nie hatte ich einen von hinten getötet, ich wollte stets in seine Augen blicken, wenn das Leben aus ihm wich.

«Guten Morgen», rief jemand hinter mir, ein Junge, der so verdreckt und verlaust war wie das Druckerpack. «Meister Gabriel schickt mich. Er braucht dringend einen Packen Flugblätter.»

Das Lügenblatt lag während der Fahrt auf meinem Schoß. Ich kannte es inzwischen in- und auswendig, Wort für Wort.

Der Teufel hatte Faust geholt, der Wechsel war fällig gewesen. Das funkenstiebende Finale im größten aller Schauspiele: die Höllenfahrt!

Damit wurde allen anderen, die an der Legende feilten, die Suppe versalzen. Doktor Faust war in seine Heimat zurückgekehrt und hatte sich mit einem lauten Knall, Rauch und Schwefel unsterblich gemacht.

Aber nicht die wunderlichen Umstände von Fausts angeblichem Tod allein nährten meinen Zorn, da war noch etwas anderes für die Ewigkeit geschrieben: *Doktor Johann Georg Faust.*

Seit der Katastrophe in Elckerlins Haus gab sich der Schurke mit einem Vornamen nicht mehr zufrieden, er musste auch noch meinen vereinnahmen. Gabriel wäre niemals so dreist gewesen, es zu wagen, dessen war ich mir sicher, er war nur Sabellicus' Laufbursche, sein Sekretär und Lügenschreiber. Was nichts anderes bedeutete, als dass Sabellicus noch lebte.

Wie hatten sie nach all den Jahren wieder zueinandergefunden?

Die Frage würde bald beantwortet werden, der Junge verschwand mit dem Packen in einer von zwei Hütten, die an einer Wegkreuzung inmitten der Einöde lagen. Ringsum gab es nur Wald und einen bis zur Pfütze vertrockneten See, ausreichend jedoch für eine Rast oder die Reparatur eines gebrochenen Rads.

Im Schatten der Bäume zählte ich ein gutes Dutzend Wartender, wenn nicht mehr, in den beiden Hütten mochten es bei der Hitze nicht so viele sein.

Sollte ich bis zum Anbruch der Nacht warten?

Die gnadenlose Sonne und das widerspenstige Schnauben Hekates befahlen mir, es ihnen gleichzutun. Im Grunde genommen hatte ich nichts zu verlieren. Gabriel würde nicht mit mir rechnen.

Wie sich zeigte, waren meine Überlegungen überflüssig. Gabriel kam mit Flugblättern heraus und bot sie den Wartenden zum Kauf an. Stets geschäftstüchtig, nimmermüde, der Halunke. Von meiner Ankunft bekam er nichts mit, ich führte Hekate zur seichten Pfütze im See und ging die letzten Meter zu Fuß.

«Doktor Faust vom Teufel geholt!», tönte er. «Lest von der Höllenfahrt des größten Zauberers der Welt. Fünf Pfennig das Stück.»

Die Nachricht fand schnell Käufer, schon bald würde er in die Hütte zurückkehren müssen, um Nachschub zu holen. Genau dort würde ich ihn erwarten.

Trotz drückender Hitze waren die Handwerker mit gebrochenen Rädern und Deichseln emsig zugange. Sie schenkten mir kaum Aufmerksamkeit, wähnten mich als einen weiteren Reisenden, dessen Karren auf der holprigen Strecke zum Erliegen gekommen war. Man empfahl mir, Geduld zu haben.

Ich willigte ein, und noch bevor ich mir Gabriels überraschtes Gesicht vor Augen führen konnte, kam er auch schon herein. Er sah mich nicht, hatte den Kopf nur beim schnellen Geld und öffnete die Tür zu einer Kammer im hinteren Teil der Werkstatt.

Ich ging ihm nach, sah ihn am Boden knien und Lügenblätter zählen. Ein Riegel an der Tür garantierte uns ein ungestörtes Gespräch, ich schob ihn vor, und Gabriel fuhr auf.

«Was zum …?» Erstaunlich, wie schnell man die Farbe aus dem Gesicht verlieren konnte. «Doktor Faust.»

«Ich fühle mich geschmeichelt, dass du mich erkennst, schon gestern erkannt hast. Nach so vielen Jahren, und dann nennst du mich auch noch bei meinem richtigen Namen.»

Seit Leipzig war Gabriel fülliger und das Haar grauer geworden, die Kleidung sauber und gepflegt. Das Geschäft mit den Nachrichten ging also gut.

Nach dem ersten Schreck kehrte die Selbstsicherheit zurück. Vielleicht glaubte er auch, in mir keine Gefahr zu sehen, nachdem er unser Wiedersehen am Krater und meine Lüge von der vergifteten Klinge überlebt hatte.

«Wie könnte ich Euch je vergessen», sagte er, und ich löste den Drachenkopf. «Was führt Euch in diese gottverlassene Gegend?» Er wandte sich ab und zupfte seine Kleidung zurecht.

«Du», erwiderte ich wahrheitsgetreu, «und deine jüngste Geschichte von der Höllenfahrt des berühmten Doktor Faust.»

«Sensationelle Geschichte ... ausbaufähig. Findet Ihr nicht auch?»

«Ich wette, sie findet viele Käufer», erwiderte ich und ging umher, um ihm kein leichtes Ziel zu bieten.

«Hunderte, Tausende, und es ist kein Ende in Sicht. Ich werde nachdrucken müssen. Danach lass ich Euch erneut sterben ... auferstehen und wieder sterben. Jedes Mal an einem anderen Ort unter noch mysteriöseren Umständen als zuvor. Eine Fortsetzungsgeschichte.»

«Damit wärst du ein gemachter Mann. Ich gratuliere.» Leise glitt die Klinge aus der Scheide.

«Noch in tausend Jahren wird man von Doktor Faust sprechen, dem größten Zauberer aller Zeiten und seinen wundersamen Taten.»

«Dank dir und deinen *Nachrichten*.»

Noch immer kehrte er mir den Rücken zu und blickte zum kleinen Fenster hinaus, wo weitere Reisende eintrafen – Kunden. «Ich habe meinen Teil dazu beigetragen, das darf ich ohne Übertreibung behaupten», antwortete er und griff an den Stiefelschaft, als kratzte er sich das Bein.

«Wäre Schamlosigkeit nicht treffender?»

«Das überlasse ich den Philosophen und Pfaffen, und natürlich meinen Lesern. Sollen die entscheiden.»

«Hast du nie darüber nachgedacht, was deine Lügen anrichten?»

Er seufzte. «Jetzt, da Ihr es sagt», er mimte den Nachdenklichen, doch dann brach es aus ihm heraus. «Zum Teufel damit. Ich bin Geschäftsmann.» Er drehte sich noch immer nicht um, als wäre ich bedeutungslos. «Dank wäre angebracht.»

«Wofür?»

«Dass ich aus dem Nichts, aus Euch und Eurem buckligen Freund Götter gemacht habe.»

«Teufel!»

«Mit einer einzigen Handvoll Dreck. Wenn ich darüber nachdenke, gebührt der Titel eigentlich mir.»

«Du bist eine Schande», fauchte ich ihn an, «für jeden anständigen Drucker, der es sich zwei Mal überlegt, was er in die Welt posaunt.»

«Jeder tut, was er kann, was in seiner Macht liegt.» Darum ging es ihm also.

«Damals in Leipzig hatte ich Macht über dich und dein Weib, und dennoch habe ich Gnade walten lassen.»

«Ich erinnere mich», flüsterte er, und sein Ton veränderte sich, «werde es niemals vergessen…» Vermutlich hatte er gedacht, ein Angriff aus dem Hinterhalt würde mich überraschen, eine einzige schnelle Bewegung mit dem kleinen Messer aus seinem Stiefelschaft, «und du auch nicht!»

Doch wo er mich wähnte, war ich nicht zu finden. Stattdessen stand ich seitlich, eine gute Armlänge entfernt, und machte ihn erneut mit der Spitze der Drachenklinge bekannt.

«Wo finde ich Sabellicus?»

Vorbei war es mit Überheblichkeit und Großsprecherei, Angst und Zittern kehrten zurück. «Der Teufel hat ihn geholt. Er ist tot.»

Die Erweiterung eines Nasenlochs erschien mir für die Wahrheitsfindung notwendig.

Ein Schrei, Gabriel fiel auf die Knie, hielt sich den blutenden Zinken. «Um Himmels willen!»

«Wo finde ich Sabellicus?»

«Ich weiß es nicht.»

Dann ein Ohr.

Noch ein Schrei, noch mehr Blut. «Hör auf! Ich ...»

«Die nächste Lüge wird dich die Zunge kosten.»

Er schluchzte, jammerte. «Sankt Elisabeth.»

«Was soll das sein?»

«Kloster ... Sankt Elisabeth.»

Ich hätte es mir denken können. Wo eine Kirche stand, war der Teufel nicht weit. «Wo ist das Kloster?»

«Eine Tagesreise nördlich.»

Das sollte genügen. Allerdings ... «Mit welcher Hand schreibst du?»

Er verstand nicht oder wollte es nicht.

«Deine Schreibhand!»

Zittrig erhob er die linke – natürlich, sie war schon immer die Hand des Teufels gewesen, des größten Lügners und Verführers aller Zeiten.

Höchste Zeit, seinem Eifer etwas entgegenzusetzen!

XXXI
NEMO ME IMPUNE LACESSIT

Wen ich auch gefragt hatte, niemand wollte sich an das Kloster erinnern, das einst der heiligen Elisabeth geweiht war. Rache und Raserei der Aufständischen hatten vor den Kirchen und Klöstern nicht haltgemacht, viel sei zerstört und nicht mehr aufgebaut worden. Besser, ich würde keine alten Wunden aufreißen und weiterfahren.

Meine Odyssee setzte sich fort, bis mir ein altes Weib von einem *verwunschenen Ort* erzählte, wo nichts sei, außer Tod und Verderben. Die Erde habe sich dort aufgetan.

Die Sonne warf lange Schatten in das Tal vor mir, das, von Hügeln eingefasst, fern der Welt gelegen war. Es gab nur einen Weg hinein und heraus, eine Felswand am Ende des Tals versperrte die Weiterfahrt.

Wolken von Stechmücken fielen in der heißen Abendluft über Hekate und mich her. Wir konnten nur noch auf Fledermäuse hoffen, das letzte Dorf lag gut zwei Stunden hinter uns. Dass es in dieser Wildnis welche geben musste, glaubte ich an einem eingestürzten Glockenturm zu erkennen, der sich gegen die wildwuchernde Natur hatte behaupten können.

Um dorthin zu gelangen, galt es ein mit stachligen Ranken und Sträuchern verschlungenes Dickicht zu überwinden. Das Gestrüpp zerrte an der Kleidung und schnitt ins

Fleisch, sodass die blutdurstigen Insekten erst recht nicht von uns ließen. Auf dem holprigen Pfad sackte der Karren von einem Loch ins andere, und je weiter wir uns vorkämpften, desto mehr schwand das Sonnenlicht.

Vom hohen Grat des Hohlwegs her raschelten Blätter und knackten dürre Zweige, als verfolge uns ein Tier. Es gab beunruhigende Laute von sich, gleich einem heiseren Hecheln, dann ein Knurren. Schnelle, kurze Schritte. Es wurde zusehends feucht und schlammig, modriger Gestank hüllte uns ein. Was noch fehlte, waren Schwefelgeruch und die Insignien des Todes.

Hekate schnaubte zur Warnung, und dennoch glaubte ich uns nicht wirklich in Gefahr. Die gespenstische Umgebung kam mir seltsam vertraut vor. Ich hatte zum Schutz unserer Höhle nichts anderes inszeniert – einen Weg in die Unterwelt, wo Teufel und Hexen verirrte Seelen bei lebendigem Leib fraßen.

Meine Vermutung bestätigte sich, denn da baumelte schon das erste Gerippe an einem Ast. Darauf folgten Totenschädel mit aufgerissenen Kiefern in der schwarzen, morastigen Wand des Hohlwegs, skelettierte Hände und Füße ... Ich hätte vor Erleichterung schreien können.

Nach einem letzten Schlagloch nahm der Spuk ein Ende. Wir verließen die finstere Bühne der Scheußlichkeiten und traten ins Zwielicht eines wahrhaft verwunschenen Orts, wie ich ihn mir in meinen kühnsten Träumen nicht hätte vorstellen können.

Glitzerndes Dämmerlicht fiel schräg auf einen mit grauen Steinplatten befestigten Platz, den eine schroffe Felswand vor uns und zwei saftig grüne Hänge seitlich begrenzten. In der Mitte befand sich ein plätschernder, kreisrunder Brunnen über mehrere Ebenen hinweg, gut zwei

Mann hoch, und gurgelte Wasser. Gespeist wurde er von einem Wasserfall, der auf halber Höhe des Steilhangs gelegen frisches Bergwasser zu Tal führte.

Dort entsprang ein Blütenmeer aus weißen und roten Rosen, deren Zweige sich schier endlos über dieses unfassbare, paradiesische Kleinod ausbreiteten. Die Ruine, die sich darunter befand, war bis auf die Spitze des geköpften Glockenturms kaum zu sehen. Einzig die schwere Eingangstür trotzte der Vereinnahmung, sie stand wie vergessen zur Hälfte offen.

Während ich nach weiteren Türen und Verstecken Ausschau hielt, befreite ich Hekate vom Geschirr und überließ sie dem ersehnten Nass und dem im Übermaß vorhandenen, frischen Grün.

Diese betörende Pracht blendete das Auge, alles war bezaubernd und friedlich, zu schön, um wahr zu sein. Irgendwas stimmte hier nicht, irgendwo lauerte jemand auf mich, und da zwängte er sich auch schon aus dem finsteren Dickicht – kläffend und mit abgerissenen Ranken im zotteligen, schwarzen Fell. Vögel flüchteten aus den Ästen und flatterten in den anbrechenden Nachthimmel davon.

Der anfängliche Mut des Köters schwand, je näher er mir kam. Statt die Zähne zu fletschen, stellte er die Ohren auf und die Nase in den Wind. Mit ausgestreckter Hand hieß ich ihn willkommen. Er schnupperte daran, hielt mich aber nicht weiter für bemerkenswert und trippelte in Richtung der offen stehenden Tür davon.

Ich atmete tief und folgte ihm durch diese märchenhafte, rosenumrankte Tür in die *Anderswelt*.

Es mochte einst ein Schloss oder ein reiches Kloster gewesen sein, das nun dem Verfall preisgegeben war. Die hellen Steinplatten am Boden zeigten Risse, aus denen Rosenzweige wuchsen. Sie rankten an den umstehenden Säulen empor und verloren sich in einer offenen, mit Reliefs verzierten Kuppel.

Vertraute Sternbilder standen am Himmel, ein protziger Mond zog auf, er tauchte alles um mich herum in silbriges Licht.

Ich hatte auf meinen Reisen schon einige solcher magischen Orte gesehen, denen Kraft und ein unerklärlicher Zauber innewohnten, und doch war keiner wie dieser. Mir war, als umgäbe mich pures, elektrisierendes Licht, so wie man es bei einem Blitz in unmittelbarer Nähe empfand, das Universum schien zum Greifen nah. Aber auch der Tod.

An der Wand hing Gottes Sohn kopflos und mit nur noch einem Bein an einem weißen, hohen Kreuz. Ihm gegenüber war die kunstvoll in Stein gehauene Letzte-Abendmahl-Szene zerstört, darunter ein zerschlagenes Weihwasserbecken.

Die Verwüstung setzte sich fort, je tiefer ich in das Gebäude vordrang. Zu meiner Linken mochte früher ein Kreuzgang gewesen sein, jetzt zeugten nur noch Stümpfe von der glorreichen Zeit. Zu meiner Rechten lag ein verwildertes Trümmerfeld mit einem eingestürzten Glockenturm und der Ruine einer Kirche dahinter.

Kleine, vergitterte Fenster ließen den Trakt der Kammern vermuten, wo Brüder oder Schwestern geschlafen und gebetet, der eine oder andere vielleicht von einem Leben jenseits der Klostermauern geträumt hatte. Sicher hatte es hier auch einen Keller gegeben, wo aufsässige Novizen diszipliniert worden waren.

Schwermut überkam mich bei dem Gedanken an meine Zeit im Kloster, an mein unstillbares Verlangen nach Freiheit, Wissen und Reisen. Unvergessen waren aber auch die erlittenen Schmerzen und Erniedrigungen, der Verrat und die Doppelzüngigkeit meiner Schwestern, schließlich die Flucht und die Glückseligkeit, mich endlich aus der Knechtschaft befreit zu haben.

Wohin?! Wohin ... Verfluchte Dämonen.

Wenn ich die Vergangenheit schon nicht ändern konnte, dann wollte ich wenigstens die Zukunft bestimmen. Noch hatte ich Gelegenheit dazu, die Kraft und die Überzeugung.

Kerzenschein fiel auf den Gang, ich hörte jemand sprechen und löste den Drachenkopf. Vorsichtig schob ich die Tür auf ...

Der Köter bellte, als er mich wahrnahm. «Ruhig, Mephisto», befahl ihm jemand, «begrüße meine alte Freundin Margarete.»

Ich erkannte seine Stimme sofort. Wo aber hielt sich Sabellicus versteckt?

Es bot sich mir ein runder Raum, dessen Decke sich zu einem Loch verjüngte, ein Atrium. In den Einbuchtungen der Wand hatten früher vermutlich Heiligenfiguren gestanden, Rußspuren zeugten von Kerzen. Nahezu unbeschadet, kündeten darüber Mosaike vom Leidensweg Jesu, und wo ein Feuer im Kamin loderte und ein Sessel stand, befand sich wohl vorher der Altar.

Mit einem Ächzen erhob sich Sabellicus aus dem Sessel, er war in einen für die Jahreszeit viel zu warmen, dunkelblauen Samtrock gekleidet, stützte sich auf einen Stock und wies mir einen Platz an der Tafel zu.

«Komm, setz dich.»

Ich witterte eine Falle. «Zum Teufel mit dir.»

Er aber lachte süffisant und nahm am Kopfende des Tisches Platz. «Schon längst geschehen.»

Gedeckt war für zwei – silberne Teller und Trinkbecher, eine Weinkaraffe in Gestalt eines Schwans, Schalen mit Wildbret und Wachteln, frisch gebackenes Brot und Obst, wie ich es seit Monaten nicht mehr gesehen hatte.

«Afra hat sich viel Mühe gegeben, deinen Ansprüchen gerecht zu werden.»

Eine schmale Person mit roten Haaren und im schmucklosen Leinen einer Dienstmagd trat ins Licht und verbeugte sich. Mit einem zweiten Gegner hatte ich nicht gerechnet, meine Hand zitterte vor Anspannung.

«Mach dir keine Gedanken. Sie kann dich nicht sehen, sie ist blind. Und dennoch gibt es keine bessere Haut. Treu, verschwiegen und fleißig. Was will man mehr. Nun, komm endlich, das Essen wird kalt.»

Noch bevor ich entscheiden konnte, wem meine Aufmerksamkeit zuerst galt, trat Afra an den Tisch und griff zielsicher nach der Weinkaraffe.

Blind? Von wegen. Doch dann vergewisserte sich ihre freie Hand des Bechers, und Afra schenkte ein, während sich der Blick im Nichts verlor. Derart füllte sie auch den zweiten Becher, und wenn das ein Kunststück war, beherrschte sie es meisterhaft.

Nur sollte ich mich nicht länger davon täuschen oder aufhalten lassen, ich hatte etwas ... *jemand* zu erledigen, und ging auf ihn zu, setzte ihm die Klingenspitze an den Hals.

Nach all den Jahren und den gescheiterten Versuchen, des Scharlatans habhaft zu werden, war es nun so weit. Ein einziger, entschlossener Stich, und es war geschafft.

Beende es. Jetzt!

Sabellicus schaute mich ruhig an, mit emotionslosem Blick aus einem blassen, fast schon toten Gesicht. Ich hatte anderes erwartet. Ein Winseln um Gnade, ein Flehen, er aber fasste die Klinge zwischen Finger und Daumen.

«Soll ich es für dich tun?»

«Schweig!»

«Fehlt dir der Mut?»

Ich zögerte, ich wollte ihm noch all meinen Hass und meine Verachtung an den Kopf werfen, bevor ich zustach. Wo waren die sorgsam zurechtgelegten Worte jetzt nur hin?

«Nun?»

«Sei still.» Ich holte Luft, er konterte mit einem Überraschungsangriff.

«Sophie hat mich mehr geliebt als dich. Im Grunde genommen hat sie dich verachtet.»

Wollte er sich wirklich so billig aus der Affäre stehlen?

«Deine Kleingeistigkeit», fuhr er fort, «dein weinerliches Getue um ihre Sicherheit, deine Angst und das Zaudern ... Sieh dich doch an. Erbärmlich.»

«Sophies Andenken in den Dreck zu ziehen wird dich nicht retten.»

«Mich aber, *Doktor Faust*, hat sie bewundert. Den größten Zauberer aller Zeiten, den Freund von Königen und Kaisern.»

«Du hast nicht einen gesehen.» Er musste den Verstand verloren haben, wenn er seinen eigenen Lügen glaubte.

«Doktor Faust, der die schöne Helena gewann und sich die Welt untertan gemacht hat, ach, die Sterne, die Toten und Geister, sogar den Teufel. Der berühmte *Doktor Faust* ... ein Genie! Noch in tausend Jahren werden sie meinen Namen preisen. Nicht deinen, den der unbedeutenden Gretel, des lächerlichen Zauberlehrlings von meinen Gnaden. Niemand hat dich je gekannt, und niemand wird sich deiner erinnern.»

«Hirngespinste, nicht ein Wort davon ist wahr.»

«Afra, sag: Wer ist Margarete?»

Die Dienerin antwortete aus dem Dunkel heraus. «Ich weiß es nicht, Herr.»

«Nie von ihr gehört? Nicht die kleinste Wundertat?»

«Nein.»

«Und wer ist Doktor Faust?»

«Der größte Zauberer aller Zeiten.»

«Willst du mir schmeicheln? Hüte dich, ich kenne kein Erbarmen mit Lügnern.»

«Alle sagen es, im Dorf und in der Stadt, im Land und darüber hinaus. Die ganze Welt spricht von Doktor Faust.»

Er seufzte zufrieden. «Siehst du? *Das* ist die Wahrheit.»

«Nicht, wenn ich mit dir fertig bin.»

«Zu spät, wie immer zu spät. Die Tragödie deines Lebens.»

«Dein Tod ist …»

Er lachte geradeheraus. «Ich bin es doch längst! *Faust hat der Teufel geholt.* Höchstpersönlich. In Staufen. Und das Beste daran ist: Der Tod schenkt mir ewiges Leben. Ich muss noch nicht einmal dafür auferstehen. Hat es je einen größeren Zauberer als mich gegeben?»

«Du bist einfach nur widerlich.»

«Wen kümmert's.»

«Ich habe dich einst geliebt, du Teufel. Wir hatten ein Kind.»

«Das ewige Leben hat aber eine Voraussetzung», fuhr er fort, «und genau deswegen bist du hier.»

«Ich bin hier, weil *ich* es will, nicht du.»

Ein mitleidiges Grinsen. «Ich mache dir einen Vorschlag. Lass uns den letzten Abend gemeinsam verbringen. Am Morgen kannst du dann mit mir machen, was du willst. Was hältst du davon?»

«Das kann ich schon jetzt.»

«Sicher, doch dann wirst du mein Geheimnis nie erfahren. Das Geheimnis von Doktor Faust.»

Obwohl mir der Magen knurrte und die Kehle ausgetrocknet war, rührte ich nichts an, was Afra angerichtet hatte. Ich behielt sie im Blick, während ich Sabellicus beim Schmatzen zuhörte.

«Hast du etwa Angst?», verhöhnte er mich. «Sieh her», und er schnappte sich ein beliebiges Stück Fleisch und biss hinein. «Brot, Früchte, Wein ...»

«Nun sprich endlich», forderte ich ihn auf, es musste bereits auf Mitternacht zugehen, «welches *Geheimnis* soll das schon sein?» Verdammte Neugier! Wieso konntest du nie Ruhe geben?

«Hast du dich nie gefragt, warum alles so gekommen ist?»

Öfter als es Sterne am Himmel gab.

«Du ... ich ... Doktor Faust.»

«Das ist kein Geheimnis», antwortete ich, «weil du der größte Halunke aller Zeiten bist.»

«Zu Anfang, ja, aber dann kamt Trithemius und du ... besonders du. Ohne deine aufopfernde Unterstützung hätte ich es nicht geschafft.»

Bezüglich Trithemius gab ich ihm recht. Hätte es den Brief an Virdung nicht gegeben, niemand von Bedeutung hätte den Namen Sabellicus je gekannt. Auch die vielen anderen Briefe, die Trithemius zu seiner Verteidigung an die befreundeten Gelehrten und Fürsten geschrieben hatte, deren Antworten, Fragen und Gespräche, weitere Briefe, noch mehr Gerede ... Wittenberg! All das hatte den Weg bereitet, dass sich ein unbekannter Gauner in den Adelsstand eines ernstzunehmenden Zauberers hatte erheben können.

Aber, was hatte das mit mir zu tun?

«Erinnerst du dich an den Dummkopf Leiwen?», fragte Sabellicus.

Dass ich diesem unglückseligen Geschäftspartner meines Vaters einst aus Mitleid ein besseres Horoskop erstellt hatte, war mir lange nachgegangen. «Was ist mit ihm?»

«Deine Lüge war größer als die meine. Erst durch sie habe ich Zugang zu den wirklich wichtigen Kreisen bekommen, zu Geld und Einfluss. Ich kann dir nicht genug dafür danken.»

Es konnte mir nicht gefallen, was er da behauptete. «Wir sind als unbedeutende Zauberer durchs Land gezogen», widersprach ich, als *Faust & Faust*, «niemand hat je nach uns gefragt.»

«Oh doch, nur hast du nie etwas davon mitbekommen.»
«Unsinn.»

«Während du schliefst, während du deine lächerlichen Experimente ausgeführt hast, die ich dir aufgegeben habe, während ich vorgab, Besorgungen zu machen, Freunde und Bekannte zu treffen ... immer wieder.»

Gut, damals nicht, später schon. Und dennoch glaubte ich ihm kein Wort. Er machte sich nur größer, als er war.

«Dein bestes Narrenstück aber hast du in jener Nacht im Wormser Wald gegeben», fuhr er fort, «als alle wichtigen Gelehrten aus Heidelberg, Speyer, Worms und Mainz zugegen waren.»

Was wollte er damit? Es war ein einziges Fiasko gewesen.

«Kam es dir nicht seltsam vor, dass wir den weiten Weg von Kreuznach nach Worms gefahren sind? Wieso nicht Mainz oder Bingen, wieso ausgerechnet Worms?»

Ich hatte nie eine Antwort darauf gefunden.

«Kam deine Mutter nicht aus der Gegend?» Ein spöttischer Blick, der den alten Zorn in mir entfachte. «Und hatte dein Vater nicht Geschäftspartner dort? War nicht der berühmte Trithemius euer Beichtvater? Deine Lehrer aus dem nahen Heidelberg ...»

Das reichte. «Was willst du damit sagen?!»

«Jeder im Publikum wusste, wer sich unter der Kapuze verbarg.»

«Niemand tat es.»

«Auch deine Eltern nicht?» Er grinste verschlagen. «Was glaubst du, wer ihnen und all den anderen gesagt hat, dass ausgerechnet die Tochter des Grafen ...»

Ich rang nach Luft, gab die Drachenklinge frei.

«... die Hexe von der Burg deiner Eltern, an der Seite von Doktor Faust ...»

«Genug!» Ein Hieb im Überschwang der Gefühle, spontan und unkontrolliert, köpfte ein paar Kerzen. Noch war es nicht so weit. *Gedulde dich!*

Er seufzte. «Die Wahrheit schmerzt, und dennoch musst du dir eingestehen ...»

«Nichts muss ich. *Du* ...»

«... hast all die Jahre eine Lüge gelebt!» Der Schuft hatte völlig den Verstand verloren, verwechselte mich mit ihm. «Niemand anderer als *du* hat Doktor Faust erschaffen. Du warst es. Du!»

Er tat mir in all seiner Kümmerlichkeit nur noch leid. «War's das jetzt?»

«Wenn du gestattest?» Er winkte Afra heran, die ihm ein Bündel Papiere aushändigte und danach wieder ins Dunkel eintauchte. «Erkennst du sie wieder?»

Auf den ersten Blick. *Wie sich Doktor Faust in die schöne Helena verliebt hat* und alle anderen Pamphlete, die ich geschrieben hatte, um Sophie zu mir zur locken – in die Honigfalle.

«Zugegeben, es ist nur ein kleiner Teil meiner *Historia*. Den anderen haben Schmutzfinken wie Gabriel beigetragen. Sie scherten sich einen Dreck um die Wahrheit, sie haben ihre eigene erfunden und gut daran verdient. Sag mir: Wer ist nun der größere Lügner von uns beiden?»

«Ich habe mit den Lügenbolden nichts zu schaffen», erwiderte ich, wusste aber, dass es nicht stimmte. Ich hatte mich an der Legendenbildung von Doktor Faust beteiligt, aus einem anderen Grund zwar, aber ich hatte es getan. Und nicht zu knapp.

Die Einsicht kam spät, und sie beunruhigte mich zutiefst, sodass ich nach dem Weinbecher griff. Ein galliges Gesöff war es, ich hätte es besser unterlassen.

«Apropos Gabriel», seufzte er zufrieden, «ich hoffe, du hast ihn für sein Versagen in Staufen bestraft.»

Woher wusste er davon? Ich schwieg besser.

«Staufen. Mein letztes großes Spectaculum, ein würdiges Finale zwischen dem Teufel und mir.»

«Ein stinkendes Rattenloch hast du hinterlassen», spottete ich, «deiner würdig.»

«Der *Wechsel* war fällig», schwadronierte er wie ein drittklassiger Gaukler, «ich war bereit, Geschichte zu schreiben. Der Ort der Abrechnung musste gut vorbereitet sein, eine Explosion, Schwefelgeruch und ein dankbares Publikum.»

«Armes Volk und Studenten.»

«Neugierig und geschwätzig, allem Unerklärlichen aufgeschlossen. Dem Okkulten sowieso. Sie verbreiteten die Nachricht in Windeseile, damit auch du davon erfährst und wie die Motte ins Feuer flatterst.»

«*Ich?* Warum?»

«Leider bist du spät eingetroffen. Eine Schande, mein größtes Kunststück ohne meinen treuesten Mitarbeiter. Gabriel hätte die Menge auf dich hetzen sollen.»

«Er wird nie wieder eine Lüge schreiben.»

«Wenigstens hat er dir verraten, wo ich zu finden bin.»

Ich hätte es mir denken können.

«Noch bevor du ins Tal gekommen bist, habe ich von dir gehört.» Ein Blick zur Seite. «Afra kennt jeden in der Gegend, und jeder kennt sie. Ein wahrhaft *verwunschener Ort* ist es», und er lachte überlegen, «da konntest du nicht widerstehen.»

Die Alte hatte mich also in die Falle geschickt.

«Es gibt noch eine letzte Sache zu erledigen», sagte er, und ich stimmte zu.

«Dich von deinem jämmerlichen Dasein zu erlösen.»

«Wenn der einzig wahre Doktor Faust tot ist, darf es natürlich keinen zweiten geben. Nur *einen* Doktor Faust, und der bin ich.»

Jetzt hatte ich ihn, sein wohlfeiler Plan ging in Schall und Rauch auf. «Ich werde für den Rest meines Lebens nichts anderes tun, als es in die Welt zu posaunen: Seht mich an. Doktor Faust lebt! Nur der Scharlatan Sabellicus ist tot. Durch meine Hand gerichtet.»

Er lächelte mit Blick auf den Weinbecher vor mir. «Zu spät. Wie immer zu spät.»

«Ich …» Seltsam schwindelig wurde mir.

«Das Gift wirkt langsam, es gibt dir ein paar Tage, damit wir uns in alten Zeiten verlieren und meinen Sieg feiern können. Ich freue mich darauf.»

Ich rang nach Luft.

«Spürst du schon, wie es deine Gedärme befällt? Ein Zwicken und Stechen, ein langsamer, qualvoller Tod. Das Beste ist gerade gut für dich.»

Aber er trank denselben Wein wie ich, aus derselben Karaffe. Ich hatte Afra beim Einschenken genau beobachtet, da war nichts gewesen.

«Du hättest *in* den Becher schauen sollen, bevor Afra ihn füllte. Sieh es endlich ein: Du bist und bleibst ein Zauberlehrling, und ich bin dein Meister.»

War ich wirklich so einfältig gewesen?

«Zugutehalten will ich dir aber, dass du und Trithemius meine treuesten und besten Hilfsgeister wart.» Er hob den Becher und prostete mir zu. «Ewiger Ruhm dank euch. Noch einen Schluck?»

Ein Handzeichen befahl Afra herbei. Sie schenkte nach, während mir wirre Gedanken durch den Kopf gingen. Wollte er mich verunsichern, oder war das gallige Gesöff tatsächlich vergiftet? Ich musste Gewissheit haben und nahm Sabellicus den Becher aus der Hand, roch daran, trank. Sein Wein schmeckte vollmundig und süß, keine Spur von einem bitteren Geschmack.

«Ich habe dich niemals belogen», sagte er, «nie wirklich. Und kurz vor dem Ende werde ich nicht damit anfangen.»

Die Drachenklinge glitt mir aus der Hand ... ein starker Schwindel, der mich wanken ließ. Ich war auf den ältesten Trick hereingefallen, den es auf Marktplätzen zu sehen gab. Und ich war der Narr, der es büßen musste.

Der Zauberlehrling.

«Eine unbedeutende Ohnmacht. Schon bald geht es dir wieder besser. Und dann wieder schlechter.» Ein infernales Lachen, darauf ein lähmender Sog in die Finsternis.
Grenzenlose Dummheit!
Ich wusste nicht, was schlimmer war.

«Du unnützes Ding!»
Ich öffnete die schweren Lider.
«Du verschüttest alles.»
«Meine Hand ist ruhig, Herr. Eure zittert.»
«Ach was. Fort mit dir! Ich mach es selbst.»
«Wie Ihr befehlt.»
Afra stellte etwas zur Seite, tastete sich den Tisch entlang zur Treppe und stieg die Stufen empor. Die Tür öffnete sich, helles Tageslicht fiel herein, und schloss sich wieder. Zurück blieb der gebeugte Schatten eines Mannes, der sich vergeblich mühte, die Flüssigkeit aus einem dünnen, langen Gefäß in den Becher zu gießen.
«Verfluchte Tatterigkeit.»
Sabellicus' altes Leiden, das Zittern. Wo war es am Abend zuvor gewesen? Damals, im Haus von Elckerlin? Hatte er es mit einem Trank besänftigt?
Ich blickte zur Seite, sah Regale voll von Büchern, einen Schreibtisch, astronomische Geräte ... gegenüber Kolben und Zangen, Becher und Kannen, Schöpflöffel, Spatel, Mörser ... Ein alchemistisches Labor von beeindruckender Größe und Vielfalt.
Davor stand Sabellicus. Die eine Hand hielt die andere fest, und dennoch wollte es nicht gelingen. Die teure Lösung verfehlte den Becher um Handbreite.

«Himmel, nein!» Er fiel auf die Knie, suchte zu retten, was nicht mehr zurückzuholen war, jammerte.

Ich genoss das *Spectaculum*, bis mir ein Stich in den Magen fuhr und mich an den Hinterhalt erinnerte – an das Gift. Wie lange hatte ich noch, bis es mich auffraß? Hatte es überhaupt noch eine Bedeutung?

Meines Gehstocks beraubt, erhob ich mich, eine wandelnde Tote, ein Geist aus Sabellicus' Schattenreich, und trat neben ihn. «Der größte Zauberer aller Zeiten, eine verzweifelte Kellerassel.»

Er blickte auf, winselte, bettelte. «Margarete ... hilf mir.»

Mit all meiner Kraft stieß ich ihn zur Seite, dass er umfiel und vor Schmerzen jaulte. «Du verfluchter Giftmischer», schrie ich ihn an, Blut tropfte ihm aus Nase und Mund, die Hände zitterten wie Blätter im Wind. Was für ein Häufchen Elend ... Ich spuckte auf ihn. «Wo ist mein Stock?!»

Er japste «im Feuer», was ihm einen weiteren Tritt einbrachte, und wenn ich noch die Kraft besessen hätte, hätte ich ihn in den Boden getreten. Wie eine stinkende Kellerassel. Mehr war er nicht wert, niemals wert gewesen.

So humpelte ich zum Schreibtisch und ließ mich auf den Stuhl nieder, atmete tief, suchte mich zu beruhigen.

«Margarete ...»

«Hilf dir selbst. Nein, stirb!»

Ein Ächzen, er suchte Halt. Ich sah zittrige, bleiche Hände, einen grauen Schopf und schließlich ein blutiges Gesicht. Mit letzter Kraft schaffte er es, auf die Beine zu kommen, schleppte sich hinüber zur Liege, fiel darauf und keuchte schwer.

Keine Frage: er würde von uns beiden als Erster das

Zeitliche segnen! Und wenn ich ihn dafür erwürgen musste, er würde den Keller nicht lebend verlassen.

Auf dem Schreibtisch fing etwas meinen Blick ein, das ich nicht mehr für existent gehalten hatte – meine alte, vergilbte Sternkarte. Sie war noch zerfledderter, als ich sie in Erinnerung hatte, ein löchriger Fetzen verblasster Träume und Eitelkeiten. Daneben Zettel mit vergeblichen Versuchen, ihrem Geheimnis auf die Spur zu kommen. Er mochte ein vortrefflicher Alchemist sein, doch die Rätsel des Himmels blieben ihm verschlossen. Sein Talent lag in der Finsternis.

«Weißt du noch», hörte ich ihn sagen, «damals, in unserer Höhle?»

«Schweig!»

«Wir waren glücklich ... du und ich.»

«Ich will nichts davon hören.»

«So jung, wir wollten die Welt erobern. Das Unmögliche begehren.»

«Du.»

«Die Fesseln sprengen, Raum und Zeit hinter uns lassen.»

«Genug!»

«Heidelberg ... als wir uns zum ersten Mal trafen? Beim ersten Blick wusste ich es: Wir beide ... die größten Zauberer der Welt. Faust & Faust.»

«Du hast mich nur ausgenutzt, belogen und betrogen. Wir waren nie eins. Es gab immer nur *dich*.»

«Jene Nacht in Kreuznach, als ich dir den Ring ...»

«Eine Lüge, wie alles in deinem Leben.»

«Ich habe dich geliebt, aufrichtig und treu, aus tiefstem Herzen.»

«Du hast immer nur dich selbst geliebt.»

«Himmel und Hölle sind meine Zeugen: Du warst meine einzige, wahre Liebe.»

Ich schluckte, konnte nicht glauben, was er da faselte. «Gift ist deine Liebe.»

Er hustete trocken. «Ich hatte keine andere Wahl.»

«Du Narr!» Tränen traten mir in die Augen, der Himmel wusste, warum. «Alles, was du berührst, geht zugrunde.»

«Nicht alles, nein.»

«Hätte es dich nur nie gegeben ...» Noch mehr Tränen. «Du hast mir ein Leben geraubt und ...» Ich war machtlos, schluchzte im Angesicht des Irrsinns.

Er aber blieb ruhig, schwelgte in Erinnerungen. «Ich wünschte, ich hätte sie früher kennengelernt. Sophie ...»

«Sprich ihren Namen nicht aus!»

«Ein Engel mit blondem Haar.»

Ich packte, was ich zu fassen bekam, etwas Schweres, und humpelte wutentbrannt auf ihn zu, holte aus. «Du hast sie getötet!»

Doch er schaute geradewegs durch mich hindurch, lächelte, als blickte er ins Himmelreich.

«Sie hat geweint in meinen Armen, fast jede Nacht. Hat sich gewünscht, dass wir wieder zusammenkommen. Wir drei ...»

Kraftlos sank ich zu Boden, das Mordinstrument glitt mir aus der Hand, eine erdrückende Last lag auf meiner Brust. Ich hatte sie nicht retten können. «Was hat sie noch gesagt?»

«Nur diesen einen Wunsch ... wir drei ... immer wieder, eine Familie.»

«Und, warum hast du nicht ...»

«Das haben wir, sie und ich.»

«*Was?*»

«In Nürnberg, in Elckerlins Haus. Wir hatten alles geplant. Sophie sollte mich als Doktor Faust bezeugen, und ich hätte mich um den Rest gekümmert.»

«Welchen *Rest*?»

«Das Spectaculum. Die Wachen.»

«Dein lächerliches Räucherwerk?» Ich lachte schrill. «Was sollte das für ein Plan sein?»

«Elckerlin und die Wachen betäubt ... wir hätten flüchten können. Pferd und Karren standen bereit. Doch dann musstest du *Feuer!* schreien.»

«Es blieb mir keine andere Wahl.»

«Du lügst ... Du wolltest nicht ...»

«Ich hätte dich auch so besiegt.»

«Deine verdammte Rechthaberei ... vom *echten* Doktor Faust. Hättest du nur geschwiegen, nur dieses eine verfluchte Mal.»

Für einen Moment war ich wie betäubt, wusste nicht, wo mir der Kopf stand. Er gab *mir* die Schuld?

«Du bist schlimmer als jeder Teufel», sagte ich fassungslos. «Mich ... Sophie für dein verdorbenes Leben zu missbrauchen.»

«In meinen Träumen ... aus dem Totenreich spricht sie zu mir. *Räche mich, Vater. Räche mich.*»

«Du und dein elendes Totenreich habt sie getötet.» Ich mühte mich auf die Beine, konnte kein Wort mehr ertragen. Er war völlig verrückt geworden.

«Wo willst du hin?», rief er mir nach. «Kannst du die Wahrheit nicht ertragen?»

Ich antwortete nicht, suchte stumm nach einer Lösung, nach einem Ende dieser unheilvollen Geschichte.

«Niemand fordert mich ungestraft heraus. Hörst du? Niemand!»

Womit konnte ich ihn nur für immer zum Schweigen bringen?

«Komm her. Stell dich deiner Verantwortung», rief er mir entgegen.

Oh ja, das würde ich. Genau deswegen war ich gekommen. Um den größten Fehler meines Lebens zu beheben. *Faust. Sabellicus. Helmstetter* ... Namen, nichts weiter, unbedeutend. *Die Lügen. Seine Existenz.*

«Niemand fordert Doktor Faust ungestraft heraus. Niemand!»

Ich konnte ihm nicht widersprechen, er hatte recht: Niemand forderte *mich* ungestraft heraus!

In dem verfallenen Kellerloch gab es nur Bücher und alchemistische Geräte, Kräuter und Pulver ... An Gift dachte ich, verwarf den Gedanken aber schnell wieder. Sabellicus verdiente etwas von Dauer, einen langen, bittersüßen Vorgeschmack auf sein geliebtes Reich der Toten.

Ein Haufen Steine lag da herum ... Steine ... Ja, das war es. Steine für eine Wand. Nein, für eine *Gruft*! Ich machte mich an die Arbeit. Stein um Stein, Reihe um Reihe wuchs die Wand um ihn herum. Er sah die Welt schwinden und das Seelenfeuer kommen.

«Was ... machst du da?!», schrie er, schlug und trat kraftlos um sich.

«Hab keine Angst», beruhigte ich ihn, «du bist bald in bester Gesellschaft.» Bei den Toten!

Stein um Stein, welch süße Melodie, bis schließlich nur noch ein kleines Loch übrig war. Aufgekratzte, blutige Finger klammerten sich daran. Ein leises Jammern aus dem Dunkel.

«Margarete ...», winselte er.

Ich widersprach. «Doktor Faust!» Mehr gab es nicht zu

sagen. Dann schob ich seine Finger zurück und setzte den letzten Stein. Er passte perfekt.

Ruhe kehrte ein, und ich seufzte erleichtert. Nach so vielen Jahren und gescheiterten Versuchen war Sabellicus endlich zur Strecke gebracht, die größte Lüge in der Welt getilgt. Niemand würde sich seiner erinnern, dafür würde ich sorgen, bevor auch ich von dieser Welt schied.

Feuer sollte diesen Ort verzehren – das Einzige, worauf wirklich Verlass war.

XXXII
ANDERSWELT

«Lauf», hauchte ich heiser, «du bist frei.»
Doch Hekate hörte nicht. Vermutlich wollte sie meinen letzten Befehl einfach nicht hören, sie hatte ihren eigenen Kopf, stets gehabt. Dafür hatte ich sie immer bewundert – eigensinnig, geradeheraus, *unbeugsam!*

Sie blicke mich aus großen, dunklen Augen an, schnaubte ungeduldig und stieß mich mit ihren Nüstern an.

«Was willst du?»

Wieder schnaubte sie, bis ich endlich begriff: zu Sophies Grab ... *Los jetzt, du hast ein Versprechen einzulösen.*

«Geht es dir etwa nicht schnell genug, du Teufelsbraten?»

Ich tat die letzten Schritte, die ich auf dieser Welt noch zu gehen hatte. Es waren nicht mehr viele, nur noch an der knorrigen Eiche vorbei, deren dürre, abgestorbene Äste keinen Schatten mehr spendeten.

Mein kläglicher Versuch, ein anständiges Grab neben dem von Sophie auszuheben, war unverändert geblieben. Noch immer reichte es nicht tiefer als zwei Handbreit, und es würde auch kein Zoll hinzukommen. Die steinharte Erde verweigerte mir die Aufnahme.

Hexen gehen in Asche auf, glaubte ich den heißen Wind flüstern zu hören, der aus der Tiefe des Tals zu mir heraufwehte. *Such Brennholz!* Das kam mir bekannt vor, und so fügte ich mich auch diesem Befehl.

Hekate legte sich derweil zu Füßen der Eiche ins ausgetrocknete Gras und verfolgte aufmerksam, wie ich keuchend Brennholz sammelte und schließlich zu einem ausreichenden Haufen in das kümmerliche Loch warf.

Schmerz empfand ich dabei nicht mehr, dieses Stadium hatte ich mit dem gestrigen Tag überwunden. Nun war ich in das nächste eingetreten, in dem ich bei jedem zweiten Atemzug Blut spuckte – überraschend, wie viel davon in meinem alten, verdorrten Körper noch vorhanden war.

Wie Sabellicus versprochen hatte, erstreckte sich mein Todeskampf über Tage, und im Nachhinein musste ich ihm dafür dankbar sein. Ich konnte in Ruhe an seinem Refugium Feuer legen, den Flammen bei der Arbeit zusehen und brauchte auch nicht bei der Heimreise zu fürchten, vom Kutschbock zu fallen. Alles ging Hand in Hand, ohne Hast und ohne Angst, nicht rechtzeitig an Sophies Grab zurückzukehren. Wäre doch nur eine einzige Sache in meinem Leben so reibungslos verlaufen …

Nun stellte sich die Frage, wie ich das Holz zum Brennen brachte. Ein einziger Funke eines Feuersteins würde genügen, um nicht nur mich, sondern die ganze gottverdammte Welt in ein Flammenmeer zu verwandeln. Auch in den vergangenen Tagen war kein Regentropfen gefallen, die Erde glühte wie auf einem Spieß, den der Teufel genüsslich drehte.

Aus Sabellicus' Keller hatte ich nur mitgenommen, was ich nicht den Launen eines unkontrollierbaren Feuers überlassen wollte. Darunter befanden sich unerwartet Aufzeichnungen und Protokolle von alchemistischen Experimenten, die Sabellicus in jungen Jahren angefertigt hatte – lange bevor das Zittern seiner Hand es unterband.

Des Weiteren eine unleserliche Schrift. Der Zeilenanfang befand sich auf der rechten Seite, und die Hieroglyphen verwiesen auf Arabien als Ursprung. Wenn nicht eine Zeichnung darauf zu erkennen gewesen wäre, alchemistische Instrumente und mathematische Formeln, ich wäre niemals darauf gekommen, dass es sich um das Rezept zur Erstellung des Zauberpulvers handelte, das heller als die Sonne leuchtete und heißer als das Höllenfeuer brannte. Diese Waffe war zu gefährlich, um sie einem skrupellosen Finder zu überlassen.

Und auch meine geliebte Sternkarte würde nicht in die verfluchte *neue Zeit* eingehen. Ich war mir nicht mehr sicher, ob ihr Wissen mehr Heil als Unheil über die Menschen brachte. Stattdessen bestimmte ich sie zu meinen *Flügeln*, mit denen ich – Gottes Gnade vorausgesetzt – meine Reise zu den Sternen antreten würde.

Das Einzige, was jetzt noch fehlte, war ein Funke ... Unter all dem Gerümpel auf meinem Karren war kein Feuerstein zu finden, auch kein ausreichend hartes Stück Metall, ein Stück Hartholz mit Schnur, aber eine gebrochene Schale mit Mosaiksteinchen darin, die die Sonnenstrahlen auffallend hell reflektierten.

Wozu hatte sie einst gedient? Es war nicht länger wichtig. Ich nahm sie und all die anderen Dinge, die ich zur Vernichtung vorgesehen hatte, und stattete damit meine letzte Ruhestätte aus. Die Schale mit den glänzenden Mosaiksteinchen würde das dünne, staubtrockene Fasergemisch der Sternkarte entzünden. Die Flamme griff dann auf das Rezept für das Zauberpulver über und schließlich auf Sabellicus' Aufzeichnungen. Darauf dürre Zweige ... und so fort. Ein seit Jahrhunderten bewährtes, narrensicheres System.

Die erste Stufe meiner Sternenleiter stand für mich bereit, ich nahm Platz und legte Holz nach, wartete auf die reinigende und erlösende Kraft der Sonne.

Von den Feuern, die auf den fernen Anhöhen züngelten, sah ich nur noch verschmierte Rauchfahnen, die sich in glitzernden, wabernden Nebelwänden verloren, die Welt um mich schwand.

Ein Seufzen, ein letzter Gedanke, das unvermeidliche Urteil: Mit flammendem Herzen war ich ins Leben gegangen, beseelt vom Wunsch nach Wissen und Erkenntnis, nach Freiheit und Glück, wollte weder Unterdrückung noch Gefängnis dulden, das Geschenk des Lebens genießen, die Welt in all ihrer Pracht und Vielfalt, zu den Sternen aufsteigen, lieben und geliebt werden ...

Sophie, das größte Glück, der größte Schmerz.

Sabellicus, mein Schicksal, der Sündenfall.

Und ich? Welches Zeugnis konnte ich vor dem Schöpfer ablegen, welchen Lohn dafür erwarten?

Unschuld und kindliche Einfalt nahm ich für meine frühen Jahre in Anspruch, ein überschäumendes Gemüt und unstillbare Neugier, sie hatten mich in die ärgsten Schwierigkeiten und Nöte geführt, mich von meiner Familie getrennt und vom rechten Weg abgebracht. Doch wer konnte das einem Kind zum Vorwurf machen? Es war, wie Gott es geschaffen hatte – hilfs- und schutzbedürftig, vertrauensselig ... naiv.

Auf Hinterlist, Lüge und Verrat war ich nicht vorbereitet oder wollte sie trotz aller Vorzeichen und Warnungen nicht wahrhaben. Trithemius und Sabellicus, Beichtvater und Geliebter ... Ihr habt mir zu Anfang alles gegeben, wonach ich verlangte, wohin mein Herz mich führte. Unter eurer Obhut erhielt ich Geborgenheit und Verständnis, aber auch Niedertracht und unermessliches Leid.

Euer Lohn in der Anderswelt wird die Hölle sein, ewiges Feuer und Leid, und hier auf Erden das Vergessen – die schlimmste aller Strafen für eure maßlose Eitelkeit und das Streben nach Macht und Bedeutung. Niemand soll sich mehr an eure Namen erinnern, an den zweifelhaften Ruhm, an eure Gräber und Asche. So wahr es einen Gott im Himmel gibt, erhör mein Flehen, schenk ihnen die Finsternis!

Ein Geräusch drang an mein Ohr, fern und doch nah, wie der Hall einer Stimme in einem großen, leeren Raum.

«Frau Faust …»

Ich vermochte nichts mehr zu erkennen, auch wollte ich nicht länger meinen Ohren trauen. Niemand hatte mich je *Frau Faust* genannt, niemand wusste von meiner Vermählung mit dem Schurken – zumindest kein noch Lebender.

«Was machst du da?» Eine junge, kindliche Stimme.

Aus dem Nebel trat ein Mädchen hervor mit langen, blonden Haaren, das einfache Kleidchen zerrissen und schmutzig, und nein, es hielt keine Strohpuppe in den Armen.

«Wer bist du?», hörte ich mich fragen.

«Ich.»

«*Wer* … ich?»

Die Frage musste sie erheitert haben, oder sie war so widersinnig, wie ich es mir nicht vorstellen konnte. Sie lachte laut und grenzenlos.

War ich bereits in der *Anderswelt*? Hatte ich die Schwelle ins Totenreich übertreten, ohne es zu merken? Das Feuer, die Sternenleiter … oder gaukelte Sabellicus' Gift mir etwas vor?

«Ich! Ich! Ich!» Ein Trommelfeuer der Albernheit. «Du bist wahrlich töricht, Frau Faust.»

Ihr Lachen war ansteckend, und so stimmte ich mit ein, lachte und verlor mich darin.

Sabellicus, du Narr, würdest du nur hören und sehen, wovon ich soeben Zeuge wurde ... Das Totenreich war aus allem anderen gemacht als aus wirrem Geplapper, Feuer, Rauch und kleinen, schwarzen Hilfsgeistern. In der *Anderswelt* herrschte grenzenlose Heiterkeit, ohne Grund und Ende ...

Wohin?!, hörte ich mich auf der Anhöhe am Rhein rufen, die Arme ausgebreitet, die neue Welt willkommen heißend. *Wohin?*

Während brennender Schmerz mir in die Knochen fuhr, sah ich wie von Zauberhand getragen ein Mädchen inmitten des Rheins auftauchen. Und obwohl ich das Mädchen nicht erkennen konnte, das mich dort erwartete, wusste ich mit unerschütterlicher Gewissheit, vom tiefsten Grund meiner verdorbenen Seele, wer es war.

Es gab keine Zweifel und kein Halten mehr.

Dorthin!

Wie im Flug glitt ich hinunter ins Tal, zu den Ufern des Styx.

ANMERKUNGEN

Um wen es sich bei Faust handelt, ist bis heute nicht ausgemacht, schreibt Herfried Münkler in *Die Deutschen und ihre Mythen*, und ob es klug sei, mit ihm Umgang zu pflegen, darüber würde nach wie vor gestritten.

Die einen sehen Faust als Symbolfigur für den Aufbruch des Menschen in eine *erleuchtete Zeit*, in der er sich von den Zwängen der zurückliegenden Epoche befreit und ergründen will, was *die Welt im Innersten zusammenhält* – als einen ehrgeizigen Wissenschafter, der nach Erkenntnis strebt.

Andere verorten Faust auf der dunklen Seite dieser Bestrebungen, in deren Folge sich Gewissheiten, Ordnungen und Bindungen auflösen, machen ihn zum Weltenzerstörer und Ketzer wider das göttliche Gesetz, gar zum Teufelsbündler.

Heute, knapp 500 Jahre nach Faust und der Zeitenwende (Renaissance), tun sich ähnliche Verwerfungen auf. Einerseits der rasante wissenschaftliche Wandel mit all seinen Verheißungen, andererseits sind da die Besorgten und Empörten, die, weltweit vernetzt, nicht nur das Schwinden von Sicherheit, Heimat und Kultur beschreien, sondern die Apokalypse dämmern sehen, wenn nicht umgehend die alten Verhältnisse wiederhergestellt werden.

Damals wie heute spielten die neuen Medien (einst

Buchdruck, jetzt Internet und Social Media) bei den hitzigen Diskussionen eine entscheidende Rolle. Ohne ihr Dazutun hätten sich Luthers Schriften nicht so schnell und flächendeckend verbreitet wie die Tweets mancher Staatenlenker und Hassprediger in diesen Tagen.

Meine Interpretation von *Doktor Faust* fußt auf einem noch älteren Medium, auf dem von Hand verfassten Brief eines vertriebenen und verrufenen Klostervorstehers, der die anschließende, wundersame Entstehung des Faust-Mythos erst ermöglichen sollte.

Es handelt sich um den *Warnbrief* des Johannes Trithemius vom 20. August 1507 an den pfälzischen Hofastrologen und Mathematiker Johann Virdung aus Haßfurt am Main. Bisher war nur eine gedruckte Version des Briefes aus dem Jahr 1536 bekannt, nun aber ist die verschwunden geglaubte Handschrift in den Archiven des Vatikans aufgetaucht und wurde mittlerweile auch im Bad Kreuznacher Faustmuseum ausgestellt.

Es ist das früheste und wichtigste Dokument, um der historischen Person des Doktor Faust auf die Spur zu kommen – gleich, ob man seinem Verfasser in anderen Dingen Schwindelei oder Übertreibung vorwerfen kann oder will, es bleibt *der* Anker in der Faust-Forschung. Ohne diesen Brief hätte es höchstwahrscheinlich keinen *Doktor Faust* gegeben, schon gar keinen Mythos.

Folgt man der Deutung Frank Barons (sie steht im Widerspruch zu der von Günter Mahal), dann sagt die Diskreditierung eines bis dahin nahezu unbekannten Zauberers mehr über Trithemius aus als über den verfemten *Magister Georgius Sabellicus*, der sich laut seiner Visitenkarte erst im Zusatz als *Faustus junior* vorstellte.

Woher dieser Zusatz stammt, ist bis heute nicht zweifelsfrei geklärt, genauso wenig wie sein tatsächlicher Vor- und Nachname, Geburtsort, Familie, Wirkungsstätten … Außerdem hätte es auch zwei oder mehrere Protagonisten mit dem Namen Faust geben können, Namensähnliche und Trittbrettfahrer, die sich als Faust ausgaben, um von dessen Bekanntheit zu profitieren.

Im Grunde genommen weiß man nichts *sicher*, dafür spekuliert und verweist man auf Erwähnungen und Berichte von Zeitzeugen und später Geborenen. Manche sind glaubwürdiger als andere, und doch schrumpft viel auf Hörensagen zusammen. Nicht außer Acht sollte dabei der jeweilige Standpunkt des Zeugen gelassen werden. Welche Stellung hatte er in der damaligen Zeit? War er Freund oder Feind des Autors oder des Beschuldigten? Verfolgte er eigene Interessen, wenn er sich in den Disput einmischte?

Entsprechend verhält es sich mit Trithemius, der Faust vermutlich nie persönlich kennengelernt, aber umso mehr *gejagt* hat, und das wortwörtlich im Jahr 1507 in Gelnhausen, wo er ihn auf der Rückreise vom brandenburgischen Hof stellen und als Scharlatan demaskieren wollte. Im Jahr davor (1506), als Faust in Würzburg großsprecherisch aufgetreten sein soll, befand sich Trithemius noch in den Wirren um seine Demission aus dem Kloster Sponheim in Speyer. Das neue, anfänglich ungeliebte Amt als Vorsteher und Abt des Schottenklosters St. Jakob in Würzburg übernahm er erst im Oktober 1506.

Und genau dort scheint der Hase im Pfeffer zu liegen. Trithemius war es nicht gelungen, sich gegen die zahlreichen Vorwürfe zur Wehr zu setzen, er sah sich und sein Werk in Gefahr, setzte alles daran, Freund und Gönner für seine Rehabilitierung zu gewinnen. In diesem Moment tauchte Faust in seiner Nähe auf, die Gelegenheit schien günstig, um die Schatten der gegen ihn erhobenen Vorwürfe auf Faust zu werfen. Zugegeben, es ist eine Hypothese, und doch zwingt sich der Eindruck auf, wenn man seinen Brief und die darin angesprochenen Personen auf sich wirken lässt.

Sowohl Johann Virdung als auch Franz von Sickingen standen in hohem Ansehen und hoher Funktion am Hofe des pfälzischen Königs. Kaum vorstellbar, dass Trithemius es gewagt hätte, seinem Freund Virdung etwas Unwahres oder grob Fahrlässiges aufzutischen, was dieser leicht hätte überprüfen können. Trithemius rief sich mit seinem Warn- oder Hetzbrief gegen Faust in Erinnerung, positionierte sich als treuer Freund und kluger Berater. Vermutlich ging er davon aus, dass sein Brief am Hof die Runde machte, zumindest, dass darüber gesprochen wurde.

Ob Virdung der Warnung gefolgt ist, ist nicht überliefert, dafür aber, dass Trithemius seine letzten Lebensjahre als Abt von St. Jakob in Würzburg verbrachte. Er starb 1516 und hat sechzehn Jahre später nicht mehr erlebt, dass, nur einen Katzensprung entfernt, Daniel Stibar von Buttenheim (ein Berater des Fürstbischofs und Propst von Stift Haug) mit Faust befreundet war, er gehörte demnach zu den wenigen uns heute noch bekannten Menschen, die Faust näher kennengelernt haben.

Stibar zählte nicht nur Erasmus von Rotterdam zu seinen Freunden, er befand sich auch mit dem fränkischen Adelsgeschlecht von Hutten in engen Beziehungen (Moritz, Philipp und vielleicht auch Ulrich, Letzterer war mit Franz von Sickingen gut bekannt). Stibar könnte die Erstellung des berühmten Eldorado-Horoskops für Faust eingefädelt haben.

Zwischen den Jahren 1534 und 1536 muss der Ruf von

Faust als seriöser Wissenschaftler zumindest in diesen Kreisen gut gewesen sein, anders als im weit entfernten Wittenberg. Dort sahen sich Martin Luther und sein treuer Gefolgsmann Philipp Melanchthon böswilligen Anfeindungen ausgesetzt. Streitbar, wie die Lutherischen waren, zahlten sie mit gleicher Münze zurück. Teufel, Dämonen und Hexen lauerten unter jedem Stein und hinter jeder Ecke, und vor dem Namen Faust machte man nicht halt. Verständlich, denn es galt sich gegen Unterstellungen zu wehren, Faust, der Teufel, hätte in Wittenberg studiert und gelehrt. Gemeint waren damit eher Luther und seine Gefolgsleute.

Erfolglos, die Legendenbildung hatte längst eingesetzt und war außer Kontrolle geraten – unter anderem die überraschende Verortung von Fausts Geburtsort in Wittenberg, später dann auch dessen Sterbeort ebenda und nicht in Staufen um das Jahr 1540. Wundersame Geschichten, Anekdoten und Schwänke sollen um 1556 in Erfurt aufgeschrieben worden sein, ein Unbekannter hatte sie um 1580 zur *Historia von D. Johann Fausten* zusammengefügt und 1587 in Frankfurt in Druck gegeben – ein wahrer Best- und Longseller über die folgenden Jahrhunderte, der einem heutigen Autor vor Schwermut Tränen in die Augen treibt.

Vom historischen Faust ist kaum noch etwas anderes zu finden als kurze Erwähnungen in Briefen und Ratsprotokollen, umso mehr aber in phantasiereichen Sagen und Berichten – vielleicht ist das die Erklärung für seinen kometenhaften Aufstieg zum Mythos. Faust war ein Phantom, das nicht zu fassen und nicht zu begreifen war, ein schauriges Hirngespinst, das für Anfeindungen, Warnungen und auch zum Selbstschutz herhalten musste.

Richtig Fahrt nahm die Legende mit einem Ereignis auf,

das Augustin Lercheimer (Hermann Witekind, ein Schüler Melanchthons) erstmals im Jahr 1585 veröffentlichte, die Flucht Fausts aus Wittenberg unter Mithilfe *seines Geistes*. Wer sich mit Geistern einließ, hatte mit dem Teufel einen Pakt geschlossen und gehörte fortan zur Belegschaft der Hexen, Dämonen und Teufel.

Der Teufelspakt war die entscheidende Wendung in der Faust'schen Narration, die unser Verständnis vom verzweifelten Wissenschaftler bis heute prägt. Goethe, Thomas Mann und die vielen anderen haben ihre Interpretationen darauf gefunden, was gut und bewundernswert ist.

Die Rolle Trithemius' und des aufstrebenden Buchdrucks (Flugblätter und -schriften) findet dort jedoch keine Erwähnung. Meines Erachtens schmälert das deren Beitrag zum Geschehen. Hätte es weder seinen Brief noch die allseits präsenten Druckerzeugnisse gegeben, die Geschichte(n) über Faust wäre(n) schnell im Reich der Bedeutungslosigkeit verschwunden – außer in einer Randnotiz hätte vermutlich niemand von Doktor Faust je erfahren.

Bei Prof. Dr. Rainer Leng möchte ich mich für die Unterstützung bei der Recherche bedanken und bei den vielen anderen Historikern für ihre Arbeiten und eine spannende, erhellende Lektüre.

Weitere Titel von Roman Rausch

Code Freebird
Das Caffeehaus
Der falsche Prophet
Die Brücke über den Main
Die Kinder des Teufels
Die Kinderhexe
Die letzte Jüdin von Würzburg
Die Schwarzkünstlerin
Und ewig seid ihr mein
Weiß wie der Tod

Kommissar Kilian ermittelt

Tiepolos Fehler
Wolfs Brut
Die Zeit ist nahe
Der Gesang der Hölle
Der Bastard
Das Mordkreuz
Die Seilschaft

Das für dieses Buch verwendete Papier ist FSC®-zertifiziert.